DIE MÄRCHEN DER WELTLITERATUR

Begründet von Friedrich von der Leyen
Herausgegeben von
Kurt Schier und Felix Karlinger

Japanische Volksmärchen

Herausgegeben von Horst Hammitzsch

EUGEN DIEDERICHS VERLAG

Aus dem Japanischen übertragen von
Ingrid Schuster und Fritz Rumpf

10.–13. Tausend 1973

Einbandgestaltung: Hans Hermann Hagedorn
Gesamtherstellung: Passavia Passau
Printed in Germany
ISBN 3-424-00287-9 Hln
ISBN 3-424-00288-7 Leder

1. Yamasachi und Umisachi

Zur Zeit, als es auf Erden noch Halbgötter gab, die nach Belieben zwischen Himmel und Erde verkehrten, erlauchte Enkel der himmlischen Gottheiten, erhabene Prinzen des Luftraumes, lebten einmal zwei Brüder. Der ältere Bruder, Umisachihiko, war ein Fischer und fing mit seiner Zauberangel die breitflossigen und schmalflossigen Fische des Meeres; der jüngere Bruder war ein Jäger und erlegte mit seinem Zauberbogen die hartfelligen und die weichfelligen Tiere des Waldes. Wenn nun der Wind blies und der Regen fiel, dann hatte der ältere Bruder auf dem Fischfang kein Glück, der jüngere Bruder aber ließ sich weder durch Regen noch durch Wind schrecken und brachte immer Beute heim. Da sagte Umisachihiko zu seinem Bruder: »Laß uns tauschen, nimm du die Angel und gib mir den Bogen.« Yamasachihiko war damit einverstanden, sie tauschten die Geräte, und jeder versuchte sein Glück. Umisachihiko nahm Pfeil und Bogen und ging in die Berge, die wilden Tiere zu jagen, aber unerfahren im Gebrauch der Jagdwaffen, machte er keine Beute und kam mit leeren Händen heim. Yamasachihiko versuchte sich im Fischfang, aber da er keine Erfahrung hatte, fing er nicht nur nichts, sondern verlor auch überdies noch den Angelhaken. Da sprach Umisachihiko: »Das Jagen will gelernt sein, und das Fischen will andererseits auch gelernt sein, nimm deinen Bogen und deine Pfeile und gib mir meine Angel zurück.« Yamasachihiko antwortete: »Mit deiner Angel habe ich nicht einen einzigen Fisch gefangen und dazu habe ich auch leider noch deinen Angelhaken verloren. Hier habe ich dir einen neuen angefertigt.« Der Bruder aber wollte diesen nicht annehmen, sondern forderte seinen alten Haken zurück. Da nahm Yamasachihiko sein Schwert, zerbrach es und schmiedete fünfhundert Angelhaken und bot sie seinem Bruder auf einem Getreideworfler an. Der aber wollte sie nicht annehmen, sondern forderte ungestüm seinen alten Haken zurück. Auch als ihm Yamasachihiko tausend neue Angelhaken anbot, wollte er sie nicht annehmen und sagte: »Ich will dazu noch meinen ursprünglichen Angelhaken haben.« Da er nicht abließ, den Haken von ihm zu fordern, ging Yamasachihiko betrübt zum Meeresstrand. Als er dort weinend und klagend umherging, sah er eine Flußwildgans, die sich dort in einer Schlinge gefangen hatte. Er hatte Mitleid mit ihr und befreite sie. Kurz darauf kam ein Greis gegangen und sprach zu ihm: »Diese Wildgans, der du das Leben gerettet hast, war mein Kind. Vor wenigen Augenblicken kam dieses Kind zu mir und berichtete mir, daß der himmlische erlauchte Enkel am Ufer des Meeres in Betrübnis weile, ich weiß nicht, ob dies nun wirklich der Fall ist, aber ich nehme an, daß es sich wirklich so verhält. Mein Name ist Altehrwürden Shiozuchi. Wer bist du und aus welchem Grunde sitzest du hier und weinst und jammerst? Vielleicht kann ich dir helfen.« Yamasachihiko erzählte ihm: »Mein älterer Bruder und ich hatten unsere Jagdgerätschaften getauscht. Er bekam von mir Pfeil und Bogen, und ich bekam seine Angel. Als er mir, da er kein Glück auf der Jagd gehabt hatte, meine Jagdgeräte zurückgab und seinen Angelhaken wiederverlangte, bot ich ihm, da ich den Haken verloren hatte, viele neue Haken als Ersatz, aber er verlangt trotzdem dazu noch seinen ursprünglichen Angelhaken von mir zurück. Das ist der Grund meiner Betrübnis.« Da sagte der Alte: »Sei nicht länger traurig, ich will dir behilflich sein, den Haken wiederzuerlangen.« Er nahm einen Beutel, zog aus diesem einen schwarzen Kamm und warf ihn auf die Erde. Kaum hatte der Kamm die Erde berührt, da wuchs dort ein dichtes Bambusgestrüpp hervor. Nun fertigte der Alte aus dem Bambus einen großen, feinmaschigen Korb, setzte den Yamasachihiko hinein und sagte zu ihm: »Ich werde dich nun in diesem Korb ins Meer versenken. Habe deshalb keine Angst. Nach einiger Zeit wirst du dann auf dem Meeresgrund einen Strand erblicken. Das ist der ›wonnevolle Strand‹. Von dort führt ein Weg bis zu einem Palast, der aussieht, als sei er aus Fischschuppen erbaut. Das ist der Palast des Königs des Meeres. Gehe also diesen Weg entlang, bis du zum Tor des Palastes kommst. Neben dem Tor wirst du einen Brunnen sehen, der von einem Katsurabaum überschattet ist. Verstecke dich in den Zweigen und warte, bis die Tochter des Königs des Meeres zum Brunnen kommt, und bitte sie dann um ihre Hilfe.« Mit diesen Worten versenkte der Alte den Korb ins Meer. Ehe er sich dessen versah, befand sich Yamasachihiko plötzlich an dem ›wonnevollen Strand‹. Als er den Korb verlassen hatte und auf einem Pfad, der vom Strande abzweigte, dahinging, kam er auch zum Palast der Gottheit Watatsumi, des Königs der Meere. Dieser Palast war mit Umzäunungen und Brustwehren ausgerüstet und prangte herrlich mit hohen Türmen. Vor dem Tor war ein Brunnen, und über diesem breitete ein Katsurabaum seine dichten Zweige aus. Yamasachihiko stieg auf den Baum und verbarg sich in den Zweigen. Als er dort eine Weile gewartet hatte, um zu sehen, was sich ereignen würde, kamen die Mägde von Watatsumis Tochter, der Prinzessin Toyotama, mit Gefäßen aus Edelstein in den Händen, um Wasser zu schöpfen. Als die erste der Mägde den Eimer aus dem Brunnen zog, war dieser nicht voll. Sie blickte deshalb in den Brunnen und sah darin das Spiegelbild eines Mannes. Als sie und ihre Gefährtinnen dann hinauf in den Baum blickten, sahen sie Yamasachihiko in den Zweigen sitzen. Nun bat Yamasachihiko die Mägde um einen Trunk Wasser. Doch als sie ihm dann einen Edelsteinkrug reichten, trank er nicht daraus, sondern löste das Magatamajuwel, das ihm an einer Kette im Nacken hing, von der Kette, nahm es in den Mund und spie es in den Krug. Dort blieb es hängen und die Mägde konnten es nicht loslösen. Sie nahmen daher das Gefäß mit dem daran haftenden Juwel und überbrachten es der Prinzessin Toyotama. Diese betrachtete den Krug und fragte: »Ist da jemand außerhalb des Tores?« Die Mägde antworteten: »In den Ästen des Katsurabaumes über dem Brunnen sitzt einer, ein schöner, junger Mann, von so edler Gestalt, daß er an Schönheit und Adel selbst unsern Herrn übertrifft. Als er uns um einen Trunk bat und wir ihm diesen Krug reichten, spie er dies Juwel hinein, und weil wir nicht vermögen es vom Krug zu lösen, brachten wir ihn dir, um ihn dir zu überreichen.« Prinzessin Toyotama wunderte sich über das, was sie hörte, ging hinaus und war von dem Anblick des jungen Mannes, den sie dort sah, bezaubert. Nachdem sie beide Blicke getauscht hatten, ging sie hinein und erzählte ihrem Vater: »Draußen auf dem Baum über dem Brunnen am Tor sitzt ein fremder Mann, schön von Gesicht und zierlich von Gestalt. Er sieht nicht aus wie ein gewöhnlicher Mensch. Da er nichts rein Himmlisches und auch nichts rein Irdisches an sich hat, wird es wohl Soratsuhiko, der erhabene Prinz des Luftraumes sein. Bisher war ich der Meinung, daß du allein überaus schön seiest, aber der Fremde vor dem Tor übertrifft dich noch an Schönheit.« Da sagte die Gottheit Watatsumi zu der Prinzessin Toyotama: »Stellen wir ihn auf die Probe!« Er richtete drei Räume zum Empfang des Gastes her und ging dann hinaus und lud ihn ein, den Palast zu betreten. Im ersten Raum wischte sich Yamasachihiko seine Füße ab, im mittleren Raum verbeugte er sich vor dem Gastherrn und im dritten Raum setzte er sich in majestätischer Haltung mit gekreuzten Beinen wie auf einem Thron auf der Decke, die auf dem Schlaflager lag, nieder. Als die Gottheit Watatsumi dies sah, erkannte er, daß jener wirklich der Sprößling einer himmlischen Gottheit war, und sagte:

»Ja, dies ist sicherlich Soratsuhiko, des Amatsuhidaka erlauchter Sohn.« Er breitete für ihn acht Sealfelle und darüber acht seidene Polster zum Sitzen auf den Boden, ließ vor ihm auf hundert Tischen die erlesensten Speisen auftragen und gab ihm bei dem nun folgenden Festschmaus seine Tochter, die Prinzessin Toyotama, zur Frau. Drei Jahre vergingen für die beiden Gatten in herzlicher Liebe, da fiel dem Yamasachihiko eines Nachts, während er mit seiner Frau auf dem gemeinsamen Lager ruhte, der Grund für seine Reise zu Watatsuminokamis Palast ein, und da ihm bei diesem Gedanken schwer ums Herz wurde, ließ er einen lauten Seufzer hören. Am nächsten Morgen ging Prinzessin Toyotama zu ihrem Vater und sagte: »Während der drei Jahre, die wir nun beieinander wohnen, habe ich noch niemals irgendwelche Traurigkeit bei meinem Mann bemerkt, heut nacht aber hat er einen tiefen Seufzer getan. Was mag der Grund dafür sein?« Da fragte die Gottheit Watatsumi seinen Schwiegersohn: »Heute morgen hörte ich von meiner Tochter, daß du nachts im Schlaf tief geseufzt hast. Während der drei Jahre, die du nun bei uns wohnst, haben wir noch niemals eine Spur von Traurigkeit an dir bemerkt. Was hat nun dieser Seufzer für einen Grund und in welcher Absicht bist du überhaupt hierher in das Land im Meer gekommen?« Da erzählte Yamasachihiko seinem Schwiegervater alles. Er erzählte ihm, wie er von seinem älteren Bruder wegen des verlorenen Angelhakens so sehr bedrängt worden war und daß er den Wunsch habe, wieder in sein Land zurückzukehren, daß er aber aus Furcht vor seinem Bruder sich nicht getraue, diesen Wunsch auszuführen. Als Yamasachihiko auf der achtfachen Sitzmatte sitzend der Gottheit Watatsumi dies erzählt hatte, da ließ diese alle schmalflossigen und alle breitflossigen Wesen, die das Meer bevölkern, zusammenrufen und fragte sie nach dem Haken. Aber keiner der Fische vermochte ihm darüber Auskunft zu geben. Schließlich kam noch ein Fisch geschwommen, der sagte: »Seit einiger Zeit klagt Kuchime, die Mundfrau, daß ihr eine Fischgräte im Halse stecke und daß sie deshalb nicht richtig essen könne, sicherlich hat sie den Haken verschluckt.« Da ließ die Gottheit Watatsumi die Kuchime rufen und ließ ihren Hals durch Akame, die rote Frau, untersuchen. Wirklich fand diese den gesuchten Haken in Kuchimes Kehle stecken und nahm ihn heraus. Da sprach die Gottheit Watatsumi zur Kuchime: »Höre, Kuchime, von nun ab darfst du nie wieder Köder verschlingen und niemals in aller Zukunft sollst du als Speise auf dem Tisch des himmlischen erlauchten Enkels und seiner Nachkommen aufgetragen werden!« Dann nahm er den Haken und überreichte ihn Yamasachihiko mit den Worten: »Geh hin und bringe den Haken deinem Bruder. Wenn du ihn ihm aber überreichst, dann tu dies mit abgewendetem Antlitz und sprich dabei nach dreimaligem Ausspucken: ›Trübseliger Haken, elender Haken, armer Haken, dummer Haken, Ursprung der Armut, Anfang des Hungers, Wurzel des Elends!‹ So wird der Haken ihm und seinen Nachkommen für achtzig Generationen Armut und Unglück bringen.« Dann gab er dem Yamasachihiko noch zwei Zauberjuwelen und belehrte ihn darüber: »Legt dein Bruder seine Reisfelder an einem hochgelegenen Platz an, so baue du deinen Reis an tiefgelegenen Orten, baut dein Bruder seine Felder an tiefen Stellen, so lege du deine Felder auf den Bergen an. Durch Spenden des Wassers für die Felder will ich es so einrichten, daß dein Bruder infolge von Mißernten innerhalb dreier Jahre völlig verarmt. Wenn dann dein Bruder auf das Meer hinausfährt, um dort seine Nahrung zu suchen, dann nimm dies eine Juwel hier, das ein Flutsteigejuwel ist, in die Hand und pfeife dazu. Ich will dann einen Wirbelwind und hohe Wellen erregen, so daß dein Bruder in Gefahr zu ertrinken gerät. Bittet er dich dann um Gnade, so nimm das andere Juwel, das ein Ebbejuwel ist, zur Hand und höre mit dem Pfeifen auf. Dann wird sich der Wind legen und er wird gerettet werden. Rette ihn aber nicht früher aus der Lebensgefahr, bis er dir versprochen hat, daß er und seine Nachkommen für achtzig Generationen dir und deinen Nachkommen zu dienen bereit sind.« Dann rief die Gottheit Watatsumi nochmals alle Fische herbei und fragte sie: »Wer ist unter euch am schnellsten und kann den erlauchten Enkel in kürzester Zeit an das Land bringen?« Da antwortete das Seeungeheuer, auf dem der König des Meeres, die Gottheit Watatsumi Toyotamahiko, zu reiten pflegte: »Ich, das schnellste Roß, auf dem unser Herr zu reiten pflegt, bin acht Faden lang und kann die Reise in acht Tagen zurücklegen, aber in der Meerenge von Tachibana hält sich ein Seeungeheuer, das dort mit aufgerichteter Rückenflosse im Strudel steht, auf, das ist nur einen Faden lang und könnte den erlauchten Enkel in einem einzigen Tag in sein Heimatland bringen.« Da ließ die Gottheit Watatsumi dieses Tier aus der Tachibana-Meerenge rufen und sandte Yamasachihiko auf seinem Rücken in sein Heimatland. Als dieser dort angekommen war, tat er so, wie es ihn die Gottheit Watatsumi gelehrt hatte, und der Bruder wurde in drei Jahren ein armer Mann. Als dieser nun auf das Meer hinausfuhr, um dort zu angeln, nahm Yamasachihiko das Flutsteigejuwel in die Hand und begann zu pfeifen. Sofort erhoben sich die Winde der Tiefsee und die Winde der Küste, quälten den Umisachihiko mit Sturm und Wellen und brachten ihn in die Gefahr des Ertrinkens. Schließlich rief er in seiner Not: »Du, Bruder, hast lange in Meeresgefilden gewohnt und verstehst gewisse treffliche Künste, die du dort erlernt hast. Wenn du mich errettest, so will ich dein Diener sein und dich als meinen Herrn anerkennen!« Da hörte Yamasachihiko mit Pfeifen auf und nahm das Ebbejuwel in die Hand, und sofort legte sich der Wind und die Wellen glätteten sich. Als nun Umisachihiko sah, daß sich die Wellen beruhigten, sagte er: »Ich bin der ältere Bruder, wie könnte jemals ein älterer Bruder dem jüngeren dienen?« Als nun Yamasachihiko wieder das Flutsteigejuwel zur Hand nahm und zu pfeifen begann, stieg die Flut wieder, und Umisachihiko floh erschreckt vor ihr auf einen Berg. Aber die Flut folgte ihm auch dorthin und selbst als er einen hohen Baum erkletterte, drohte die Flut diesen zu überschwemmen, so daß er erneut in die Gefahr des Ertrinkens geriet. In seiner Angst rief da Umisachihiko: »Ich habe gefehlt, von jetzt ab sollen ich und meine Kinder und Kindeskinder für achtzig Generationen dir und deinen Nachkommen zur Unterhaltung in deinem Palaste dienen, als Wächter und als deine Untertanen.« Als darauf Yamasachihiko das Pfeifen einstellte und das Ebbejuwel in die Hand nahm, wich die Flut wieder zurück, aber er wollte dem Bruder noch keinen Glauben schenken und sprach im Zorn kein Wort zu ihm. Da entkleidete sich Umisachihiko bis auf sein Schamtuch, beschmierte Gesicht und Hände mit roter Erde und sagte: »Auf solche Weise beschmutze ich meinen Körper und mache mich so zu deinem Possenreißer.« Dann hob er die Füße im Tanzschritt und ahmte tanzend die Qualen des Ertrinkens nach, indem er das Steigen der Flut erst bis zu den Füßen, dann bis zu den Knien und bis zu den Oberschenkeln darstellte. Im Kreise herumlaufend zeigte er das weitere Steigen der Flut bis zu den Lenden. Indem er die Hände bis zur Brust hob, zeigte er das Steigen der Flut bis zu den Achselhöhlen, dann bis zum Hals, und zuletzt streckte er die Hände über seinen Kopf und fuhr wie ein Ertrinkender mit den Handflächen hin und her. Nun erst schenkte Yamasachihiko dem Bruder Glauben, und seit jener Zeit sind die Nachkommen des älteren Bruders Umisachihiko den Nachkommen des jüngeren Bruders Yamasachihiko untertan.

2. *Die Erzählung von Amewakahiko*

Der Ursprung unseres Herrscherhauses reicht bis in das Zeitalter der Götter zurück. Mit dem Tennô Jimmu beginnt die Reihe der irdischen Herrscher. Von ihm leitet alle Menschheit, die dieses Land bewohnt, ihren Ursprung ab. Weil nun dieses Land ein Götterland ist, so geschieht es von Zeit zu Zeit, daß Götter mitten unter uns als Menschen leben und sich mit Menschen in Ehegemeinschaft verbinden. Dann aber wieder erscheinen sie uns in ihrer göttlichen Gestalt, um das Ungemach und die Übel der gesamten Menschheit zu wenden. Dieses ist ihr gnadenreiches und dankenswertes Walten und Wirken. Wir erkennen dieses, wenn wir die Geschichte des Tanabatapaares, das, im Himmel wohnend, den auf Erden geschlossenen Ehebund fortsetzt und dort in Liebe vereint lebt, genau erforschen. Zur Zeit, da der erhabene dritte Nachfolger des Tennô Jimmu das Reich regierte, lebte irgendwo im Lande ein reicher Edelmann mit seiner Frau und mit seinen drei Töchtern, die im ganzen Reich ihrer Schönheit halber bekannt waren. Unermeßliche Schätze besaß er, und vierzigtausend wohlgefüllte Speicher in allen vier Himmelsrichtungen zeugten von seinem Wohlstand. Armut und Knappheit waren dort unbekannte Gäste. Eines Tages wusch eine Frau im Bach vor dem Hause des Edelmanns ihre Wäsche. Da kam eine große Schlange gekrochen, sprach zu ihr: »Höre genau zu, was ich dir sage. Führst du meinen Befehl nicht aus, so werde ich dir alle Knochen im Leibe zerbrechen.« Die Frau sagte: »Was hast du mir mitzuteilen? Ist es mir möglich, deinen Befehl auszuführen, so will ich es tun.« Da spie die Schlange einen Brief aus und sagte: »Den bringe dem Edelmann hier im Hause!« Die Frau nahm den Brief, gab ihn dem Edelmanne; als der ihn öffnete und las, da stand darin geschrieben: »Gebt Ihr mir nicht die eine Eurer drei Töchter zur Frau, will ich euch alle, Vater und Mutter und Eure Töchter gleichfalls, töten. So soll das Hochzeitsgemach sein, das Ihr an dem und dem Teiche errichten sollt: Ein Pfahlrostbau, siebzehn Klafter lang, damit ich Platz habe, meinen Körper dort auszubreiten.« So stand dort geschrieben. Als die Eltern dies gelesen hatten, kannte ihr Schmerz keine Grenzen, die Trauer wollte nicht enden. Als sie nun die älteste Tochter riefen und fragten, antwortete diese: »Ehe ich dies tue, etwas so Unausdenkbares, will ich lieber sterben. Ich werde es nicht tun.« Sie fragten die mittlere Tochter, und die gab dieselbe Antwort. Da riefen sie die jüngste Tochter, das war ihr liebstes Kind, unter Tränen herbei und fragten diese. Sie antwortete: »Ehe Vater und Mutter von der Schlange verschlungen werden sollen, will ich zu ihr gehen.« Da gab es Mitleid und Bedauern ohne Grenzen und großes Weinen, das kein Ende nehmen wollte. Man baute dem Befehl der Schlange gemäß am Ufer des Teiches einen Palast und zog mit der geschmückten Braut dorthin. Dann ließ man sie dort zurück, und alle Begleiter kehrten heim. Zur Stunde des Ebers erhob sich ein starker Wind, und Regen strömte hernieder, von Donner und Blitzen begleitet. Haushoch gingen die Wellen des Teiches, und die Prinzessin wurde von solcher Angst befallen, daß sie nicht mehr wußte, ob sie leben oder sterben sollte, denn sie sah keinen Ausweg, ihrem schrecklichen Schicksal zu entrinnen. Während sie so in Ängsten dasaß, tauchte aus dem Teiche eine siebzehn Klafter lange Schlange empor und redete zu ihr: »Habe keine Furcht vor mir. Hast du ein Messer oder etwas Ähnliches bei dir, so nimm es und schneide mir den Kopf ab.« Trotz ihrer großen Angst und ihres Kummers nahm sie ihr Nagelschneidemesser und tat, wie ihr befohlen. Kaum hatte sie damit die Kopfhaut der Schlange nur leicht geritzt, da platzte diese auf, und aus der Schlangenhaut trat ein schöner Jüngling von ansehnlicher Gestalt, in ein prächtiges Hofkostüm gekleidet. Er nahm die leere Haut, rollte sie zusammen, trug sie zu einer leeren Reiskiste und verschloß sie darin. Dann vermählten sie sich einander. Die ausgestandenen Ängste vergessend, unterhielt sich die Prinzessin die ganze Nacht hindurch bis zum Morgen mit ihrem Gatten. So lebten sie miteinander in allen Freuden, hatten Überfluß in allen Dingen. Alles, was sie wünschten, war vorhanden, und die Tage vergingen ihnen mit Freude und Kurzweil jeder Art. Unzählige Diener und Vasallen standen jederzeit zu ihren Diensten. Da sprach eines Tages der Gatte zu ihr: »Ich bin in Wirklichkeit der Drachenkönig des Meeres, aber von Zeit zu Zeit pflege ich zum Himmel emporzusteigen zur Wohnung meines Vaters, des Himmelsherrschers. Die Zeit ist nun gekommen, wo ich wieder zum Himmel emporsteigen muß. Morgen oder übermorgen werde ich dich verlassen müssen. Wenn ich bis zum siebenten Tage nicht zurückgekehrt sein werde, so beunruhige dich nicht, sondern warte zweimal sieben Tage auf meine Rückkehr. Bin ich dann immer noch nicht zurückgekehrt, so mußt du geduldig dreimal sieben Tage warten. Wenn ich dann aber auch noch nicht zurückgekehrt bin, so weiß ich nicht, wann und ob ich überhaupt zurückkehren werde.« Als die Gattin ihn nun fragte: »Wenn dies der Fall ist, was soll ich dann tun?«, antwortete er ihr: »In der westlichen Hauptstadt lebt eine Frau, die besitzt ein Ding, das Ichiya no hisago heißt, den Kürbis, aus dem in einer Nacht eine Pflanze bis in den Himmel hinein wächst. Kaufe einen Kern, pflanze ihn ein und steige an der Ranke zum Himmel empor. Wenn du dort angekommen bist und den Weg nicht weißt, so frage nach Amewakahikos Wohnplatz, denn der Weg zu mir ist schwer zu finden.« Dann wandte er sich noch einmal an die Gattin, zeigte auf die Reiskiste, in der die Schlangenhaut verschlossen war, und sagte: »Paß gut auf, diese Kiste darfst du unter keiner Bedingung öffnen, wird sie geöffnet, so kann ich nicht wieder zu dir zurückkehren!« Damit stieg er zum Himmel empor. Während seiner Abwesenheit kamen die beiden älteren Schwestern die Prinzessin besuchen. Als sie den Palast mit den vielen herrlichen Dingen und das glückliche Los ihrer

Schwester sahen, wie sie dort so froh und ohne Sorgen lebte, sprachen sie so oder ähnlich zueinander: »Ach, was für ein Leben haben wir uns doch verscherzt, was haben wir doch für ein unglückseliges Schicksal, hätten wir uns doch damals nicht gefürchtet.« Nachdem sie sich nun zehntausenderlei Dinge hatten zeigen lassen und Kisten und Kasten vor ihnen geöffnet worden waren, zeigten sie zuletzt auf die verschlossene Kiste, die zu öffnen der Prinzessin verboten worden war, und sagten: »Diese öffne uns!« Sie aber sagte: »Ich weiß nicht, wo der Schlüssel dazu ist.« Die beiden riefen aber: »Wir möchten sie sehen. Bring die Schlüssel her! Was ist das wohl für ein Kleinod, das du uns nicht zeigen willst!« Sie betasteten ihren Körper, da klirrte der Schlüssel, den sie unter dem Rock an der Hüfte trug, und sie schalten sie: »Weshalb suchst du uns etwas zu verbergen!«, nahmen den Schlüssel und öffneten, ohne auf sie zu hören, die Kiste. Da fanden sie die Kiste leer, nur eine dünne Rauchwolke stieg daraus zum Himmel empor. Als die Schwestern heimgekehrt waren, wartete die Prinzessin dreimal sieben Tage auf die Rückkehr ihres Gatten. Als er aber nach dieser Zeit nicht zurückgekehrt war, machte sie sich auf zur westlichen Hauptstadt, so wie er ihr befohlen hatte. Dort traf sie die Frau, der sie den Kürbiskern abkaufte, und pflanzte ihn ein. In einer Nacht wuchs daraus eine Ranke bis in den Himmel hinein. An dieser stieg sie zum Himmel empor. Bevor sie den Aufstieg antrat, dachte sie, da sie nicht wußte, wohin sie ihr Weg führen würde und ob es jemals eine Rückkehr für sie gäbe, an ihre Eltern und an die Heimat und sang zum Abschied:

Sehe ich euch jemals wieder?
Wie sollte ich das wissen,
Da es mir doch bestimmt ist,
Von nun an zwischen den weißen
Wolken, die am Himmel schweben, zu wandern.

Als sie nun im Himmel angelangt und eine Strecke weit gewandert war, begegnete ihr ein schön anzusehender Mann in schneeweißem Kleide. Den fragte sie: »Kannst du mir sagen, wo Amewakahikos Wohnung ist?« Er antwortete ihr aber: »Ich kann es dir nicht sagen, frage den, der nach mir kommt.« Bevor sie weiterging, fragte sie ihn noch: »Wer bist du?«, und er antwortete ihr: »Ich bin der Abendstern.« Dann traf sie einen, der zog einen Besen hinter sich her. Den fragte sie gleichfalls, und er antwortete: »Ich weiß es nicht, frage den, der nach mir kommt, ich bin der Komet.« Dann traf sie eine Gruppe von mehreren Personen. Die antworteten auf ihre Frage: »Wir können es dir nicht sagen, wir sind die Plejaden.« Schließlich war sie ganz niedergeschlagen und setzte ohne Hoffnung, den Gesuchten finden zu können, ihren Weg fort. Da begegnete ihr einer, der wurde in einer mit Edelsteinen besetzten Sänfte getragen, und sie legte auch ihm ihre Frage vor. Er antwortete: »Gehe in dieser Richtung weiter, bis du zu einem aus Juwelen erbauten Hause kommst, das auf einem mit Smaragden statt mit Kieseln bestreuten Platze steht. Dort frage nach Amewakahiko.« Das war Myôken, der Polarstern. Nach langer Wanderung kam sie zu dem Platze, und als sie dort nach Amewakahiko fragte, kam dieser mit freudig strahlendem Gesicht aus dem Hause, um sie zu begrüßen: »Tag für Tag habe ich ohne Trost und Freude verbracht, seit wir nach den vielen Liebesfreuden Abschied nahmen. Wartend darauf, daß du kommen und nach mir suchen würdest, wurde ich erst wieder fröhlich, als ich deine nach mir fragende Stimme vernahm.« Damit ergriff er ihre Hand und führte sie in den Palast. Sie erneuerten ihren Ehebund und verbrachten die Tage mit mannigfachen Gesprächen über die Zeit ihrer Trennung. Ein Mißklang nur störte die volle Glückseligkeit der Liebenden, denn Amewakahiko wandte sich mit sorgenvoller Miene an die Gattin mit den Worten: »Ein Umstand macht mir Kummer und trübe Gedanken über unsere Zukunft. Ich habe einen

Vater. Der aber ist ein schrecklich anzuschauender Dämon; wenn er von deiner Anwesenheit hier erfährt, weiß ich nicht, was geschehen wird.« So schmiedeten sie verschiedene Pläne, wußten nicht, ob sie beieinander bleiben sollten oder ob es für die Gattin ratsamer wäre, zurückzukehren. Damit verstrichen die Tage, und als der Dämon dann wirklich eines Tages kam, verwandelte Amewakahiko die Frau schnell in eine Armlehne. Der Dämon sah suchend mit schrecklich rollenden Augen im Zimmer umher und sprach dann, sich auf die Lehne stützend: »Riecht es hier nicht, als wäre ein Wesen aus der Welt der Menschen hier?« Nachdem er aber, ohne etwas gefunden zu haben, länger verweilt hatte, ging er wieder. Später erschien er noch öfter, aber immer hatte Amewakahiko noch Zeit, die Gattin schnell zu verwandeln, einmal in einen Fächer, einmal in eine Kopfstütze und in ähnliche Gegenstände, und sie so den Blicken des Dämons zu entziehen. Eine Zeitlang ging so alles gut. Doch einmal, als beide ihren Mittagsschlaf hielten, kam plötzlich der Dämon leise, daß man ihn nicht hören konnte, geschlichen und überraschte sie, ehe Amewakahiko Zeit fand, die Gattin zu verwandeln. Als er diese erblickte, fragte er: »Wer ist das?« Und jener antwortete, da er sie nicht länger verborgen halten konnte: »Nun, das ist meine Frau, bitte, tu ihr nichts zu leid!« Mürrisch antwortete der Dämon: »Gut, ich will sie verschonen, wenn sie meine vieltausendköpfige Rinderherde hütet, wenn sie sie morgens auf die Weide führt und abends alle wieder zum Stall zurückbringt.« Als die Frau nun ganz verzweifelt wegen der unlösbar scheinenden Aufgabe den Amewakahiko fragte: »Wie soll ich dies fertigbringen?«, gab er ihr einen der Ärmel seines Kleides und sagte: »Nimm diesen Ärmel, schwenke ihn hin und her und sage dazu: ›Dies ist Amewakahikos Ärmel, dies ist Amewakahikos Ärmel!‹ Dann wird es dir gelingen!« Als sie nun die Rinder auf die Weide getrieben hatte, liefen diese sofort nach allen Richtungen auseinander. Abends aber, als es Zeit war, sie heimzutreiben, schwenkte sie nur, wie sie der Gatte belehrt hatte, den Ärmel, und alle tausend Rinder ließen sich folgsam in den Stall zurückführen. »Da muß Zauberei im Spiele sein«, sagte der Dämon. Am nächsten Tage befahl er ihr: »Nun habe ich noch etwas für dich zu tun, hier in dem östlichen Speicher habe ich tausend Koku Reis, die schaffe mir bis zum Abend alle in den westlichen Speicher. Aber sieh dich ja vor, daß auch nicht ein Körnchen verlorengeht!« Wieder fragte die Frau ihren Gatten, und der riet wieder, sich des Ärmels zu bedienen. Als sie den Ärmel schwenkte und zweimal: »Dies ist Amewakahikos Ärmel!« gesagt hatte, kamen Ameisen, Tausende und aber Tausende, und trugen den Reis Korn für Korn von einem Speicher in den andern. Als abends der Dämon die Arbeit besah, rief er plötzlich mit grimmigem Gesicht und fürchterlich rollenden Augen: »Ha! Ein Korn fehlt! Schaff es schnell herbei!« Schnell lief die Frau den Weg zurück, um das fehlende Korn zu suchen. Da sah sie eine Ameise mit gebrochenem Bein am Wege, die das Korn trug und den Gefährtinnen nicht schnell genug hatte folgen können. Erfreut nahm sie das Korn und brachte es dem Dämon. Am nächsten Tage führte er sie zum Tausendfüßlerspeicher. »Hier werde ich dich einschließen«, und damit sperrte er sie in den mit dicken Eisenklammern beschlagenen Speicher und dachte, daß sie dort von den Tausendfüßlern gefressen würde. Denn das waren keine gewöhnlichen Tausendfüßler. Jeder war mindestens eine Elle lang, und es waren ihrer vier- bis fünftausend. Mit rollenden Augen und offenen Mäulern, erschrecklich anzusehen, stürzten sie auf die Frau los. Die aber schwenkte nur den Ärmel, sagte: »Dies ist Amewakahikos Ärmel, dies ist Amewakahikos Ärmel!« Und alle zogen sich in eine Ecke zurück und taten ihr nichts. Am nächsten Tage sperrte sie der Dämon, der nicht erwartet hatte, sie noch lebend zu finden, in den Schlangenturm. Wieder schwenkte sie den Ärmel, und die Schlangen taten ihr nichts. Als der Dämon nach sieben Tagen nachsah, fand er sie zu seiner Verwunderung noch am Leben und unversehrt vor. Da sagte er: »Nun, meinetwegen darfst du hierbleiben, aber so wie bisher könnt ihr nicht zusammen leben. Nur einmal im Monat will ich euch erlauben, euch zu treffen!« In ihrer Freude hatte ihn die Frau nicht ganz richtig verstanden, und als sie ausrief: »Ach, ich bin ja zufrieden damit, ihn nur einmal im Jahre zu sehen!« sagte der Dämon: »So soll es sein – also nur einmal im Jahr!« Nahm eine Wassermelone und warf sie zu Boden, daß sie zerbarst. Aus ihr floß der Himmelsstrom hervor, der die beiden Liebenden trennt und den sie nur einmal im Jahre überschreiten dürfen. Die Liebenden wurden zu den Sternbildern Tanabata und Hikoboshi, und der siebente Tag im siebenten Monat jedes Jahres ist es, an dem sie sich treffen.

3. Die Geschichte von einem alten Mann, der im Bambus ein kleines Mädchen fand und dieses aufzog

Heut ist es schon lange her. Zur Zeit, als Tennô Kôan das Reich regierte, gab es da einen alten Mann, der flocht Körbe aus Bambusrohr, verkaufte diese an Leute, die sie brauchten, und bestritt mit dieser Tätigkeit seinen Lebensunterhalt. Einmal ging er in den Wald, Bambusrohr für seine Körbe zu schneiden, da sah er im Wald irgendetwas, das helleuchtend strahlte. Die Strahlen gingen vom Knoten eines Bambusstammes aus. Als er diesen spaltete, fand er darin ein winziges Menschenkind, das kaum drei Zoll groß war. Der Alte sah sich das kleine Wesen an und dachte: »Seit vielen Jahren schlage ich mir hier meinen Bambus, so etwas habe ich aber noch nie gefunden.« Er freute sich über den Fund, setzte das winzige Menschenkind auf seine eine Hand, nahm die gesammelten Bambusrohre in die andere und kehrte nach Hause zurück. Dort rief er seine Frau und erzählte ihr: »Dort im Bambushain hab' ich dies kleine Mädchen gefunden.« Da freute sich auch die Frau über seinen

Fund. Sie legten das kleine Wesen in ein Bambuskörbchen und zogen es auf. Schnell wuchs es heran. Schon nach drei Monaten hatte es die Größe gewöhnlicher Menschen bekommen. Als das Mädchen schließlich erwachsen war, gab es keine andere, die man an Adel und Schönheit mit ihr hätte vergleichen können, und während die beiden Alten ihre Tochter mit jeder Liebe und Sorgfalt bedachten, wurde das Gerücht von deren Schönheit bald in der ganzen Welt bekannt. Nicht lange danach ging der Alte wieder in den Bambushain, um Rohr zu schneiden. Beim Spalten der gesammelten Rohre fand er diese mit Gold gefüllt. Schnell trug er den Fund nach Hause und war so unverhofft zu einem reichen Mann geworden. An Stelle der alten Hütte ließ er sich nun einen prächtigen Palast bauen und wohnte dort. Zahlreiche Speicher, mit Kostbarkeiten aller Art gefüllt, umgaben das Haus, und eine vielköpfige Dienerschaft war bereit, die Wünsche der Bewohner zu erfüllen. So ging ihnen, seit dieses Kind zu ihnen gekommen war, alles nach Wunsch, und sie umgaben es deshalb mit aller nur erdenklichen Sorgfalt und Liebe. Die Tochter erhielt bald von allen Seiten, von Fürsten und großen Herren Briefe verliebten Inhalts zugesandt. Als sie auf ihre Briefe ohne Antwort blieben, verdoppelten die Schreiber ihren Eifer, ihr die Gefühle ihrer Herzen zu offenbaren. Dem ersten ließ nun das Mädchen sagen: »Fange den Donner, der den Himmel erschüttert, und bringe ihn mir. Dann will ich dich erhören.« Dem zweiten ließ es sagen: »Irgendwo wächst die Zauberblume Udonge. Hol sie und bringe sie mir. So will ich dich erhören.« Dem dritten schickte sie die Nachricht: »Es soll eine Trommel geben, die dröhnt ganz von alleine, ohne geschlagen zu sein. Suche diese, höre ich ihren Ton, dann will auch ich dich erhören.« Mit ähnlichen Antworten fertigte sie auch alle die anderen Bewerber ab. Betört von der unvergleichlichen Schönheit dieser Frau, waren alle diese verliebten Leute bereit, den unerfüllbaren Wünschen des Mädchens nachzukommen. Die einen befragten einen alten, weisen Mann, wo man diese Dinge bekommen könne. Andere fuhren hinaus auf das Meer, um in fremden Ländern danach zu suchen. Wieder andere verzichteten auf die Freuden dieser Welt und gingen in die Berge, ob sie dort den gewünschten Gegenstand finden möchten. So verloren die einen das Leben, die anderen kehrten niemals in die Heimat zurück. Indessen war der Ruf von der Schönheit des Mädchens auch zu den Ohren des Tennô gedrungen. Da sagte dieser: »Von allen Seiten höre ich, daß diese Frau so unvergleichlich schön sein soll. Ich will hinziehen und will sie mir anschauen, und wenn ich sie wirklich so edel finde, wie man sagt, dann werde ich sie zu meiner Kaiserin machen.« Er trat die Reise sofort an und kam, von seinen Ministern und dem ganzen Hofgesinde begleitet, zum Palast des Alten. Dort angekommen, sah er, daß der Palast seinem eigenen an Pracht und Schönheit nicht nachstand. Er ließ das Mädchen rufen, und als er es sah, fand er es wirklich von der unvergleichlichen Schönheit, die man ihm mit so vielen Worten gerühmt hatte, und dachte bei sich: »Alle die anderen hat sie nicht erhört, nur um meine Gemahlin zu werden. Bald werde ich sie in meinen Palast führen, um sie zu meiner Kaiserin zu machen.« Deshalb fragte er das Mädchen: »Willst du nicht mit mir in meinen Palast kommen, um meine Gemahlin zu werden?« Da antwortete ihm das Mädchen: »Mit großer Freude würde ich deine Kaiserin sein, doch bin ich leider kein menschliches Wesen.« Als nun der Tennô bestürzt die Frage stellte: »Was bist du denn dann? Bist du eine Gottheit oder ein Dämon?«, gab sie ihm zur Antwort: »Ich bin weder Gottheit noch Dämon, aber ich darf nicht hier in dieser Welt bleiben, bald wird man mich vom Himmel hinaufholen lassen. Gib daher deine Absicht auf, Tennô, und ziehe wieder an deinen Hof zurück.« Der Tennô dachte bei sich, als er dies gehört hatte: »Was meint sie mit ihrer Rede? Das ist doch unmöglich die Wahrheit. Sicherlich hat sie nur deshalb erzählt, daß der Himmel sie holen wird, um einen Vorwand zu haben, meine Werbung auszuschlagen.« Während er sich aber noch solchen Gedanken hingab, kamen viele Wesen vom Himmel herab, die eine Sänfte mit sich führten. Sie ließen das Mädchen die Sänfte besteigen und trugen es sodann zum Himmel empor. Die Gestalt dieser himmlischen Boten aber glich nicht dem Aussehen der Menschen dieser Welt. Der Tennô dachte nun, als er sich alles noch einmal vor Augen führte: »Ja, diese Frau war sicherlich nicht von dieser Welt.« Er kehrte in seinen Palast zurück, aber später erinnerte er sich oft an diese Frau, und jedesmal, wenn er an sie dachte, erschien sie ihm in der Erinnerung schöner als alle Menschenkinder der Welt. Dann sehnte er sich nach der, die er nicht vergessen konnte, aber da er sah, daß seiner Macht hier Grenzen gesetzt waren, blieb ihm nichts anderes übrig als schmerzlicher Verzicht. Niemand weiß, wer diese Frau war. Niemals fand man eine Erklärung dafür, warum sie in das Haus jenes Alten kam, um dort als dessen Tochter zu leben. Den Menschen dieser Welt blieb dies alles unverständlich. Weil es eine so seltsame Geschichte ist, wurde sie hier mitgeteilt.

4. Momotarô – das Kind aus dem Pfirsich

Es ist lange her, da lebten einmal irgendwo ein alter Mann und eine alte Frau. Der Mann ging in die Berge, um Brennholz zu holen; die Frau ging zum Fluß, um zu waschen. Als die Frau einmal gerade ihre Wäsche wusch, kamen vom Oberlauf, bald hierhin, bald dorthin treibend, Pfirsiche geschwommen. Sie fischte einen heraus und kostete ihn; da war er ganz und gar wohlschmeckend. »Das war ein ungewöhnlich guter Pfirsich! Ich will meinem Mann auch einen mitbringen!« dachte sie und sprach: »Ein wohlschmeckender Pfirsich soll hierher kommen, ein bitterer Pfirsich soll dorthin schwimmen!« Da kam ein großer, köstlicher Pfirsich auf die alte Frau zugeschwommen. »Dies ist gewiß ein süßer Pfirsich!« sagte sie sich, fischte ihn heraus und ging damit nach Hause. Dort bewahrte sie ihn im Wandschrank auf.

Als es Abend wurde, kam der alte Mann, Brennholz auf dem Rücken, aus den Bergen zurück. »Mütterchen! Mütterchen! Ich bin wieder da!« – »Väterchen! Väterchen! Heute ist den Fluß herab ein köstlicher Pfirsich geschwommen gekommen. Ich habe ihn herausgeholt, aufbewahrt und so kannst du ihn essen!« sagte sie und nahm den Pfirsich aus dem Wandschrank. Als sie ihn aber auf ein Küchenbrettchen legte und ihn zerschneiden wollte, teilte sich der Pfirsich von selbst und ein hübsches Knäblein kam mit einem Seufzer zur Welt. Der Mann und die Frau waren verblüfft. Sie riefen: »Ach, dies ist ungeheuerlich!« und gerieten in große Aufregung. Dann sagten sie: »Weil dieses Kind aus einem Pfirsich geboren wurde, wollen wir es Momotarô, Pfirsichkind, nennen.« Also gaben sie ihm den Namen Momotarô. Die beiden Alten fütterten ihn nun beide mit Brei, gaben ihm Fisch zu essen und zogen ihn so auf. Wenn Momotarô eine Portion aß, so wurde er um ebensoviel größer; aß er eine doppelte Portion, wuchs er um das Doppelte. Lehrten sie ihn eine Sache, begriff er deren zehn; und wie sie ihn allmählich großzogen, wuchs er zu einem starken Knaben heran. Überdies aber wurde er ein überaus verständiger Knabe. Aus diesem Grund liebten die beiden Alten ihn zärtlich und hatten ihre Freude an Momotarô, ach ihrem Momotarô.

Eines Tages ging Momotarô zu seinem Vater und seiner Mutter in das Haus, setzte sich vorschriftsmäßig nieder, legte beide Hände aneinander und bat: »Väterchen, Mütterchen, ich bin herangewachsen. Nun möchte ich zu der Dämoneninsel gehen, um die Dämonen zu unterwerfen; deshalb bitte ich Euch, mir die besten Hirseklöße Japans mitzugeben.« Obwohl die beiden Alten meinten: »Du hast noch nicht das richtige Alter, wie kannst du da die Dämonen besiegen?« und ihn zurückzuhalten versuchten, sprach Momotarô: »Doch,

doch, der Sieg wird mein!« und hörte nicht auf sie. Da wußten sich der alte Mann und die alte Frau keinen Rat und sagten: »Nun, dann ziehe hin!« Sie bereiteten kunstvoll die besten Hirseklöße von Japan, gaben ihm ein neues Band um die Stirn, ließen ihn eine neue Hakama anlegen, ein Schwert einstecken, gaben ihm eine Fahne, auf der geschrieben stand: »Der einzigartige Momotarô von Japan«, und steckten die Hirseklöße in seine Hüfttasche. »Also, nimm dich in acht und ziehe hin. Wir hoffen, daß du die Dämonen unterwirfst und wiederkommst!«, so sprachen sie. Und er ging fort, von dem alten Ehepaar zum Abschied geleitet.

Als er an das Ende des Dorfes kam, fand sich ein Hund ein, der bellte: »Herr Momotarô! Herr Momotarô! Wohin geht Ihr?« – »Zu der Dämoneninsel, die Dämonen zu bezwingen.« – »Ich begleite Euch zu der Dämoneninsel. Bitte, gebt mir einen von den besten Hirseklößen Japans!« – »Nun, dann werde mein Diener. Da diese so gut sind, befähigen sie uns, die Kraft von zehn Männern zu erlangen!« antwortete er und nahm aus seiner Hüfttasche einen Hirsekloß heraus. Nachdem er so den Hund zu seinem Diener gemacht hatte und weiter in die Berge wanderte, kam jetzt – keen! keen! rufend – ein Fasan heran. Gleich dem Hund erhielt er einen Hirsekloß und wurde ebenfalls sein Diener. Momotarô zog nun, von seinen zwei Dienern begleitet, in die Tiefe der Berge. Da kam ein Affe – kya! kya! schreiend – heran. Auch der Affe wurde Momotarôs Diener. Momotarô machte nun den Anführer, gab dem Hund die Fahne und ohne Aufenthalt zogen sie hin zu der Dämoneninsel.

Als sie auf die Dämoneninsel kamen, erhob sich da ein großes, schwarzes Tor. Dondon! pochte der Affe an das Tor. Da sprach es von drinnen: »Wer ist es?«, und ein roter Dämon kam heraus. Momotarô sagte: »Ich bin der einzigartige Momotarô von Japan. Ich bin zu der Dämoneninsel gekommen, um die Dämonen zu unterwerfen; macht euch alle bereit!« Und er zog sein Schwert und griff an. Der

Affe nahm eine lange Lanze, der Hund und der Fasan nahmen ein Schwert und schlugen los. Die kleinen Dämonen, welche dort waren, gerieten in große Aufregung und flüchteten sich in die Tiefe. Die Dämonen in der Tiefe aber befanden sich gerade mitten in einem Trinkgelage. Als sie hörten, daß Momotarô gekommen sei, höhnten sie: »Was? Momotarô, wer ist das?« und kamen zum Angriff. Unsere vier Krieger aber hatten die besten Hirseklöße Japans gegessen und waren so stark, als hätten sie die Kraft von tausend Männern, und somit wurden die Dämonen alle besiegt. Darauf faltete ein schwarzer Dämon, der Anführer von allen, vor Momotarô die Hände, vergoß aus seinen großen Augen Tränen und sprach: »Gegen Euch kommen wir nicht an! Ich bitte, schenkt uns allein das Leben! Von nun an werden wir niemals mehr Böses tun!« Und er bat Momotarô um Verzeihung. »Nun, wenn ihr von jetzt an keine bösen Taten mehr vollbringt, will ich euch das nackte Leben lassen!« antwortete jener. Da sprach der Dämon: »Alle unsere Schätze geben wir Euch dafür!« Was sie nur an Schätzen hatten, gaben sie Momotarô.

Momotarô häufte die Kostbarkeiten auf einen Wagen, ließ den Hund, den Affen und den Fasan mit he! und hopp! ziehen und kehrte damit als Geschenk für die beiden alten Leute heim. Der alte Mann und die alte Frau freuten sich sehr und priesen Momotarô. Als diese Geschichte dem Himmelssohn zu Ohren kam, überhäufte er sie mit Wohltaten und sorgte dafür, daß die beiden Alten ihr ganzes Leben in Wohlstand verbringen konnten. Das ist die ganze Geschichte.

5. *Vom Knaben, der träumte*

Zu der Zeit, als es noch keine richtigen Schulen gab, wurden einmal zwölf Kinder daheim unterrichtet. Am zweiten Tag des ersten Monats bekamen sie von ihrem Lehrer die Aufgabe gestellt, den ersten Traum im neuen Jahr, den sie geschaut hatten, zu erzählen. »Ich habe diesen Traum gehabt, ich habe jenen Traum gehabt!«, so riefen alle und erzählten. Ein Kind aber sprach: »Auch ich habe einen Traum gehabt, aber ich erzähle ihn nicht!«, und es wollte um keinen Preis sprechen. »Zu sagen, daß du ihn nicht erzählen willst, das ist ungezogen! Sprich!« – »Nein, ich rede auf keinen Fall!« – »Wenn du ihn nicht erzählst, setzen wir dich in einen ausgehöhlten Baumstamm und lassen dich forttreiben. Willst du trotzdem nichts sagen?« – »Nein, ich erzähle ihn nicht!« Da befestigten sie an einem viereckigen Fahrzeug an den vier Seiten Metallstangen, setzten ihn in diesen Bottich, den sie in die reißende Strömung wendeten, so daß er nie das Land erreichte; Früchte der Sagopalme gaben sie ihm zum Essen mit und ließen ihn forttreiben.

Der Traum aber, den der Knabe gesehen hatte, war ein Traum, in dem er, die Hände auf zwei Frauen gelegt, eine Brücke überquerte. Um die Geschichte kurz zu machen: Am sechzehnten Tag des ersten Monats trieb das Fahrzeug hin zu der Dämoneninsel. An ihrer Steilküste legte es polternd an. Als nun die Dämonen jenes Schifflein entdeckten und in Besitz nehmen wollten, stand am Bug des Bottichs geschrieben: »Wer diesem hilft, bringt Tod über seine ganze Familie und den ganzen Clan bis hin zu den Vettern!« Am Heck aber stand geschrieben: »Wer diesem hilft, bringt seiner ganzen Familie und dem ganzen Clan bis hin zu den Vettern ein Leben in Glück!« – »Schaut! Schaut!« riefen die Dämonen und zogen das Fahrzeug an Land. Da zerbrach das Schiff in zwei Teile, und weil aus ihrer Mitte der Knabe herauskam, beschlossen sie, ihn einzufangen. Dann aber sprach der erste Dämon:

»Schade! Wenn wir ihn auffressen, werden wir von unserem Anführer gescholten!« Und so berichteten sie zuerst ihrem Anführer. »Das war recht getan! Bringt ihn auf einem Schneidebrett und dazu ein Fischmesser!« befahl dieser darauf. Der Knabe aber schrie: »Wartet! Wenn ich erst zerschnitten und zerteilt bin, ist es zu spät! Augenblicklich möchte ich euren Anführer sprechen! Bringt mich zu ihm!« Da geleiteten die Dämonen den Knaben zum Haus ihres Anführers. Als er nun zu dessen Haus kam, sprach er: »Ich bin mit zwei anderen eine Wette eingegangen: Wir haben abgemacht, daß der erste zum Palast des Drachenkönigs geht, der zweite in die Hölle und ins Paradies und ich eben hierher gehe. Wenn wir die Schatzstücke gesehen hätten, wollten wir zurückkehren. Nun möchte ich vor meinem Tode gern die Schätze sehen, dann will ich sterben. Denn wenn ich sterbe, nachdem ich sie gesehen habe, kann ich im Jenseits davon berichten.« Daraufhin holte der Anführer drei Stäbe und zeigte sie ihm: »Der erste wird ›Tausend-Meilen-Stab‹ genannt, denn sagt man ›Tausend Meilen‹, so fliegt man tausend Meilen. Der nächste wird ›Lebensstab‹ genannt, denn streicht man damit über den Körper eines Toten, so kehrt er ins Leben zurück. Der letzte heißt ›Seh-und-Hörstab‹. Durch ihn versteht man die Sprache der Vögel und Vierfüßler.« So belehrte er ihn. »Laß sie mich doch einmal mit den Händen berühren! Als wir drei uns getroffen hatten, war nämlich behauptet worden, daß du nicht einmal gestatten würdest, sie in die Hand zu nehmen.« – »Du darfst sie anfassen, aber faß sie an, ohne ein Wort zu sagen!« Der Knabe hatte sie aber kaum in die Hand genommen, als er auch schon »Tausend Meilen! Tausend Meilen!« rief und bis in seine Heimat Ōsaka zurückflog.

Als er nun am Tor seines Hauses in Ōsaka ankam, saßen da zwei Raben. Er hielt den ›Seh-und-Hörstab‹ ans Ohr und lauschte. »Die einzige Tochter des Edelmannes aus dem Westen liegt im Sterben. Schnell! Eile! Eile!«, so sprachen sie.

Hurtig machte sich der Knabe auf den Weg zum Haus des Edelmannes aus dem Westen, und dort sah er, daß am Fluß etwa zehn Frauen bereits den Reis für die Zeremonie des »Bootfortschickens« wuschen. »Ich bin ein Wunderpriester und möchte die verstorbene Tochter sehen!« forderte er. Da hörte eine Frau auf, Reis zu waschen, und geleitete den Knaben zu dem Haus des Edelmannes. Dieser freute sich und bat: »Untersuche sogleich meine Tochter!« Der Knabe antwortete: »Wenn sie es ist, die soeben verstorben ist, so will ich sie untersuchen.« Und er stellte rings um die Tote Wandschirme auf und strich mit dem Lebensstab über sie. Da schlug sie die Augen auf. »Wahrlich, so etwas gab es bis jetzt noch nie!« sprach er zu sich, und nachdem er dem ins Leben zurückgekehrten Mädchen die Abendmahlzeit zu essen gegeben hatte, war sie wieder ein Mensch wie zuvor. Der Edelmann aber rief: »Dieser Mann ist Herr über das Leben!«, machte den Jungen zum Mann seiner Tochter und alle führten ein Leben in Zufriedenheit.

In dieser Zeit starb auf einmal die einzige Tochter des Edelmannes aus dem Osten ganz plötzlich. »Der Schwiegersohn des Edelmannes aus dem Westen vermag Tote ins Leben zurückkehren zu lassen. Ich will ihn herbitten, damit er meine Tochter ins Leben zurückkehren läßt!« sprach jener und kam, um ihn zu bitten. Jedoch der Edelmann aus dem Westen erklärte ihm, das sei nicht möglich; und wies ihn ab. Denn schickte er ihn hinüber, würde er, da auch drüben nur eine Tochter da sei, ebenfalls zum Adoptivsohn erwählt werden. Als aber der Edelmann aus dem Osten beteuerte, daß er ihn gewiß nicht zum Schwiegersohn haben wolle, schickte er seinen Schwiegersohn zur Hilfe. Doch nachdem dieser mit seinem Lebensstab das Leben des Mädchens gerettet hatte, ließ ihn der Edelmann aus dem Osten gar nicht mehr heimkehren. Daraufhin verklagte der Edelmann aus dem Westen jenen beim Fürsten und erhielt folgendes Urteil: Die ersten fünfzehn Tage des Monats solle der Knabe

Schwiegersohn im Osthaus, die restlichen fünfzehn Tage im Westhaus sein.

Der junge Mann erhielt also zwei Haushaltungen; und alle fünfzehn Tage begrüßte und verabschiedete er auf einer Brücke mitten auf seinem Weg seine beiden Frauen, so wie es sein erster Traum im neuen Jahr gesagt hatte: Es werde geschehen, daß er seine Hände auf die Schultern zweier Frauen legen werde.

6. Yuriwaka-Daijin

In alter Zeit lebten einmal irgendwo zwei Edelleute, der reiche Asahi und der reiche Manno. Asahi hatte zwölf Kinder, Manno hatte nicht ein einziges Kind, aber unermeßlich viel Geld. Einmal befahl der Landesherr den beiden Edelleuten, ihm ihre größten Kostbarkeiten zu zeigen. Da setzte Asahi seine zwölf Kinder, prächtig gekleidet und geschmückt, in einer Reihe in eine dafür errichtete Halle aus Reisig, wo sie vor den Augen aller Leute ihre Fertigkeit in mannigfaltigen Künsten zeigten. Manno stellte vor goldenen Setzschirmen, hinter silbernen, durchsichtigen Vorhängen sein vieles Geld nebeneinander aufgeschichtet zur Schau. Alles Volk aber sammelte sich nur dort, wo Asahis Kinder ihre Künste vorführten und ihre Tänze zeigten; nach Mannos Schätzen sahen die Leute erst gar nicht hin. Als der Fürst das, was ihm die beiden als ihr kostbarstes Gut gezeigt hatten, gesehen hatte, sprach er die Worte des Gedichtes:

»Fasan, du Kinderreicher,
Wie sehr doch
Triumphierst du über den stolzen,
Einsamen Falken . . .«

Damit wollte er sagen, daß die Kraft und Gesundheit von Asahis Kindern allen Glanz und alle die toten Schätze Mannos in den Schatten stellten. Als Manno diese Worte gehört hatte, sah er sich geschlagen und dachte bei sich: »Wie wahr ist doch das Sprichwort, das da sagt: ›Kostbarer als zehntausend schatzgefüllte Speicher ist der Besitz von Kindern‹.« Von nun an kannte Manno keinen anderen Wunsch mehr als den, gleichfalls ein Kind zu besitzen. Tag für Tag pilgerte er, eine weiße Lilie als Gabe darbringend, zum Tempel der Kannon von Hase, um die Gottheit zu bitten, ihm ein Kind zu schenken. Endlich wurde auch sein Wunsch erfüllt, und es wurde ihm ein Sohn geboren, den er Yuriwaka-Daijin nannte. Denn Yuriwaka hatte seit seiner Jugend eine Körperfarbe, weiß wie eine Lilie (yuri). Wenn sich die Ritterschaft des Landes irgendwo versammelte, dann überragte er alle an Haupteslänge und übertraf alle an Ungestüm und Kühnheit. Als er dann in die Jahre kam, wo man sich nach einer Frau für ihn umzusehen begann, da war unter den Töchtern der adligen Familien keine zu finden, die er auch nur eines Blickes wert fand. Einmal saß er am Fenster und hörte Leute auf der Straße im Vorübergehen sagen: »Da sagen die Leute immer, daß der Herr Yuriwaka kein Mädchen im Lande für würdig befände, seine Frau zu werden; doch da ist des Staatsrats Sanjô Tochter, würde er sie kennen, er nähme sie sofort.« Als er dies gehört hatte, brach er sofort auf und entführte bei Nacht Prinzessin Sanjô. Zur Strafe für diesen Raub schickte man Yuriwaka-Daijin aus, die Dämonen auf der Insel Onigashima zu vernichten. Das Schiff, auf dem er zu dieser Fahrt auszog, trug Segel aus vierhundertundacht Leinwandbahnen am Maste, achtundvierzig andere Schiffe begleiteten ihn auf diesem Zug. In der Nacht vor Yuriwaka-Daijins Ankunft hatte der junge Dämonenfürst einen Unheil verheißenden Traum und sagte zu seinem Vater, dem alten Dämonenfürsten: »Laß uns alle Vorbereitungen treffen, um gegen jedes Unglück, das uns widerfahren könnte, gerüstet zu sein.« Der alte Dämon aber antwortete ihm prahlerisch, auf seine Teufelskünste vertrauend: »Was redest du da für dummes Zeug? Hat man je so etwas gehört? Wer uns auch immer bedrohen wollte und woher er auch kommen möge, er wird in uns seine Meister finden.« Als dann Yuriwaka-Daijins Schiffe an Land stoßen wollten, schleuderten die Dämonen viele große und kleine Steine gegen seine Schiffe. Yuriwaka-Daijin aber stand hochaufgerichtet am Bug seines Schiffes und fing alle Steine leicht mit seinem entfalteten Kriegsfächer, der mit der roten Sonnenscheibe bemalt war, auf. Als die Dämonen sahen, daß ihnen dies nichts helfen würde, öffneten sie ihren Windsack und ließen ihm Feuerwind und Feuerregen entströmen. Feuerwind und Feuerregen verbrannten alle achtundvierzig Schiffe, die Yuriwaka-Daijin begleitet hatten, nur Yuriwaka-Daijins eigenes Schiff blieb wohlbehalten, und es gelang ihm, glücklich an Land zu kommen. Da zogen sich die Dämonen in ihre Felsenhöhle zurück und verschlossen sie mit Felsentüren. Das half ihnen aber nichts, denn Yuriwaka-Daijin öffnete die schweren Steintüren leicht mit seiner großen Eisenstange. Dann lagen die beiden Gegner einander sieben Tage und sieben Nächte gegenüber, sich gegenseitig mit Blicken messend. Schließlich unterlagen in diesem Wettstreit die Dämonen, die Yuriwaka-Daijins Blicke nicht mehr ertragen konnten, und aus ihren Augen flossen blutige Tränen. Nun erst begann der wirkliche Kampf. Yuriwaka-Daijin schlug mit einem Schwertstreich dem Dämonenfürsten das Haupt ab. Der Kopf aber flog zum Himmel empor, um sich dort die Medizin zu holen, mit der man Kopf und Körper wieder vereinigen kann. Schnell packte Yuriwaka-Daijin, während der Kopf noch unterwegs war, den Körper des Dämonenfürsten in eine große Steinkiste und verschloß diese mit einem schweren Deckel. Als der Kopf nun vom Himmel zurückkehrte, konnte er sich nicht mehr mit dem Körper vereinigen und stürzte sich voll Wut und Verzweiflung auf Yuriwaka-Daijin. Von den sieben Eisenschichten von Yuriwaka-Daijins Helm zerbiß er sechs Schichten, so daß nur noch eine einzige Schicht Yuriwakas Kopf schützte. Dieser aber zeigte keine Angst und Schwäche, sondern sagte nur lachend: »Sieben Schichten hat mein Helm, nachdem du zwei zerbissen hast, bleiben doch noch fünf übrig.« Als dies der Dämonenkopf hörte, verlor er den Mut, ließ den Helm fahren und fiel tot zur Erde. Nun erst wandte sich Yuriwaka-Daijin gegen die übrigen Dämonen und vernichtete alle bis auf einen kleinen Dämon, dem er das Leben schenkte. Obwohl dieser Sieg nur einzig und allein dem gnädigen Beistand der Götter zu verdanken war, rühmte sich Yuriwaka-Daijin, den Sieg ganz allein, nur durch seine eigene Kraft errungen zu haben, und weigerte sich, den Göttern seinen Dank zu sagen. Dafür traf ihn die himmlische Strafe. Als er sich, von dem langen, schweren Kampf ermüdet, ausruhen wollte und im Grase liegend einen kurzen Schlaf zu tun gedachte, schlief er drei Tage und drei Nächte lang ohne Unterbrechung. Da überredeten seine beiden Vasallen, Beppû no Jirô und Beppû no Saburô, die Mannschaft dazu, ohne Yuriwaka-Daijin nach Hause zurückzukehren, um Lohn und Ruhm für die Vertilgung der Dämonen für sich in Anspruch zu nehmen. Heimlich segelten sie davon und ließen den schlafenden Yuriwaka-Daijin ohne Mittel und Hilfe auf der Insel zurück. Als Yurikawa-Daijin nach dem dritten Tag seines Schlafes erwachte, sah er sich von den Seinigen verlassen allein nur mit dem kleinen Dämon, dem er das Leben geschenkt hatte, als Gefährten. Dort wohnte er in einer Höhle, und seine einzige Nahrung war Seegras, das der kleine Dämon für ihn suchte und ihm vorsetzte, nachdem er es in seinem Munde mit seinem feurigen Atem gekocht hatte. Die Brüder Beppû hatten inzwischen, in der Heimat angekommen, überall die Nachricht verbreitet, daß Yuriwaka-Daijin im Kampfe mit den Dämonen den Tod gefunden habe, und waren zur Belohnung für die Vernichtung der Dämonen mit Yuriwaka-Daijins Gütern und Ämtern belehnt worden. Nur Yuriwaka-Daijins Frau wollte an seinen Tod nicht glauben. Eines Nachts sah sie ihn im Traum allein auf einer einsamen Insel, auf Befreiung und Rettung wartend. Da nahm sie Yuriwaka-Daijins Lieblingsfalken Midorimaru und befahl ihm, zu Yuriwaka-Daijin zu fliegen. Als der Falke Yuriwaka-Daijin auf seiner Insel gefunden hatte, schrieb dieser mit einem Holz auf ein Baumblatt einen Brief an seine Frau, band das Blatt dem Falken an den Fuß und ließ ihn wieder fliegen. Als Yuriwaka-Daijins Frau den Brief auf dem Blatt erhalten hatte, sandte sie den Falken nochmals aus und band ihm Pinsel, Tusche und Tuschreibstein zusammen mit einem Brief an das Bein. Der Tuschreibstein war aber für den Falken zu schwer, und unterwegs verließen ihn die Kräfte. Er fiel ins Meer und ertrank. Die Wellen trieben aber den toten Falken an den Strand der Insel, und dort fand ihn Yuriwaka-Daijin, als er am Strand nach einem rettenden Schiff Umschau hielt. So verlor er zum zweiten Male die Möglichkeit, mit seiner Frau in Verbindung zu treten. Nachdem nun Yuriwaka-Daijin drei Jahre auf der einsamen Insel verbracht hatte, hatte eines Nachts ein Fischer einen Traum, in dem wurde ihm verheißen, wenn er bei der Insel Onigashima fischte, so würde er einen seltenen Fisch fangen. Als er sich dorthin aufmachte, traf er Yuriwaka-Daijin auf der Insel. In den drei Jahren, in denen sich Yuriwaka-Daijin weder Haar noch Bart geschnitten noch ein warmes Bad genommen hatte, war er ganz verwildert und sah einem Menschen nicht mehr ähnlich. Als er den Fischer bat, ihn in sein Boot zu nehmen, wollte dieser deshalb nicht auf ihn hören. Yuriwaka-Daijin aber bestieg trotzdem das Boot und zwang den Fischer, ihn nach der Heimat zu fahren. Dort angekommen, wanderte er durch das Land, bis er zu seinem Palast gekommen war. Dort erkannte ihn niemand. Nur sein altes Lieblingspferd Onikage erkannte ihn wieder und begrüßte ihn, als er am Pferdestall vorüberging, indem es achtmal vor ihm die Knie beugte. Sonst wollte niemand etwas von dem schmutzigen und verwilderten Menschen wissen, und man gab ihm schließlich aus Gnade den Posten eines Badstubenheizers im Palast. Weil sein Körper über und über mit Schmutz bedeckt war und Bart und Haare verfilzt wie Moos waren, nannten ihn alle Leute nur Kokemaru (»Moosbartel«). Als Yuriwaka-Daijins alte Amme einmal diesen Kokemaru sah, dachte sie bei sich: »Sieht er nicht irgendwie meinem Herrn Yuriwaka ähnlich? Wenn es Herr Yuriwaka wäre, so müßte er doppelte Zahnreihen haben. Wie könnte ich es wohl anstellen, daß ich diesen da zum Lachen bringe, um Gelegenheit zu haben, seine Zähne zu sehen?« Schließlich dachte sie sich einen Plan aus. Als Kokemaru einmal auf dem Hofe des Palastes stand, hob sie ihren Rock hoch, entblößte ihren Hintern und begann possenhaft in diesem Aufzug zu tanzen. Als Yuriwaka diesen Tanz der Alten sah, mußte er, weil es ihm gar zu komisch vorkam, unbewußt lächeln. Da sah die Alte die doppelten Zahnreihen in seinem Mund und wußte, daß er Yuriwaka-Daijin war. Als sie den Leuten vom Palast ihre Entdeckung erzählte, wollte es ihr niemand glauben und man beschloß, den Kokemaru auf die Probe zu stellen. Yuriwaka-Daijins altes Lieblingsroß Onikage war ein wildes Pferd, das außer Yuriwaka-Daijin niemand zu zähmen verstand. Man führte es aus dem Stall und befahl dem Kokemaru, es zu besteigen. Kaum hatte er sich auf seinen Rücken geschwungen, da gehorchte das Pferd, das bis dahin keinen anderen Reiter im Sattel geduldet hatte, gehorsam seinen Zügeln. Nun sahen alle, daß der schmutzige Kokemaru kein anderer als Yuriwaka-Daijin sein konnte. Auf seinen Befehl brachte man ihm dann den »Tausendmännerbogen«, den niemand als er zu spannen vermochte. Er ergriff ihn und erschoß damit die beiden Brüder Beppû und all die treulosen Vasallen, die ihn auf der Insel verlassen hatten. Der Tennô aber freute sich sehr, als er hörte, daß Yuriwaka-Daijin, den alle für tot gehalten hatten, noch am Leben war, und setzte ihn wieder in alle seine Ämter und Würden ein.

7. *Als die Dämonen lachten*

In vergangenen Zeiten lebte einmal irgendwo ein sehr reicher Mann. Dessen allerliebste, einzige Tochter sollte in ein Dorf in weiter Ferne heiraten. Als nun der Tag der Hochzeit anbrach, kamen vom Haus des Bräutigams prunkvolle Sänften, um sie abzuholen; so gaben ihr nicht nur die Mutter, sondern auch die Verwandten in zahlreichen Sänften das Geleit; und unter den neckenden Rufen »Junge Frau! Junge Frau!« überschritten sie Bergrücken und Gebirgspässe. Da senkte sich plötzlich vom Himmel eine tiefschwarze Wolke herab und verhüllte die Sänfte der Braut. Während alle noch riefen: »Was ist los? Was sollen wir tun?«, entführte die schwarze Wolke die Braut mit ihrer Sänfte in die Lüfte.

Als die Mutter sich nun ihrer geliebten Tochter beraubt sah, machte sie sich Sorgen, bis sie nahe daran war, den Verstand zu verlieren, und sprach: »Nie und nimmer werde ich aufhören, nach meiner Tochter zu suchen!« Sie packte sich gekochten Reis auf den Rücken und durchstreifte suchend das Gebirge ohne einen Hinweis, der ihr gesagt hätte, wohin. Bei dieser Suche über Felder und Berge hinweg neigte sich der Tag dem Ende zu. Da erhob sich ihr gerade gegenüber ein kleiner Tempel. Dorthinein ging sie und sprach: »Wenn er auch äußerst armselig ist, so ist es doch vielleicht möglich, für diese Nacht ein Obdach zu erhalten!« Da trat von drinnen eine Nonne heraus und erklärte: »Es gibt hier zwar weder wärmende Kleider noch Essen, aber übernachten könnt Ihr jedenfalls.« Die Mutter ging also in den Tempel hinein, und weil sie müde war, legte sie sich sofort nieder. Da zog die Nonne ihr eigenes Gewand aus und hieß sie es überziehen. Nachdem sie es angezogen hatte, sprach die Nonne folgendermaßen: »Eure Tochter, die Ihr sucht, wurde in das Haus eines Dämons jenseits des Flusses entführt. Da aber am Fluß ein Riesenhund und ein Geisterhund Wache halten, ist es unmöglich, dorthin zu gehen. Sei es nun auch so, wenn sie einmal ein Mittagsschläfchen halten sollten und Ihr diese günstige Gelegenheit wahrnehmt und versucht hinüberzugehen, so dürftet Ihr vielleicht hinüberkommen. Doch da ist eine Brücke, die man die Soroban- (Kugel-) Brücke nennt; ihr sind Kugeln in großer Zahl eingebaut, also müßt Ihr sie so überqueren, daß Ihr nicht auf die Kugeln tretet. Wenn Ihr stets daran denkt, nicht auf die Kugeln zu treten, könnt Ihr sicher sein, wieder in Euer Heimatdorf zurückzukehren.«

Am nächsten Morgen wurde die Mutter von einem raschelnden Geräusch aufgeschreckt und öffnete die Augen. Da waren um sie herum nichts als Schilffelder, und da der Tempel fehlte, war natürlich auch die Nonne nirgends zu sehen. Nur die Schilfgräser rauschten traurig im Morgenwind; die Mutter aber hatte einen von Regen und Wind gebleichten Grabstein zum Kopfkissen genommen und darauf geschlafen. »Frau Nonne, ich danke Euch!« rief sie und erstattete so ihren Dank. Als sie nun auf dem ihr gewiesenen Weg in die Nähe des Flusses kam, hielten der Riesenhund und der Geisterhund wirklich gerade ein Schläfchen; so überquerte sie bei dieser Gelegenheit mit aller Vorsicht, um nicht auf die Kugeln der Sorobanbrücke zu treten, den Fluß. Nachdem sie mit vieler Mühe den Fluß überschritten hatte und vorwärtseilte, ertönte das vertraute Geräusch eines Webstuhles: Chan-chan-chan-karin! Unwillkürlich rief die Mutter: »Töchterchen!« Da erschien die Tochter, und beide liefen aufeinander zu und umarmten sich und freuten sich.

Nach einer Weile setzte die Tochter der Mutter in großer Eile den Abendreis vor und sprach: »Wenn du von dem Dämon gefunden würdest, gäbe es ein großes Unglück!« Und dann verbarg sie die Mutter in einer Steinkiste. Bald darauf kehrte der Dämon zurück. »Ich rieche doch ein menschliches Wesen!« rief er und schnüffelte dabei mit seiner Nase herum. Das Mädchen aber entgegnete, daß es das nicht begreife, und erklärte, wenn es aber so sei, solle er doch einfach im Garten die Blumen anschauen gehen. Im Garten nämlich gab es wundersame Blumen: so viele menschliche Wesen im Haus waren, so viele erblühten. Da sich nun an diesem Tag drei geöffnet hatten, kam der Dämon ungeheuer zornig zurück. »Wo hast du den Menschen verborgen?« schrie er und wollte es jetzt sogar packen. Unablässig überlegte das Mädchen, was es tun solle, und plötzlich kam ihm ein Gedanke. »Ich bin schwanger, deshalb sind es drei Blüten!« sprach es. Da freute sich der erzürnte Dämon so, daß er sich fast auf den Kopf stellte. Im Übermaß seiner Freude brüllte er laut und rief seine Diener zusammen: »Ihr Diener auf! Bringt Sake! Bringt Trommeln! Und die Wachen am Fluß prügelt zu Tode!« So schrie er und sprang umher. Auch seine Diener freuten sich, und mit den Rufen »Wein! Trommeln! Prügelt diesen Riesenhund und den Geisterhund zu Tode!« begannen sie ein großes Gelage.

Bald waren die Dämonen vom Sake schwer betrunken und fielen in Schlaf. Der Oberdämon aber sprach: »Frau, wenn ich eingeschlafen bin, dann lege mich in die Holzkiste!« Erleichtert atmete das Mädchen auf, daß er sich die Holzkiste gewählt hatte. Nach einer Weile legte es den Dämon in diese hinein und schloß ihre sieben Deckel mit sieben Schlüsseln zu. Dann holte es eilig seine Mutter aus der Steinkiste, und beide flohen aus dem Haus des Dämons. Da der Riesenhund und der Geisterhund getötet worden waren und sie auch sonst niemand entdeckte, gingen sie zu dem Schuppen, wo die Fahrzeuge aufbewahrt wurden. Während sie aber noch beratschlagten: »Ist der 10 000-Meilen-Wagen oder der 1000-Meilen-Wagen besser?«, erschien die Nonne und sprach: »Weder der 10 000-Meilen-Wagen noch der 1000-Meilen-Wagen ist von Nutzen! Flieht schnell mit dem Schiff!« Also bestiegen Mutter und Tochter das Schiff und flohen, so schnell sie konnten, den Fluß hinab.

Als dem Dämon, der in der Holzkiste schlief, die Kehle trocken wurde und er, wie oft er auch »Frau, bring mir Wasser!« brüllte, keine Antwort bekam, brach er gewaltsam die sieben Deckel auf, kam heraus und schaute; aber seine Frau war nicht da. Wo er auch suchte – sie war spurlos verschwunden. »Dieser Balg bildet sich ein, entfliehen zu können!« schrie er und weckte seine Diener auf. Als sie dann zum Fahrzeugschuppen gingen und nachschauten, war das Schiff nicht mehr da. Deshalb gingen alle zum Fluß und suchten dort. Das Schiff von Mutter und Tochter aber war schon in weite Ferne entschwunden. Da befahl der Dämon seinen Dienern: »Sauft das Wasser des Flusses bis zur Neige aus!« Die Scharen von Dämonen gehorchten sofort. Sie steckten ihren Kopf in den Fluß und schlürfend begannen sie das Wasser zu saufen. Dabei saugten sie das Wasser an, und mit diesem kam auch das Schiff von Mutter und Tochter allmählich zurück. Da sie jeden Augenblick in Reichweite des Dämons kommen mußten, schickten sie sich bereits darein, daß es keine Rettung mehr gebe, als ihnen wiederum die Nonne erschien und sprach: »Unverzüglich! Zeigt schnell Euer Geheimstes den Dämonen!« Da hoben sie – zusammen mit der Nonne – zu dritt den Saum ihrer Gewänder. Als die Dämonen dies sahen, lachten sie dröhnend und lachten immer mehr und wälzten sich am Boden und lachten und spien dabei das Wasser, welches sie getrunken hatten, alles wieder aus. Da fuhr das Schiff wieder in die Ferne und Mutter und Tochter konnten ihr bedrohtes Leben retten.

Da sie dies allein der Nonne verdankten, sprachen sie ihr herzlich ihren Dank aus. Die Nonne aber entgegnete: »Da ich nur ein Grabstein inmitten von Feldern bin, legt bitte jedes Jahr einen Grabstein mehr neben mich. Darüber freue ich mich am meisten!« Dann verschwand sie. Mutter und Tochter konnten sicher nach Hause zurückkehren und vergaßen von da an niemals die Wohltat der Nonne: Jedes Jahr stellten sie einen weiteren Grabstein auf. So wird erzählt.

8. Der Brückenbauer und der Dämon

Irgendwo gab es einmal einen reißenden Strom. Jedesmal, wenn man eine Brücke über ihn schlagen wollte, riß das Wasser die Brücke fort. Die Leute des Dorfes waren darüber sehr bekümmert und berieten sich, was sie da machen sollten. Nachdem lange hin und her beratschlagt worden war, entschloß man sich, dem berühmtesten Zimmermeister des Landes, der in einer nahen Gemeinde wohnte, den Auftrag zum Brückenbau zu geben. Weil der Zimmermeister auf seine Geschicklichkeit vertraute, gab er gern seine Zustimmung dazu. Innerlich aber, ganz im geheimen, machte er sich Sorge, ob ihm das Werk auch gelingen werde. Er ging daher ganz allein an den Fluß und suchte am Ufer nach einer günstigen Stelle, wo man die Brücke schlagen könnte. Als er so nachdenklich auf und ab schritt und prüfende Blicke auf die Strömung des Flusses warf, bildete sich mitten im Fluß plötzlich ein Wirbel, Blasen stiegen platzend empor, und plötzlich tauchte ein großer Dämon mitten im Strome auf und rief ihn an: »Du großer Zimmermeister, über was denkst du so angestrengt nach?« Der antwortete: »Ich überlege, wie und wo man hier eine gute Brücke über den Strom schlagen kann, und will mir den Platz dafür aussuchen.« Der Dämon lachte laut: »Magst du auch ein noch so geschickter und kunstfertiger Zimmermann sein, hier wird es dir nicht glücken, eine Brücke zu schlagen. Ich will dir aber einen Vorschlag machen, wenn du mir deine Augen dafür gibst, so will ich für dich den Brückenbau schaffen.« Der Zimmermeister antwortete: »Ich bin damit einverstanden«, und kehrte in sein Haus zurück. Als er am nächsten Tag zum Fluß kam, sah er, daß die Brücke schon zur Hälfte fertig war, und am folgenden Tage war der Brückenbau, als er wieder dorthin ging, vollendet. Während er, der nicht im Ernst daran geglaubt hatte, noch fassungslos vor Erstaunen auf das Werk sah, erschien der Dämon, trat vor ihn hin und rief ihm zu: »So, gib mir nun deine Augen.«

Der Zimmermann bat ihn: »Warte damit noch etwas«, und floh entsetzt in die Berge, wo er ziellos umherlief und überlegte, wie er sich von seinem Versprechen lösen könne. Plötzlich hörte er die Stimmen von spielenden Kindern, die nur immer den einen Vers sangen:

»Oniroku, komm schnell,
Hol dir deine Augen ab,
Das wird gut sein, das wird gut sein!«

Dem Zimmermann schien der Gesang der Kinder wie eine Aufmunterung, den Mut nicht zu verlieren. Er faßte sich ein Herz, kehrte nach Hause zurück und schlief fast beruhigt ein. Am nächsten Morgen ging er wieder zum Fluß hinunter, und wieder erschien der Dämon und rief ihm zu: »Gib die Augen her!« Und als der Zimmermann ihn nochmals bat, sich noch kurze Zeit zu gedulden, machte er ihm plötzlich den Vorschlag: »Höre, ich sehe, daß du mir die Augen nicht gerne geben willst, wenn du meinen Namen erraten kannst, dann will ich darauf verzichten und sie dir lassen.« – »Gut, ich will es versuchen, ihn zu erraten«, sagte der Zimmermann, »wie wirst du heißen, heißest du vielleicht Tarô?« Da lachte der Dämon: »Nein, so heiße ich nicht, so heißt kein Dämon, du wirst es nicht erraten.« – »Heißest du dann vielleicht Jirô?« riet der Zimmermann. »Nein, nein, das ist kein Dämonenname, du wirst ihn nicht erraten.« – »Heißest du etwa Saburô?« riet der Zimmermann, und als der Dämon wieder »nein, nein, nein« geantwortet hatte, schrie ihm der Zimmermann mit donnernder Stimme ins Gesicht: »Oniroku heißt du!« Da sprang der Dämon ohne ein Wort zu sagen in das Wasser, tauchte unter und kam nicht wieder zum Vorschein.

9. Das Jizô-Paradies

Vor langer, langer Zeit, irgendwo, lebten ein alter Mann und eine alte Frau. Als sie eines Morgens aufstanden und die Frau das Haus und der Mann die Tenne fegte, war eine einzelne Bohne hinuntergefallen. »Mütterchen, Mütterchen! Ich habe ein Böhnchen gefunden! Sollen wir es auf dem Feld aussäen und so vertausendfachen oder sollen wir es mit dem Mörser zerstoßen und zu Bohnenmehl verarbeiten?« So sprach er; während sich die beiden aber noch berieten, sprang die Bohne mit einem Hopser dem Alten aus den Fingern, rollte kullernd immer weiter fort und fiel dann in ein Mauseloch in der Ecke der Tenne. »Nein so etwas! Nun habe ich die Bohne, welche ich eigens aufgehoben hatte, verloren! Mütterchen! Mütterchen! Schnell, bringe mir doch einen Holzspan!« rief er, und während die alte Frau mit dem Holzspan, den sie vom Brennholz an der Feuerstelle geholt hatte, dieses Mauseloch aufgrub, stieg der Mann immer tiefer hinein.

»Habt ihr nicht die Bohne bemerkt, die Väterchen fortgerollt ist? Habt ihr nicht die Bohne gesehen, die Väterchen fortgerollt ist?«

So singend stieg er hinein, worauf er am Wegesrand auf einen steinernen Jizô traf. »Ach verzeiht, Herr Jizô, habt Ihr nicht die Bohne gesehen, die mir fortgerollt ist?« fragte er. Da antwortete der Jizô: »Gewiß habe ich sie gesehen; ich selbst habe sie aufgehoben, geröstet und gegessen!« – »Nun, dann ist es gut! Dann gehe ich wieder nach Hause!« sprach der Alte und wollte gerade umkehren, als der Jizô Mitleid mit ihm fühlte und rief: »Väterchen! Väterchen! Warte ein wenig, ich will dich dafür entschädigen!« – »Wenn's so ist, Herr Jizô, was habt Ihr mir zu sagen?« fragte jener. »Hör zu: Wenn du jetzt noch tiefer hineingehst, steht da ein Haus mit einer roten Schiebetür; dort sind die Mäuse ganz und gar mit Vorbereitungen für eine Hochzeit beschäftigt, biete daher deine Hilfe beim Stampfen mit dem Mörser an, wenn du hingelangst. Gehst du dann noch tiefer hinein und kommst zu einem Haus, das mit einer schwarzen Schiebetür versehen ist, so werden die Dämonen dort alle mit Glücksspielen beschäftigt sein; ahme deshalb den Hahnenschrei nach, wenn du dort bist, und nimm ihnen dann ihr Geld weg!« So belehrte er ihn.

»Gut, habt Dank!« erwiderte der alte Mann dem Jizô und ging tiefer hinein; wie der Jizô gesagt hatte, kam er da zu einem Haus mit einer roten Schiebetür. »He, ist jemand zu Hause?« rief er deshalb und wollte eintreten, worauf von drinnen die Mäusebraut herauskam. »Väterchen, was führt Euch her?« fragte sie. »Da Ihr bei den Vorbereitungen zu Eurer Hochzeit seid, bin ich gekommen, um beim Stampfen mit dem Mörser zu helfen!« antwortete der Alte. »Nein, so etwas! Ihr seid zu guter Zeit gekommen! Schnell, kommt herein und helft!« Mit diesen Worten führte sie den Mann ins Haus. Als der Alte eintrat und um sich blickte, war das Haus wunderschön: im ersten Zimmer gab es außer zinnoberroten Eßtischchen und zinnoberroten Holzschalen ein bronzenes Holzkohlenbecken. Im zweiten Zimmer waren eine große Anzahl kurzärmliger, wattierter Gewänder aus Seide aufgehängt. Als er aber in das dritte Zimmer kam und sich umsah, schüttete gerade eine große Schar Mäuse Gold in einen Mörser; jakuri! jakuri! stampften sie es und sangen dabei:

Heißa! Heißa!
Die Stimme, welche miaut,
wir wollen sie nicht hören!

Als nun der alte Mann zu ihnen trat und beim Stampfen mit dem Mörser half, freuten sich die Mäuse gar sehr und schenkten ihm eine Menge herrlicher, kurzärmliger Gewänder aus Seide. Darauf wanderte er mit den rotseidenen Kleidern, welche er von den Mäusen erhalten hatte, geradewegs weiter in die Tiefe und gelangte so zu einem Haus mit einer schwarzen Schiebetür. Eine Unzahl Dämonen befand sich darin, und sie patschten und klatschten mit ihren Spielkarten. Damit sie ihn nicht bemerkten, stieg nun der Mann auf den Tragbalken des Pferdestalles, und als es auf Mitternacht ging, schlug er auf eine Getreideschwinge gleich einem Flügelschlag und täuschte dabei den Morgenschrei eines Hahnes vor: »Kekeroo!« – »Das ist erst das erste Mal!« sagten die Dämonen; da schlug der Alte, nachdem eine kleine Weile verstrichen war, wieder gleich einem Flügelschlag auf die Schwinge und rief: »Kekeroo-ya-e!« – »Das ist erst das zweite Mal!« sagten die Dämonen. Als aber wieder kurze Zeit vergangen war, der Mann gleich einem Flügelschlag auf die Schwinge schlug und dabei rief: »Kekeroo! Kekeroo!«, da erschraken die Dämonen und schrien: »Nun ist es das dritte Mal, die Nacht ist um!«; sie ließen ihr Geld liegen, wo sie es eben hingestreut hatten, und liefen, einer dem anderen nachdrängend, davon.

Gemächlich stieg der Alte darauf von dem Tragbalken des Pferdestalles herab, nahm das ganze Geld an sich und kehrte heim. Er und auch seine Frau zogen nun die verschlissenen Kleider aus, welche sie bis jetzt getragen hatten, legten die Seidengewänder an, welche er von den Mäusen bekommen hatte, klimperten mit dem Geld und füllten es dann voller Freude in Scheffel und maßen es aus.

Da kam eine alte Frau aus ihrer Nachbarschaft dazu und sprach: »Wie geht es euch? Könntet ihr mir vielleicht von eurem Feuer abgeben?« Dann aber forschte sie: »Was ist das! Wie seid ihr zu solch erfreulichem Wohlstand gekommen?« Und nachdem die beiden Alten erzählt hatten, wie sie zu den rotseidenen Kleidern und zu der Menge Geldes gekommen waren, zeigten sie: »Schau mal, dies hier und das!«

»So viele Dinge! Wirklich eine beneidenswerte Geschichte ist das! Deshalb werde auch ich schnell nach Hause zurückkehren und meinen Mann dorthin schicken!« erwiderte die

Alte aus der Nachbarschaft und lief in größter Eile heim. Nun fegte die Frau das Haus aus und ihr Mann fegte die Tenne, genau wie es das alte Ehepaar aus der Nachbarschaft gemacht hatte; doch es wollte sich um alles in der Welt keine Bohne finden. Deshalb rief der Mann mit lauter Stimme: »Frau, Frau, bring mir schnell aus dem Sack dort eine Bohne!«, stopfte die Bohne, welche ihm seine Frau brachte, in ein Mauseloch, grub darauf mit einem Holzspan die Erde auf und stieg hinein. Wie der alte Mann aus der Nachbarschaft gesagt hatte, saß da am Wegesrand ein Jizô aus Stein. Ihn fragte er: »Ist hierher nicht eine Bohne gerollt gekommen?«, worauf der Jizô antwortete: »Ja, das ist sie, aber ich habe sie aufgehoben und verspeist!« Da schalt der Alte: »Was soll das heißen, du Gauner von einem Jizô, andrer Leute Bohnen aufzuheben und zu essen und einen zum Narren zu halten! Als Entschädigung verschaffe mir nun kurzärmlige Seidengewänder und Geld!« Der Jizô machte ein verdrießliches Gesicht, belehrte ihn aber, wie er den alten Mann aus der Nachbarschaft belehrt hatte. Während der Alte

»Meine Bohne – wer sie gestohlen hat,
für meine Bohne leiste er mir Ersatz!«

singend ein Weilchen weiterging, stand wahrhaftig eine rote Tür vor ihm. Dahinter sangen die Mäuse:

»Heißassa!
Die Stimme, welche miaut,
wir wollen sie nicht hören!«

Dabei stampften sie »jakuri! jakuri!« in ihrem Mörser das Gold. Als der Alte hineinguckte, lagen drinnen, wie bei dem Mann aus der Nachbarschaft, scharlachrote Kleider, zinnoberrote Eßtischchen mit zinnoberroten Schalen und Gold in großer Menge. Da wurde der alte Mann von der Gier danach gepackt und dachte sich, wenn er den Schrei der Katze nachahme, könne er sich diese Schätze alle aneignen; also rief er mit lauter Stimme: »Nyagô! Nyagôtsu!«

Darauf wurde das Haus der Mäuse, bis jetzt hell erleuchtet, so als hätte jemand plötzlich die Lichter verlöscht, stockdunkel und alles war verschwunden. Während er sich überlegte, was eigentlich los war, kroch der Alte im Finstern weiter. Und er stieß bald auf die schwarze Tür, und weil patschende und klatschende Geräusche heraustönten, dachte er sich »Was kann das sein?« und lugte hinein; da hatten sich die Dämonen zusammengefunden und spielten Glücksspiele. Nun besann sich der Alte auf das, was er vom Jizô gehört hatte, und damit er von den Dämonen nicht bemerkt würde, kletterte er auf den Tragbalken des Pferdestalles und verbarg sich dort. Um Mitternacht dann schlug er gleich einem Flügelschlag auf die Getreideschwinge und schrie mit lauter Stimme:

»Ha! Der erste Hahn!«

Da verwunderten sich die Dämonen, fragten sich »Was ist das?« und machten erstaunte Gesichter. Nun schrie der Alte wiederum mit lauter Stimme: »Ha! Der zweite Hahn!«

Da riefen die Dämonen wiederum: »Was ist das?« und wurden unruhig, worauf der Alte sie diesmal in Schrecken zu versetzen und zu vertreiben gedachte und noch einmal mit lauter Stimme schrie:

»Der dritte Hahn!«

Da aber riefen die Dämonen: »Was, diese Stimme ist doch die von dem falschen Hahn von gestern nacht; der uns unser Geld weggenommen hat, er ist auch heute wiedergekommen. Laßt uns ihn einfangen!«, und sie stiegen auf den Balken im Pferdestall.

Als die Dämonen aber Hals über Kopf hinaufkletterten, verhängte sich einer mit dem Nasenloch an einem Haken und blieb daran baumeln. Der Alte sah dies und brach in schallendes Gelächter aus, so daß die Dämonen riefen: »Diesen Alten, laßt ihn nicht entkommen!«, sich in großer Zahl auf ihn stürzten und schrien: »Er hat gestern unser Geld gestohlen!« Und sie prügelten ihn windelweich. Am ganzen Körper voller

Wunden, von rotem Blut überströmt und besudelt kroch der Alte, Oi! Oi! jammernd, schließlich zurück. Die alte Frau aber vernahm das Wehklagen ihres Mannes und sprach zu sich: »Ah, ah, dies ist doch mein Mann; er hat ein rotes, kurzärmliges Kleid aus Seide angelegt und kommt nun singend daher.« Sie zog die Lumpen aus, die sie trug, warf sie ins Feuer und erwartete ihn gänzlich nackt. Der Alte aber kam voller Mühe aus dem Loch herausgekrochen und jammerte: Oi! Oi! So war am Ende der böse alte Mann blutüberströmt, und die böse alte Frau hatte ihre Kleider verbrannt.

10. Der Jizô der Affen

Irgendwo lebte ein alter Mann. Er ließ sich von seiner Frau geröstete Kuchen aus Buchweizen bereiten und ging auf die Bergwiesen, um Gras zu holen. Da kam von den Bergen eine große Horde Affen; sie nahmen seinen Imbiß aus geröstetem Buchweizenkuchen, den der Alte an den Ast eines Baumes gehängt hatte, und fraßen ihn auf. Dennoch sah der alte Mann, der auf einem Felde kauerte, schweigend zu. Als die Affen nun den Mann erblickten, riefen sie: »Dort ist ein Jizô! Daß er an diesem Platz da bleibt, ist gotteslästerlich; wir wollen ihm in dem Tempel auf der anderen Seite des Flusses ein Obdach geben.« Alle verflochten ihre Hände zu einem Tragsessel und hoben den Alten darauf.

Ein kleiner Affe darf schmutzig werden,
ein kleiner Jizô aber darf es nicht!

Während sie dieses Lied sangen, überquerten sie den Fluß. Dem Alten kam das zwar lächerlich vor, aber er kniff die Augen zusammen und schwieg. Nach einer Weile trugen sie ihn in den Tempel auf dem Berg und setzten ihn auf den Ehrenplatz; und woher sie es auch haben mochten – einer nach dem anderen sprach: »Ich bringe es dem Jizô dar! Ich bringe es dem Jizô dar!« – warfen sie eine Menge Opfergeld dem Alten in den Schoß. Dann verschwanden sie irgendwohin.

Nachdem die Affen alle fortgelaufen waren, sammelte der alte Mann gemächlich das Geld auf und verließ den Tempel. Dann ging er in die Stadt, kaufte schöne Kleider und anderes mehr, worauf er nach Hause zu seiner Frau zurückkehrte. Wie nun der alte Mann und die alte Frau die neuen Kleider anlegten, köstliche Speisen aßen und sich freuten, kam eine Alte aus dem Nachbarhaus vorbei. »Na so was! Woher kommen diese schönen Kleider und das übrige? Worüber freut ihr euch so?« forschte sie. Der Mann und die Frau erzählten ihr, was geschehen war. Da rief sie: »Wenn das so ist, will ich von meinem Mann ebenfalls solche Dinge holen lassen!«, und kehrte eilig nach Hause zurück.

Im Nachbarhaus nun wurde dem Mann von seiner Frau berichtet. Er bekam gerösteten Kuchen aus Buchweizen bereitet, ging dann in die Berge und hängte sie an den Ast eines Baumes. Da kam aus den Bergen wieder eine große Horde Affen und fraß ihm seinen Imbiß weg. Der Alte auf dem Feld aber gab sich den Anschein eines Jizô, und die Affen hoben ihn auf ihre verflochtenen Hände und sangen:

> Ein kleiner Affe darf schmutzig werden,
> ein kleiner Jizô aber darf es nicht!

Dabei überquerten sie den Fluß. Der Mann fand den Gesang komisch und ohne daran zu denken, daß sie sich mitten im Fluß befanden, lachte er laut heraus und öffnete seine Augen, die er vorher geschlossen gehalten hatte. Da erschraken die Affen, lösten ihre Hände und ließen den Alten ins Wasser plumpsen.

Bald trieb er hierhin, bald trieb er dorthin, der alte Mann; schließlich konnte er sich an einer Weide am Flußrand festklammern und aufs Ufer kriechen. »Jetzt bekommt mein Mann von den Affen Geld und geht wohl schöne Kleider und anderes in großer Zahl kaufen!« dachte sich inzwischen seine Frau und zog die Kleider, die sie bis jetzt getragen hatte, aus, verbrannte sie und wartete ganz nackt. Da kehrte der Alte, naß wie eine Wasserratte und oi! oi! jammernd, zu ihr zurück. »Oh! Mein Mann hat von den Affen schöne Kleider und Geld bekommen und kehrt, ein Lied singend, zurück!« sprach da die Frau und wartete weiter. So erzählt man.

11. Von einem Affengott im Lande Hida, der sich Menschenopfer darbringen ließ

Heut ist es schon lange her. Da zog einst ein Priester, ohne ein festes Reisziel im Auge zu haben, kreuz und quer durch das Reich. Auf seiner Wanderfahrt kam er auch in das Land Hida und verirrte sich dort tief in den Bergen. Vergebens versuchte er, das den Boden dicht bedeckende Laub mit dem Fuß beiseite schiebend, etwas wie einen Pfad zu finden. Als er schließlich einen Weg gefunden zu haben glaubte, führte dieser bald schon nicht weiter, sondern lief geradeswegs in einen Wasserfall hinein, der dort, breit, wie ein Vorhang hoch oben vom Berge herabfiel. Er wollte umkehren, konnte aber auch den Weg, auf dem er gekommen war, nicht wiederfinden. Überall hemmten unübersteigbare Felswände, wie abwehrend erhobene Handflächen, die ein- bis zweihundert Jô hoch in die Luft ragten, seine Schritte. In seiner Not rief er schließlich unseren Herrn Buddha um Hilfe an. Da hörte er hinter sich Fußschritte, und sich umwendend sah er einen Mann mit großem Reisehut, der eine Last auf dem Rücken trug, daherkommen. Froh, in dieser Einöde einen Menschen getroffen zu haben, schritt er auf ihn zu und fragte ihn: »Wer bist du? Woher kommst du? Wohin führt dieser Weg?« Der aber gab ihm keine Antwort, ging, ohne rechts oder links zu schauen, auf den Wasserfall zu, sprang in diesen hinein und verschwand darin. Nun war der Priester noch mehr erschrocken, da er glaubte, daß jener kein Mensch, sondern irgendein dämonisches Wesen sein müsse. Er dachte bei sich: »So hat mich also ein böses Geschick ereilt, und es gibt kein Entkommen mehr aus dieser Gefahr. Ehe ich mich aber hier von Dämonen umbringen lasse, will ich lieber selbst meinem Leben ein Ende machen. Bin ich erst einmal tot, so sollen mich die Dämonen ruhig verschlingen.« Er befahl also Buddha seine Seele und bat ihn um seine Hilfe in einem späteren Leben. Dann sprang er, wie jener, in den Wasserfall hinein. Für einen Augenblick hatte er das Gefühl, als würde ihm Wasser in das Gesicht geschüttet, dann aber schien es ihm, als ob der Wasserfall schon hinter ihm läge. Zuerst dachte er: »Jetzt bin ich also ertrunken«, dann aber kam es ihm zu Bewußtsein, daß er noch im vollen Besitz seiner Sinne war, und er blickte hinter sich. Da sah er, daß der Wasserfall, den er für so gefährlich gehalten hatte, nur einen ganz dünnen, einfachen Wasservorhang vor dem Berg bildete und daß ein Weg mitten durch ihn hindurchlief. Er schritt auf diesem Wege, der um den Fuß des Berges herumführte, weiter, und ihn bis zum Ende verfolgend, sah er bald vor sich ein großes Dorf liegen, wo er Menschen zu finden hoffte. Während er deshalb freudig die Straße entlang zog, kam der Mann, den er getroffen hatte, nachdem er seine Last ins Dorf getragen hatte, schnellen Schrittes wieder auf ihn zu, gefolgt von einem Mann im Amtsschulterkleid aus zartgrünem Hanf, der ihm ein Ortsvorsteher oder sonst irgendeine Amtsperson zu sein schien. Beide liefen so schnell auf ihn zu, als ob sie es sehr eilig hätten, ihn zu erreichen. Der Mann im Schulterkleid ergriff den Priester sofort am Arm und suchte ihn mit sich fortzuziehen. Erstaunt fragte dieser: »Was soll das bedeuten? Was habt ihr mit mir vor?« Der Mann im Schulterkleid antwortete ihm aber nur: »Mit mir mußt du gehen und mit keinem anderen!« Inzwischen kamen von überallher, von hier und von dort, andere Leute gelaufen, und jeder verlangte, daß er ihm in sein Haus folgen sollte, und wollte ihn mit sich ziehen. Der Priester aber konnte nicht verstehen, warum jeder ihn für sich beanspruchte. Schließlich, da die Leute sich nicht einig werden konnten, riefen sie: »Warum sollen wir uns streiten? Laßt uns ihn zum Kreisvorsteher führen. Der soll entscheiden, mit wem er zu gehen hat!« Mit diesen Worten führten sie ihn, der schon keinen eigenen Willen mehr hatte, zu einem großen Haus. Als sie dort angekommen waren, trat ein ehrwürdig aussehender Greis aus der Tür und fragte: »Was geht hier vor sich?« Der Mann, den er am Wasserfall mit der Last auf dem Rücken getroffen hatte, trat vor und sagte: »Diesen da habe ich aus dem Reich Nippon hierhergeführt und habe ihn diesem Mann hier geschenkt!« Damit deutete er auf den Mann mit dem Schulterkleid. Da sagte der Greis: »Demnach hat niemand als du ein Anrecht auf diesen Menschen«, und übergab ihn diesem. Die anderen Leute gingen, als sie das Urteil gehört hatten, wieder davon. Während der Priester nun dem Mann mit dem Schulterkleid folgte, dachte er bei sich: »Zweifellos sind alle diese Leute böse Dämonen. Wenn dieser da mich zu seinem Haus geführt haben wird, wird er mich sicherlich auffressen«, und die Tränen liefen ihm bei diesem Gedanken über die Backen. Das sah der Mann im Schulterkleid und erkannte so, daß jener vor irgendetwas Angst haben müsse. Als der Priester darauf zu ihm sagte: »Alle reden sie hier von Nippon, meinem Heimatland, wie von einer fernen Gegend. Wo bin ich jetzt?« Da beruhigte ihn der, der ihn führte: »Mach dir keine schlimmen und falschen Gedanken. Wir leben hier in einer glücklichen Welt. Hier braucht man sich nicht um die vielen Nöte des Lebens zu kümmern. Du kannst hier deine Tage sorglos und im Überfluß zubringen.« Unterdessen waren sie schon zum Haus des Mannes gekommen. Als der Priester das Haus sah, schien es ihm zwar etwas kleiner als das Haus des Kreisvorstehers zu sein, aber trotzdem zeichnete es sich durch seine Bauart vor den anderen Häusern des Dorfes aus. Dort wurden die beiden bereits von zahlreicher männlicher und weiblicher Dienerschaft und den Familienangehörigen erwartet, die ihre Freude über die Ankömmlinge laut zu verstehen gaben. Der Mann im Schulterkleid wandte sich an den Priester und forderte ihn auf einzutreten und nötigte ihn, im Hausflur Platz zu nehmen. Dort nahm man ihm das Gepäck, Hut, Mantel und Schuhzeug ab und führte ihn in ein schön eingerichtetes Zimmer. »Bringt schnell Essen herbei«, rief nun der Hausherr, und schon trug man vor dem Priester die leckersten Gerichte, Fische und Geflügel, alles, was das Herz begehrt, auf. Der saß davor, schaute die schönen Speisen an und traute sich nicht davon zu essen. Schon kam der Mann im Schulterkleid gelaufen und fragte ihn: »Warum langst du nicht zu?« – »Ich bin schon in jungen Jahren in den Priesterstand getreten, habe Zeit meines Lebens derartige Dinge nie gegessen und gesehen. Deshalb schaue ich sie mir nur an«, erwiderte der Priester. »Dem mag wohl so sein, aber hier mußt du nach unseren Sitten leben. Wie willst du leben, ohne zu essen? Du mußt dein ganzes Leben ändern. Ich habe eine einzige Tochter, die ist noch ledig und im heiratsfähigen Alter, sie würde gut zu dir passen, und ich will sie dir zur Frau geben. Laß dir von heute an die Haare wachsen, sonst kannst du dich ja hierzulande nirgends sehen lassen. Ändere dein bisheriges Leben und lebe nach meinem Rat.« Als der Mann im Schulterkleid so auf ihn einredete, dachte der Priester bei sich: »Widerspreche ich ihm oder befolge ich seine Ratschläge nicht, dann schlägt er mich am Ende gar noch tot. Ich fürchte mich wohl, ihm nachzugeben, aber andererseits ist da ja auch kein Ort vorhanden, wohin ich vor ihm entfliehen könnte. Bin ich es auch nicht gewohnt, dererlei Dinge zu essen, so ist es wohl besser, ich tu ihm in diesem Fall seinen Willen.« Als der Priester seine Absicht dem Hausherrn mitteilte, war dieser hocherfreut darüber, brachte sofort auch sein eigenes Essen herbei, setzte sich dem Priester gegenüber hin, und beide nahmen das Mahl gemeinsam zu sich. Der dachte bei sich: »Was mag wohl Buddha dazu sagen?«, aß von allem, auch vom Fisch und vom Geflügel. Als es dann

Abend wurde und der Priester sich zur Ruhe legen wollte, öffnete der Hausherr die Tür zu seinem Zimmer und schob ihm ein schönes junges Mädchen, das kaum zwanzig Jahre alt sein mochte und in prächtige Gewänder gekleidet war, ins Zimmer mit den Worten: »Hier, die schenke ich dir. Von heut ab soll sie dir gehören. Habe sie so lieb, wie ich selbst sie liebe, denn sie ist meine einzige Tochter. Wirst du nun glauben, daß meine Gefühle für dich nur freundschaftlicher Art sind?« Damit entfernte er sich wieder, ehe der Priester zu Wort kommen konnte. Er näherte sich nun dem Mädchen, fand an ihr Gefallen, und so lebten sie denn als Mann und Frau zusammen und verbrachten miteinander die folgenden Monate und Tage in vielen unvergleichlich schönen Stunden. Er kleidete sich nun ganz nach seinem Belieben, aß, was ihm schmeckte und was er begehrte, und nahm an Körperumfang und Gewicht zu. Das Haar ließ er sich wachsen, ließ sich einen Knoten auf dem Scheitel binden, und wenn er die Zopfkappe, die Kopftracht der verheirateten Männer, dazu aufsetzte, so stand ihm dies recht gut, und er konnte sich als schöner Mann wohl sehen lassen. Deshalb nahm die Liebe seiner jungen Frau zu ihm auch von Tag zu Tag zu, und sie konnte sich schließlich kaum mehr für einen Augenblick von ihm trennen. Auch der Mann erwiderte die Gefühle seiner Frau, verliebte sich, da sie ihm täglich lieblicher und schöner zu sein schien, immer mehr in ihre Gestalt und in ihr Wesen und dachte nirgendwo anders glücklicher leben zu können als an diesem Ort. So verbrachten sie zusammen die Tage und die Nächte. Die Zeit verflog, und ehe sie es sich versahen, waren schon acht Monate ins Land gegangen. Von dieser Zeit an fiel ihm eine Änderung im Aussehen seiner Frau auf. Irgendetwas schien sie schwer zu bedrücken. Das Benehmen des Hausherrn aber wurde von da an von Tag zu Tag liebenswürdiger und freundlicher. »Ein Mann sieht nach nichts aus, wenn er nicht gut beleibt ist, du mußt dich besser pflegen«, sagte er zu seinem Schwiegersohn und nötigte ihn, mehrmals am Tage kräftige Speisen zu sich zu nehmen. Je mehr sein eigener Körperumfang aber zunahm, desto mehr Tränen vergoß seine Frau. Das fand der Mann merkwürdig, und er fragte sie deshalb: »Woran denkst du? Was macht dir solchen Kummer? Ich kann dies alles nicht verstehen.« Statt ihm eine Antwort auf seine Frage zu geben, erwiderte die Frau nur: »Ach, ich habe nur manchmal so trübe Gedanken«, und weinte von da an nur noch mehr. So blieb ihr Benehmen dem Mann weiter unverständlich, und er fand es schließlich unheimlich, daß da niemand war, den er über das ihm rätselhafte Benehmen von Vater und Tochter befragen konnte. Als eines Tages ein Gast ins Haus kam, belauschte der Mann dann ein Gespräch zwischen dem Hausherrn und seinem Gast. Der sagte: »Klug hast du das angestellt. Hast dir da einen Stellvertreter besorgt, der von allem, was ihm bevorsteht, nichts ahnt. Du kannst wahrhaftig froh sein, so deiner Tochter das Leben erhalten zu haben.« Der Hausherr antwortete ihm: »Recht hast du mit dem, was du da sagst. Hätte ich den nicht gefunden, wie würde es wohl in Jahresfrist um mein Herz bestellt sein?« Dann ging der Gast und der Hausherr geleitete ihn bis zur Tür. Als er zurückkam, fragte er gleich seine Tochter: »Hast du ihm etwas zu essen gebracht?« Dann schickte er den Schwiegersohn dieser nach ins Zimmer und ermahnte ihn nochmals: »Und du, iß ordentlich.« War es diesem nun schon unverständlich, warum seine Frau jedesmal, wenn er aß, in Tränen ausbrach, so war er nun dazu noch beunruhigt wegen der Andeutungen, die der Gast dem Hausherrn gegenüber gemacht hatte. Vorsichtig versuchte er es, seine Frau zum Reden über dies alles zu bringen, aber wieder vermochte er nichts in Erfahrung zu bringen. Er merkte nur, daß sie ihm gern etwas gesagt hätte, daß da aber irgendetwas sein müßte, das sie daran hinderte, ihm offen ihr Herz auszuschütten. Inzwischen verging wieder einige Zeit. Da kam plötzlich ungewohntes Leben in das Dorf. Alles Volk war geschäftig. In jedem Hause wurden geräuschvoll die Vorbereitungen für ein großes Festessen getroffen. Die Traurigkeit der Frau aber nahm in dieser Zeit von Tag zu Tag zu, und sie hörte fast nicht mehr auf zu weinen. Da wandte sich der Mann an sie und sagte: »Immer dachte ich, daß du nichts von dem, was dir Anlaß zum Lachen oder zum Weinen geben würde, vor mir verbergen würdest. Ist es nicht herzlos von dir, ein Geheimnis vor mir zu haben?« Als er sich so über sie beklagte und dabei seinerseits zu weinen begann, konnte die Frau das, was sie bedrückte, nicht mehr für sich behalten und sagte: »Gibt es denn etwas, das ich vor dir geheimhalten könnte? Ach, es ist uns ja nur noch kurze Zeit vergönnt, daß wir einander sehen und hören können. Das ist es, was mich so traurig macht. Warum mußten wir uns auch ineinander so sehr verlieben?« Nach diesen Worten brach sie von neuem in Tränen aus. Nun antwortete der Mann: »Daß das Menschenleben nicht ewig dauert und daß wir nur so kurze Zeit hier auf Erden leben, ist unser aller Schicksal. Daher ist es zwecklos, darüber zu trauern, aber deine Traurigkeit muß noch eine andere Ursache haben. Sage mir klar und deutlich, was dich in der letzten Zeit so schwer bedrückt.« Als er derart auf sie einsprach, verriet ihm schließlich die Frau unter neuen Tränenausbrüchen das bis dahin so sorgsam gehütete Geheimnis: »Hier im Lande haben wir allerlei seltsame Bräuche. In unserem Dorf gibt es einen Gott, der alljährlich ein Menschenopfer von uns verlangt. Deshalb stritten sich, als du hierherkamst, die Leute um dich, da jeder dich als Stellvertreter für das Opfer für sich haben wollte. Denn Jahr um Jahr muß der Reihe nach immer eine Familie das Opfer stellen. Wer keinen Stellvertreter finden kann, muß sein eigenes Kind als Opfer geben. Wärst du nicht zur rechten Zeit erschienen, dann wäre ich in diesem Jahr das Opfer gewesen und der Gott hätte mich verspeist. Nun wird dich dies Los treffen.« Dies brachte sie, vielfach von Weinen unterbrochen, vor, der Mann aber zeigte gar keine Unruhe und fragte nur ruhig: »Was sollen die zwecklosen Klagen? Vielleicht läßt sich da Abhilfe schaffen. Zunächst möchte ich wissen, ob die Menschen das Opfer töten, als Opferspeise zubereiten und so dem Gott darbringen?« – »Nein, das geschieht nicht. Man legt das Opfer lebend, ganz nackt auf den Zuschneidetisch und setzt es so innerhalb der heiligen Umzäunung nieder. Wenn alle Menschen dann die Umzäunung verlassen haben und ins Dorf zurückgekehrt sind, bereitet sich der Gott selbst das Opfer zu und verspeist es. Bringt man ihm magere oder alte und gebrechliche Menschen zum Opfer, dann wird der Gott zornig und schickt uns Unheil. Die Ernte wird schlecht, Seuchen brechen aus und Unfrieden herrscht unter den Dorfleuten. Deshalb wird das Opfer, bevor man es darbringt, gut gemästet, um es für den Gott schmackhaft zu machen.« – »Ah, nun verstehe ich alles, was mir in den letzten Monaten so rätselhaft erschienen ist. Weiß man, was dieser menschenfressende Gott für eine Gestalt hat?« – »Ich habe gehört, daß die Gottheit die Gestalt einer großen Äffin haben soll«, meinte die Frau auf diese letzte Frage ihres Mannes. Der dachte eine Weile nach und gab ihr den Auftrag: »Verschaff mir ein gut schneidendes Schwert!« – »Das ist leicht getan«, antwortete jene und brachte ihm auch bald ein Schwert herbei. Der Mann nahm es, prüfte es sorgfältig und schliff es wieder und wieder. Dann versteckte er es an einem sicheren Ort. Nun, da er die ihm drohende Gefahr kannte, blickte er ihr mutig und entschlossen entgegen, aß gut und mit Genuß und wurde zur Freude des Hausherrn von Tag zu Tag kräftiger und nahm gut an Gewicht zu. Hausherr und Dorfleute aber sagten, als sie dies bemerkten: »Das wird ein fettes Opfer und wird dem Dorf Glück bringen.« Und alle freuten sich darüber. Inzwischen war die Zeit für den Opfertag herangekommen. Schon sieben Tage vorher wurden geweihte Bannseile um das Haus gezogen und der zum Opfer Bestimmte mußte sich allerlei Reinigungszeremonien unterziehen. Auch um alle anderen Häuser spannte man Bannseile, und alle Leute enthielten sich aller Handlungen und Dinge, die während der Vorbereitung für die heilige Handlung untersagt waren. Die arme Frau aber war ganz untröstlich, zählte nur noch die Tage, die bis zum Opfergang blieben: »Heut sind es nur noch soviel Tage, morgen nur noch soviel . . .« Dabei weinte sie unaufhörlich. Der Mann aber tröstete sie und tat ganz unbekümmert, als ginge ihn dies alles gar nichts an. Als die Frau ihn so zuversichtlich sah, faßte sie selbst auch wieder etwas Mut und zeigte sich weniger verzweifelt. Dann kam der Tag der Opferung. Man ließ den Mann ein Bad nehmen, zog ihm frische, neue Kleider an, kämmte sorgfältig sein Haar und band ihm den Scheitelknoten. Während man noch damit beschäftigt war, kamen verschiedentlich Boten zum Hause gelaufen und drängten zum Aufbruch mit den Worten: »Beeilt euch, beeilt euch!« Dann bestiegen der Mann und sein Schwiegervater bereitstehende Pferde, um sich zum Opferplatz zu begeben. Als sich die Frau von ihrem Mann wortlos, mit verhülltem Haupt verabschiedete, reichte sie ihm heimlich das Schwert, das er zwischen Sattel und Schenkel verbarg. Am Opferplatz angelangt, sah der Mann auf einem Berge einige Götterspeicher stehen, die von einem heiligen Zaun umschlossen waren, einen Tempel konnte er nicht erblicken. Vor dem heiligen Zaun hatten sich die Dorfbewohner um reich gedeckte Tische niedergelassen. Das Opfer selbst wurde auf einen etwas erhöhten Platz gesetzt und dort von allen bewirtet. Nachdem der Tag unter Schmausen und Trinken mit Begleitung von Tanz und Gesang zu Ende gegangen war, rief man den Mann herbei, zog ihn splitterfasernackt aus und löste ihm die Haare. Dann hieß man ihn sich auf den Zuschneidetisch legen und vermahnte ihn: »Bleibe hier völlig unbeweglich liegen!« Die vier Ecken des Opfertisches wurden dann mit Sakakizweigen besteckt und mit geweihtem Baumwollstoff behängt. So trug man ihn mit anderen vorangetragenen Opfergaben in die heilige Umzäunung hinein, setzte den Opfertisch dort nieder und alle entfernten sich, nachdem sie die Türen des Zaunes wieder verschlossen hatten.

Der Mann aber hatte, ohne daß es jemand bemerkt hätte, das Schwert zwischen seinen ausgestreckten Schenkeln versteckt und wartete ruhig ab, was nun geschehen würde. Nach einiger Zeit wurde die Tür des ersten der in der Umzäunung stehenden Götterspeicher knarrend geöffnet, und ein borstiger, dick behaarter Kopf wurde sichtbar, der sich vorsichtig umschaute. Er machte sich daran, die Türen der anderen Speicher gleichfalls zu öffnen. Da trat aus dem Schatten neben einem der Speicher ein Affe, der wohl Menschengröße haben mochte, hervor, ließ laut seinen Schrei »Kiya-kiya!« hören und schritt auf den ersten Speicher zu. Als er dort angelangt war, hob er den Vorhang vor der Tür des Speichers empor und blickte hinein. Da trat ein Affe, größer noch als der andere, seine wie blankes Silber glänzenden Zähne fletschend, aus dem Speicher heraus. Als er sah, daß der Neuangekommene gleichfalls ein Affe war, beruhigte er sich aber. Nach und nach kamen nun aus all den Götterspeichern, die dort standen, Affen hervor und nahmen in einer langen Reihe Platz. Zuletzt setzte sich der Affe, der aus dem Schatten neben dem einen Speicher aufgetaucht war, als wolle er Befehle von ihm empfangen, vor dem großen Affen, der aus dem ersten Speicher gekommen war, nieder. Dieser stieß einige Schreie aus, und der andere erhob sich, trat an den Zuschneidetisch mit dem daraufliegenden Opfer heran, nahm die Tranchierstäbe und das Messer zur Hand und schickte sich an, das Opfer zu schlachten. In diesem Augenblick aber sprang der Mann vom Opfertisch auf, riß das zwischen den Schenkeln verborgene Schwert aus der Scheide und stürzte sich auf den großen Affen aus dem ersten Götterspeicher. Der fiel in plötzlichem Schreck auf den Rücken, und der Mann ließ ihm keine Zeit, sich wieder zu erheben, sondern setzte ihm den Fuß auf die Brust. Dann fragte er ihn mit stichbereitem Schwert: »Bist du ein Gott?« Der Affe aber rieb nur, um sein Leben flehend, die Hände, und die anderen Affen alle flohen laut schreiend vor Angst auf die Bäume, um sich in Sicherheit zu bringen. Der Mann ergriff nun eine starke Ranke, die er mit der Hand erreichen konnte, und band damit den Affen an einen Pfosten des Speichers. Dann setzte er ihm die Spitze seines Schwertes auf den Bauch und schrie ihn an: »Du bist nur ein Affe, hast dich als Gott ausgegeben und hast so Jahr für Jahr Menschen gefressen! Du bist ein unverschämter Betrüger! Jetzt rufe sofort die Affen, die nach dir hier die Anführer sind und die sich den zweiten und den dritten Miko nennen, hierher! Tust du es nicht, so ersteche ich dich augenblicklich! Wenn du ein Gott bist, dann kann dir dies Schwert hier nichts anhaben. Ich werde es sehen, ob du Gott oder Betrüger bist, indem ich dir das Schwert in den Leib stoße!« Mit diesen Worten tat er so, als wolle er zustoßen, als der Affe aber die Spitze auf seinem Leib fühlte, schrie er vor Schmerz laut auf und rieb wieder, um Gnade bittend, die Hände. Nun befahl ihm der Mann: »Wenn dir dein Leben lieb ist, dann rufe schnell den zweiten und den dritten Miko hierher!« Der Affe schrie laut »Kiya, kiya!«; und auf diesen Ruf kamen die beiden Affen, die sich den zweiten und den dritten Miko nannten, von den Bäumen herab. »Nun rufe den Affen her, der mich schlachten wollte!« befahl der Mann. Der große Affe schrie nochmals, und auch dieser Affe kam herbei. Der Mann befahl ihm, einige Ranken herbeizubringen, und als er den Befehl ausgeführt hatte, befahl er ihm weiter, den zweiten und den dritten Miko zu fesseln. Zuletzt fesselte der Mann dann selbst auch diesen mit den Worten: »Du wolltest mich schlachten, aber wenn du mir gehorsam sein willst, dann will ich dich diesmal verschonen. Solltest du es aber wagen, durch deinen Fluch nochmals Unglück über harmlose Menschen zu bringen oder Schlimmes anzustiften, dann bringe ich dich um!« Dann band er alle an Bäume innerhalb des geweihten Zaunes, holte sich Feuer von der Kochstelle, wo die Leute am Tag das Festessen zubereitet hatten, und setzte die Götterspeicher, einen nach dem anderen, in Brand. Im Dorf ahnte man von allem, was da oben geschah, nichts, da es weit entfernt von der Opferstelle lag. Als die Leute aber Flammen und Rauch vom Berge aufsteigen sahen, wurden sie unruhig und ängstlich, weil sie nicht wußten, was dort vorging. Da es aber im Dorf ein streng eingehaltener Brauch war, drei Tage lang nach dem Opfertag bei verschlossenen Türen in den Häusern zu bleiben, so wagte auch niemand, dort hinaufzusteigen, um zu sehen, was dort geschehen sei. Ängstlich und unruhig blieben sie deshalb in ihren Häusern und besprachen untereinander die seltsamen Dinge, die sich da oben abspielen mochten. Auch der Mann im Schulterkleid, der den Stellvertreter als Opfer dargebracht hatte, war beunruhigt und dachte bei sich: »Was mag mit meinem Opfer wohl geschehen sein?« Die Frau des Geopferten aber dachte: »Er ließ sich von mir das Schwert geben und nahm es heimlich mit. Irgendetwas hatte er damit im Sinn, und ich glaube, er ist es, der den Brand dort angelegt hat.« Während alle so in Furcht und Bangen der kommenden Ereignisse harrten, kam der zum Opfer bestimmte Mann schon, die vier gefesselten Affen vor sich hertreibend, splitterfasernackt mit gelösten Haaren und nur mit einer Ranke um die Hüfte, in die er sein Schwert gesteckt hatte, einen tüchtigen Knüppel schwingend, ins Dorf herunter und sah in jedes Haustor hinein. Als er so alle Häuser besucht hatte, sagten die Dorfleute: »Was mag das nur bedeuten? Da kommt das Opfer und führt die Miko gefesselt vor sich her. Wir haben ein Opfer gestellt, das stärker als der Gott, dem wir es darbrachten, war. Er hat die Götter gefesselt, und nun wird er uns seinerseits fressen.« So fürchteten sie sich alle vor dem Mann und wußten nicht, was sie tun sollten. Zuletzt ging der Mann zum Hause seines Schwiegervaters, pochte an die Tür und begehrte Einlaß. Als er keine Antwort erhielt, rief er: »Öffne mir die Tür. Wenn du mir aufmachst, so soll dir nichts Schlimmes geschehen. Öffnest du nicht, dann wird es schlimm für dich werden. Öffne also schnell!« Damit stieß er mit dem Fuß an das Tor. In seiner

Angst rief der Schwiegervater seine Tochter und sagte zu ihr: »Er war stärker als der Gott. Dich, meine Tochter, wird er nicht hassen. Geh du deshalb hin und öffne die Tür und suche ihn zu besänftigen.« Halb voller Angst, aber auch halb freudig bewegt wegen des glücklichen Ausgangs, öffnete die Frau einen Spalt der Tür. Der Mann stieß die Tür weit auf, und als er seine Frau dastehen sah, rief er: »Schnell, bring mir meine Kleider!« Froh brachte da die Frau sein Staatskleid herbei, Kariginu, Hakama und Zopfbedeckung. Er band die Affen an die Türpfosten, kleidete sich schnell im Hauseingang an, ließ sich Bogen und Köcher reichen, hängte sie sich um die Schultern und lief dann zu seinem Schwiegervater und sagte, indem er ihm die Affen zeigte: »Daß man den dort als Gott verehrt hat und ihm Jahr für Jahr Menschen zum Fressen lieferte, ist kaum zu glauben. Wie dumm ihr wart, euch von diesem betrügen zu lassen. Ohne euch zu überzeugen, ob er wirklich ein Gott sei, habt ihr ihm alljährlich Menschenopfer gebracht. Solange ich hier sein werde, werde ich dafür sorgen, daß alles beim rechten bleibt.« Bei diesen Worten zwickte er die Affen schmerzhaft in die Ohren, und als sie ihn kläglich um Gnade anflehten, war dies ein so närrischer Anblick, daß alle, die es sahen, lachen mußten. Als nun der Schwiegervater und die Hausleute sahen, wie er mit den Affen umsprang und wie folgsam sie ihm waren, faßten sie Vertrauen zu ihm, gaben ihre Furcht auf und sagten: »Uns war von allem dem nichts bekannt, jetzt aber wollen wir dich als unseren Gott verehren und uns nur noch nach deinen Befehlen richten.« Damit erhoben sie ihre Hände, als ob sie ihn anbeten wollten. Der sagte nur: »Kommt mit mir zum Kreisvorsteher!« So zogen also Schwiegervater und Schwiegersohn, gemeinsam die vier Affen vor sich hertreibend, vor das Haus des Kreisvorstehers und pochten dort an die Tür. Als man ihnen nicht öffnen wollte, da man davor den Mann mit seinem Schwiegersohn stehen sah, rief dieser: »Öffnet das Tor! Ich habe Euch eine Mitteilung zu machen. Öffnet Ihr nicht, dann wird Schlimmes geschehen!« Ängstlich öffnete nun der Vorsteher die Tür und warf sich vor dem eintretenden Mann zu Boden. Der zerrte die Affen mit sich ins Haus hinein, blickte sie drohend an und sagte im Beisein des Kreisvorstehers, auf sie deutend: »Der dort hat sich seit Jahren für einen Gott ausgegeben und hat alljährlich einen Menschen gefressen. In diesem Jahr soll er nun zur Vergeltung selbst sterben.« Mit diesen Worten legte er einen Pfeil auf die Sehne und zielte auf den größten der Affen. Laut schreiend rieb dieser in seiner Todesangst die Hände, und als der Kreisvorsteher dies sah, fürchtete auch er sich vor dem Mann, trat zu dem Schwiegervater und sagte: »Er wird dann auch uns töten, rettet mich!« Der antwortete ihm: »Seid beruhigt, in meiner Gegenwart wird Euch nichts geschehen.« Das beruhigte den um sein Leben besorgten Kreisvorsteher. Der Mann aber, als er sah, wie seine entschlossene Haltung gewirkt hatte, sagte zu dem Affen: »Für diesmal soll es gut sein. Ich werde dir noch einmal das Leben schenken. Solltest du dich aber jemals wieder in dieser Gegend blicken lassen oder den Menschen Übles antun, dann werde ich dich erbarmungslos erschießen!« Dann gab er jedem der Affen zwanzig Hiebe mit seinem Knüppel, rief die Leute des Dorfes zusammen und führte sie auf den Berg zu der heiligen Umzäunung. Dort ließ er die Trümmer der Götterspeicher sammeln und auf einen Haufen zusammentragen, ließ nochmals Feuer daranlegen, bis alles verbrannt war. Zuletzt löste er die Fesseln der Affen und trieb sie davon. Hinkend verschwanden sie im Gebirge und wurden nie wieder gesehen. Den Mann aber machten die Leute später zum Herrn des Dorfes, und dort herrschte er dann gemeinsam mit seiner Frau über alle Bewohner. Ganz heimlich aber kam er von Zeit zu Zeit nach Nippon hinüber, und so wurde diese Geschichte auch bei uns bekannt. Anfangs kannten die Leute dort im Dorf weder Pferde noch Rinder noch Hunde. Denn Hunde zu halten, erlaubten die

Affen den Menschen nicht, da der Hund der geschworene Feind des Affen ist. Der Mann ließ Pferde, Rinder und Hunde dorthin kommen, die Junge bekamen und sich so vermehrten. Irgendwo im Lande Hida muß dieser Ort liegen, aber die Leute aus den Nachbarländern Shinano und Mino gehen niemals dorthin. Wohl kommen zuweilen Leute von dort ganz heimlich zu uns, von hier aus ist aber noch keiner dorthin gezogen. Denkt man über diese Geschichte nach, so ist dies wohl alles jenem Mann schon in einer früheren Existenz bestimmt gewesen, daß er als Priester in jene Gegend geriet, dort zum Opfer ausersehen wurde, daß er den üblen Brauch abschaffte und schließlich selbst der Herrscher dieses Platzes wurde.

12. Der Affenedelmann

Ein Edelmann im Osten hatte ein wohlbestelltes Haus. Ein Edelmann im Westen, ein bejahrter, alter Mann, der mit seiner Frau ganz allein lebte, war ein armer Mensch, der weder Kinder noch Geld besaß. Einmal, im zwölften Monat, am letzten Abend des Jahres, am neunundzwanzigsten Tag, fragte nun der alte Mann aus dem Westen seine Frau, ob sie nicht zu dem Haus des Edelmannes im Osten gehen, Reis und Bohnenmus borgen und das Jahresende festlich begehen sollten. Doch seine Frau entgegnete: »Wenn wir im Hause des Edelmannes im Osten etwas borgen wollten, würden wir durch unsere Bitten nur Nachteile haben. Laß uns doch aus Hirsekörnern einen Brei kochen und damit das Jahresende feiern!« Nun stieg aber dort die Sonnengottheit herab, um in die Herzen der Menschen zu blicken.

Die Gottheit nahm die Gestalt eines armen, um Essen bettelnden Priesters an, ging zuerst zu dem Haus des Edelmannes im Osten und sprach: »Ich habe wirklich keine Bleibe, keinen Ort, wohin ich gehen könnte, deshalb gewährt mir bitte ein Obdach!« Da schalt der Edelmann im Osten: »Wißt Ihr nicht, daß es der letzte Abend des Jahres, der neunundzwanzigste Tag des zwölften Monats ist? Für Euer Gejammer sollte man Euch die Knochen brechen lassen!«, und wies ihn fort. »Schon gut dann!« sprach da der Bettelpriester und ging diesmal zu dem Haus der beiden Alten im Westen. »Väterchen! Mütterchen! Ich bin ein Bettelpriester; heute, am letzten Abend des Jahres, gebt mir bitte ein Obdach!« – »Freilich, freilich! Kommt nur schnell herein! Wir haben zwar nichts zu essen, nur heißes Wasser, in das wir Hirsekörner gestreut haben, doch kommt trotzdem herein!«

Voller Freude hießen die beiden Alten den Priester willkommen. Da ordnete der Priester an, daß sie einen Topf, der ein Maß faßt, auswaschen, drei grüne Blätter hineinlegen, mit Wasser füllen und dann kochen lassen sollten. Als die alte Frau tat, wie ihr geheißen, füllte er sich ganz mit Fischen. Darauf befahl der Priester, den Kessel auszuwaschen. Als die Alte den Kessel gespült hatte, nahm der Priester aus seinem Beutel drei Reiskörner heraus und gebot, sie in den Kessel zu legen und sie ebenfalls zu kochen. Mit dem Kochen nun füllte sich auch der Kessel bis obenhin mit Reis. Diese Speisen verzehrten die drei und feierten ein fröhliches Jahresende.

Als die Mahlzeit beendet war, sprach der Priester: »Väterchen! Mütterchen! Ihr scheint arm und bejahrt zu sein; wünscht ihr euch Reichtümer oder wäre es euch lieber, wieder jung wie früher zu werden?« So forschte er. »Wir würden uns gern wünschen, siebzehn und achtzehn Jahre jung zu sein«, antworteten sie. »Dann gießt in einen großen Zuber heißes Wasser.« So wurde ihnen befohlen und sie bereiteten das Bad; da nahm der Priester aus seinem Beutel ein Pulver von gelber Farbe und streute es in das heiße Wasser. »Väterchen! Mütterchen! Steigt nun – keiner früher oder später als der andere – ins Bad!« forderte er sie auf.

Da stiegen die beiden Alten gleichzeitig hinein, worauf sie wieder zu jungen Leuten von siebzehn und achtzehn Jahren wurden. Unterdessen hatte sich die Nacht gelichtet. Wiederum sprach der Priester: »Schüttet Wasser ins Feuer und löscht es aus, Mütterchen soll vom Haus im Osten Glut holen gehen!«

Die Frau ging also zum Haus des Edelmannes im Osten, um Glut zu erbitten. Im Haus des Edelmannes im Osten nun erstaunte beim Anblick der verjüngten Gestalt der alten Frau die ganze Familie. Sie erzählte, daß am gestrigen Abend ein Bettelpriester gekommen war und sie durch ihn ihre Jugend zurückerhalten hatte, worauf der Edelmann im Osten meinte: »Ich habe töricht gehandelt; hätte er bei uns übernachtet, wären wir solcherart mit Glück beschenkt worden. Wenn ich aber jetzt irgendetwas unternehme, wird er wohl nicht in dieses Haus kommen wollen. Könntet also nicht Ihr ihn bitten?« Als die Frau nach Hause zurückkehrte und berichtete, ging der Priester sogleich zu dem Haus des Edelmannes im Osten. »Nun, Edelmann im Osten, bei all Euren Reichtümern fehlt Euch da nicht noch etwas?« sprach er, worauf der Edelmann im Osten bat: »Gerade weil ich einiges besitze, wünsche ich noch mehr; gebt mir doch huldreich noch mehr!«, so bat er. »Nun, da Ihr wohl keinen Mangel an Geld habt, will ich Euch so jung wie früher machen!« So sprach der Priester und ließ sie ein Bad richten, nahm aber diesmal aus seinem Beutel ein rotes Zaubermittel und schüttete es hinein. »Jetzt badet alle gleichzeitig in dem heißen Wasser!« befahl er, worauf sie gleichzeitig hineinstiegen. Da verwandelten sich der Hausherr und seine Frau in Affen. Die Kinder wurden zu Hunden, die Diener zu Katzen. Die Dienerinnen wurden zu Mäusen und noch ein Diener verwandelte sich in ein Bergschaf.

Darauf übergab der Priester dem Ehepaar im Haus im Westen das Anwesen des Edelmannes im Osten. Als es jedoch Abend wurde, tobten unaufhörlich die beiden Affen herum und fielen so lästig, daß sie sagten, sie wollten in ihr ursprüngliches Haus zurückkehren, da sie in diesem Haus hier auf keinen Fall bleiben könnten. Dort besuchte sie der Priester erneut. Sie erzählten, daß die Affen sie ernstlich belästigten, worauf der Priester ihnen riet, sie sollten zwei schwarze Steine aus dem Garten erhitzen und an dem Platz niederlegen, wohin die Affen regelmäßig kämen. Nachdem sie sie genau dort niedergelegt hatten, kamen nichts ahnend die Affen, setzten sich auf diese Steine, verbrannten sich und kamen seitdem nie mehr.

Daß das Hinterteil der Affen rot ist, rührt daher, daß sie sich damals verbrannten. Der alte Mann und die alte Frau jedoch, die wieder jung geworden waren, zogen in ihr Haus und führen bis zum heutigen Tag ein angenehmes Leben.

13. Schlafmütze

Vor langer Zeit begab es sich einmal, daß irgendwo zwei Häuser standen. Das östliche Haus war überaus reich, das im Westen aber war ein armes, kleines und halbzerfallenes Haus. In dem armen westlichen Haus war der Vater gestorben und die Mutter lebte allein mit ihrem einzigen Sohn. Dieser Sohn war ein schrecklicher Faulpelz. Tag für Tag tat er nichts als nur essen und schlafen und wieder essen und schlafen. Deshalb nannten die Leute den Kerl »Kutchane«. Auch die Mutter konnte es nicht mehr länger mit ansehen. »Wenn du überhaupt nicht arbeiten willst, wie sollten wir dann nicht Not leiden?«, so redete sie ihm von Zeit zu Zeit ins Gewissen. Doch der Sohn erwiderte jedesmal: »Nun, Mütterchen, ich habe doch einen Plan!«, und unverändert tat er nichts als essen und schlafen.

Währenddessen wurde der Sohn einundzwanzig Jahre alt. Als die Mutter einmal in die Stadt ging, um Holzkohlen zu verkaufen, bat er: »Mütterchen, wenn du in die Stadt gehst, dann kaufe mir bitte eine Priester-Mütze und ein Priester-Kleid!« Als aber die Mutter fragte: »Wofür soll das sein?«, antwortete der Sohn nur: »Es ist für meinen Plan«, und er gab keinen richtigen Grund an. Da die Mutter nun nicht wußte, wofür die Sachen sein sollten, dachte sie: Wenn ich kaufe, was das Kind sich wünscht, dann könnte es vielleicht sein, daß er zu arbeiten anfängt! Und so kaufte sie das Kleid und die Mütze in der Stadt. Darauf legte der Sohn dieses Kleid an und setzte die Mütze auf; er bemalte sein Gesicht, schlich sich heimlich zu dem reichen Haus im Osten, stieg auf den Hausaltar und hielt sich da verborgen. Als nun zur Zeit des Abendessens die Leute aus dem reichen Haus ihren Abendreis aßen, sprang er – plumps – herab. Die Leute aus dem Haus erschraken und fragten: »Wer in aller Welt bist du?« Der junge Mann aber verstellte seine Stimme und antwortete: »Ich bin der Schutzgott des Ortes. Seit in Eurem Haus eine Tochter und im westlichen Haus ein Sohn geboren wurden, hatte ich die Absicht, sie miteinander zu verbinden. Deshalb macht sie sogleich zu Mann und Frau! Wenn ihr sie nicht miteinander verheiratet, dann werde ich beide zu schwarzer Erde werden lassen!« Und während noch alle in Verwirrung waren, eilte er schnell fort. Da sie nicht daran zweifelten, daß er in seinen Schrein zurückkehren werde, wenn er wirklich der Schutzgott des Hauses sei, beschlossen sie eilig nachzuforschen und schickten einen Diener hinterher. Der Sohn aber war da schon längst von dem Haus des Nachbarn in sein eigenes entflohen, und so fanden sie nicht heraus, wohin er sich gewandt hatte.

Im Haus des Reichen wartete man, bis die Nacht vergangen war, und schickte dann sofort Leute zum westlichen Haus. Wie der sogenannte Schutzgott befohlen hatte, sagten sie, daß man wünschte, die Tochter aus ihrem Haus zur Schwiegertochter in dieses Haus zu geben. Da war die Mutter im westlichen Haus bestürzt und wies sie mit den Worten ab: »Das ist unmöglich. In dieses arme Haus die

Tochter aus dem östlichen Haus so einfach aufzunehmen – das geht nicht!« Aber die vom östlichen Haus sagten: »Ihr könnt sie unbesorgt aufnehmen. Wie arm Ihr auch sein mögt – wir bauen dann in gleicher Art wie unser Haus ein neues! Deshalb macht Euch keine Sorgen!« Da sprach die Mutter: »Ja, wenn das so ist!«, und freudig stimmte sie zu. Aus dem Haus des Reichen schickte man nun sogleich Holzfäller und Zimmerleute und Maurer und ließ das westliche Haus mit viel Getön neu errichten und ausbessern; dann bereitete man eine prächtige Hochzeitsfeier. Der Sohn aber, der früher nur gegessen und geschlafen hatte, umarmte seine Mutter und rief: »Ach Mütterchen, nun habe ich meinen Plan ausgeführt!«

14. Vom alten Mann, der verdorrte Bäume wieder zum Blühen brachte

In alter, alter Zeit lebte einmal irgendwo auf dem Lande ein gutherziges altes Ehepaar. Neben ihnen wohnte ein anderes altes Paar, das waren aber hartherzige und habgierige Menschen. Als die habgierige Alte einmal zum Fluß hinunterging, um dort ihre Wäsche zu waschen, kam ein alter, leerer Reiskübel, den irgendwer als unbrauchbar fortgeworfen hatte, den Fluß herabgeschwommen. Da die Alte geizig und habgierig war, fischte sie den Kübel aus dem Fluß heraus und nahm ihn mit sich nach Hause. Auch die gutherzige alte Frau war zum Waschen an den Fluß gegangen. Da kam ein kleines Hündchen mit der Strömung herabgeschwommen, und mitleidig, wie sie war, holte sie das kleine Tier aus dem Wasser und nahm es mit nach Hause, um es aufzuziehen. Als das Hündchen groß geworden war, wurde es ganz zahm und zutraulich. Einmal arbeitete der alte Mann in seinem Garten, da scharrte der Hund in der Erde und bellte dazu: »Grabt hier nach und sucht!« Als nun die beiden Alten dort, wo er gescharrt hatte, nachgruben, fanden sie dort lauter Gold- und Silberstücke vergraben. Das hatte der habgierige Nachbar gesehen, er wurde ganz neidisch und sagte: »Seht nur, seht nur, das viele Geld, das ist ja ein wahrer Wunderhund! Wollt ihr ihn mir nicht ein bißchen leihen?« Als die gutmütigen Alten dem Nachbar nun den Hund liehen, packte der ihm Grabscheit und Hacke auf den Rücken und zerrte ihn überallhin, hierhin und dorthin mit sich, bis der Hund schließlich vor Erschöpfung zu Boden fiel. Der habgierige Alte dachte, daß er dort Gold finden würde, als er aber nachgrub, kam nur allerlei Unrat zutage. Da rief er: »Das werde ich dir heimzahlen, du widerwärtiges Vieh, nichts als Unrat hast du uns beschert! Ich werde dich totschlagen und hier verscharren!« Auch die Alte rief: »Schlag nur tüchtig auf ihn ein!« Der Hund winselte laut: »Tut doch nicht solches Unrecht, Kyan, Kyan!« Doch sie schlugen ihn tot und verscharrten ihn an Ort und Stelle unter einem kleinen Kiefernbaum. Als der gutherzige Alte davon erfahren hatte, kam er täglich zu dem Bäumchen, um dort zu weinen. Von seinen Tränen benetzt, fing das Bäumchen auf wunderbare Weise an von Tag zu Tag mehr und mehr zu wachsen, bis es zu einem großen Baum geworden war. Nun bat der gutherzige Alte den geizigen Nachbar: »Ich möchte mir aus dem Baumstamm eine Handmühle machen. Willst du ihn mir nicht schenken?« Der antwortete: »Als Ersatz für den Hund kannst du ihn dir mitnehmen, damit du endlich mit dem ewigen Wehklagen aufhörst.« Nun sägte der Alte den Baum ab und machte sich aus dem Stamm eine Handmühle. Als die Mühle fertig war, sagten die beiden Alten: »Wir wollen Mehl mahlen, um Klöße daraus zu machen, die wir dem toten Hund als Opfergabe darbringen können.« Wie sie nun aber die Mühle zu drehen begannen, quollen zwischen dem Mehl zahlreiche Gold- und Silbermünzen daraus hervor. Der habgierige Alte hörte davon und kam nun, um sich die Mühle zu leihen. Als sich aber das habgierige Paar vor die Mühle setzte und sie drehte, quoll nur Schmutz und Unrat hervor. Zornig darüber, zerhackten sie die Mühle zu Brennholz. Als dann der Nachbar kam, um sich seine Mühle wieder abzuholen, sagten sie zu ihm: »Sie hat nur Dreck und Unrat gemahlen. Weil wir darüber zornig waren und gerade kein Brennholz hatten, haben wir sie in Stücke gehackt. Dafür war sie gerade gut!« Der gutherzige Alte bat nun: »Dann gebt mir wenigstens die Asche, die von dem Brennholz übriggeblieben ist.« Da sagten die beiden: »Du kannst dir davon soviel nehmen, wie du willst.« Der füllte sich einen Korb voll Asche und trug ihn nach Hause. Als er nun die Asche über seinen Acker streute, wurde sie vom Wind auf einen verdorrten Pflaumenbaum, der dort stand, geweht, und der verdorrte Baum fing plötzlich, mitten im Winter, an zu blühen, als ob es Frühjahrszeit wäre. Zufällig kam der Fürst des Landes gerade dort vorüber und sah dies. »Väterchen, Väterchen, kannst du alle verdorrten Bäume wieder zum Blühen bringen?« fragte er den Alten. »In meinem Palast stehen auch verdorrte Bäume.« Der Alte ging dorthin, und alle Bäume, über die er die Asche streute, fingen an zu blühen. »Nun laß diesen Kirschbaum blühen!« sagte der Fürst, »und nun jenen Hyakujikkôbaum und dort die Kamelie!« Immer, wenn der Fürst ihn hieß, noch einen Baum blühen zu lassen, antwortete der Alte nur: »Wie Ihr befehlt! Wie Ihr befehlt!«, streute die Asche über die kahlen Äste, und überall sproßten dort Blüten hervor. »Das ist wahrhaftig wunderbar«, rief der Fürst, »gebt dem Mann eine gute Belohnung!« Sofort riefen alle Vasallen: »Das soll geschehen«, und man entließ den Alten reich beschenkt. Das alte Ehepaar freute sich über diese Belohnung und beschloß, sich dafür viele Felder und andere schöne Dinge zu kaufen. Als der habgierige Nachbar dies erfahren hatte, sagte er: »Morgen werde auch ich hingehen und die Bäume erblühen lassen. Auch ich möchte so viel Geld haben und solche Pläne schmieden können wie ihr beiden.« – »Geh nur hin und versuch gleichfalls dein Glück«, sagte der gutherzige Alte, und der habgierige Nachbar kratzte den Rest der Asche aus seinem Herdloch zusammen, tat sie in einen Korb und ging damit zur Stadt. Dort rief er laut auf den Straßen aus: »Hier ist der alte Mann, der verdorrte Bäume zum Blühen bringt! Hier ist der alte Mann, der verdorrte Bäume zum Blühen bringt!« Als der Fürst ihn so ausrufen hörte, sagte er: »Wollen wir uns das Kunststück doch noch einmal anschauen.« Er ließ den Alten herbeirufen und befahl ihm, seine Kunst zu zeigen. Als der aber auf einen Baum stieg und die Asche über die Zweige streute, trieb der Wind sie dem Fürsten und seinen Gefolgsleuten in Mund und Augen. »Unverschämter Bursche!« rief darauf der Fürst, »statt Blüten blühen zu lassen, hast du mir Asche in die Augen geworfen!« Die Gefolgsleute aber schrien: »Warte, du Schurke, wir wollen dir ein schönes, rotes Kleid anziehen! Du Erzbetrüger, wir wollen dich lehren, unserem Herrn Asche in die Augen zu werfen! Totschlagen müßte man dich!« Damit fielen sie über ihn her und prügelten ihn, bis das Blut herabfloß und seine Kleider ganz rot färbte. Vergebens flehte er um Gnade, sie hörten nicht auf, ihn zu schlagen, bis er keine Lebenszeichen mehr von sich gab. Als seine Peiniger verschwunden waren, raffte er sich mühsam auf, um nach Hause zurückzukehren. Dort wartete seine Frau schon ungeduldig auf seine Heimkehr. Als sie ihn dann von ferne kommen sah, dachte sie: »Ah, er hat vom Fürsten ein schönes rotes Gewand bekommen. Sicherlich bringt er noch viele andere kostbare Sachen mit.« Dann aber, als er näher kam, sah sie erschreckt, daß seine Kleider vom Blut so rot gefärbt waren. Der Alte aber legte sich, als er zu Hause angekommen war, auf das Krankenlager und erlangte seine Gesundheit niemals völlig wieder.

15. *Vom alten Mann, der Bambus fällte*

Vor langer, langer Zeit lebte einmal irgendwo ein alter Mann. Als er eines Tages aufs Feld hinaus ging und seinen Acker bestellte, kam eine Meise geflogen und ließ sich auf dem Stiel seiner Hacke nieder. Der Alte fing sie ein und schluckte sie auf einen Rutsch hinunter. Nach einer Weile nun kam aus seinem Hintern ein Fuß des Vogels hervor. »Ich will ihn herausholen!« dachte er sich und zog daran; da sang es aus seinem Bauch:

Chinchin kurikuri, panpan kurikuri, koma sarasara.

Er kehrte nach Hause zurück und beriet sich mit seiner Frau. Da sagte sie ihm, wenn er zu dem Bambusdickicht seines Fürsten gehe, Bambus schneide und sich damit ein Bad heize, dann werde er wohl wieder in Ordnung kommen. Nun ging der Alte zu dem Bambusdickicht seines Fürsten, um Bambus zu fällen. Es traf sich aber, daß gerade da der Fürst vorbeikam. »Der Kerl, der da Bambus schneidet, wer ist das?« rief er ärgerlich. »Ein alter Mann, der alte Winde streichen läßt!« antwortete der Alte. »Laß einen Wind streichen, wenn du kannst!« befahl der Fürst. Da entblößte der alte Mann sein Hinterteil und zog an dem Fuß des Vogels. Da erklang es:

Chinchin kurikuri, panpan kurikuri, koma sarasara.

»Das ist in der Tat merkwürdig; zieh noch einmal!« sprach der Fürst, und wiederum zog der Alte.

Chinchin kurikuri, panpan kurikuri, koma sarasara.

So ertönte es. Voller Bewunderung schenkte der Fürst dem alten Mann Belohnungen in Hülle und Fülle und bestimmte, daß er Bambus fällen gehen dürfe, wann immer er wolle.

Ein habgieriger alter Mann aus der Nachbarschaft hörte von dieser Geschichte. »Ich will auch einmal hingehen!«, so dachte er und ging zu dem Bambusdickicht des Fürsten, um Bambus zu fällen. Wiederum kam da zufällig der Fürst vorbei. »Der Kerl, der da Bambus schneidet, wer ist das?« rief er. »Ein alter Mann, der alte Winde streichen läßt!« antwortete der habgierige alte Mann. »Laß einen Wind ertönen, wenn du kannst!« Da entblößte der alte Geizhals sein Hinterteil. Wie er sich aber mit aller Kraft abmühte, kam kein Wind heraus, sondern nur Kot. Der Fürst aber wurde zornig. Er nahm sein Schwert und schlug dem habgierigen Alten das Hinterteil ab.

Wie nun die Frau des alten Geizhalses überlegte, was für eine Belohnung er wohl bekommen werde, und wartete, kam aus der Ferne der Alte zurück, dem man sein Hinterteil abgeschlagen hatte. Die Frau aber glaubte, er habe ein Geschenk erhalten und komme auf einem Pferd geritten. »Wenn er eine solch großartige Belohnung erhalten hat, dürfen im Haus keine Fetzen oder Ähnliches liegen!« sprach sie zu sich und warf alle in den Herd. Als der Mann nun heimkam, sagte er: »Mütterchen, hast du nicht einen Stoffetzen?« Da antwortete die alte Frau: »Weil ich dachte, du kämst auf einem roten Pferd geritten, habe ich alles, was ich an Fetzen hatte, verbrannt!« – So erzählt man.

16. Vom Spatzen, der sich ein Bein gebrochen hatte

Vor langer Zeit lebte einmal in irgendeinem Bergdorf ein gutherziges altes Mütterchen. Eines Tages kam vor ihren Garten ein Spatz, der sich ein Bein gebrochen hatte, und klagte bitterlich. Als die alte Frau dies bemerkte, wurde sie von großem Mitleid erfüllt; sie hob den Spatzen auf, setzte ihn in einen Bambuskorb, gab ihm das Futter, welches Spatzen gerne mögen, und pflegte ihn mit großer Liebe. In kurzer Zeit heilte auch die Wunde am Bein des Spatzen, und er konnte frei im Korb umherflattern. Die Alte freute sich und immer mehr wuchs ihr der Spatz ans Herz. Da hüpfte eines Tages der Spatz aus seinem Korb heraus und flog fort; da er aber gar nicht zurückkehrte, machte sich das Mütterchen Sorgen und forschte, wohin er geflogen sein könnte. Am nächsten Tag nun kam ein Spatz unter das Vordach, und laut seine fröhliche Stimme erhebend, zwitscherte er. Dem Mütterchen erschien das seltsam und sie öffnete das Tor; da verstreute er Melonenkerne im Hof.

Diese Kerne sammelte die alte Frau alle auf und säte sie auf dem rückwärtigen Feld aus. Da trieben wunderbare Schößlinge hervor, Blüten brachen auf, Früchte wuchsen heran und eine große Zahl stattlicher Kürbisse konnte geerntet werden. Die Alte freute sich sehr, und an einem sonnigen Platz unter dem Vordach hängte sie diese großen Kürbisse alle etwa zehn Tage lang auf. Nach dieser Frist kam aus dem ersten Kürbis etwas von der Art polierten Reises Körnchen auf Körnchen herabgeronnen. Sie hob ein Korn auf und kostete: da stellte es sich als köstlicher, polierter Reis heraus. Als sie daraufhin alle Kürbisse herabnahm und nachsah, war jeder einzelne voll von Reis. Voller Freude kochte das Mütterchen von diesem Reis sogleich eine Mahlzeit und aß: es schmeckte gut! Sie füllte davon in Schächtelchen und verteilte sie auch in der Nachbarschaft. Sie freute sich, daß jedem dieses Gericht schmeckte. Wieviel sie aber auch von dem Reis nahm – er wurde auch nicht ein bißchen weniger, und dadurch wurde das Mütterchen überaus wohlhabend.

In ihrer Nachbarschaft aber lebte ein habgieriges altes Weib. Als sie diese Geschichte vernahm, packte sie gewaltig der Neid und sie machte sich eigens auf, einen Spatzen zu fangen. Nachdem sie endlich einen gefangen hatte, brach sie ihm ein Bein und setzte ihn in einen Korb. Da sie ihm aber überhaupt kein Futter gab, litt der Spatz Not und flatterte mühselig im Korb umher. Rasch nahm die habgierige Alte den Deckel ab. Das Spätzlein stieß einen wehen Schrei aus und flog fort. Die Alte aber malte sich aus, wie der Spatz ihr am nächsten Tag irgendein Geschenk bringen würde. Am nächsten Tag nun kam der Spatz ans Fenstersims und zwitscherte. Als sie in großer Hast den Fensterladen öffnete, war er mit

Kürbissamen gekommen und hatte ihn ausgestreut. Voller Freude darüber säte die habgierige Alte ihn, ohne etwas übrigzulassen, auf ihrem Feld aus. Da trieben wunderbare Schößlinge hervor, Blüten brachen auf, Früchte wuchsen heran und eine große Zahl von Kürbissen gelangte zur Reife. Sie erntete sie und hängte sie alle unter dem Vordach auf. »Wenn doch nur schnell Reis herauskäme! Wenn doch nur schnell Reis herauskäme!« rief sie und betrachtete sie jeden Tag, doch es hatte nicht den Anschein, als würde jemals Reis herauskommen. Die habgierige Alte wurde sehr wütend; sie riß die Kürbisse alle herunter und brach einen nach dem anderen auf. Da kamen aus den Kürbissen große Schlangen, Tausendfüßler, Hornissen und Echsen in Scharen hervor. Sie packten das alte Weib, schlangen sich um sie und bissen oder stachen sie; die Alte aber konnte gar nichts gegen sie tun und starb, schließlich wahnsinnig geworden. So erzählt man.

17. Vom Spatzen, dem man die Zunge abschnitt

Ach, es ist lange her, da lebten einmal ein alter Mann und eine alte Frau. Einmal ging der Alte in die Berge, um Brennholz zu schneiden. Auf seinem Weg dorthin aber hängte er das Bündel mit seinem Essen an den Zweig eines Baumes; da kam ein Spatz und fraß seine Mahlzeit auf. Als nun der Alte daran dachte, seinen Imbiß zu essen, und das Bündel öffnen wollte, schlief der Spatz darin. Der Alte fing ihn ein und nahm sich seiner liebevoll an. »Ochon, Ochon«, nannte er ihn und zog ihn auf. Einmal nun gab der Alte den Spatzen der alten Frau und ging wieder in die Berge, um Brennholz zu schneiden. Es war ein schöner Tag und die Alte kochte gerade Stärkebrei. »Ich gehe jetzt zum Fluß, um Wäsche zu waschen; halte du inzwischen Wache, daß er von der Nachbarkatze nicht gefressen wird!« So sprach sie zu dem Spatzen und machte sich auf den Weg zum Fluß. Der Spatz aber war hungrig und fraß ihren Stärkebrei auf. Als die Alte zurückkam, forschte sie: »Ochon, Ochon, was ist mit dem Stärkebrei?« Der Spatz aber entgegnete: »Des Nachbars Katze hat ihn gefressen!« Als die Alte nun die Nachbarkatze daraufhin anschaute, klebte nichts an ihrem Mäulchen, als sie jedoch die Zunge des Spatzen untersuchte, klebte Stärkebrei daran. Da schnitt sie ihm die Zunge ab und scheuchte ihn fort.

Nach einer Weile kam der Alte aus den Bergen zurück und forschte: »Was ist mit Ochon?« Da sagte die Alte: »Als ich ihm den Stärkebrei in Obhut gab und zum Fluß ging, hat er den Brei gefressen. Darüber bin ich in Zorn geraten und habe ihm die Zunge abgeschnitten.« Da wurde der alte Mann über die Maßen traurig.

»Ochon, mein Spatz, wohin bist du gegangen?

Spatz, dem man die Zunge abgeschnitten hat, wohin bist du gegangen?

Mein Liebling, wohin bist du gegangen?«

Während er so rief, wanderte er lange Zeit und kam schließlich zu einem Rinderwäscher. »Herr Rinderwäscher, Herr Rinderwäscher! Ist hier der Spatz, dem man die Zunge abgeschnitten hat, nicht zufällig vorbeigekommen?« – »Doch! Er ist vorbeigekommen, hinterließ aber die Weisung, die Brühe vom Waschen der Rinder aus der Holzschale des Vaters dreizehnmal und dreizehnmal aus der Holzschale der Frau zu trinken.« Und als der Alte die Brühe vom Waschen der Rinder getrunken hatte, belehrte er ihn: »Wenn du in diese Richtung flußabwärts gehst, wirst du zu einem Pferdewäscher kommen.«

»Spatz, dem man die Zunge abgeschnitten hat, wohin bist du gegangen?

Ochon, mein Spatz, wohin bist du gegangen?

Mein Liebling, mein Liebling!«

Als er lange Zeit gewandert war, kam er zu dem Pferdewäscher. »Herr Pferdewäscher, Herr Pferdewäscher! Ist hier der Spatz, dem man die Zunge abgeschnitten hat, nicht zufällig vorbeigekommen?« – »Doch! Er ist vorbeigekommen, hinterließ aber die Weisung, die Brühe vom Waschen der Pferde aus der Holzschale des Vaters dreizehnmal und dreizehnmal aus der Schale der Frau zu trinken.« Der Alte trank die Brühe vom Waschen der Pferde. Da gab er ihm den Rat: »Wenn du in diese Richtung flußabwärts gehst, wirst du zu einem Gemüsewäscher kommen.«

»Ochon, mein Spatz, wohin bist du gegangen?

Spatz, dem man die Zunge abgeschnitten hat, wohin bist du gegangen?

Mein Liebling! Mein Liebling!«

Als er wiederum lange Zeit gewandert war, kam er zu dem Gemüsewäscher. »Herr Gemüsewäscher, Herr Gemüsewäscher! Ist hier der Spatz, dem man die Zunge abgeschnitten hat, nicht zufällig vorbeigekommen?« – »Doch! Er ist vorbeigekommen, hat aber die Weisung hinterlassen, die Brühe vom Waschen des Gemüses aus der Schale der Frau dreizehnmal und dreizehnmal aus der Schale des Vaters zu trinken.« Und als der Alte die Brühe vom Waschen des Gemüses getrunken hatte, belehrte er ihn: »Wenn du in diese Richtung flußabwärts gehst, da ist dort ein dichtes Bambusgestrüpp, und wenn du dorthin kommst, da mäht man, mit einer roten Schürze und einem roten Ärmelschürzband angetan, Reis.«

»Spatz, dem man die Zunge abgeschnitten hat, wohin bist du gegangen?

Ochon, mein Spatz, wohin bist du gegangen?

Mein Liebling, mein Liebling!«

So rief er wieder und wanderte weiter. Nachdem er lange Zeit flußabwärts gegangen war, fand er ein dichtes Bambusgestrüpp, und als er weiterging, ein Haus. Er klopfte ans Tor, da rief es: »Ist es Väterchen oder ist es Mütterchen?« – »Väterchen ist es, Väterchen!« – »Wenn es Väterchen ist, soll er schnell hereinkommen!« Der Alte ging also hinein und wurde ehrerbietig zu einem Festmahl gebeten. Darauf fragte man ihn: »Väterchen, Väterchen, willst du einen schweren Korb haben oder willst du einen leichten Korb haben?« – »Wegen meiner Jahre gebt mir einen leichten!« entgegnete er. Da setzte man dem Alten einen leichten Korb auf die Schultern und sprach: »Väterchen, Väterchen, öffne ihn nirgendwo auf dem Weg, sondern gehe nach Hause und öffne ihn da.« Als der Alte nach Hause zurückgekehrt war und ihn öffnete, war er ganz angefüllt mit großen und kleinen Goldstücken. Da freuten sich die beiden Alten.

Weil aber die Frau eine habgierige Alte war, sprach sie: »Ich will auch etwas geschenkt bekommen!«, und machte sich auf den Weg. Als sie zu dem Haus des Spatzen kam und an das Tor klopfte, fragte er: »Ist es Väterchen oder Mütterchen?« – »Mütterchen, Mütterchen!« – »Wenn es Mütterchen ist, soll sie schnell hereinkommen!« sprach er da. Als die Alte aber eintrat, nahm er das Brett vom Abtritt weg und stellte es ihr als Eßtischchen hin und nahm Holz von der Hecke und gab es ihr als Eßstäbchen und nahm Sand und setzte ihn ihr als gekochten Reis vor. Als daraufhin die Alte sagte, daß sie zurückkehren wolle, fragte er sie: »Mütterchen, willst du einen schweren Korb oder willst du einen leichten Korb?« Da nun die Frau eine habgierige Alte war, sagte sie, er solle ihr einen schweren Korb geben. »Nimm diesen und gehe ohne nachzuschauen nach Hause!« Die Alte aber bekam Lust hineinzuschauen und machte ihn hinter der Hecke auf. Da kamen Ottern und Nattern und Tausendfüßler heraus und bissen die Alte zu Tode.

Alle sollen wissen, daß es so mit der Habgier geht!

18. Die Frau, die keinen Reis aß

Vor langer Zeit lebte einmal irgendwo ein unverheirateter Mann. Da er immer ganz allein war, machte sich sein Freund Sorgen und sprach zu ihm: »Nun ist es aber an der Zeit – du solltest eine Frau nehmen!« So redete er ihm also zu, zu heiraten. Doch jener Mann entgegnete: »Ich will noch lange warten! Wenn es allerdings eine Frau gäbe, die nichts ißt, könntest du die Vorbereitungen zur Hochzeit treffen!«

Nachdem er so gesprochen hatte, kam eines Tages gegen Abend zu dem Haus jenes Mannes eine schöne Frau. »Ich bin auf der Reise. Da der Tag sich schon neigt und ich in Verlegenheit bin, gewährt mir doch bitte für eine einzige Nacht Obdach!« So bat sie um Herberge. »Ein Nachtlager könnte ich zwar bieten, aber ich habe nichts zu essen im Hause«, entgegnete er und wies sie ab. Doch die Frau bat wiederum: »Ich brauche nichts zu essen. Ich bin eine Frau, welche nichts ißt. Ein Obdach ist alles, was ich begehre.« Da war der Mann zwar überrascht, nahm die Frau aber doch auf.

Am nächsten Morgen jedoch traf sie keine Anstalten, aufzubrechen. Und da sie vielerlei Arbeiten verrichtete, ließ sie der Mann für immer dableiben. Das Beste an ihr war jedoch, daß sie nichts aß und nur arbeitete. Weil sie aber niemals etwas aß, obwohl sie schon lange da war, drang der Mann in sie, ob sie nicht ein wenig zu sich nehmen wolle. Die Frau aber entgegnete, wenn sie nur den Duft rieche, sei es ihr genug. Und sie aß niemals.

Da dachte der Mann, daß es in der Welt keine zweite solche Ehefrau gebe, und prahlte vor seinen Freunden. Doch niemand schenkte ihm Glauben. Sein allerbester Freund unter diesen aber kam einmal und sagte: »Was ist mit dir los? Hast du noch nichts gemerkt? Deine Ehefrau ist kein menschliches Wesen! Du mußt dich vorsehen!« So belehrte er ihn. Jener Mann aber sprach: »Gibt es so etwas wirklich?« und hörte nicht darauf.

Da sprach jener wiederum: »Davon weißt nur du allein nichts. Es ist *das* Gespräch im ganzen Dorf! Wie kann es in der Welt ein menschliches Wesen geben, das nichts ißt? Wenn du aber glaubst, es sei erlogen, dann tu einmal so, als gingest du irgendwohin, und steige dann, ohne daß deine Frau es merkt, ins Dachgebälk und paß auf, was sie macht.«

Als der Mann nun eines Tages in die Stadt gehen wollte, sagte er: »Ich werde nicht vor dem Abend zurückkehren!« und verließ das Haus. Er ging aber nur ein Chô weit und kehrte dann um. Ohne daß seine Frau es gewahr wurde, stieg er heimlich ins Dachgebälk hinauf. Wie die Frau nun allein war, begann sie Reis zu waschen. Dann zündete sie ein prasselndes Feuer an und ging daran, den Reis zu kochen. Als der Reis gar war, bereitete sie dreiunddreißig Reisklöße, holte aus der Küche drei Makrelen und briet sie auf dem Feuer. Dann stellte sie ein Knie auf und löste ihre Haare. Er paßte auf, was sie tat: In eine große Öffnung mitten am Kopf warf sie die Reisklöße und darauf die gebratenen Makrelen plumps! plumps! hinein und aß sie auf diese Weise auf.

Als dies der Mann sah, erschrak er. Heimlich stieg er vom Dachgebälk herab und rannte zu dem Haus seines Freundes. Jener sagte ihm: »Daß du dies gesehen hast, verrate nicht sofort. Setze trotz allem ein Gesicht auf, als wüßtest du nichts von dem heutigen Vorfall, und kehre nach Hause zurück.« Also machte der Mann ein Gesicht, als ob er von nichts wüßte, und kehrte nach Hause zurück. Als er dort anlangte, klagte seine Frau, daß sie Kopfschmerzen habe, und lag schon im Bett. Und als er dann fragte, was ihr denn fehle, antwortete sie mit katzenhafter Stimme: »Ich fühle mich leider nicht wohl und habe mich hingelegt.« – »Wie kommt das? Willst du Medizin einnehmen oder Gebete sprechen lassen?« fragte er wiederum, aber sie antwortete: »Ich weiß nicht, was zu tun ist.« Und sie schien sich jeden Augenblick auf ihn stürzen zu wollen. »Dann will ich jetzt einen Gesundbeter herbitten!« rief er und eilte zu dem Haus seines Freundes und holte ihn her: »Wofür ist das die Vergeltung? Ist es die Vergeltung für drei Shô Reis? Ist es die Vergeltung für drei Makrelen?«, so fragte der Freund. Als das die Frau hörte, sprang sie auf und schrie: »Du hast mich belauscht! Wehe!«, stürzte sich auf den Freund und fraß ihn sodann vom Kopf angefangen Stück für Stück auf. Ihr Mann erschrak fürchterlich und suchte zu entfliehen. Aber nachdem das Weib den Freund gefressen hatte, packte sie auch ihn, ließ ihn wie ein Kätzchen in ihrer Hand baumeln, setzte ihn dann auf ihren Kopf und entfloh eilends in die Berge. Gleich einem Hasen rannte sie über Felder und Berge. Als sie durch einen Wald kamen, ragte einmal vor seinen Augen der Ast eines Baumes hervor. »Wie gut!« dachte er und klammerte sich an den Ast. Der Dämon aber – denn er war die Frau, die nichts aß – bemerkte es nicht und lief holterdiepolter weiter.

Nun stieg der Mann von dem Baum herunter und versteckte sich heimlich in einem Dickicht von Beifußgewächs und Schwertlilien. Da kam auch schon das Dämonenweib zu seinem Versteck zurückgerannt und schrie: »Du hältst dich dort zwar versteckt, aber kannst du mir entkommen?« und wollte sich auf ihn stürzen. Doch im letzten Augenblick schrak sie zurück. »Ach, ist das ärgerlich! Beifuß und Schwertlilie – außer diesen beiden gibt es nichts, was mir Schaden zufügen könnte. Komme ich jedoch mit diesen Pflanzen in Berührung, geht mein Körper in Fäulnis über. Wären diese Gewächse nicht, hätte ich auch dich aufgefressen!« So sprach sie und ihre Enttäuschung war groß. Der Mann aber dachte sich: Nun brauche ich keine Angst mehr zu haben! Er nahm von den Pflanzen und warf sie auf den Dämon. Da starb sogar dieser fürchterliche Dämon an ihrem Gift.

19. Der Ochsentreiber und die Hexe

In alter, alter Zeit lebte einmal ein Ochsentreiber. Der hatte eine große Menge eingesalzener Makrelen gekauft, hatte sie seinem Ochsen aufgeladen und war auf dem Wege, seine Ware an die Leute im Gebirge zu verkaufen. Als er nun einen hohen Gebirgspaß überschritt, traf er unglückseligerweise die Berghexe, die ihm nachrief: »He, du Ochsentreiber, gib mir doch eine von deinen Makrelen.« Er sah keinen andern Ausweg, zog daher eine der Makrelen aus dem Tragkorb und warf sie ihr zu. Dann suchte er schleunigst aus dieser unheimlichen Gegend zu entfliehen. Da aber ein Ochse nicht gerade sehr schnellfüßig zu sein pflegt, so eilte ihm die Hexe, nachdem sie die Makrele verzehrt hatte, nach, holte ihn ein und bat ihn um eine zweite. Er warf ihr auch diese zu und eilte weiter. Wiederum holte sie ihn ein und forderte eine neue Makrele. Dies setzte sie fort, bis sie alle Makrelen verspeist hatte. Als keine Makrelen mehr da waren, sagte sie: »Da die Makrelen zu Ende sind, soll ich nun deinen Ochsen fressen oder soll ich ihn nicht fressen?« In seiner Angst ließ er den Ochsen zurück und floh allein weiter. Ehe man es sich versah, hatte die Hexe auch den Ochsen verspeist und war ihm schon wieder auf den Fersen. Nun sagte sie: »Diesmal werde ich dich fressen.« In seiner Todesangst lief der Ochsentreiber, so schnell ihn seine Füße trugen, weiter und überlegte bei sich, wie er ihr entkommen könne. Da kam er an einen großen Teich, an dessen Ufer ein hoher Baum stand. Schnell kletterte er auf den Baum, um sich dort vor ihr zu verbergen. Da der Baum aber nach unten nur wenig belaubt war, so spiegelte sich die Gestalt des Ochsentreibers im Wasser des Teiches. Als die Hexe dorthin gekommen war, sah sie das Bild des Mannes im Wasser und dachte, er sei in den Teich gesprungen, um sich vor ihr zu verbergen. Schnell sprang sie in den Teich, um ihn zu ergreifen, er aber benutzte die Gelegenheit, um vom Baum herabzusteigen und weiterzueilen. Da sah er am Fuße des Berges eine kleine Hütte und eilte dorthin, um sich dort zu verstecken. Zu seinem Schrecken aber merkte er, daß er in die Hütte der Berghexe gerannt war. Schnell stieg er in das Dachgebälk, um sich dort vor ihr zu verbergen. Kaum hatte er sein Versteck eingenommen, da kam die Hexe, erschöpft von der vergeblichen Suche im Teich, nach Hause. Sie schürte das Feuer in der Herdstelle, setzte eine Pfanne drauf und begann darin Reiskuchen zu rösten. Während der Kuchen in der Pfanne buk, fiel sie vor Müdigkeit in Halbschlummer. Da nahm der Ochsentreiber behutsam ein Schilfrohr aus der Dachbedeckung, fischte damit die Kuchen aus der Pfanne und aß sie, da er Hunger verspürte. Als die Hexe aus ihrem Halbschlummer erwachte, sah sie, daß die Pfanne leer war. Als sie nun fragte: »Wer hat meinen Kuchen gegessen?« antwortete der Ochsentreiber mit leiser Stimme: »Der Herdgott, der Herdgott.« Als die Hexe gesehen hatte, daß ein kleiner Kuchen in das Feuer gefallen und dort ganz verkohlt war, glaubte sie, der Herdgott habe wirklich den Kuchen gegessen, beruhigte sich und sagte: »Wenn der Herdgott es war, dann ist's schon gut.« Nun füllte sie die Pfanne mit Amasake (süßem Wein), um diesen darin zu erwärmen, und verfiel, während dieser noch kochte, wiederum in Halbschlummer. Leise zog der Mann nun ein anderes Schilfrohr aus der Dachbedeckung und trank damit, indem er es als Trinkrohr benutzte, heimlich den Amasake aus. Als die Hexe erwachte und die Pfanne wieder leer sah, fragte sie wieder: »Wer hat meinen Amasake getrunken?« Und wieder antwortete der Mann mit leiser Stimme: »Der Herdgott, der Herdgott.« Die Berghexe sagte: »Für heute werde ich mich schlafen legen. Soll ich in der Steinkiste schlafen? Oder soll ich in der Holzkiste schlafen? Die Steinkiste ist zu kalt, ich werde in der Holzkiste schlafen.« Damit öffnete sie den Deckel einer großen Holzkiste und legte sich hinein und schlief gleich darauf laut schnarchend ein. Als der Ochsentreiber dies bemerkt hatte, kroch er leise aus dem Gebälk herab und setzte einen großen Kessel mit Wasser auf die Feuerstelle. Während das Wasser kochte, nahm er einen Bohrer und bohrte damit ein Loch in den Deckel der Kiste. Als die Hexe das Geräusch des Bohrers hörte, sagte sie: »Ach, die Heimchen zirpen, morgen wird es gutes Wetter werden«, und schlief beruhigt wieder ein. Als sie eingeschlafen war, nahm der Mann das siedende Wasser vom Feuer und goß es durch das Loch in die Kiste, so daß die Hexe elendig zu Tode gebrüht wurde. So hatte er seine Rache an der Berghexe genommen.

20. Die Schwestern und die Berghexe

Vor alter, alter Zeit lebte einmal irgendwo eine Frau. Die hatte zwei Töchter, die ältere dreizehn Jahre, die jüngere neun Jahre alt, und ein Söhnchen, das noch ein Säugling war. Da sie sehr arm war, mußte sie den Lebensunterhalt durch Tagelohnarbeit verdienen. Eines Tages mußte sie zum Nachbardorf auf Arbeit gehen, um beim Reispolieren dort Hilfe zu leisten. Sie sprach also zu den beiden Mädchen: »Ich weiß noch nicht, ob ich heute nicht erst in tiefer Nacht heimkehren werde, drum schließt beizeiten die Tür gut ab und legt euch schlafen. Sollte etwa die Yamauba, die Berghexe, in meiner Gestalt kommen, dann hört gut hin auf ihre Stimme. Ist's nicht genau meine Stimme, dann verlangt, bevor ihr öffnet, erst, daß sie einen Finger durch die Türspalte steckt, und befühlt ihn gut, und wenn er sich rauh anfühlt, dann ist's die Berghexe, und ihr dürft ihr die Tür nicht aufmachen.« Nachdem sie die Kinder so ermahnt hatte, ging sie ins Nachbardorf. Beim Reispolieren wurde die Mutter lange aufgehalten, und als sie sich dann auf den Heimweg machte, war die Sonne schon untergegangen, und es war schon ganz finster. Als Mitbringgeschenk für die Kinder trug sie ein Bündel mit Klößen nach Hause und beeilte ihre Schritte. Plötzlich hörte sie aus der Dunkelheit eine unheimliche Stimme rufen: »Heda, wenn du mir nicht einen Kloß gibst, werd' ich dich fressen!« Das war die Berghexe. Die Mutter gehorchte, warf ihr einen Kloß hin und eilte weiter, so schnell sie konnte. Aber gleich darauf hörte sie wieder die Stimme der Hexe, die hinter ihr herkam und rief: »Gib mir noch einen, sonst freß ich dich auf!« Sie warf ihr einen zweiten Kloß hin, doch gleich darauf hörte sie die Stimme wieder: »Wenn du mir nicht noch einen gibst, dann freß ich dich!« So ging es, bis sie der Berghexe zuletzt alle zwanzig Klöße, die sie im Bündel hatte, hingeworfen hatte. Als diese sie verzehrt hatte, fraß sie schließlich die Mutter auch noch auf. Unterdessen saßen die beiden Mädchen zu Hause an der Feuerstelle und warteten auf die Mutter. Das kleine Brüderchen war inzwischen schon eingeschlafen. Da hörten sie von draußen eine Stimme: »Ich bin zurückgekommen, macht mir auf!« Beide riefen: »Das ist die Mutter«, und eilten zur Tür. Doch die ältere Schwester hielt die jüngere plötzlich zurück und sagte: »War die Stimme nicht etwas verschieden von der Stimme der Mutter?« Die Stimme von draußen beruhigte sie aber: »Mir sind Reishülsen beim Polieren in die Kehle gekommen, und davon ist meine Stimme heiser geworden, macht mir nur auf.« Die Kinder antworteten aber: »Stecke doch erst mal deinen Finger hier durch die Türritze.« Und als sie den durchgesteckten Finger befühlten, fanden sie, daß er ganz rauh war, und erbleichten vor Schreck. »Das ist die Berghexe«, riefen sie, aber von draußen kam wieder die Stimme: »Ach was, mir sind Reishülsen beim Polieren an den Händen kleben geblieben, darum fühlen sie sich so rauh an, wartet einen Augenblick, ich werde mir die Hände waschen und wiederkommen.« Und als sie wiederkam und den Finger durch die Spalte steckte, fühlte er sich ganz glatt an. Sie hatte ihn aber mit einem Bergkartoffelblatt umwickelt und so hineingesteckt. Nichtsahnend öffneten die beiden Mädchen der Hexe die Tür und ließen sie ein. Und als sie sie vor sich sahen, fanden sie, daß es ohne Zweifel ihre Mutter sein müsse, so hatte die Hexe ihre Gestalt verändert. Das kleine Brüderchen erwachte auch gerade, und die vermeintliche Mutter nahm es, wie die Geschwister glaubten, um es zu beruhigen, mit in das Schlafzimmer. Dort legten sie sich, müde, wie sie waren, neben der Mutter zur Ruhe und fielen auch sofort in tiefen Schlaf. Mitten in der Nacht erwachte zufällig die ältere Schwester und hörte ein knirschendes Geräusch, als ob jemand etwas mit den Zähnen zerbeißen würde. Sie dachte, die Mutter scheint da etwas zu essen, und fragte: »Mutter, was ißt du da?« – »Ach, von dem in Bohnenbrei Eingemachten, das ich als Mittagessen mitgenommen hatte, ist noch etwas übriggeblieben, das esse ich.«

Da bat die Tochter: »Gib mir doch etwas davon ab.« Die Hexe warf ihr einen Bissen zu, doch als sie ihn aufhob, um ihn zu essen, merkte sie zu ihrem Schrecken, daß es ein Finger des kleinen Brüderchens war, und vor Schrecken blieb ihr der Atem aus. Vorsichtig weckte sie die Schwester, und beide taten so, als ob sie auf den Abtritt gehen wollten, und verließen das Haus. Dort stiegen sie schnell auf den Paulowniabaum hinter dem Hause. Doch die Hexe, die ihre wahre Gestalt inzwischen wieder angenommen hatte, eilte ihnen nach und ließ suchend ihre schreckerregenden Augen umherschweifen, um die beiden Geschwister, die mit angehaltenem Atem auf dem Baum saßen, zu entdecken. Unglücklicherweise riß da gerade die Wolkendecke, und der Mond schien klar durch eine Öffnung in den Wolken und zeichnete ihre Schattenfiguren auf den Erdboden. Kaum hatte die Hexe die Schatten der Kinder bemerkt, da rief sie: »Ihr Viehzeug, so eine Frechheit«, und begann den Baum gleichfalls zu erklettern. In ihrer Angst flehten die Kinder: »Wenn es einen Buddha im Himmel gibt, dann laßt uns eine Kette herab!« Während die noch so andächtig beteten, wurde plötzlich rasselnd und klirrend vom Himmel eine Kette heruntergelassen. Erfreut ergriffen die Schwestern die Kette und stiegen daran zum Himmel empor. Die Berghexe sah die begehrten Bissen entschwinden und betete: »Laßt mir auch etwas herunter, und wenn es ein morsches Seil sein sollte.« Und wirklich kam von oben langsam ein altes Seil herabgerollt. Schnell ergriff sie es und begann gleichfalls daran zum Himmel emporzusteigen. Mitten auf dem Wege aber riß das Seil, die Hexe fiel herunter auf die Erde und fiel sich dort zu Tode. Die Schwestern aber stiegen in den Himmel hinauf, und dort kann man sie noch heute als das Schwesterngestirn leuchten sehen.

21. *Melonentöchterchen*

Vor langer Zeit lebten einmal ein alter Mann und eine alte Frau. In einem Jahr nun säten sie Gelbmelonen und da wuchs auf einem der Beete ein auffallend dicker Stengel hervor. Wie er so heranwuchs, bekam er seltsamerweise nur unfruchtbare Blüten, fruchttragende Blüten aber – woran lag es wohl – trug er keine einzige. Die beiden Alten jedoch sagten: »Das ist eine sonderbare Sache! In der übrigen Saat haben wir uns doch nicht geirrt!« Indessen wuchs und wuchs dieser eine Stengel, und als er über die Höhe des Beetes hinausgewachsen war, da erst trieb er eine einzige, ungewöhnlich große, fruchttragende Blüte hervor. Die große Frucht, welche dann über der Höhe des Beetes heranwuchs, erreichte bald den Umfang etwa einer großartigen Gelbmelone; dann aber wurde sie immer dicker, wurde immer länger und hing immer weiter herunter und reichte schließlich bis zum Erdboden. »Das ist aber eine riesengroße Gelbmelone geworden!« riefen die beiden Alten und freuten sich außerordentlich. »Diesen Kerl wollen wir völlig ausreifen lassen und seinen Samen gewinnen!« überlegten sie und warteten, bis er sich gelb färbte. Als die beiden die Melone dann gemeinsam geerntet und nach Hause getragen hatten, plumpste sie, weil sie so schwer war, auf den Vorplatz nieder. Dabei barst sie und bekam der Länge nach einen Sprung. Aus diesem Spalt aber drang die weinende Stimme eines kleinen Kindes. Die alte Frau holte es eilig heraus und ein rundliches kleines Mädchen kam zur Welt.

Da es aus einer Melone geboren war, gaben ihr die beiden Alten den Namen Urihime, Melonentöchterchen, und zogen es voller Liebe auf. Nach und nach wurde es größer und wuchs zu einem wunderschönen Mädchen heran. Dieses Mädchen war eine Meisterin im Weben und bald die beste im Dorf. Tag für Tag setzte sich Urihime im Obergeschoß an den Webstuhl; ten-kara-kan, ten-kara-kan! so webte sie mit aller

Kraft und stets webte sie Stoffe, über die man in bewunderndes Staunen geriet. Wenn der alte Mann und die alte Frau einmal in die Stadt zu einem Tempelbesuch gingen, um ihren Dank abzustatten, kauften sie auf dem Rückweg immer als Geschenk für Urihime Süßkartoffeln, die sie liebte. »Urihime, jetzt sind wir wieder zurück! Wir haben den Tempel besucht, um unseren Dank abzustatten, und haben auch Süßkartoffeln gekauft, die du gern hast!«, so riefen sie. Da sprang Urihime von ihrem Webstuhl auf, zupfte eins ums andere die Härchen aus den Knollen und aß sie dann.

Damals lebte ein böses Geschöpf, Amanojaku genannt. Wenn die Erwachsenen nicht zu Hause waren, kam es in die Häuser zu den Mädchen und behexte sie. Hatte Amanojaku sie behext, änderte sich die Gemütsart selbst der folgsamsten Mädchen und sie wurden ungeschickt. Eines Tages sprachen die beiden Alten: »Urihime, das Oberhaupt des Tempels kommt in die Stadt. Wir möchten gern hingehen, um ihm unseren Respekt zu erweisen. Wer auch immer kommt: Bis zu unserer Rückkehr darfst du das Obergeschoß nicht verlassen und die Tür nicht öffnen!« Dann verriegelten sie die Tür ganz und gar und machten sich beide auf den Weg.

Als Urihime nun ganz allein war und im Obergeschoß – ten-kara-kan, ten-kara-kan – am Webstuhl webte, nahm Amanojaku die Stimme eines Mädchens aus der Nachbarschaft an und begann zu rufen: »Urihime, Urihime!« – »Was ist los?« – »Gehen wir spielen, ja? Laß mich hinein!« – »Väterchen und Mütterchen sind heute nicht da, deshalb darf ich nicht mit dir spielen.« – »Ein bißchen mach doch die Tür auf!« – »Väterchen und Mütterchen haben gesagt, daß ich die Tür nicht aufmachen darf, weil Amanojaku kommen könnte.« – »Nun, öffne die Tür wenigstens einen Fingerbreit! Wenn ich dein Gesicht nicht sehen kann, ist es nicht nett.« Urihime aber dachte, daß Amanojaku unmöglich hereinkommen könnte, selbst wenn sie käme, und schob den Fensterflügel im Obergeschoß eben einen Fingerbreit auf. »Urihime, so kann ich dein Gesicht immer noch nicht sehen. So öffne doch wenigstens noch einen Fingerbreit mehr!« Und Urihime machte wenigstens zwei Fingerbreit auf. »Urihime, mach nur noch einen Fingerbreit mehr auf!« Da Urihime nun schon zwei Fingerbreit geöffnet hatte und nichts geschehen war, öffnete sie nun drei Fingerbreit. Da bemerkte sie, daß mit schrecklichen Krallen bewachsene Finger sich in den Spalt am Fensterflügel im Oberstock schoben. Krachend stieß Amanojaku ihn auf und kam in den Oberstock hereingesprungen.

Urihime verlor vor Schrecken die Besinnung und stürzte zu Boden. Als aber nach einiger Zeit das Bewußtsein wiederkehrte, war sie nicht mehr die ursprüngliche Urihime. Amanojaku hatte sie behext und ihr schreckliche Gesichtszüge gegeben. Lärmend, ohne sich im geringsten darum zu kümmern, ob der Faden riß, begann sie, am Webstuhl zu weben.

Nach einer Weile kamen der alte Mann und die alte Frau aus der Stadt zurück. Als Geschenk hatten sie Süßkartoffeln gekauft. »Urihime, wir sind jetzt zurück!« riefen sie. Als die beiden aber die Tür öffneten und eintraten, war Urihime ganz anders als gewöhnlich. Polternd sprang sie vom Obergeschoß herab, schrie mit heiserer Stimme: »Wo ist mein Geschenk?«, entriß der Alten mit Gewalt die Süßkartoffeln und ohne auch nur die Härchen auszureißen, aß sie sie auf, so wie sie eben waren. Die beiden Alten blickten starr vor Staunen; nachdem aber Urihime die Süßkartoffeln aufgegessen hatte, stieg sie wieder polternd ins Obergeschoß hinauf. Jan-gara, jan-gara begann sie lärmend am Webstuhl zu weben.

Während nun der Alte bei sich überlegte, was denn für eine Veränderung geschehen sei, und dabei auf das Feld hinter dem Haus hinausschaute, kam gerade ein prächtiger kleiner Vogel von der Vorderseite des Hauses her geflogen. Er ließ sich auf dem nahen Feigenbaum nieder und wollte dann, unaufhörlich zwitschernd, wieder zur vorderen Seite des Hauses fliegen. Als aber der Alte das Ohr neigte und lauschte, was er wohl zwitschere, sang er:

Am Webstuhl von Urihime, von Amanojaku besessen
Das junge Ding, vertreibe es, ho ho!

Darauf flog der kleine Vogel wieder zur Vorderseite des Hauses. »Also brachte das Scheusal Amanojaku es fertig, mein Melonentöchterchen zu behexen!« dachte sich da der Alte und eilte ins Obergeschoß hinauf. Urihime blickte bei dem Geräusch erschreckt auf, der Alte aber machte ein Gesicht, als ob er jeden Augenblick beißen wolle. Da sprang sie vom Webstuhl auf, stolperte bei ihrer Flucht über ein Querholz und stürzte zu Boden. Dabei schlug sie heftig mit Gesicht und Brust auf und konnte sich kein zweites Mal erheben. Aus dem Körper von Urihime aber kam ein schwarzer Vogel von der Größe etwa einer Taube, schrie schrecklich auf und flog fort.

Die alte Frau stieg bei diesen Lauten bestürzt ins Obergeschoß hinauf: Da lag Urihime am Boden und daneben stand versteinert der alte Mann. Die Alte war entsetzt und klammerte sich zusammen mit dem alten Mann an den Körper von Urihime. Während sie aber unter Tränen »Urihime! Urihime!« riefen, wurde Urihime allmählich immer starrer. Im Laufe der Zeit dann verwandelte sich ihr Körper in eine lange Melone. Daher sagt man, daß in den Gelbmelonen, die auf dem Feld der beiden Alten wachsen, sie in einem jeden Blatt und gewiß in einer jeden Melonenfrucht verkörpert sei.

22. *Der Zaubermantel der Hexe*

In alter, alter Zeit lebte irgendwo in einem Gebirgsdorf ein schönes Mädchen. An einem schönen Frühjahrstage, als die Bewohner des Dorfes auf die Berge stiegen, um sich dort bei Fest und Spiel zu ergötzen, verfehlte sie den Weg und geriet in eine entfernte, verlassene und einsame Gegend, aus der sie den Heimweg nicht mehr zu finden vermochte. Als es inzwischen dunkel geworden war, sah sie, als sie sich schon keinen Rat mehr wußte, wohin sie sich wenden sollte, in der Ferne ein Licht durch die Bäume schimmern. Sie freute sich sehr und ging dem Lichtschein nach, der sie zu einer einsamen Hütte führte. Das war aber das Hexenhaus. Drinnen saß die Berghexe ganz allein am Feuer. Das Mädchen näherte sich ihr und bat um Obdach. Da sagte die Berghexe: »Das hier ist ein Menschenfresserhaus und deshalb kannst du nicht hierbleiben, such dir ein Haus gewöhnlicher Menschen als Obdach und geh schnell von hier fort.« Das Mädchen war aber so müde und verzweifelt, daß es nur zu antworten vermochte: »Mir ist es schon gleich, darum behaltet mich nur hier, draußen würden mich in einer so dunklen Nacht ja doch nur die Bären oder die Wölfe fressen, da ist es mir schon lieber, wenn ich doch einmal gefressen werden soll, daß ich hier aufgefressen werde.« Als die Hexe dies gehört hatte, fühlte sie Mitleid mit dem Mädchen und sagte: »Hier dieser Strohmantel ist die größte Kostbarkeit, die ich besitze, es ist nämlich ein Zaubermantel. Ich will ihn dir geben. Wenn du ihn um die Schultern legst und dazu dreimal das Glaubensbekenntnis hersagst, dann kannst du den Menschen in jeder beliebigen Gestalt, alt oder jung, ganz wie du es dir wünschst, erscheinen, und wenn du den Mantel schüttelst, dann wird er dir jedes Ding, was du dir wünschen wirst, spenden. Obwohl dieser Mantel mein kostbarstes Gut ist, will ich ihn dir doch geben.« Damit überreichte sie dem Mädchen einen Strohmantel. Das Mädchen war sehr erfreut darüber und bedankte sich vielmals. Sie legte sich den Mantel um die Schultern und wünschte sich, in die Gestalt eines alten, verhutzelten Weibleins verwandelt zu werden. So verließ sie das Haus der Berghexe. Auf der Straße aber hatte sich eine Schar schrecklich anzusehender Dämonen versammelt, die den dort Vorübergehenden auflauerten, um sie zu fressen. Sie hatten einen von sich als Wächter aufgestellt, und als dieser die Alte des Weges kommen sah, rief er laut: »Hier kommt ein Mensch!« Die andern kamen aus ihrem Versteck herbeigelaufen, als sie aber das alte, verhutzelte Weiblein sahen, riefen sie: »Laß sie laufen, laß sie laufen. So eine ausgemergelte, dürre Alte ist kein Braten für uns.« So entging das Mädchen der Gefahr und konnte seinen Weg fortsetzen. Als sich die Nacht aufhellte, kam sie zu einem unbekannten Dorf. Sie ging zum Hause des Dorfältesten und bat diesen: »Ich bin heimatlos und weiß nicht, wohin ich mich wenden soll. Gebt mir irgendein Plätzchen im Hause und sei es auch nur eine Ecke in der Scheune, wo ich mich zur Ruhe niederlegen kann.« Der Dorfälteste war ein mildherziger Mann und wies ihr einen Winkel in der Scheune als Wohnplatz an. Dort ließ sie sich nieder und verbrachte die Tage damit, Garn zu spinnen, nachts aber, wenn sie sich unbelauscht wußte, verwandelte sie sich wieder in ihre wahre Gestalt und beschäftigte sich damit, Lesen und Schreiben zu lernen oder andern nützlichen Tätigkeiten nachzugehen. Der Sohn des Ältesten kam nun einmal spät nachts von einem Gang über Land nach Hause und sah in der Scheune einen Lichtschein. Als er heimlich durch einen Ritz in die Scheune schaute, um zu sehen, woher der Lichtschimmer käme, sah er dort ein schönes Mädchen, das dort beim Schein einer Kerze Schreibübungen machte. »Wahrhaftig«, dachte er bei sich, »ein so schönes Mädchen möchte ich wohl gern zur Frau haben«, und am nächsten Tage suchte er überall im Hause nach der Schönen vom vergangenen Abend, konnte sie aber nirgends finden. Er wunderte sich darüber und gab betrübt das zwecklose Suchen auf. Kurz darauf entdeckte auch ein Diener des Hauses eines Nachts die Schöne, und da er glaubte, daß es sich um einen Geisterspuk handele, teilte er am nächsten Tage dem Ältesten seine Entdeckung mit. Der ließ sofort die Alte vor sich kommen und bedrängte sie derartig mit Fragen, daß das Mädchen schließlich keinen andern Ausweg mehr sah und ihm das Geheimnis von dem Zaubermantel der Alten erzählte. Dann zog sie den Mantel aus und stand in ihrer wirklichen Gestalt vor ihm. Sie sagte ihm, wo sie zu Hause sei, und bat ihn: »Bitte, habt doch die Güte und helft mir, meine Eltern wiederzufinden!« Der Älteste ließ eifrig nach dem Wohnort des Mädchens suchen, und nach langen Bemühungen gelang es ihm auch, ihn ausfindig zu machen. Die Angehörigen hatten sie schon für tot gehalten und hielten gerade eine Totenfeier für sie ab, als sie nach Hause zurückkehrte. Bei ihrem Erscheinen herrschte große Freude im Elternhaus über die Heimkehr der Verlorengeglaubten. Nach kurzer Zeit sandte der Dorfälteste zu den Eltern und erbat sich das Mädchen als Frau für seinen Sohn. Sie zog dorthin und lebte dort herrlich und in Freuden. Und wir wünschen ihr viel Glück dazu.

23. Der Herdbesorger

Vor langer Zeit wurde in der Provinz Ōmura dem Fürsten von Ōmura ein Sohn geboren und er gab ihm den Namen Mamichigane. Als Mamichigane drei Jahre alt war, starb seine Mutter. Da der Vater wieder heiratete, wurde Mamichigane von einer Stiefmutter aufgezogen und wurde so neun Jahre alt.

Als Mamichigane neun Jahre alt war, traf es sich, daß sein Vater, der Fürst, für drei Monate sich auf eine Reise nach Edo begeben mußte. Beim Aufbruch sprach er zu seiner Frau: »Du brauchst keinerlei Arbeiten zu verrichten, nur die Pflege von Mamichiganes Haar sollst du jeden Tag übernehmen!« So sprach der Fürst und begab sich auf die Reise. Die Mutter aber begleitete den Fürsten noch zum Schiff und kehrte dann zurück. Von nun an jedoch behandelte die Mutter Mamichigane hart: »Auf, geh jetzt in die Berge und hole Reisig!«, und wenn er mit Reisig zurückkam: »Auf, fege jetzt den Garten!« So rief sie und ließ ihn arbeiten; die Sorge um sein Haar indessen überließ sie den Läusen, und nach einer kurzen Weile war Mamichigane zu einem schmutzigen und unansehnlichen Kind geworden.

Endlich waren die drei Monate um. Es kam ein Brief, in dem es hieß, daß das Schiff des Vaters am nächsten Tag zurückkehren werde. Die Mutter sagte zu Mamichigane: »Da morgen der Vater zurückkehrt, hole Reisig und fege den Garten und strenge dich tüchtig an!« Als am nächsten Tag Mamichigane rief: »Mutter, wir wollen den Vater vom Schiff abholen!«, antwortete die Mutter: »Geh du voraus! Ich richte noch meine Haare und komme später!« Und sie schickte Mamichigane voraus. Dann brachte sie sich selbst mit einem Rasiermesser im Gesicht Wunden bei und legte sich, mit einer Bettdecke zugedeckt, nieder. Als nun Mamichigane seinen Vater vom Schiff abholte, sah der Vater, daß Mamichigane schmutzig war, und fragte: »Wie kommt es, daß du ein solches Aussehen bekommen hast?« – »Weil die Mutter sich nicht um mich gekümmert hat!« antwortete er. »Nun, und wo ist die Mutter?« fragte jener weiter. »Sie sagte, sie richte sich ihr Haar und komme später«, antwortete er, und so warteten die beiden auf die Mutter. Als sie jedoch nicht länger warten konnten, kehrten Vater und Sohn nach Hause zurück. Bei ihrer Rückkehr nun lag die Mutter im Bett, und als der Vater nach dem Grund fragte, hob sie die Bettdecke hoch, streckte den Kopf heraus und sagte: »Schaut, was Euer Kind mir angetan hat! Nachdem ich Euch zum Schiff begleitet hatte, sagte es jeden Tag: Dieses Weib von Stiefmutter!, nahm ein Rasiermesser und brachte mir im Gesicht Wunden bei. Ein solches Gesicht die Leute sehen zu lassen, war mir schmerzlich und deshalb habe ich Euch nicht am Schiff abgeholt.«

Der Vater hörte ihre Erzählung an und achtete nicht auf die Worte von Mamichigane. »Ein Mensch ohne Kindesliebe wie du soll sich irgendwohin fortscheren!« schalt er. Aus drei Pferden wählte er das beste aus, gab ihm ein Kleid, das er in Edo als Andenken gekauft hatte, und das Pferd und wies ihn aus dem Haus. Mamichigane zog nun das schöne Kleid an, stieg auf das Pferd, wandte es nach Süden und verließ das Dorf. Wie er nun ritt und ritt, kam er vor einen

Strom, zehntausend Meilen lang, eine Meile breit. Stromauf konnte er nicht reiten und stromab konnte er nicht reiten. Da sprach er: »Laßt uns sehen, wie das Pferd von Mamichigane fliegt!«, und als er das Pferd einmal mit der Peitsche schlug, überquerte es auf wunderbare Weise den Strom.

Darauf ritt er wieder weiter und weiter und kam schließlich an einen mit Dornen bewachsenen Berg, der von weißen Wolken umhüllt war. Nach links konnte er nicht reiten und nach rechts konnte er nicht reiten. Da sprach er: »Ach, das bedeutet gar nichts! Laßt uns sehen, wie das Pferd von Mamichigane fliegt!«, und als er sein Pferd einmal mit der Peitsche schlug, nickte es, und als er es ein zweites Mal mit der Peitsche schlug, übersprang es auf wunderbare Weise den Berg.

Darauf ritt er weiter und weiter und kam zu einem Ort, wo ein alter Mann, der sein langes Haar wild hatte wachsen lassen, Hirsepflanzen sammelte. »Väterchen, Väterchen, gibt es in diesem Dorf nicht vielleicht einen Mann, der einen Diener einstellt?« fragte er. Der Alte antwortete: »Es sind heute sieben Tage, daß von den 35 Dienern des Hauses am Westgipfel einer gestorben ist. Falls sie aber in diesem Haus jemand einstellen sollten, werden sie wohl nicht einen nehmen, der eine solche Kleidung trägt wie du.« – »Nun, dann tauscht bitte das Arbeitskleid, das Ihr tragt, mit meinem Gewand!« – »Wenn ich ein solch wunderbares Kleid eintauschen und selbst anziehen würde, träfe mich die Strafe des Himmels. Aber mein Arbeitskleid will ich dir geben.« – »Da es nun einmal mein Wunsch ist, Väterchen, tauscht bitte mit mir! Dann borgt mir eine Kiste von Euch! Darin werde ich die Kleidung, die ich getragen habe, aufbewahren.« Da erklärte sich auch der Alte einverstanden. Der Junge legte nun das Arbeitskleid an und bewahrte die Kleider, die er getragen hatte, und seinen Pferdesattel in der Kiste auf. Das Pferd trieb er auf einen mit Bambus bestandenen Hügel, der in der Nähe war und einen Umkreis von einer Meile hatte, und ging dann, begleitet von dem alten Mann, zu dem Haus des Edelmannes am Westgipfel. Als er bat: »Bitte, nehmt mich als Diener!«, wurde er sogleich eingestellt und begann dort zu arbeiten.

Der Junge begann also im Haus des Edelmannes zu arbeiten. Er ging zum Futterschneiden, aber bald kehrte er zurück, ohne genug Futter geschnitten zu haben. »Ich schneide mich nur in die Hände, ich kann kein Gras schneiden. Laßt mich den Garten fegen!« sprach er bittend zum Hausherrn. Als man ihn nun den Garten fegen ließ, sagte er: »Ich bekomme nur Schwielen an den Händen, ich kann den Garten nicht fegen! Laßt mich mit sieben Leuten die Mahlzeiten bereiten.« – »Gut, gut, tue wie du willst!« Da der Hausherr so sprach, bat er: »Bitte, gebt sieben Leuten einen Tag frei!« Und er ließ den einen Erde holen, einen ließ er Steine holen, zwei ließ er Wasser schöpfen, einen ließ er Stroh schneiden, zwei ließ er Erde kneten und im Nu hatte er sieben Herde errichtet. Als er dann Essen kochte, waren die drei Mahlzeiten ungewöhnlich schnell fertig; bisher war der Morgenreis am Mittag, der Mittagreis am Abend und der Abendreis in der Nacht fertig geworden. Von nun an könne man bei Tagesanbruch das Frühstück, am Mittag das Mittagsmahl und wenn der Tag sich neige, das Abendessen einnehmen, meldete er. Der Hausherr freute sich sehr. »Du bist ein guter ›Herdbesorger‹, so wie ich einen gesucht habe. Du sollst immer in diesem Haus arbeiten! Morgen findet im Theater ein Tanz statt, deshalb bereite den Imbiß noch früher als heute!« befahl er. Wie er nun früh am Morgen die Mahlzeit bereitet hatte und sie anrichtete, sagte der Hausherr zum Herdbesorger: »Du sollst mich auch begleiten!« – »Heute ist der Tag, an dem der Tod meiner Mutter sich zum drittenmal jährt. Ich kann nicht zu einem Platz gehen, wo man sich vergnügt.« – »Dann hüte das Haus! Wir gehen zuschauen.« – »Gut!« antwortete der Herdbesorger, wartete, bis der Hausherr und seine Leute weggegangen waren, und ging ins Bad. Dann zog er sein schönstes Kleid an, das er im Haus des Alten in Verwahrung gegeben hatte, legte hübsche Holzschuhe an, rief sein Pferd vom Bambusberg und legte ihm den Sattel auf, wendete es zu der Nordseite des Theaters und sprach: »Laßt uns sehen, wie das Pferd von Mamichigane springt!« Er schlug es einmal mit der Peitsche – da flog das Pferd und setzte an der Südseite des Theaters auf.

Der Fürst und die Zuschauer riefen: »Eine Himmelsgottheit ist gekommen. Steht auf und erweist eure Verehrung!«, und alle verehrten den Herdbesorger. Auch der Edelmann vom Westgipfel erwies ihm seine Ehrbezeigung. Die Tochter des Edelmannes aber, die ihn zum Bräutigam haben wollte, sprach: »Dies ist der Herdbesorger aus unserem Haus, an seinem linken Ohr ist noch ein schwarzer Fleck!« Als ihr Vater, der Edelmann, dies hörte, sagte er: »Sprich nicht zu der Gottheit unehrerbietige Dinge, mach schnell deine Ehrbezeigung!« Da lächelte die Tochter zwar, machte aber ihre Ehrbezeigung.

Der Herdbesorger nun kehrte früher zurück, trieb sein Pferd auf den Bambusberg, verwahrte sein Kleid im Haus des Alten, legte sein Arbeitskleid an, nahm sich den Bambus zum Feueranzünden als Kopfkissen und legte sich schlafen. Als später der Edelmann zurückkehrte und rief: »Herdbesorger, Herdbesorger, mach das Tor auf!«, öffnete er das Tor. »Du hättest auch mitgehen sollen, heute ist eine Himmelsgottheit zu dem Theaterplatz gekommen und alle haben ihre Verehrung erwiesen!« – »Wenn das so ist, hätte ich allerdings auch hingehen sollen!« antwortete er. »Übermorgen findet auch Theater statt. Steh auch übermorgen früh auf und bereite uns das Essen, Herdbesorger!« bat jener. Als nun dieser Tag herangekommen war, bereitete der Herdbesorger in aller Frühe eine Mahlzeit und setzte sie allen vor. Da sagte der Edelmann: »Komm du auch mit!«, aber er antwortete: »Heute ist der Todestag meines Großvaters.« Er wartete, bis alle fortgegangen waren, ging dann allein ins Bad, kleidete sich an und legte den Sattel auf sein Pferd. Da kehrte die Tochter nach Hause zurück mit dem Vorwand, ihre Strohsandalen vergessen zu haben. Da ihm nichts anderes übrigblieb, befahl der Herdbesorger: »Steig auch du aufs Pferd!« So stiegen die beiden nun zusammen aufs Pferd, und diesmal wendete er es nach der Ostseite des Theaters. »Laßt uns sehen, wie das Pferd von Mamichigane springt!« sagte er und schlug es einmal mit der Peitsche. Da sprang das Pferd und setzte an der Westseite des Theaters auf. Der Fürst und der Edelmann sahen dies und riefen: »Heute ist die Gottheit mit seiner Gemahlin gekommen!«, und alle erwiesen ihnen ihre Verehrung.

Der Herdbesorger und das Mädchen nun kehrten früher zurück. Darauf trieb er sein Pferd auf den Bambusberg, wechselte seine Kleider, nahm das Holz zum Feuermachen als Kopfkissen und legte sich zum Schlafen nieder. Das Mädchen aber sagte, daß es Bauchschmerzen habe, und zog sich in die inneren Gemächer zurück. Mit den Worten »Mach das Tor auf, Herdbesorger!« kehrte dann der Edelmann zurück. »Du, heute hättest du wirklich mitgehen sollen! Heute ist nämlich die Gottheit sogar mit seiner Frau gekommen!« erzählte er. Der Herdbesorger aber antwortete: »Das tut mir leid!« Als der Edelmann ins Haus kam, da sagte seine einzige Tochter, daß sie Bauchschmerzen habe, und er geriet in große Aufregung. Er fragte, ob er einen Arzt rufen solle, aber die Tochter bat: »Es soll kein Arzt kommen. Bitte rufe eine Wahrsagerin!« Er ließ drei Wahrsagerinnen kommen, und als sie ihre Weissagungen durchgeführt hatten, stellten sie fest: »Diese Krankheit ist keine Krankheit, die durch eine besondere Einwirkung hervorgerufen wurde; es ist eine chronische Krankheit.« Die Tochter war aber damit nicht einverstanden. »Bitte, rufe die neue Wahrsagerin, die kürzlich gekommen ist!« bat sie. Sie wurde gerufen, und als sie ihre Weissagung durchgeführt hatte, gab sie Bescheid: »Dies ist keine chronische Krankheit. Sie ist verliebt in einen Mann, der bei

Euch in Diensten steht. Laßt Eure 17 Diener sich alle nach ihrem Geschmack ankleiden, und wenn Ihr seht, daß einer von Eurer Tochter das Trinkschälchen gereicht bekommt, dann kennt Ihr den Mann ihrer Zuneigung.«

Der Edelmann ließ nun seine 17 Diener tun, wie die Wahrsagerin gesagt hatte, aber die Tochter reichte keinem die Trinkschale. »Nun, ist keiner mehr da?« fragte der Edelmann. »Der schmutzige Herdbesorger ist der einzige, der noch übrig ist.« – »Auch der Herdbesorger ist in gleicher Weise wie ihr geboren worden! Laßt ihn richtige Kleider anlegen und schickt ihn her.« So sprach der Edelmann und lieh ihm alte Kleider von sich. Nun ging der Herdbesorger ins Bad, rieb sich mit seinen Kleidern den Körper ab und warf sie dann fort in den Schweinestall. Dann borgte er sich schöne Gewänder. Aber sogar diese kratzten ihn auf der Haut, und er warf sie hinter dem Pferdestall weg. Darauf legte er einen wunderbaren Überwurf an. Aber sogar dieser kratzte ihn auf der Haut, und er warf ihn auf dem Abtritt weg. Dann kleidete er sich in die Gewänder, die er im Haus des Alten aufbewahrte, stieg auf sein Pferd und kam. Wie nun der Edelmann ihn sah, nahm er ihn an der Hand und führte ihn in ihr Zimmer. Da genas die Tochter schnell von ihrer Krankheit, ergriff das Trinkschälchen und bot es dem Herdbesorger dar. Der Edelmann aber bat: »Ich habe Euren Wert nicht erkannt, nur meine Tochter. Bitte, werdet der Schwiegersohn in diesem Haus.« Darauf wurde mit der Hochzeitsfeier begonnen. Drei Tage währten die Festlichkeiten. Als der vierte Tag gekommen war, sprach der Bräutigam zu dem Edelmann: »Bitte, gewährt mir drei Tage frei. Ich möchte mich auf den Weg machen, um mich nach dem Befinden meiner Eltern zu erkundigen.« Aber der Edelmann antwortete: »Nein, drei Tage will ich dir nicht geben. Ich will dir nur den heutigen Tag zugestehen.« So kam es, daß er mit einem einzigen Tag zur Verfügung loszog. Seine Frau fragte ihn: »Folgst du dem Weg entlang dem Meer oder gehst du auf dem Weg über die Berge?« – »Wenn ich den Weg entlang dem Meer ginge, würde ich drei Tage brauchen. Da ich den Weg über die Berge an einem Tag machen kann, werde ich den Weg über die Berge gehen.« – »Wenn du den Weg über die Berge nimmst und dir vorne auf den Sattel deines Pferdes Früchte vom Maulbeerbaum fallen, dann darfst du sie auf keinen Fall essen, wie sehr es dich auch nach Wasser gelüsten mag. Wenn du die Früchte des Maulbeerbaumes ißt, werden wir beide uns niemals wiedersehen.«

Als er nun auf dem Bergweg ritt, fielen auf den Sattel seines Pferdes Früchte eines Maulbeerbaumes. Da seine Frau gesagt hatte, daß er sie nicht essen dürfe, aß er sie zwar in der ersten Zeit nicht, aber allmählich wurde ihm die Kehle trokken. Schließlich konnte er es nicht mehr aushalten und aß eine Frucht auf. Da starb Mamichigane auf der Stelle und sank auf den Hals des Pferdes. Während das Pferd nun den toten Mamichigane trug, knickte es seine Vorderbeine ein, wenn es eine Anhöhe hinaufstieg, und seine Hinterbeine, wenn es eine Anhöhe hinunterstieg, damit er nicht hinunterfalle; gelangte vor das Tor von Mamichiganes Elternhaus und wieherte dreimal. Der Vater hörte dies und sagte: »Dies ist das Pferd von Mamichigane, aber es fehlt die Stimme, die ›Vater!‹ ruft. Daß er das Pferd dreimal wiehern läßt, ist sonderbar. Geh und schau nach!«, und er schickte die Mutter, um nachzusehen. Als die Mutter nun das Tor öffnete, fraß das Pferd sie ganz plötzlich auf. Auch der Vater kam sogleich. »Wie kommt es, daß du im Leben nicht zurückgekehrt bist, im Tode jedoch zurückkehrst?« sagte er und steckte Mamichigane in ein Sakefaß und legte den Deckel darauf.

»Wenn er seine Heimat gefunden hätte, hätte er einen Brief geschickt, obwohl er nur einen Tag freihatte, sind nun schon drei Tage verflossen, und er ist noch nicht zurückgekehrt.« Mamichiganes Frau dachte, daß er ganz ohne Zweifel von den Früchten des Maulbeerbaumes gegessen habe, kaufte drei Gô Wiederbelebungswasser und machte sich auf den Weg, ohne ihr Ziel genau zu kennen. Indem sie den Weg, zu dem das Pferd von Mamichigane einen Tag gebraucht hatte, in einem halben Tag zurücklegte, kam sie an das Tor von Mamichiganes Haus. »Ist hier das Haus von Mamichigane?« fragte sie. Da kam der Vater heraus und antwortete: »Dies ist es!« – »Bitte, laßt mich den Körper von Herrn Mamichigane sehen!« – »Es geht nicht an, unbekannten Leuten den Körper meines Sohnes zu zeigen!« – »Ich bin keineswegs eine Fremde! Er war mein Mann und vor vier Tagen hat er sich auf die Reise begeben. Bitte, laßt mich ihn unbedingt sehen!« – »Wenn das so ist, war ich im Unrecht. Schaut ihn sogleich an!« So sprach der Vater und holte aus dem Sakefaß den toten Körper von Mamichigane heraus und zeigte ihn ihr. Wie sie aber hinsah, da war es, als wenn er lebte und schliefe. Die Frau goß Wasser auf seine Leiche und begann ihn mit Wiederbelebungswasser abzureiben. Da sprach Mamichigane: »Habe ich einen Morgenschlaf gehalten? Habe ich einen Abendschlaf gehalten?«, und er kehrte wieder ins Leben zurück. »Du hast keinen Morgenschlaf gehalten. Du hast auch keinen Abendschlaf gehalten. Du hast die Früchte des Maulbeerbaumes gegessen, von denen ich dir gesagt hatte, daß du sie nicht essen darfst, und du bist daran gestorben. Mit Wiederbelebungswasser habe ich dich nun ins Leben zurückgerufen. Auf, laß uns nach Hause zurückgehen!« sprach sie. Als aber der Vater sagte: »Dieser ist mein einziger Sohn. Ich kann ihn nicht fortlassen!«, und sie erwiderte: »Dann begleite uns doch!«, da widersprach Mamichigane: »Ich kann nicht zwei Väter gleichzeitig pflegen. Ich werde Geld schicken und dann sollst du, Vater, einen guten Adoptivsohn annehmen. Ich aber werde in dem Haus meiner Frau dienen, die mir das Leben gerettet hat.« Und die beiden trennten sich von seinem Vater und kehrten heim. Seitdem führen sie noch bis zum heutigen Tag ein glückliches Leben.

24. Kaburayaki Sasashirô

Irgendwo lebte einmal ein steinarmer Mann, den man Kaburayaki Sasashirô nannte, weil er zu träge zum Arbeiten war und sich davon ernährte, daß er Tag für Tag Kohlrüben, die er auf den Äckern fand, röstete, um sie zu essen. Weil ihn alle mit diesem Schimpfnamen riefen, wollte schließlich niemand mehr etwas mit ihm zu tun haben, und so lebte er einsam ohne Freunde und Bekannte. Eines Abends kam eine Frau in Reisekleidern zu seiner Hütte und bat ihn um Obdach für die Nacht. Sasashirô sah, daß es eine sehr schöne Frau war, und schämte sich seiner Armut. Er schlug ihr also die Bitte ab und sagte: »Ich habe nichts zum Essen oder Trinken im Hause, geht lieber woanders hin und bittet dort um Obdach.« Die Frau aber antwortete: »Ich will weder essen noch trinken und bitte um sonst nichts als um ein Nachtlager«, und Sasashirô mußte sich daher bequemen, sie in seiner Hütte aufzunehmen. Die Frau ging am folgenden Tag nicht fort und blieb auch noch den übernächsten Tag und die darauffolgenden. Sie ging überhaupt nicht mehr fort, und dem Sasashirô blieb zum Schluß nichts anderes übrig, als sie zur Frau zu nehmen. Nun zeigte die Frau, daß sie nicht nur schön, sondern auch klug und geschickt war. Als sie sah, daß ihr Mann weiter nichts tat, als Tag für Tag Rüben zu rösten und zu essen, machte ihr das Kummer, und sie überlegte, wie sie es anstellen könnte, daß ihr Mann es zu etwas brächte und von anderen Menschen geachtet würde. Sie verkaufte alle ihre überflüssigen Kleider und ihren Haarschmuck, um etwas Reisegeld für ihn zu schaffen. Das gab sie ihm und schickte ihn fort mit den Worten: »Nimm dies Geld und gehe irgendwohin, wo du eine nützliche Beschäftigung finden kannst, und wenn du es zu etwas gebracht hast, dann komm wieder hierher, ich werde in der Zeit auf das Haus aufpassen und dich hier erwarten.« Sasashirô sagte: »Gut, ich will tun, was du willst«, und begab sich auf die Reise. Aber am Abend kam er schon wieder nach Hause und sagte: »Ich habe dich so lieb, daß ich es vor Sehnsucht nicht mehr aushalten konnte, und bin deshalb wiedergekommen.« Die Frau sagte: »Ich werde dir ein Bild von mir malen und es dir mitgeben; wenn du dann unterwegs Sehnsucht nach mir bekommst, brauchst du dann nur das Bild zu betrachten, dann wirst du es schon aushalten.« Sie malte ihr eigenes Bild, gab es ihm und schickte ihn wieder auf die Reise. Sasashirô verließ also zum zweitenmal, das Bild seiner Frau mit sich führend, das Haus, und jedesmal, wenn ihn unterwegs die Sehnsucht nach seiner Frau überkam, holte er das Bild aus der Busentasche und betrachtete es. Als er einmal so, das Bild betrachtend, über einen Bergpaß wanderte, kam ein Windstoß, riß ihm das Bild aus den Händen und führte es durch die Lüfte davon. Sasashirô blieb nichts anderes übrig, als weinend nach dem verlorenen Bild die Gegend abzusuchen, aber soviel er auch suchte, war es ihm nicht möglich, es wiederzufinden. Ganz betrübt kehrte er also wieder nach Hause zu seiner Frau zurück. Die sagte zu ihm: »Wenn du mich wirklich so lieb hast, daß du nirgendwohin gehen kannst, dann bleibe eben hier und sieh zu, daß du mit Strohsandalenflechten etwas Geld verdienen kannst.« Sasashirô war sehr froh darüber, bei seiner Frau bleiben zu dürfen, und flocht nun täglich fleißig vom Morgen bis zum Abend Strohsandalen.

Einige Tage, nachdem der Wind dem Sasashirô auf dem Bergpaß das Bild entführt hatte, zog ein reicher Fürst, begleitet von vielen Vasallen, über den Paß. Als der Zug den Gipfel erreicht hatte und man dort rastete, verließ der Fürst seine Sänfte, und wie er so, von der Berglandschaft entzückt, seinen Blick nach allen Seiten schweifen ließ, sah er am Aste eines Baumes das Bild einer schönen Frau hängen. »Was ist das?« fragte er und befahl einem Vasallen, ihm das Bild zu bringen. Als man es ihm gebracht hatte und er es ansah, sagte er: »Ist es möglich, daß es auf der Welt so eine Schönheit gibt? Weiß jemand von euch, wer diese Frau ist?« Einer der Vasallen antwortete: »Das ist die Frau des Kaburayaki Sasashirô, der hier unten am Fuße des Bergpasses seine Hütte hat.« Der Fürst befahl: »Ich will mir diese Frau ansehen«, und ließ sich zu Sasashirôs Hütte tragen. Als er dort sah, daß die Frau so schön wie die Frau auf dem Bilde war, ließ er sie mit Gewalt in seine Sänfte bringen und führte sie mit sich auf sein Schloß. Sasashirô aber blieb allein und verzweifelt zurück. Als ihn nun eines Tages seine Kameraden besuchten und ihn fragten: »Sasashirô, weshalb machst du so ein trauriges Gesicht?«, erzählte er ihnen, was ihm widerfahren war. Da machten sie zusammen einen Plan, wie er es anstellen könnte, seine Frau wiederzubekommen. Am nächsten Tag nahm Sasashirô einen Korb, füllte ihn mit Kakifrüchten und Birnen und ging zum Schloß des Fürsten, wo er laut ausrief: »Wer will schöne Birnen oder Kakifrüchte kaufen?« Als die Frau die Stimme gehört hatte, fand sie, daß sie eine Ähnlichkeit mit der Stimme ihres Mannes hätte, und sagte zu dem Fürsten: »Ich möchte den Mann, der die Kakifrüchte verkauft, sehen.« Da der Fürst alles tat, was die Frau wünschte, schickte er sofort einen Vasallen, der den Kakiverkäufer in den Schloßhof führen mußte. Als dieser den Hof betrat und die Frau in ihm ihren Mann erkannte, lächelte sie. Der Fürst sah dies und dachte bei sich: »Bisher hat diese Frau noch niemals gelacht, soviel Mühe ich mir auch gegeben habe, ihr Freude zu bereiten, sicherlich hat sie Spaß daran, Menschen in einer Tracht wie diesen Verkäufer zu sehen«, und befahl, den Mann vor ihn zu bringen. Als Sasashirô gekommen war, befahl ihm der Fürst: »He, du Kakiverkäufer, gib mir deine Kleider und alle deine Gerätschaften und ziehe dafür meine Kleider an.« Sasashirô gab dem Fürsten seine Kleider, der zog sie an, gab dem Sasashirô dafür seine eigenen prächtigen Gewänder und ließ ihn auf seinem Thronsitz Platz nehmen. Dann ging der Fürst als Kakiverkäufer auf dem Schloßhof umher, indem er laut seine Ware ausrief. Das fand die Frau so komisch, daß sie in ein lautes Gelächter ausbrach. Der Fürst freute sich so darüber, daß er nun alle möglichen Scherze und Possen trieb. Laut rufend zog er durch die Gemächer des Palastes, um auch dort seine Späße zu treiben. Inzwischen hatte die Frau schnell dem Sasashirô gesagt, was er tun müsse. Dieser ließ die Vasallen zusammenkommen und befahl ihnen: »Dieser Rüpel bringt mit seinem Geschrei noch den ganzen Palast in Unordnung, schmeißt ihn schleunigst wieder hinaus auf die Straße.« Sofort wurde der Befehl ausgeführt, und der Fürst wurde auf die Straße gesetzt. Sasashirô und seine Frau aber regierten von nun ab an seiner Statt im Schlosse als Fürst und Fürstin.

25. Sumiyaki Kogorô

In alter, alter Zeit lebte im Lande Bungo ein armer Schlukker. Der baute sich auf dem Berge Mieno Uchiyama eine kleine Hütte und einen Kohlenmeiler. Dort brannte er ganz allein in der Wildnis seine Holzkohlen, um sich das Nötigste zum Leben zu verdienen. Die Leute nannten ihn daher Sumiyaki Kogorô (Kohlenbrenner Kogorô). Eines Tages kam ein schönes, junges Fräulein zu Kogorôs ärmlicher Hütte, machte nicht viele Umstände, sondern erzählte ihm sofort: »Im Traum hat mir die Kiyomizu-Kannon von Kyôto befohlen, dich aufzusuchen, um deine Frau zu werden, gib mir daher von heute ab einen Platz in deiner Hütte.« Kogorô antwortete: »Wie könnte ich dies abschlagen, da ein so schönes Fräulein nur zu diesem Zweck die weite und beschwerliche Reise von Kyôto in diese Wildnis gemacht hat; leider aber habe ich hier in meiner Hütte nicht so viel zu essen, daß es für zwei Menschen zum Abendessen ausreicht.« Das Fräulein kehrte sich nicht weiter daran, zog einen kostbaren Beutel aus Goldbrokat aus ihrem Kleid, entnahm ihm zwei Stücke Gold, gab sie dem Kogorô und trug ihm auf, in die Stadt zu gehen und dort Lebensmittel zu kaufen. Sumiyaki Kogorô nahm die Goldstücke und machte sich sofort auf den

Weg zur Stadt. Am Fuß des Uchiyamaberges fließt der Fluß Tanigawa vorüber, dort wollte er im Schatten einiger Weidenbäume ausruhen, denn es war ein heißer Sommertag. Da sah er in einem stillen Teich neben den Weiden ein paar Mandarinenten schwimmen. Da er nun dachte, daß die Enten einen guten Braten abgeben würden, nahm er die zwei Goldstücke und warf sie nach diesen. Aber obwohl er sorgfältig gezielt hatte, verfehlte er sie doch. Die Enten flogen davon, und die Goldstücke versanken im Wasser. Es blieb ihm nun nichts anderes übrig, als zu seinem Kohlenmeiler zurückzukehren. Dort erzählte er dem Fräulein, daß er gedacht hätte, zwei schöne Enten zu erlegen, daß ihm dieser Plan aber mißglückt sei, und daß er die beiden Steine, die sie ihm gegeben habe, dabei verloren habe. Erschreckt darüber sagte das Fräulein: »Das, was du für Steine gehalten hast, war reines Gold, das Kostbarste auf dieser Welt, und für diese zwei Goldstücke hättest du im Überfluß Reis, Fische, Geflügel und viele andere Dinge kaufen können. Da hast du eine große Torheit begangen.« Nun war es Sumiyaki Kogorô, der erstaunte: »Was sagst du da? Diese kleinen Steine sind das Kostbarste, was es auf dieser Welt gibt? Das habe ich nicht gewußt. Hier hinter meiner Hütte im Berge liegen Steine, die so aussehen wie diese, soviel man sich nur wünschen kann, überall umher.« Die Frau verlangte, daß er sie sofort zu diesem Platze führen sollte. Er zündete zwei Fackeln an, und als sie bei deren Schein dorthin gekommen waren, sah die Frau, daß es wirklich so war, wie Kogorô gesagt hatte. Das ganze Tal war mit lauter kleinen Steinen, die nichts anderes als pures Gold waren, angefüllt. Sie nahmen das Gold und schafften es in die Hütte, die schließlich gänzlich damit angefüllt wurde. Den Rest mußten sie in Haufen um die Hütte aufschichten. Als die Leute aus der Stadt und aus den Dörfern der Umgegend davon gehört hatten, kamen sie in großen Mengen gelaufen, um dem Paar alles, was diese nur brauchen konnten, anzubieten. Um auch etwas von dem Goldsegen zu erlangen, leisteten sie jede gewünschte Arbeit für die beiden, und Kogorô erbaute auf dem Mieno Uchiyama einen prächtigen Palast. Auch ein Tempel für die Kiyomizu-Kannon wurde dort errichtet, in dem das Paar die Göttin voll Dankbarkeit verehrte. Kogorô kaufte alles Land rings um seinen Palast und errichtete in jeder der vier Himmelsrichtungen zehntausend Schatzhäuser. Er nannte sich nun Mano-Edelmann, das Volk in Bungo aber redete, da man sich seiner Herkunft erinnerte, von ihm nur als von dem Sumiyakichôja, dem »Edelmann Kohlenbrenner«. Inmitten all dieser Reichtümer und solchen Wohlstandes konnte das Paar aber doch nicht so recht glücklich werden. Konnten sie auch alles für ihr Geld haben, dessen ihr Herz begehrte, so war ihnen doch jeder Kindersegen versagt geblieben. Der Edelmann Mano pilgerte daher zur Kannon und betete dort, ihm doch ein einziges Kind zu bescheren, und brachte der Kannon die kostbarsten Kleinodien aus seinen Schatzhäusern als Opfergabe dar. Kannon erhörte seinen Wunsch, und nach zehn Monaten wurde dem Paar eine Tochter, schön und glänzend wie ein Edelstein, geboren, der sie den Namen Prinzessin Tamayo gaben. Als das Mädchen sein vierzehntes Lebensjahr erreicht hatte, saß Tennô Yômei auf dem Thron des Reiches. Dieser stand im sechzehnten Lebensjahr und dachte daran, sich eine Kaiserin zu nehmen. Er ließ daher alle Großen und Würdenträger des Hofes vor sich kommen, gab ihnen sechsundsechzig Fächer und befahl ihnen: »Nehmt diese Fächer und sendet sie durch Boten in alle sechsundsechzig Länder des Reiches; wo sich immer ein Mädchen, sei es auch von noch so geringer Herkunft, finden sollte, das der Frau, deren Bild auf diesen Fächern gemalt ist, gleicht, so soll man es sofort hierher zu Hofe schicken, daß ich es zu meiner kaiserlichen Gemahlin erhebe!« Durch alle Länder des Reiches zogen die Boten mit den Fächern, aber nirgends fand man eine Frau, die der auf den Fächern gemalten gleich war. So kamen schließlich alle Fächer wieder zurück zur Hauptstadt. Nur aus dem Lande Bungo in Tsukushi kam eine Nachricht, daß dort ein Mädchen lebe, die Tochter des Edelmannes Mano aus dem Dorfe Uchiyama, die so schön sei, daß das Bild der Frau auf dem Fächer vor ihrer Schönheit verblasse. Kaum war diese Nachricht zu Ohren des Tennô gekommen, da ließ er, voll Ungeduld, diese Schönheit mit eigenen Augen zu sehen, dem Edelmann Nachricht senden, daß er seine Tochter zu Hofe schicken solle, da der Tennô sie zu seiner Gemahlin zu machen gedächte. Mano empfing die Botschaft und ließ dem Tennô sagen: »Obwohl es der Befehl des Tennô ist und obwohl das kaiserliche Anerbieten große Ehre für mich bedeutet, will ich sie doch nicht zu Hofe senden, denn es ist mein einziges Kind.« Als der Tennô hörte, daß sich der Edelmann Mano seinem Befehl zu widersetzen wagte, ließ er ihm sagen: »Liefere sofort bis zu einem bestimmten Tag hunderttausend Scheffel Mohnsamen an den kaiserlichen Hof, kannst du die Mohnsamen bis zu diesem Tag nicht liefern, dann mußt du deine Tochter zu Hofe senden!« Als der Edelmann diesen kaiserlichen Befehl vernahm, war er sehr bekümmert, da er nicht wußte, woher er so viele Mohnsamen nehmen sollte. Er sagte deshalb zu seiner Frau: »Frau! Nun werden wir doch unsere Tochter dem Tennô geben müssen, da ich die hunderttausend Scheffel nicht schicken kann.« Da lachte die Frau und sagte: »Mach dir darüber keine Sorge! In allen den vierzigtausend Gärten, die du mir in den vierzehn Jahren, seit ich achtzehnjährig zu dir kam, bei jedem der vierzigtausend Schatzhäuser zum Geschenk gemacht hast, habe ich Jahr für Jahr durch das Hausgesinde Blumen und Gräser aller Art pflanzen lassen. Alle Samen, die aus diesen Gärten stammen, habe ich in den großen Schuppen dort im Nordwesten bringen lassen. Ob dort eine Million Scheffel Mohnsamen liegen, weiß ich nicht, aber mehr als hunderttausend Scheffel sind dort aufgespeichert.« Als Mano dies hörte, wurde er wieder ganz vergnügt. Schnell ließ er Wagen, so viele, als man nötig hatte, die Mohnsamen zum Tennôhof zu schaffen, bringen und schickte die hunderttausend Scheffel auf den prächtig ausgeputzten Wagen an den Tennô. Als der sah, wie leicht es dem Edelmann gefallen war, seinen Befehl zu erfüllen, sagte er: »Wahrlich, dies ist der reichste Edelmann innerhalb der drei Reiche Indien, China und Japan!« Sein Verlangen nach der Prinzessin Tamayo aber wurde nur noch heftiger, und um den Edelmann zu zwingen, ihm die Tochter zu senden, ließ er ihm aufs neue einen Befehl zukommen: »Diesmal sende sobald wie möglich sieben Bahnen, jede aus feinstem rotem Seidenbrokat, zwanzig Ellen lang. Auf jedem Stück müssen mit Fäden aus Lotosblumenstengeln die Bilder der Buddhas beider Welten und ein Bild des Paradieses eingewebt sein. Kannst du mir dies nicht schicken, dann muß deine Tochter zu Hofe kommen!« Wieder war der Edelmann in Verlegenheit und sagte zu seiner Frau: »Frau! Diesmal müssen wir wohl unsere Tochter dem Tennô senden.« Da war auch die Frau bekümmert: »Könnte man sich auch nichts Schöneres denken als unsere Tochter als Gemahlin unseres kaiserlichen Herrn, in Palästen aus Edelsteinen, Gemächern aus Gold mit vielen Türmen und Erkern verziert, so würde ich mich doch bei Tag und Nacht nach ihr sehnen und könnte die Trennung nicht ertragen. Da sie uns ja auf unseren Wunsch von der Kannon beschert wurde, wollen wir Kannon um ihre Hilfe bitten.« Beide Eltern gingen zum Tempel der Kannon, schlugen dort ihr Lager auf und baten um die Hilfe der Göttin. Da erschien ihnen diese und sagte: »Höre, Edler! Dies Kind habt ihr ja als euer Wunschkind durch mich bekommen. So ist es auch mein Kind, und die Trennung fiele auch mir schwer.« Die Göttin ließ nun alle Buddhas zusammenkommen und gab ihnen im Beisein des Ehepaares den Auftrag, die Bilder zu weben. Kaum war der Befehl ergangen, da klapperten schon eifrig die Webeschiffchen der himmlischen Weber, Tanabata und Hikoboshi, und ehe man es sich versah, waren die siebenmal zwanzig Ellen gewebt und wurden dem Edelmann übergeben. Der freute sich unendlich darüber und ließ sie schnellstens dem Tennô senden. Als der das Gewebe sah, dachte er:

»Diesem Edelmann gelingt auch alles. Selbst die Buddha stehen mit ihm im Bund. Wie könnte ich ein Mädchen, dem Buddha so zur Seite steht, durch Gewalt zu erlangen wagen, und was ist dagegen meine kaiserliche Macht.« So ging er heimlich aus dem Palast, verkleidete sich als Wanderer und zog nach Tsukushi in das Land Bungo, um zu sehen, ob das Mädchen, nach dem er sich so sehnte, wirklich so schön sei, wie man ihm erzählt hate. Dort angekommen, bat er den Mano Edelmann, ihn in seine Dienste zu nehmen. Der sah sich den schönen, jungen Mann an und fragte ihn: »Woher kommst du?« – »Ich komme aus der Hauptstadt.« – »Wie ist dein Name?« – »Ich heiße Sanro.« Da meinte der Edelmann: »Sanro bedeutet ›Bergweg‹, daß es ein Menschenname ist, hab' ich bis heute noch nicht gewußt. Ein sonderbarer Name. Sanro, du kannst meine tausend Rinder versorgen. Meine tausend Rinderhirten haben sie bis jetzt schlecht gehütet, haben ihnen zu wenig Gras und zu wenig Wasser gegeben. Versorge sie besser, dann kannst du in meinem Dienst bleiben!« Als ihm der Edle diese Arbeit gegeben, wußte sich der arme Sanro keinen Rat. Am Hof erzogen, wußte er nicht die Sichel zu schwingen, um das Gras für die Rinder zu schneiden. Die neidischen Rinderhirten aber standen dabei, hielten ihre Sicheln in den Händen und sagten: »Sanro, schwinge deine Sichel nur tüchtig, raffe das Gras zusammen, daß du die tausend Rinder satt bekommst, wir alle miteinander, obwohl wir das Grasschneiden verstehen, haben es nicht fertig bekommen!« Da wußte sich Sanro keinen Rat, zog seine Flöte heraus und begann darauf zu spielen. So schön war das Spiel, daß die Rinder selbst vergaßen, das Gras zu fressen und die Mäher mit ihren Hörnern am Schneiden zu hindern. Sie standen da, lauschten dem Flötenspiel und ließen die Zunge heraushängen. Als die tausend Rinderhirten aber das Spiel hörten, fanden sie so großen Gefallen daran, daß sie zu Sanro kamen und fragten: »Was ist das da für ein Ding, das Ihr da blast, Herr Sanro?« Der belehrte sie: »Das nennt man eine Querpfeife.«

– »Schön klingt das Ding. Hört, Herr Sanro! Spielt uns darauf auf, wir wollen, während Ihr uns aufspielt, für Eure Rinder so viel Gras schneiden, daß sie satt werden sollen.« Nun spielte Sanro von morgens bis abends den Hirten auf der Flöte vor, und diese schnitten ihm dafür das Gras. Und weil der Tennô all seine Liebessehnsucht in das Flötenspiel legte, klang dieses von Tag zu Tag schöner. Diese Flöte bekam daher den Namen »Kusakaribue«, die »Grasmähflöte«. Drei Jahre arbeitete der Tennô als der Rinderhirt Sanro so für den Edelmann, ohne Prinzessin Tamayo auch nur ein einziges Mal zu Gesicht zu bekommen. Bei Hofe war man aber über die so lange Abwesenheit des Herrschers in großer Verlegenheit. Man ließ die Wahrsager kommen, daß sie einen Rat gäben, wie man den Tennô veranlassen könne, seinen Thron wieder einzunehmen. Die sagten: »Am fünfzehnten Tag des achten Monats feiert man das große Fest des Gottes Hachiman von Usa. Gebt dem Edelmann, der im Dorf Uchiyama im Lande Bungo auf Tsukushi wohnt, den Befehl, in diesem Jahre das Fest zu leiten. Dann wird der Tennô wieder nach der Hauptstadt zurückkehren und zum Segen des Reiches die Regierung führen.« Sofort sandte man Boten nach Tsukushi aus. Die kamen, grüne Sakakizweige in den Händen haltend, vor das Haus des Edlen und brachten ihm den Befehl, das Fest am Schrein zu leiten. Der fragte, was er dazu tun müsse, und man belehrte ihn darüber, was die Priester und Diener des Schreins zu tun hätten, über den Tanz der acht Jungfrauen, das Festspiel der fünf Laienspieler, über das Trommelspiel, das Schütteln der Schellen, das Wettrennen der Pferde, über den Löwentanz und über das Bogenschießen vom Pferde aus, das den Abschluß des Festes bildet. Der Edelmann ließ von überallher die Leute zusammenkommen und wies jedem seine Arbeit am Fest zu. Zuletzt fehlte nur noch der Schütze, der es verstand, die drei heiligen Schüsse vom Rücken des laufenden Pferdes abzugeben. Alle seine tausend Rinderhirten ließ er vor sich rufen und fragte: »Wer von euch kann die drei Schüsse abgeben?« Alle antworteten: »Wir sind nur einfache Rinderhirten, haben nur gelernt, auf den Stieren zu reiten, wie sollten wir etwas vom Bogenschießen zu Pferde verstehen? Aber jener Sanro da, das ist ein Mensch aus der Hauptstadt, vielleicht mag der es verstehen.« Da ließ Mano den Sanro rufen und fragte ihn, ob er die Kunst verstehe. Der sagte: »Das verstehe ich wohl«, und befahl, alles so herzurichten, wie es für die Zeremonie gebraucht würde. Nun freute sich der Edelmann und sagte: »Sanro, wenn du das Bogenschießen getreu den vorgeschriebenen Riten leistest, dann will ich dir meine einzige Tochter zur Frau geben, und alle Schätze in den vierzigtausend Schatzhäusern auf allen Seiten sollen dir gehören.« Als dann der fünfzehnte Tag des achten Monats herangekommen war, wurde das Fest am Schrein des Hachiman von Usa gefeiert. Nach den Tänzen und Wettkämpfen sollte nun das Bogenschießen stattfinden. Mano und seine Frau wohnten dem Fest in einer prächtig geschmückten Loge bei. Da trat der Rinderhirt Sanro in prächtigen Kleidern zum Bogenschießen an. Als er sein hirschfarbenes Pferd bestieg und sich zum Schießen anschickte, meinten alle, noch niemals einen schöneren Jüngling gesehen zu haben. Sein Pferd mutig tummelnd, hatte er schon zwei Schüsse auf die Scheibe abgegeben. Als er den Bogen zum drittenmal spannte, fing der Schrein, wie von einem Erdbeben geschüttelt, an zu zittern, die Türen sprangen auf, und der Gott Hachiman trat heraus in weißem Kleid mit hoher schwarzer Mütze, ein goldenes Zepter in den Händen tragend. Er stieg die Stufen des Schreins herab und warf sich ehrerbietig vor dem Schützen Sanro zur Erde. Alle, die dies sahen, konnten sich vor Staunen kaum fassen, das edle Ehepaar verließ seinen Sitz, eilte in den Tempelhof und warf sich gleichfalls vor dem Sanro auf die Knie, denn sie erkannten, daß der, der ihnen drei Jahre lang als Hirt gedient hatte, niemand anderes als der erhabene Herrscher des Reiches sein konnte. Mit erhobenen Händen baten sie ihn, ihre Tochter, derentwegen er sich zu dreijähriger Knechtschaft erniedrigt hatte, als Gemahlin heimzuführen. Man führte ihm die Prinzessin Tamayo zu, und er nahm sie, nachdem er dem Gott Hachiman für seinen Beistand gedankt hatte, mit sich nach der Hauptstadt. Dort wohnten sie im Palast aus Edelstein in goldenen Gemächern, mit Türmen und Erkern verziert, in inniger Liebe wie die Liebesvögel beieinander. Aus dieser Ehe wurde ihnen ein Sohn geboren, der später als Kronprinz Shôtoku so segensreich für die Ausbreitung von Buddhas Lehre wirkte. Noch heute aber ist die wunderbare Flöte des Tennô Yômei, die berühmte »Kusakaribue«, erhalten, und niemand ist da, der von ihrem Klang nicht entzückt würde.

26. Die Schneefrau

Es ist lange her, da lebte einmal ein Junggeselle. Eines Wintermorgens sah er vom Dachrand einen Eiszapfen tief herabhängen. Als er nun bei sich dachte ›Wenn ich ein so schlankes, schönes Mädchen zu meiner Frau bekommen könnte, wie schön wäre das!‹, da sprach er unwillkürlich: »Auf irgendeine Weise wünsche ich mir eine solche Frau!«

Als es Abend wurde, pochte jemand an die Tür. Er fragte: »Wer ist da?«, und es antwortete: »Ich, ich war der Eiszapfen von heute morgen.« Der Mann öffnete die Tür und fragte: »Oh, komm herein! Welche Umstände führen dich her?« – »Du hast mich zur Frau begehrt – deshalb bin ich gekommen. Gefalle ich dir nicht?«, so sprach sie. »Doch! Doch, du gefällst mir! Komm herein!« antwortete er und ließ sie ins Haus treten. Von da an lebte sie als seine Frau bei ihm.

Da nun die Eiszapfenfrau eine große Abneigung gegen heißes Wasser hatte, ging sie, wie viele Tage auch verstrichen, niemals ins Bad. Der Mann aber vertraute einer Alten aus der Nachbarschaft an: »Meine Frau geht nie mit ins Bad.« Diese Alte aus der Nachbarschaft führte nun einmal die Frau ins Bad, obwohl sie sich sträubte. Dann aber gab sie keinen einzigen Ton mehr von sich. Dies war allzu sonderbar, und als jene deshalb die Tür öffnete und nachschaute, war drinnen niemand; die Eiszapfenfrau war aus dem Badebottich verschwunden und nur ein Elfenbeinkamm und ein Haarpfeil schwammen darin. So erzählt man.

Man erzählt auch diese Geschichte:

Vor langer Zeit lebte einmal ein unverheirateter junger Mann. Eines Winters, an einem Abend, an dem ein Schneesturm heftig tobte, waren draußen menschliche Laute zu hören. Als er deshalb die Tür aufmachte und nachschaute, stürzte eine junge Frau, die er nie zuvor gesehen hatte, zu seinen Füßen nieder. »Nun, nun, was ist denn geschehen?« sagte da der Mann und half dem Mädchen ins Haus. Weil sie aber ein schönes Mädchen war, nahm er sie zur Frau. Damals nun war die Frau bei guter Gesundheit und die beiden lebten in Eintracht zusammen. Als es aber Frühling und warm wurde, schwand seine Frau mehr und mehr dahin und ihre Lebenskraft verließ sie.

Eines Tages, als die Freunde des Mannes zu einem Fest kamen, bot er auch Sake an. Nach einer Weile rief der Mann seine Frau, erhielt aber keine Antwort. »Was kann geschehen sein?« dachte er sich und ging in die Küche und schaute. Allein die Kleider seiner Frau, die ganz und gar durchnäßt vor dem Herd lagen – das war alles, was übrig war.

27. Der Dank des Karpfen

Es ist lange her, da lebten einmal irgendwo ein altes Mütterchen und ein junger Mann. Jeden Tag drehte der Junge Seile, ging damit in die Stadt und bot sie von Haus zu Haus feil. Und so arm waren sie, daß sie nur zu essen hatten, wenn er Reis und Bohnenmus hatte kaufen können.

Eines Tages ging der junge Mann wie immer mit seinen

Seilen in die Stadt, um sie zu verkaufen. Als der Abend sich senkte, machte er sich auf den Heimweg. Es gab nun einen Mann, der in der Stadt Karpfen verkaufte. Dieser Karpfenhändler hatte alle Karpfen, die er mitgebracht hatte, restlos verkauft bis auf einen einzigen, der übriggeblieben war und ihm Kopfzerbrechen bereitete. »Irgendwie möchte ich auch diesen einen noch verkaufen!« dachte der Karpfenhändler bei sich. Und weil dieser Karpfen ein schöner bunter Karpfen war, rief er: »Billig abzugeben! Will niemand kaufen? Will niemand kaufen?« Da kam ein Käufer und sagte: »Wenn Ihr ihn billig abgebt, möchte ich ihn kaufen.« Darauf entgegnete der Fischhändler: »Ich lasse ihn Euch billig, kauft nur!« – »Wieviel soll er kosten?« – »Nun, sagen wir, ich gebe ihn Euch für drei Kan ab.« – »Drei Kan sind mir zu teuer, gebt ihn mir für zwei Kan!« Als jener so sprach, antwortete er: »Ich kann zwar eigentlich nicht mehr im Preis heruntergehen, aber nun gut, Ihr sollt ihn so billig haben!« und verkaufte ihn für zwei Kan.

Gerade in diesem Augenblick kam der Junge hinzu und fragte jenen Kunden: »Wozu habt Ihr solch einen Karpfen gekauft?« – »Ich mag zwar eigentlich bunte Karpfen nicht, aber da er billig war, habe ich ihn gekauft und gedenke ihn heute abend, vielleicht zu Suppe gekocht, zu essen.« Der junge Mann aber hielt das für eine Quälerei, denn der Fisch lebte noch, und sprach: »Wollt Ihr diesen Karpfen nicht an mich verkaufen?« Da fragte jener: »Warum wollt Ihr ihn kaufen?« – »Ich habe eigentlich keinen besonderen Grund dafür, aber verkauft ihn mir bitte!« – »Ich habe den Kauf abgeschlossen und sehe keinen Anlaß, ihn wieder zu verkaufen.« Da blieb dem jungen Mann nichts anderes übrig als zu bitten: »Wenn ich Euch ein Aufgeld gebe – wollt Ihr ihn mir dann verkaufen?« – »Falls Ihr einen Aufpreis zahlt, bin ich bereit, ihn zu verkaufen. Wieviel zahlt Ihr?« – »Für wieviel habt Ihr ihn gekauft?« – »Für zwei Kan.« – »Gut, dann will ich Euch drei Kan geben.« – »Unter diesen Umständen verkaufe ich.« Da schloß der Junge den Kauf ab. Sein Erlös aus dem Verkauf der Seile betrug gerade drei Kan. »Nun habe ich zwar keinen einzigen Mon mehr, aber ich habe einen Karpfen retten können«, dachte er bei sich und war zufrieden. In einem Teich am Wegesrand gab er ihm die Freiheit wieder und ermahnte ihn: »Laß dich nicht wieder fangen!« Der Karpfen tauchte voller Freude ins Wasser und der junge Mann kehrte darauf nach Hause zurück.

Währenddessen war die Dunkelheit hereingebrochen, und weil der Sohn noch nicht nach Hause gekommen war, machte sich die Mutter Sorgen: »Was kann geschehen sein? Immer ist er heimgekommen, solange es noch hell war!« Da kehrte der Sohn mit schlechtem Gewissen zurück. Als die Mutter ihn nun fragte: »Mein Sohn, mein Sohn, warum kommst du diesmal so spät?«, berichtete er ausführlich, wie er vorhin den Karpfen gekauft hatte. »Frau Mutter, aus diesem Grund bin ich ohne auch nur Reis zu kaufen zurückgekommen; heute abend können wir nur heißes Wasser trinken. Bitte, seid nicht ungehalten!« Und er bat um Verzeihung. Die Mutter aber entgegnete: »Es ist schon gut. Darein müssen wir uns eben schicken!« So konnten sie also an diesem Abend keinen Reis essen, sondern allein heißes Wasser trinken und dann schlafen gehen. Als nun die alte Frau Wasser heißmachte, klopfte draußen jemand an die Tür. »Wer kann das sein?« dachte sie sich, und als sie die Tür öffnete, stand ein allerliebstes Mädchen da. »Was willst du?« fragte die Alte. Da bat das allerliebste Mädchen: »Ich habe gehofft, bis zum nächsten Ort gehen zu können, aber der Tag hat sich geneigt und ich kann nicht weiter wandern. Wollt Ihr mir deshalb für diese Nacht bei Euch ein Obdach gewähren?« – »Nun, ein Obdach könnten wir dir schon geben«, erwiderte die alte Frau, »aber wir sind arm und haben überhaupt nichts zu essen; wir beide, mein Sohn und ich, können uns heute abend nur von heißem Wasser ernähren. Wenn du es aber trotzdem wünschst, werden wir dir ein Obdach geben.« – »Ich möchte es trotzdem, bitte nehmt mich auf!« Als nun die Mutter ihren Sohn fragte, meinte er: »Da sie sagt, daß sie auch ohne Bewirtung bleiben möchte, wollen wir sie beherbergen.« Und sie nahmen sie also auf.

Als es Morgen wurde und sie dachten, das Mädchen werde wieder fortgehen, da wollte sie nirgendwohin gehen. »Da ich keinen Platz habe, wohin ich mich wenden könnte, wäre es Euch recht, mich bei Euch als Magd oder was auch immer zu behalten?«, so bat sie. Die alte Frau aber erwiderte: »Ach, du sprichst unvernünftiges Zeug! Wie wir schon gestern abend gesagt haben, sind wir eine so arme Familie, daß wir nicht einmal Reis zu essen haben. Es wäre kein Gewinn für dich, wenn du hierbliebest. Zwar sind wir, Mutter und Sohn, ganz allein und hätten dich, die du auch ganz allein bist, gerne aufgenommen, aber da du solch ein allerliebstes Mädchen bist, wäre es besser, wenn du zu einem wohlhabenden Haus gingst.« Aber das Mädchen sprach: »Ich bin mit allem zufrieden! Laßt mich bei Euch bleiben!« und bat unaufhörlich. »Du bist ein eigenwilliges Kind! Wenn es dir dann nichts ausmacht, daß wir nichts zu essen haben, so bleib!« gab jene schließlich nach und ließ sie bleiben.

Nun stürzte sich das Mädchen in die Arbeit: Am Morgen stand sie in aller Frühe auf und am Abend arbeitete sie unermüdlich bis tief in die Nacht hinein, so daß sie zu einer Berühmtheit im Dorfe wurde. Dann sprach das Mädchen: »Wäre es Euch recht, mich zur Schwiegertochter zu bekommen?« Weil es ein so überaus gutes Kind war, antwortete das alte Mütterchen: »Wenn du wirklich den Wunsch hast, die Frau meines Sohnes zu werden, so wüßte ich mir nichts Besseres; ich will meinen Sohn fragen, wie er darüber denkt.« Sie fragte also ihren Sohn. Auch er meinte, sie solle seine Frau werden, und so wurden sie ein Paar. Nach einer Weile aber war diese junge Frau wegen ihrer überaus schönen Erscheinung und wegen ihres Fleißes so berühmt geworden, daß es auch dem Fürsten zu Ohren kam.

Eines Tages kam der Dorfschulze: »Hört, ich komme mit einer Botschaft unseres Fürsten! Das schöne Mädchen, das bei Euch lebt, sollt Ihr zum Hof des Fürsten in Dienst geben!«, so sprach er. Der Sohn und sein altes Mütterchen erschraken gewaltig – was sollten sie tun? Wenn sie dem Befehl des Fürsten nicht gehorchten, befürchteten sie, daß sie dann nicht sicher sein könnten, am Leben zu bleiben; und sie beratschlagten mit der Schwiegertochter, was zu tun sei. Die junge Frau aber erklärte: »Auf keinen Fall werde ich am Hof dieses Mannes als Magd in Dienst treten!«, und so blieb dem jungen Mann nichts anderes übrig, als zum Hof des Fürsten zu gehen, um die abschlägige Antwort zu überbringen. Da befahl der Fürst: »Daß ihr sie nicht als Magd in Dienst geben wollt, will ich euch nachsehen, wenn du mir bringst, was ich sage. Zuerst bringe mir ein Seil, aus Asche gefertigt!«

Da sprach der junge Mann zu sich: »Jeden Tag drehe ich Seile und handle damit, doch ein Seil aus Asche – so etwas habe ich noch nie gemacht. Es ist überhaupt unmöglich, ein Seil aus Asche oder etwas Ähnlichem zu drehen! Was soll ich nur tun?« Mit bleichem Gesicht kehrte er heim. »Was ist geschehen?« fragte ihn seine Frau. Da berichtete der Mann: »Er sagte, er wolle uns verzeihen, wenn ich ein Seil aus Asche drehen könnte; aber ein Seil aus Asche gedreht ist ein Ding der Unmöglichkeit! Deshalb habe ich mir auf dem ganzen Heimweg den Kopf zerbrochen, was ich tun könnte. Aber was kann ich tun?« – »Das ist ganz einfach!« sprach da seine Frau. »Verfertige du ein Seil, ein bißchen dicker als gewöhnlich. Ich werde ein Aschenseil daraus herstellen.« Da drehte der Mann eilig ein Seil. Dieses zündete seine Frau auf einer Steinplatte an und ließ es gänzlich zu Asche werden. Dann sagte sie: »Bring ihm dies!«, und als er hinblickte, schien es, als sei es wirklich aus Asche gedreht. Vorsichtig brachte er es zum Hof des Fürsten. Doch wieder kehrte daraufhin der Mann mit bleichem Gesicht zurück.

Diesmal war ihm befohlen worden: »Bring mir eine Trommel, die klingt, ohne daß man sie schlägt! Wenn du es nicht kannst, gibt es keine Verzeihung!« Da dachte seine Frau wieder nach. Als der nächste Morgen anbrach, nahm sie von einem Sieb das Drahtnetz weg, klebte über beide Seiten Papier, bohrte dann in eine Ecke ein kleines Loch und steckte eine große Anzahl Bienen hinein. Nun schüttelte sie das Sieb, die Bienen drinnen wurden wild und stießen gegen das Papier, daß es dröhnte: Dondoko – dondoko! Ihr Mann freute sich und brachte es zum Hofe des Fürsten. Doch wiederum wurde ihm gesagt, daß es noch keine Verzeihung gebe.

Diesmal wurde ihm befohlen: »Klebe das Innere von einem Kürbis mit Papier aus, überziehe es dann mit Lack, bestreue es mit Goldstaub und bringe ihn mir!«

Wieder kehrte der Mann voller Besorgnis zurück und wieder dachte seine Frau einen Augenblick nach. Dann erklärte sie, es sei ganz leicht, und schickte den Mann in die Berge, um Lack zu holen. Sie selbst blieb inzwischen zu Hause, legte Papier und Kleister in einen Topf und kochte beides aus. Dann goß sie das aufgelöste Papier in einen Kürbis, und als das Papier an der Innenseite des Kürbisses haftete, hängte sie ihn über das Feuer und erhitzte ihn. Als dann der Mann den Lack brachte, ließ sie ihn in den Kürbis hinein- und dann wieder herauslaufen und nochmals hinein- und nochmals herauslaufen und lackierte ihn auf diese Weise. Nachdem nun der Lack haftete, legte sie auf der Innenseite des Kürbis Goldstaub auf, indem sie ihn hineinblies. Dann rief sie: »Mann, Mann, er ist schon fertig!«, und übergab ihm den Kürbis. Am nächsten Morgen brachte ihn der Mann sofort zum Hofe des Fürsten. Da dachte sich der Fürst: »Es ist unmöglich, einen Kürbis innen mit Papier zu bekleben und Lack aufzutragen und anderes mehr!«, und er nahm den Kürbis in die Hand und prüfte ihn. Aber da gab es keinen Riß und keine Klebestelle. Deshalb sprach er: »Dies ist Betrug!« und zerbrach den Kürbis. Aber dieser war vollkommen mit Papier beklebt, auch Lack war aufgetragen und auch

Goldstaub klebte darauf. Als er dies sah, erschrak der Fürst gewaltig und fragte: »Was für ein außergewöhnlicher Kerl du bist! Wie in aller Welt hast du das bewerkstelligt?« Der Mann aber antwortete wahrheitsgemäß: »Ich habe dies nicht vollbracht. Es ist alles das Werk meiner Frau!« – »Sie ist eine kluge Frau! Wie schwierige Aufgaben ich auch gestellt habe – es war umsonst. Deshalb will ich euch verzeihen! Halte deine Frau in Ehren! Und da ich euch drei Rätsel aufgegeben habe, will ich euch auch belohnen!«, so sprach der Fürst, schenkte dem Mann eine Menge Gold und ließ ihn von dannen ziehen.

Von nun an lebten der Mann, seine alte Mutter und seine Frau ihr ganzes Leben hindurch in Freuden. Seine Frau aber war der Karpfen, den er einst gerettet hatte: er hatte sich verwandelt und war gekommen, um seinen Dank zu erstatten.

28. Der Schneckenmann

In alter, alter Zeit lebte einmal irgendwo ein reicher Edelmann. Reisfelder, Äcker, Wälder und Wiesen besaß er im Überfluß, und unter allen Bauern und Edelleuten des Landes gab es keinen, der sich an Reichtum mit ihm hätte messen können. Unter den Pächtern, die die Reisfelder dieses Edelmannes bebauten, war auch ein altes Ehepaar, arme Leute, so arm, daß sie oft an dem einen Tag nicht wußten, ob sie am nächsten Tage etwas zu essen hätten. Diese Leute waren schon vierzig Jahre miteinander verheiratet und hatten doch noch keine Kinder. So sagten sie oft: »Ach, wenn wir doch nur ein einziges Kind hätten!«, und schließlich beschlossen sie, die Wassergöttin, weil sie doch die Beschützerin aller Bauern sei, da diese ohne Wasser ihrem Beruf nicht nachgehen könnten, um ein Kind zu bitten. Jede Nacht machten sie einen Bittgang zum Tempel und beteten dort: »Wassergöttin, Gomizugami-sama! Schenke uns doch ein Kind, daß der Name unseres Hauses nicht verlorengeht. Schenke uns ein Kind, und wäre es auch nur ein Kind wie ein Frosch oder wie eine Feldschnecke!« Aber ihre Bitten hatten keinen Erfolg. Einmal, als die Frau im Reisfeld Unkraut jätete, fiel ihr Blick auf eine kleine Feldschnecke, die dort im Felde saß, und sie sagte seufzend: »Ach, Gomizugami-sama, warum willst du uns kein Kind schenken, wären wir doch schon mit einem Kind wie diese kleine Schnecke dort zufrieden.« Kaum hatte die Frau dies gesagt, da fühlte sie heftige Schmerzen im Leib. Sie suchte den Schmerz zu unterdrücken, aber es gelang ihr nicht. Schließlich wurden die Schmerzen so unerträglich, daß sie nach Hause zurückkehren mußte. Der Mann war darüber sehr erschrocken, und da er zu arm war, um einen Arzt zu Rate zu ziehen, lief er zu einer erfahrenen Frau im Dorfe und bat sie, seiner Frau Beistand zu leisten. Als diese kam und die Frau sah, sagte sie: »Mach dir keine Sorge, deine Frau ist nicht krank, sondern sie wird ein Kind zur Welt bringen.« Da freuten sich die beiden Alten, stellten Kerzen vor den Hausaltar, dankten den Göttern für ihre Gnade und beteten um Gesundheit für Mutter und Kind. Als dann bald darauf das Kind das Licht der Welt erblickte, da zeigte es sich, daß die Frau statt eines Kindes eine winzige Feldschnecke geboren hatte. Darüber waren alle Nachbarn und Freunde sehr erstaunt. Auch die beiden Eltern waren zuerst sehr erschrokken, dann aber sagten sie: »Wenn es auch nur ein Schneckenkind ist, so ist es doch das Geschenk der Wassergottheit, die wir ja so oft darum gebeten haben«, und beschlossen, das Schnekkenkind großzuziehen. Sie nahmen eine Tasse, füllten sie mit Wasser, setzten die Schnecke hinein und stellten die Tasse auf das Wandbrett neben dem Hausaltar. So pflegten sie das Schneckenkind viele Jahre mit aller Sorgfalt und Liebe, aber noch nach zwanzig Jahren war das Schneckenkind in der Tasse noch ebenso groß wie zu der Zeit, da es geboren worden war. Es aß weder Reis noch irgendeine andere Speise und hatte auch während dieser zwanzig Jahre noch niemals ein Wort gesprochen. Eines Tages war der Vater, der nun schon hochbetagt war, damit beschäftigt, die Reissäcke, die er alljährlich als Pachtzins an den Edelmann zahlen mußte, zu verpacken und damit die Pferde zu beladen. Da ihm die Arbeit seines hohen Alters wegen sehr schwer wurde, seufzte er laut: »Ach, ach, da hat uns nun die Wassergottheit einen Sohn beschert, und wir waren so froh darüber. Aber da unser Sohn nur ein Schneck ist, so kann er uns in keiner Weise helfen und seinen alten Eltern das Leben erleichtern.« Während er dies noch vor sich hin sprach, hörte er plötzlich eine Stimme rufen: »Vater, Vater, laß mich heute einmal den Pachtzins abliefern.« Verwundert sah sich der Alte um, konnte aber nirgends einen Menschen erblicken und fragte deshalb: »Wer spricht da zu mir?« – »Ich bin es, ich bin es, euer Schneckensohn. Lange genug habe ich nun von Euch so viel Freundlichkeit und Liebe empfangen. Es ist nun an der Zeit, daß ich mich selbst auch etwas um die Angelegenheiten der Welt kümmere. Laß mich heute als deinen Vertreter zum Herrn gehen, um den Pachtzins abzuliefern.« Der Vater lachte und fragte: »Wie willst du kleiner Schneck denn die Pferde führen?« – »Das laß mich nur machen, setze mich nur zwischen die Säcke auf eins der Pferde, dann will ich es euch schon zeigen, wie ich die Pferde zu lenken verstehe.« Der Vater war erstaunt, wie selbstbewußt und schlagfertig der Schneck auf einmal zu reden verstand und daß er sich vermaß, den Jahreszins ganz allein zur Ablieferung zu bringen. Dann aber dachte er bei sich: »Es ist nun einmal der Wassergottheit Wunschkind, würde ich ihm widersprechen, so könnte ich die Göttin beleidigen.« Er lud also die Säcke auf die Pferde, nahm den Schneck aus der Tasse auf dem Altarbrett und setzte ihn zwischen die Säcke auf das Leitpferd. Der Schneck rief nun: »Auf Wiedersehen, Vater und Mutter, die Reise geht los.« Und mit Hü und Hott, mit Haidôdô shit-shit leitete er die Pferde geschickt, als hätte er sein Lebtag nichts anderes getan, aus der Scheune hinaus auf die Landstraße. Beruhigt folgte ihm der Vater, als er die Geschicklichkeit des Sohnes gesehen hatte, mit den

Augen, bis er seinen Blicken entschwunden war, und ging wieder ins Haus hinein. Der Schneck aber ließ überall, wo ihm Menschen auf der Straße entgegenkamen, auf engen Wegen und auf Brücken laut seinen Warnungsruf »Hâii, hâii« vernehmen. Bald trieb er die Pferde mit dem Zuruf »Shan, shan« zu größerer Eile an, bald ließ er lustige Pferdetreiberweisen ertönen, und die Pferde gingen im Takt zu seiner schönen Stimme, indem die Glöckchen an ihrem Halse »janga, gonga« dazu klangen. Die Leute auf der Straße aber und die, die in den Feldern arbeiteten, wunderten sich überall, wo sie diese Stimme vernahmen, weil sie den Sänger und den Rufer nicht zu sehen vermochten, und sagten zueinander: »Wer singt denn da so schön? Das sind doch die drei alten Klepper von dem armen alten Pächter dort. Wo kommt aber die wunderbare Stimme, die wir hören, her?« Die alten Eltern aber verneigten sich in der Hütte vor dem Hausaltar und beteten: »O Wassergottheit! Ganz unerwartet ist der Schneck nun zu einer Stütze unseres Alters geworden. Wir danken dir dafür, daß du uns dieses Kind beschert hast. Behüte es bitte auf der Reise, daß ihm kein Unheil zustößt, und laß es wohlbehalten wieder zurückkehren.« Unterdessen zog der Schneck mit seinen Pferden unbekümmert seines Weges und kam schließlich vor dem Hause des Edelmannes an. »He, ihr Leute, kommt heraus und ladet den Pachtzins ab!« rief er. Als die Dienerschaft des Hauses auf diesen Ruf auf die Straße hinauseilte, sahen sie dort nur die Pferde mit den Reissäcken beladen stehen, aber keinen Pferdeführer. Sie wunderten sich darüber, und als sie noch untereinander sprachen: »Anscheinend haben diese Pferde ganz allein den Weg hierhergefunden«, hörten sie vom Leitpferd her mitten aus den Säcken heraus eine Stimme rufen: »Ich habe den Reis hierhergebracht und bitte, die Säcke abzuladen!« Die Diener fragten sich: »Woher mag diese Stimme kommen?«, und als sie zwischen den Säcken nachsahen, sahen sie dort eine winzige Feldschnecke sitzen, die zu ihnen sagte: »Ihr seht es ja selbst, daß ich zu klein bin, die Säcke selbst abzuladen. Deshalb bitte ich euch, diese Arbeit für mich zu tun. Mich selbst nehmt vom Pferd herunter und setzt mich dort auf die Ecke der Veranda, damit ich das Abladen überwachen kann.« Da liefen die Diener in das Haus zurück und riefen: »Herr, Herr, da ist eine Feldschnecke gekommen, um uns den Pachtzins zu bringen.« Der Edelmann lief spornstreichs heraus und sah, daß es wirklich so war, wie die Diener gemeldet hatten, und einer nach dem andern kamen auch alle anderen Bewohner des Hauses gelaufen, um das Wunder anzustaunen. Inzwischen waren die Säcke genau nach der Anweisung des Schnecks abgeladen und in den Speicher gebracht worden. Der Edelmann gab den Befehl, den Pferden Futter zu geben, und lud den Schneck ein, ins Haus zu kommen, um einen Imbiß einzunehmen. Man trug einen Tisch mit wohlschmeckenden Speisen auf und setzte den Schneck auf die Kante des Tisches. Dort aß er, ohne daß die Leute sehen konnten, wie er dies machte, von allen Speisen, vom Reis, von der Suppe und vom Fisch. Zuletzt bat er dann höflich um eine Tasse Tee. Der Edelmann konnte sich nicht genug über den Schneck wundern und dachte bei sich: »Ohne Zweifel ist das das Schneckenwunschkind der Wassergottheit, von dem ich schon so viel gehört habe. Niemals hätte ich geglaubt, daß das Ding sich so gesittet und höflich benehmen könnte und so klug zu reden verstände. So einen Schatz muß ich mir für mein Haus sichern, um mich an seiner Unterhaltung und an seinen Späßen zu erfreuen.« Er wandte sich also an diesen: »Herr Schneck, Herr Schneck, zwischen Ihrem und meinem Hause bestehen schon seit Generationen alte Beziehungen, und schon unsere Ahnen waren miteinander befreundet. Ich habe zwei Töchter, wollt Ihr nicht eine davon zur Frau haben?« Auf andere Weise aber glaubte er nicht, daß er den Schneck dazu bewegen könnte, öfter in sein Haus zu kommen. Der Schneck war über dies Anerbieten sehr erfreut und sagte: »Wenn das wirklich Euer Ernst ist, dann will ich Euer Angebot mit Dank annehmen.« Da erneuerte der

Edelmann sein Versprechen, dem Schneck eine seiner Töchter zu geben, und man feierte ein großes Festmahl zu Ehren des künftigen Schwiegersohnes. Derweil dachten Vater und Mutter zu Hause: »Was ist mit unserm Schneck? Weshalb kehrt er so lange nicht zurück? Es wird ihm doch unterwegs nichts zugestoßen sein?« Während sie aber noch so besorgt dasaßen, kam gerade der Schneck mit seinen drei Lastpferden heim. Als es Abendessenszeit geworden war, erzählte er den Eltern: »Heute habe ich die eine Tochter des Edelmannes zur Frau zugesagt bekommen.« Zuerst wollten es ihm die Eltern gar nicht glauben, dann aber dachten sie: »Unser Kind ist nun einmal der Wassergottheit Wunschkind, da wird es wohl seine Richtigkeit damit haben, wir müssen also einen Heiratsvermittler zum Hause des Edelmannes schicken.« Sie schickten deshalb die Tante zum Hause des Edelmannes, um den Hochzeitstag festzusetzen. Der Edelmann aber ließ seine beiden Töchter rufen und fragte: »Welche von euch beiden will als Frau in das Haus des Schnecks gehen?« Da rief die ältere entrüstet: »Was! Gibt es vielleicht ein Mädchen auf der Welt, das solch ein schleimiges Ungeziefer heiraten würde? Wie kannst du mich überhaupt darum fragen?!« Damit verließ sie zornig mit den Füßen stampfend das Zimmer. »Nun, wie denkst du darüber?« fragte der Edelmann nun die jüngere Tochter. Die sagte: »Wenn der Herr Vater ein festes Versprechen gegeben hat, so will ich es schon auf mich nehmen und als Frau zum Hause des Schnecks gehen, mach dir also darüber weiter keine Sorgen.« Mit dieser Antwort ging die Tante zu den Eltern des Schnecks und erzählte dort, alles sei so, wie der Schneck gesagt habe. Vom Edelmann wurden dann auch bald die Hochzeitsgeschenke und das Heiratsgut der jüngeren Tochter zum Hause des Schnecks geschickt, sieben hochbepackte Lastpferde mit sieben Kleiderkommoden, dazu sieben große Truhen und unzähliges Hausgerät. Da in der ärmlichen Hütte der Eltern des Schnecks kein Platz für alle diese Dinge war, mußte der Edelmann dafür einen ganz neuen Speicher errichten lassen. Am Hochzeitstag selbst wurde dann die Braut gebracht. Da die Eltern des Schnecks keine große Verwandtschaft hatten, so luden sie nur die Tante und eine alte Nachbarin zu Gaste, trotzdem aber wurde eine fröhliche Hochzeit gehalten. Sehr freuten sich die Eltern, daß ihr Schneckensohn eine Frau so schön wie eine Blume bekommen hatte, noch mehr aber über die Sorgfalt und Liebe, mit der sie von der Schwiegertochter betreut wurden, und wie sie überall im Haushalt Hand mitanlegte und hart auf dem Felde arbeitete, als ob sie niemals ein anderes Leben geführt habe oder bessere Tage gesehen hätte. »Das ist nur die Gnade der Götter«, sagten die beiden Alten und dankten von Herzen der Wassergottheit dafür. Inzwischen war es Zeit geworden, einen Tag zu bestimmen, an dem nach altem Brauch die junge Frau ihren Besuch im Elternhaus machen mußte, und man entschied sich für den achten Tag im vierten Monat, da an diesem Tage der Yakushi-sama (Heilbuddha) des Dorfes seinen Festtag hatte. Weil nun zu dieser Zeit, mitten im Frühling, die Kirschbäume in ihrer schönsten Blütenpracht stehen und überall die Vögel ihren Gesang erschallen lassen, dachte die junge Frau gleichzeitig das Fest zu besuchen und nahm deshalb ihre schönsten Kleider aus der Kommode. Als sie dann schön geschmückt und in ihren Kleidern mehr denn je einer Blume gleichend vor den Hausgenossen stand, konnten sich diese, als sie so wie eine Himmelsjungfrau vor ihnen stand, gar nicht satt genug an ihr sehen. Als dann die Zeit zum Aufbruch gekommen war, wandte sie sich an ihren Schneckenmann und sagte: »Hast du nicht auch Lust, dir das Fest anzusehen?« Der antwortete: »Gern möchte ich das, und bei diesem schönen Frühlingswetter könnten wir uns auf dem Wege dorthin noch darüber hinaus am Anblick der schönen Landschaft erfreuen.« Da nahm sie ihren Schneck, steckte ihn in eine Falte ihres Gürtels, und so gingen sie beide zum Festplatz. Unterwegs unterhielten sie sich beide und machten sich gegenseitig auf die Schönheit der Landschaft aufmerksam. Die des Weges kommenden Leute aber konnten sich nicht genug verwundern: »Seht doch mal dort das hübsche Mädchen, da lacht sie und führt mit sich Selbstgespräche. Was hat sie für einen Grund dazu? Ist die Arme vielleicht geistesgestört? Das wäre wirklich schade.« Als sie beide so bis zum ersten Tor des Yakushitempels gekommen waren, sagte der Schneck: »Hör mal, hör mal, ich habe dir etwas zu sagen. Geh du doch allein voraus zum Tempel, um dort zu beten, und laß mich hier allein zurück. Ich habe dafür meinen besonderen Grund. Setz mich hierher an den Rand des Reisfeldes, und ich will dich dann hier erwarten.« Die Frau nahm den Schneck aus ihrem Gürtel, setzte ihn behutsam am Feldrain nieder und sagte zu ihm: »Sieh dich ja vor, daß dich kein Rabe oder sonst ein böses Tier frißt, und warte hier auf mich. Ich gehe nur ein kurzes Gebet sprechen und bin gleich wieder hier.« Dann stieg sie die Treppe zum Tempel hinauf und betete dort. Als sie zurückkam und nachsah, war ihr geliebter Schneckenmann verschwunden. Darüber erschrak sie sehr. Hierhin und dorthin lief sie und suchte ihn überall eifrig mit ihren Augen, doch konnte sie ihn nirgends finden. »Es wird ihn doch kein Rabe gefressen haben? Oder ist er vielleicht ins Reisfeld gefallen?«, so dachte sie und suchte im Felde nach ihm. Da es nun im vierten Monat war, so saßen dort überall zahlreiche Feldschnecken. Jede einzelne hob sie auf und betrachtete sie, aber keine war ihrem lieben Schneckenmann ähnlich. Da wurde sie ganz traurig und sang nur immer:

»Ach Schneck, ach Schneck!
Mein lieber Mann!
Nun, da es dies Jahr
Frühling wurde,
Hat dich doch nicht etwa
Der dumme Rabenvogel
So mir nichts, dir nichts
Getötet und verzehrt?«

Und während sie dies singend von Feld zu Feld ging und suchte, wurde ihr Gesicht von Schlamm beschmutzt und ihr schönes Kleid befleckt. Inzwischen brach der Abend an, und die Festbesucher machten sich schon einer nach dem andern auf den Heimweg. Als sie die Frau da im Felde singend suchen sahen, sagten sie wieder zueinander: »Wie schade, wie schade, dem schönen Mädchen da hat sich wirklich der Geist verwirrt«, und zogen ihres Weges. Nachdem die Frau nun überall vergeblich nach ihrem Schneckenmann gesucht hatte, verlor sie alle Lust und Freude am Leben und ging zur tiefsten Stelle des Feldes, um sich dort im Schlammwasser zu ertränken. Als sie gerade im Begriff war, diesen Entschluß auszuführen, hörte sie hinter sich eine Stimme rufen: »Frau, was willst du da tun?« Sie sah sich um und erblickte einen Jüngling in schönem Gewand, der das Gesicht unter einem Wanderpriesterhut verborgen hatte und eine Bambusflöte an der Hüfte trug. Ihm erzählte sie, was ihr geschehen sei und warum sie sich das Leben nehmen wollte. Da sagte der Jüngling: »Mach dir keine Sorgen mehr. Ich bin es ja, den du suchst, dein lieber Schneckenmann.« – »Nein, das bist du nicht«, antwortete sie. Er aber zerstreute ihre Zweifel bald und erzählte ihr: »Ich bin es, du darfst es mir schon glauben. Weil meine Eltern die Wassergottheit nur um ein Kind wie eine Schnecke baten, so wurde ich auch, als der Wassergottheit Wunschkind, in Schneckengestalt geboren. Während du aber am Yakushitempel gebetet hast, bin ich in Menschengestalt verwandelt worden und ging zum Schrein der Wassergottheit, um ihr für diese Gnade zu danken. Da ich wußte, daß ich heute von meiner Schneckengestalt erlöst würde, so bat ich dich, mich am Feldrain zurückzulassen. Als ich dann nach dem Besuch im Schrein der Wassergottheit dorthin zurückkam, fand ich dich nicht dort und bin dir überall durch die Felder nachgewandert, und indem ich alle Leute, die des Weges kamen, nach dir fragte, habe ich dich noch zur rechten Zeit gefunden.« Da freute sich die Frau, und beide kehrten vergnügt nach Hause zurück.

Dort konnte sich die Frau nicht genug darüber freuen, daß ihr Schneckenmann nun zu einem schönen Jüngling geworden war, und beide verlebten ihre Tage in lauter Lust und Freude. Die Eltern aber sagten, als sie von dieser Verwandlung erfuhren: »Selbst aus alter Zeit wird nicht berichtet, daß jemals solch ein Wunder geschehen sei«, und sandten sofort Botschaft zu dem Haus des Edelmannes. Der und seine Frau kamen spornstreichs zum Hause des Schnecks gelaufen, und als sie sahen, daß alles wirklich so war, und nachdem sie ihren wohlgestalteten Schwiegersohn genug bewundert hatten, sagten sie: »Da haben wir einen guten Gatten für unsere Tochter gewählt.« Am besten Platz der Stadt, in der der Edelmann wohnte, ließ dieser für das junge Paar einen prachtvollen Palast errichten, und der Schneck eröffnete dort einen Handel. Da die Geschichte vom Schneckenschwiegersohn bald überall bekannt wurde, kamen die Leute von weither, um ihn zu sehen, und seine Geschäfte gingen so gut, daß er bald der reichste Mann der Stadt wurde. Die alten Eltern zogen sich von aller Arbeit zurück und lebten von nun an im Hause des Schnecks, und auch für die Tochter der einzigen Tante fand sich bald ein guter Gatte. Alle Leute nannten den Schneck nur Tanishi no Chôja, den Schneckenedelmann, und alle verlebten ihre Tage froh und vergnügt und in größtem Wohlstand.

29. Das Storchennest

Einmal lebte da irgendwo ein alter Mann mit seiner einzigen Tochter zusammen. Als er eines Tages hinaus aufs Feld ging, sah er eine große Schlange, die einen Frosch verfolgte. »Du schlechte Schlange!« sagte er, nahm seinen Stock und schleuderte sie mit dessen Spitze fort. Der befreite Frosch enthüpfte freudig. Der Alte aber ging, über seine Tat zufrieden, nach Hause. Einige Tage darauf kam ein junger Bursche zum Hause und bat dort, ihn über Nacht zu beherbergen. Da er von gutem Aussehen war, verliebte sich die Tochter des Alten bis zur Narrheit in ihn, und als der Alte sah, daß beide jungen Leute aneinander Gefallen fanden, gab er sie ihm, da auch er den Burschen gut leiden konnte, zur Frau. Er wußte aber nicht, daß jener kein anderer war als die Schlange, die er damals fortgeschleudert hatte und die nun in einen Menschen verwandelt gekommen war, um ihre Rache an ihm zu nehmen. Nach der Heirat der beiden wurde die Tochter krank, und ihr Zustand wurde von Tag zu Tag schlimmer, so daß der Alte in großer Sorge um ihr Leben war. Eines Tages kam da ein Wahrsager, den man in dieser Gegend noch niemals gesehen hatte, des Weges, und der Alte rief ihn in das Haus, um ihn wegen des Zustandes seiner Tochter um Rat zu fragen. Der Wahrsager betrachtete die Kranke und sagte dann: »Der Gatte dieser Frau ist kein gewöhnlicher Mensch. Da sie von einem nichtmenschlichen Wesen ein Kind bekommen soll, muß sie daran sterben.« Als ihn der Alte fragte, ob es kein Mittel gegen diesen bösen Zauber gäbe, riet ihm der Wahrsager: »Auf dem großen Katsurabaum hinter deinem Haus hat ein Storch sein Nest gebaut. Gebt ihr die drei Eier aus dem Nest zu essen, dann wird sie gerettet werden können.« Nun fühlte sich der Alte schon zu schwach und gebrechlich, um selbst auf den Baum zu steigen, und dachte deshalb: »Das kann mein Schwiegersohn für mich tun.« Er bat ihn also darum, die Eier aus dem Nest zu holen. Sofort zeigte sich dieser bereit, den Wunsch des Alten zu erfüllen. Als er aber den Stamm zu erklettern versuchte, wollte und wollte es ihm nicht gelingen. Da nahm er plötzlich seine Schlangengestalt an und konnte sich so mühelos am Stamm emporwinden. Kaum aber hatte die Schlange ihren Kopf in das Nest gesteckt, da kamen die alten Störche geflogen und pickten sie so lange mit ihren spitzen Schnäbeln, bis sie es nicht mehr aushalten konnte und von dem hohen Baum herabfiel. Während sich die vom Fall schwerverletzte Schlange im Todeskampf am Boden wand, kamen von überallher unzählig viele Frösche herbeigehüpft und sprangen, laut »Kutabare, Kutabare (stirb! stirb!)« quakend, um sie herum. Im Todesschmerz sich windend stöhnte da der Schlangenmann: »Wenn ich auch sterben muß, die Tochter hier im Haus wird mir dreitausend Schlangen gebären. Wenn sie geboren sind, werden sie euch Frösche verfolgen und fressen und werden mich so rächen!« Nach diesen Worten hauchte der Schlangenmann sein Leben aus. Der Alte war aber nun aufs neue bekümmert und fragte nochmals den Wahrsager um Rat. Der riet ihm: »Am Fest am dritten Tag des dritten Monats gebt eurer Tochter Reiswein mit daraufgestreuten Pfirsichblütenblättern zu trinken, dann werden tausend der ungeborenen Schlangen ohne Schaden zu stiften abgehen. Am Fest des fünften Tages im fünften Monat gebt ihr Reiswein mit Lilienblättern gemischt zu trinken, und es werden nochmals tausend Schlangen abgehen. Am neunten Tag des neunten Monats gebt ihr Reiswein mit Chrysanthemenblütenblättern, dann wird der Rest der Schlangenbrut vernichtet! Ich selbst bin jener Frosch, dem du damals das Leben gerettet hast, zum Dank rette ich nun mit meinem Ratschlag das Leben deiner Tochter!« Damit zog der Wahrsager seines Weges. Man befolgte seinen Rat, und die Tochter wurde wiederhergestellt. Seit jener Zeit aber ist es in Japan üblich, an diesen drei Festtagen Reiswein mit Pfirsichblüten, Schwertlilienblättern oder Chrysanthemenblüten als Abwehrzauber gegen böse Einflüsse zu trinken.

30. Die Glocke vom Mii-Tempel

In alter Zeit lebte einmal irgendwo ein junger Mann. Eines Tages sah er, als er am Strand entlang ging, Kinder, die eine Schlange töten wollten. Er bat sie, die Schlange am Leben zu lassen, und rettete sie so vor ihren Peinigern. Kurz darauf kam eines Tages eine schöne, junge Frau zum Hause des Jünglings und bat ihn, sie für eine Nacht zu beherbergen. Er gewährte ihr die Bitte, aber am nächsten Tag blieb sie auch noch dort. So auch am übernächsten Tage und die folgenden Tage. Der junge Mann erwies ihr allerlei Freundlichkeiten, sie wurden bald vertraut miteinander, und schließlich wurde sie schwanger von ihm. Als die Zeit der Entbindung herankam, bat sie den jungen Mann: »Baue mir in der Ecke hinter dem Hause eine Gebärhütte, was aber sich auch ereignen möge, blicke niemals dort hinein.« Das kam dem jungen Mann sonderbar vor. Er errichtete die Hütte, und sie zog sich dorthin zurück. Als er nun, neugierig, dort hineinsah, erblickte er eine große Schlange, die ein Kind umarmt hielt. Im selben Augenblick aber verschwand die Schlange, und als er das Gemach betrat, fand er nur noch ein zurückgelassenes Schreiben vor. Als er es öffnete, stand da geschrieben: »Ich bin die Schlange, der du damals am Strand das Leben gerettet hast. Dir meinen Dank abzustatten, bin ich zu dir gekommen, da du mich aber nun in meiner wirklichen Gestalt erblickt hast, ist es mir nicht mehr vergönnt, weiter mit dir zusammenzuleben. Aber dieses unser beider Kind lasse ich dir zum Andenken zurück. Achte gut auf den Edelstein, den es in der Hand hält. Solange es den Edelstein hält, wird es nicht weinen. Sollte es trotzdem weinen, so komme zum Strand und klatsche dreimal in die Hände, dann werde ich sofort da sein.« Er sah das Kind an und fand, daß es wirklich in der einen Hand einen kostbaren Edelstein hielt. Wie ihm in dem Schreiben befohlen, zog der Mann das Kind auf. Der Landesfürst hatte von dieser wunderbaren Geschichte gehört und befahl dem Mann, ihm den Edelstein auszuliefern. Der Mann mußte gehorchen, aber von diesem Augenblick an fing das Kind an zu weinen und war nicht zur Ruhe zu bringen. Da erst erinnerte sich der Mann an den Brief, ging zum Strand und klatschte dreimal in die Hände. Es erschien eine große Schlange. Er bat sie, die Gestalt seiner einstigen Frau anzunehmen, und sie verwandelte sich wieder in die schöne Frau.

Nun erzählte er ihr vom Verlust des Edelsteins. Da sagte sie: »Dieser Edelstein war mein eines Auge, nur noch das andere ist mir geblieben; wenn ich es dir nun gebe, werde ich blind sein, des Kindes wegen aber will ich die Blindheit auf mich nehmen. Dafür aber mußt du dem Mii-Tempel eine Glocke stiften, und jedesmal, wenn ich die Glocke höre, werde ich wissen, daß wieder ein Tag oder eine Nacht vergangen ist.« Damit gab sie ihm einen Edelstein. Der Mann stiftete dem Mii-Tempel die große Glocke, die heute noch dort zu sehen ist.

31. Die Fuchsfrau

In alter Zeit lebten in der Hauptstadt auf dem Palasthügel des Tennô böse Tiere in großer Zahl, so daß man schließlich daranging, eine Fuchsjagd abzuhalten. Als nun die Dienerschaft auf den Hügel stieg und sie aufjagte, sprang vor einem Mann namens Yasunari ein weißer Fuchs heraus, der älter als tausend Jahre war. Dieser Fuchs bat, die Augen voller Tränen: »Ich trage ein Kind! Bitte, schont mein Leben, bis ich mein Junges zur Welt gebracht habe!« Daraufhin schenkte Yasunari der Füchsin das Leben. Als aber dem Tennô die Kunde zu Ohren kam, daß Yasunari das Leben eines Fuchses geschont habe, wurde Yasunari an einen Ort namens Abe verbannt.

Nun hatte Yasunari eine Frau, genannt Kuzunoha. Doch da Yasunari nicht mehr mit Kuzunoha zusammenleben durfte, sorgte er sich bald um dieses, bald um jenes und wurde schließlich in dem Ort Abe krank. Sein Gefolge von etwa zehn Mann ließ ihm mannigfaltige Pflege angedeihen, dennoch schien es, als könne sein Leben nicht mehr gerettet werden. Wegen seiner Verbannung indes durfte nicht einmal Kuzunoha dorthin kommen, um Yasunari zu besuchen.

Die weiße Füchsin, die früher von ihm das Leben geschenkt bekommen hatte, erfuhr davon. Sie verwandelte sich deshalb in Kuzunoha, erkundigte sich nach dem Verbannungsort Yasunaris und machte sich auf den Weg dorthin. Als sie aber sein Haus betreten wollte, konnte sie nicht hineingelangen, da ein Amulett angeklebt war. Sie wandte sich also an jemanden, ließ es wegnehmen und trat dann endlich ein. In dem Glauben, Kuzunoha sei gekommen, freute sich Yasunari außerordentlich. Er genas sogar von seiner Krankheit. Und da Yasunari sie ja für Kuzunoha hielt, wurde ihm nach einiger Zeit von der Kuzunoha, in die sich die weiße Füchsin verwandelt hatte, ein Knabe geboren. Sie gaben ihm hierauf den Namen Dôjimaru.

Seit Yasunari verbannt worden war, waren bereits viele Tage verstrichen, deshalb gab der Tennô schließlich seine Erlaubnis, daß Kuzunoha Yasunari an seinem Verbannungsort besuche. Als aber Kuzunoha ankam und um sich blickte, erschrak sie gewaltig, denn da war eine Frau, die sich auch nicht ein bißchen von ihr selbst unterschied und Kuzunoha hieß, und sogar ein Kind namens Dôjimaru war da. Weil es nun aber zwei Kuzunohas gab, wußte selbst Yasunari nicht, welche seine richtige Frau war. Also rief er beide zu sich und schlug ihr Alter in einem Kalender nach: die Fuchs-Kuzunoha war tausend und drei, die wirkliche Kuzunoha dreißig und drei Jahre alt. Da sich nun herausgestellt hatte, daß die weiße Füchsin tausend und drei Jahre alt war, konnte sie nicht länger bleiben. Sie hinterließ jedoch einen Brief, in dem stand: »Wenn Du Sehnsucht nach mir hast, dann komm mich besuchen im Wald von Shinoda!« und kehrte dann nach Shinoda zurück. Nun war Dôjimaru der Sohn der weißen Füchsin und konnte es deshalb vor Sehnsucht nach seiner Mutter nicht aushalten. Eines Tages also besuchte er sie im Wald von Shinoda. Die weiße Füchsin kam heraus und sprach: »Das ist schön, daß du gekommen bist!«, und sie schenkte ihm einen Rohrstock als Wanderstab. Dôjimaru nahm den Rohrstock entgegen und kehrte wieder heim.

Hierauf geschah es, daß der Tennô in der Hauptstadt Yasunari verzieh und Yasunari und Kuzunoha, begleitet von Dôjimaru, in die Hauptstadt zurückkehrten.

Nach ihrer Rückkehr in die Haupstadt besuchten sie eines Tages den Markt von Sumiyoshi. Dôjimaru hatten sie hundert Mon Geldes gegeben, und er hatte sich dann auf dem Markt von Sumiyoshi unbemerkt von seinen Eltern entfernt.

Nachdem er sich so entfernt hatte, kam er an den Strand von Sumiyoshi, wo ein Kind eine Schildkröte gefangen hatte und sie quälte und herumrollte. Da gab Dôjimaru seine hundert Mon dem Kind, kaufte ihm die Schildkröte ab und setzte sie wieder ins Meer in Freiheit. Nach einer Weile nun trat Flutzeit ein und daher ging dasselbe Kind ans Meer zum Schwimmen. Die Schildkröte aber hatte noch nicht wieder ins offene Meer hinausschwimmen können und wurde daher erneut gefangen. Erneut begann das Kind, die Schildkröte zu quälen. Weil jedoch Dôjimaru diesmal kein Geld mehr besaß, konnte er nicht nochmals wie zuvor handeln. Er ging also zu dem Kind und sprach: »Schenke der Schildkröte das Leben und ich will dafür meine Kleider gegen deine Kleider eintauschen!« Da nun Dôjimaru der Sohn eines Höflings war, jenes aber ein Fischerskind war und sich deshalb ihre Kleidung unterschied, willigte das Kind rasch ein und tauschte die Kleider mit ihm. Dôjimaru aber ergriff die Schildkröte, ging mit ihr bis zur stärksten Strömung im offenen Meer und ließ mit den Worten »Schildkröte, schwimm schnell! Schwimm schnell! Wirst du noch einmal gefangen, gibt keinen Ausweg!« die Schildkröte frei.

Weil er noch ein Kind war, konnte nun Dôjimaru, von den Eltern getrennt, sich nicht mehr zu ihnen zurückfinden. Wie er nun am Strand von Sumiyoshi entlangging, kam da ein Schiff vom Drachenkönig, um ihn abzuholen. Es war ein wunderschönes Schiff. »Es ist gekommen, um Euch abzuholen!« sprach es zu ihm, worauf er einstieg; und ehe er sich versah, kam er an der Schwelle vom Palaste des Drachenkönigs an. »Vorhin hast du Otohime einen bedeutenden

Dienst erwiesen!« So sprach ihm der Drachenkönig seinen Dank aus. Dann ließ er ein Festmahl richten und bewirtete ihn mit vielerlei Speisen. Ohne daß es ihm bewußt wurde, verstrichen dreißig, ja fünfzig Tage. Schließlich gedachte er seiner Eltern und wünschte, in die Heimat zurückzukehren. Als er dem Drachenkönig davon sprach, ließ dieser ihn wissen, daß er ihm drei Kleinodien schenken wolle. Er gab ihm als erstes das Juwel, welches die Flut steigen und fallen macht; als zweites das Juwel, welches selbst fünfzehn Tage lang keinen Hunger aufkommen läßt, wenn man es nur einmal kostet, und schließlich noch das Juwel, welches die Stimmen der Weihen und der Raben verstehen läßt. Hierauf beschenkte er ihn mit einem Gewand aus Goldbrokat. Dann ließ er ihn wiederum mit dem Schiff an den Strand von Sumiyoshi bringen.

Als nun Dôjimaru am Strand von Sumiyoshi ausstieg und landeinwärts blickte, waren die Reispflänzchen, die vorher zu sprießen begonnen hatten, bereits unbemerkt reif und goldgelb geworden. Und da er nur ein Kind war, wußte er nicht, wohin er sich am besten wenden solle. Während er so in Verlegenheit war, kam ein weißer Rabe geflogen. Also hielt Dôjimaru das Juwel, das er vom Drachenkönig bekommen hatte, ans Ohr: »Dôjimaru! Kehre schnell heim! Deine Mutter ist aus Sehnsucht nach dir gestorben! Und auch dein Vater ist dem Tode nahe.« So krächzte er. »Ach, natürlich weißt du den Weg nicht! Folge nur der Richtung, in die ich fliege!« krächzte er weiter. Dôjimaru folgte nun dem Flug des weißen Raben und vermochte so in kurzer Zeit zu seiner Familie heimzukehren. Wie der weiße Rabe gesagt hatte, war Kuzunoha an einer Krankheit gestorben. Auch Yasunari lag an einer schweren Krankheit darnieder. Als aber Dôjimaru mit dem einen Juwel, das er vom Drachenkönig erhalten hatte, Yasunari über den Körper strich, genas der Vater mit einem Mal von der schweren Krankheit, an der er gelitten hatte.

Zu eben dieser Zeit kam eine Taube auf das Hausdach und gurrte unaufhörlich. Als er eilig das Juwel, welches er erhalten hatte, ans Ohr hielt, gurrte sie: »Dôjimaru, begib dich schnell in die Hauptstadt; gehst du nicht schnell, wirst du dein Glück versäumen!« Da nahm Dôjimaru Abschied von seinem Vater und machte sich auf den Weg in die Hauptstadt. Und weil er das Juwel besaß, welches, einmal gekostet, selbst fünfzehn Tage keinen Hunger aufkommen ließ, brach er ohne auch nur eine Wegzehrung auf. Während er eilig auf die Hauptstadt zuwanderte, rückte der Mittag heran, und als er an einen Feldrain gelangte, rastete er. Plötzlich kamen zwei Raben geflogen, der eine aus Osten, der andere aus Westen, und ließen sich auf einem Baum in seiner Nähe nieder. »Was ist es wohl, das sie sprechen?« überlegte er bei sich, hielt sein Juwel ans Ohr und lauschte: da fragte der Rabe aus dem Osten: »Woher bist du gekommen?« Der Rabe, welcher von Westen gekommen war, antwortete: »Ich bin aus Kumano gekommen; in der Gegend von Kumano ist dieses Jahr die Ernte schlecht und es gibt keine Lebensmöglichkeit. Wie steht es in der Hauptstadt?« – »In der Hauptstadt ist die Lage gut. Doch die Menschen sind dumm. In der Hauptstadt hat Dôban den Tennô verwünscht und hat drei giftige Würmer in der Nordwestecke des Palastes vergraben. Dies wissen die Leute jedoch nicht und deshalb bitten sie Exorzisten und Wanderprediger, und um die Krankheit des Tennô zu heilen, wenden sie bald dieses, bald jenes Mittel an und vermögen dabei alle zusammen nichts. Man müßte nur die drei giftigen Würmer ausgraben!« So erzählte der Rabe aus dem Osten.

»Da habe ich etwas Gutes gehört!« dachte sich Dôjimaru, machte sich eiligst auf den Weg und kam schließlich in die Straßen der Hauptstadt. Dort ging er zu dem Anwesen eines Tsunemoto und ließ sich von ihm beherbergen. Am nächsten Tag nahm er den Rohrstock, den er von seiner Mutter erhalten hatte, und mit dem Ruf »Daß das Unglück sofort vergehen kann – jemand, der das nicht weiß, ist fürwahr ein unfähiger Kerl!« wanderte er durch die Straßen. Das Gefolge Dôbans zog durch die Straßen und wurde auf Dôjimaru aufmerksam. Da er unter so seltsamen Rufen einherging, wollte es Dôjimaru gern niederschlagen. Aber Dôjimaru hatte seinen Rohrstock, und mit diesem Stock schlug er das Gefolge Dôbans in Stücke.

Tsunemoto wußte ebenfalls um Dôjimarus Vorhaben; er trat in die Nähe des Tennô und berichtete, daß Dôjimaru aus Sumiyoshi gekommen sei, um die Krankheit des Tennô zu heilen. Aber auch Dôban befand sich in der Nähe und sprach hierauf: »Die Krankheit des Tennô heile ich mit Gebeten! Hört doch nicht auf das, was dieses Kind spricht!« Tsunemoto ärgerte sich und veranlaßte darauf einen Wettkampf der Klugheit zwischen Dôban und Dôjimaru. Wer darin Sieger sei, solle über die Heilung der Krankheit des Himmelssohnes bestimmen. Da begannen sie, vor dem Tennô einen Wettkampf der Klugheit auszutragen.

Dôjimaru wurde gerufen und kam. Nun setzten sich Dôjimaru und Dôban einander gegenüber. Zuerst steckte Dôjimaru einen Streifen Papier in einen Blumentopf, worauf er zu einem Pflaumenbaum wurde. Das nächste Mal schnitt er Papier in kleine Stücke und ließ sie fliegen, worauf sie zu Vögeln wurden und sich auf diesen Baum niederließen. Dann klatschte Dôjimaru dreimal in die Hände und plötzlich verschwand alles wieder. Dôban nun hatte gedacht: »Mein Gegner ist ja ein Kind!« und ihn gering eingeschätzt; da er sich aber so außerordentlich geschickt zeigte, erschrak er. Jetzt schnitt Dôban zwei Streifen Papier und formte Schlangenkörper daraus. Diese Schlangen wollten Dôjimaru fressen und krochen in seine Nähe; doch da Dôjimaru ganz ruhig blieb, stellte Dôban voller Bewunderung fest, daß jener ein überaus kluger Mensch war. Als nächstes legte Dôban zwölf Zitronen und Mandarinen in eine Reihe von Schachteln hinein. »Wieviel sind es an der Zahl?« fragte er Dôjimaru. Diesmal war auch Dôjimaru ratlos; als er aber den Rohrstock ergriff und überlegte, wurde jener von der Mutter verzaubert und gab ihm den Rat: »Sage: Zwölf Mäuse!« Nun hatte aber Dôban zwölf Zitronen und Mandarinen hineingelegt, und jener sagte: »Zwölf Mäuse!«, deshalb dachte er, er habe bereits gewonnen und leerte den Inhalt aus, der aber hatte sich unbemerkt in zwölf Mäuse verwandelt! So war Dôban schließlich besiegt und wollte entfliehen. Da nahm Dôjimaru das Juwel heraus, das die Flut steigen und fallen machte, und befahl, daß die Flut auf Dôban zuströmen solle. So kam Dôban schließlich um, indem er in der Flut ertrank. Nun sprach Dôjimaru: »Falle, falle, Flut!« und führte sie wieder auf ihr ursprüngliches Maß zurück.

Dôjimaru begab sich in die Nähe des Tennô und sprach: »Gegen Eure Krankheit sollte man die drei giftigen Würmer ausgraben, die in der Nordwestecke Eures Palastes vergraben sind!« Als darauf Diener in der Nordwestecke nachgruben, kamen tatsächlich drei giftige Würmer zum Vorschein. Von diesem Augenblick an war die Krankheit des Tennô geheilt. Dôjimaru erhielt eine Vielzahl an Belohnungen und kehrte mit seinem Rohrstock wieder in sein Vaterhaus zurück.

32. Hanatarekozô-sama

In alter, alter Zeit lebte im Lande Higo in dem abgelegenen Bergdorf Mayumi ein alter Mann. Jeden Tag ging er in die Berge, um dort Brennholz zu sammeln, das er nach der Stadt Seki brachte, um es dort zu verkaufen. So führte er ein recht armseliges Leben. Eines Tages war er wieder mit Brennholz zur Stadt gekommen und war mit seiner Ware durch die Straßen gezogen, ohne daß sich ein Käufer finden ließ. Von dem vielen Umherziehen ermüdet, rastete er schließlich mitten auf der Brücke, die über den Fluß, der die Stadt durchfließt, führt. Da er auch dort seine Ware nicht loswerden konnte, warf er, des langen Herumziehens müde, das

Brennholz, Bündel für Bündel, von der Brücke hinab in den Fluß und rief dazu: »Flußgott, Ryûjin-sama, ich bringe dir hier ein Opfer und bitte um eine Gegengabe!« Kaum hatte er das letzte Bündel in den Fluß geworfen, da stieg aus den Wellen eine junge Frau von nie gesehener Schönheit und rief den Alten, der schon davongehen wollte, zurück. Als er zurückkehrte, sah er, daß sie ein ganz winziges Kindchen im Arme trug. Die Frau wandte sich an ihn: »Da du Tag für Tag so fleißig arbeitest, und weil du uns heute so schönes Brennholz gebracht hast, ist der Flußgott sehr erfreut und überreicht dir zur Belohnung hier dieses kleine Kind. Es hört auf den Namen Hanatarekozô-sama und wird dir jeden Wunsch, den du an es richtest, erfüllen. Nur mußt du nie vergessen, ihm dreimal täglich einen Hummersalat vorzusetzen, sonst werden deine Wünsche umsonst sein.« Mit diesen Worten übergab sie dem Alten das Kind und verschwand wieder in den Fluten. Der Alte war darüber hocherfreut. Er nahm das Kind auf den Arm und kehrte mit ihm nach Mayumi zurück. Dort angekommen, setzte er es in eine Ecke des Hausaltars und war in jeder Weise um es besorgt. Wenn er Reis oder sonst irgend etwas haben wollte, bat er das Kind darum, und kaum war der Wunsch ausgesprochen, so hörte man einen Ton wie ein ganz feines Niesen, und das Gewünschte war zur Stelle. Als der Alte glaubte, daß seine alte, halbverfallene Hütte nicht mehr schön genug sei, wünschte er sich einen schönen Palast. Das Kind nieste nur einmal, und der Palast stand schon da. Nicht nur der Palast, auch Scheunen und Speicher, die mit allem, was zum Leben nötig ist, wohlgefüllt waren. So lebte er schon über einen Monat im Überfluß und hatte alles, was er sich nur wünschte. Natürlich ging er nun auch nicht mehr in die Berge, um Brennholz zu sammeln, sondern seine einzige Arbeit bestand nun nur noch darin, täglich in die Stadt zu gehen, um Hummern für den Hummersalat, den er dem Hanatarekozô-sama vorsetzen mußte, zu besorgen. Schließlich erschien ihm aber auch dies eine überflüssige Arbeit, und eines Tages nahm er den Hanatarekozô-sama vom Hausaltar herunter und sprach zu ihm: »Hanatarekozô-sama, ich habe nun, da ich ja alles, was ich mir wünschen könnte, besitze, keinen Wunsch mehr an dich. Darum kehre, bitte, zum Drachenpalast zurück und sage dem Flußgott meinen besten Dank für alles.« Kaum hatte er dies gesagt, da schritt Hanatarekozô-sama schweigend aus dem Hause, und gleich darauf war von außen ein feines Geräusch, wie ein Niesen, zu hören. Kaum war der Ton verklungen, da verschwanden plötzlich Haus, Speicher und Scheunen mit allen Schätzen, die sie bargen, und an ihrer Stelle stand wieder die alte, armselige Hütte von ehemals. Erschreckt lief der Alte hinter dem davongehenden Hanatarekozô-sama her, um ihn zurückzuholen, aber dieser war spurlos verschwunden, und der alte Reisigsammler war wieder so arm wie vorher.

33. Der Bote des Moorgeists

Dies ist eine Geschichte vom Moor Mizouke.

In der Nähe dieses Moores wohnte ein Bauer, den alle Leute Sonshirô nannten. Die Männer seines Dorfes machten sich in Scharen zu einer Pilgerfahrt nach Ise auf den Weg, er aber klagte Tag für Tag: »Weil ich arm bin, ist es für mich unmöglich!« und ging in die Nähe des Moores und schnitt Gras. Eines Tages tauchte nun aus dem Moor eine schöne Frau empor und redete Sonshirô an: »Das ganze Jahr, tagein, tagaus, schneidest du das Gras beim Moor. Deshalb fühle ich mich dir wirklich zu Dank verpflichtet! Ich möchte dich irgendwie belohnen. Hast du nicht irgendeinen Wunsch?« So sprach die Frau, und da Sonshirô ein ein wenig einfältiger Mann war, wunderte er sich auch nicht ein bißchen, als er ihre Worte vernahm. »Ich möchte gerne eine Pilgerfahrt nach Ise machen, aber weil ich kein Geld habe, kann ich nicht gehen«, antwortete er. Die Frau lächelte: »Dem ist leicht abzuhelfen. Wenn ich dir Geld gebe, kannst du hingehen. Dafür habe ich eine einzige Bitte an dich. Kannst du nicht diesen Brief zu dem Takanuma genannten Moor am Fuße des Fuji-Berges bringen? Wenn du an dieses Moor kommst, dann klatsche in die Hände und eine Frau wird herauskommen. Ihr übergib bitte den Brief, sie ist nämlich meine jüngere Schwester. Hier hast du das Geld.« Sprach's und übergab Sonshirô den Brief und einen Beutel mit Geld.

Mit diesem Geld, das er von dem Moorgeist erhalten hatte, machte sich Sonshirô auf die Pilgerfahrt nach Ise. Seine Begleiter aber wunderten sich alle darüber. Nach vielen Tagen und Nächten kamen sie schließlich zum Fuße des Fuji-Berges. Heimlich sonderte sich Sonshirô von seinen Gefährten ab und ging sich nach jenem gewissen Moor erkundigen. Als er auf dem Weg aber einen Wanderpriester traf und ihn um Auskunft bat, fragte jener seinerseits: »Wozu willst du zu diesem Moor gehen?« Sonshirô holte den Brief hervor und zeigte ihn ihm; der Priester las ihn und beschloß, ihn vollständig umzuändern. »Von diesem Mann wird Tag für Tag das Gras bei meinem Moor geschnitten, so daß es mir von Tag zu Tag schwerer wird, meine Gestalt zu verbergen. Zwar wollte ich ihn hier packen und auffressen, aber dann wäre natürlich entdeckt worden, daß es in dem Moor einen Geist gibt, und dies hätte nur weitere Unannehmlichkeiten zur Folge gehabt. Wenn er deshalb deinem Platz einen Besuch abstattet, friß ihn auf!« So stand da geschrieben. Daraufhin sagte der Wanderpriester, er wolle diesen Brief umschreiben, und nahm sein Schreibzeug, das er bei sich trug. »Dieser Mann schneidet Jahr für Jahr das Gras bei meinem Moor. Ich möchte ihn irgendwie belohnen und ihm mit deiner Hilfe etwas schenken. Dabei kommt nun als einziges das Goldpferd in Frage.« In diesem Sinne faßte er den Brief ab und übergab ihn Sonshirô.

Sonshirô nahm diesen Brief und ging zu dem Moor. Wie er von der Frau aus dem Moor in seinem Heimatdorf geheißen worden war, klatschte er in die Hände. Da stieg aus der Mitte des Moores eine schöne Frau empor. Sie las den Brief, den Sonshirô ihr übergab, und machte ein überaus verwundertes Gesicht. Nichtsdestoweniger lud sie ihn ein hereinzukommen. »Das bringt mich in Schwierigkeiten! Ich kann nicht in dieses Wasser tauchen!« entgegnete Sonshirô. »Laß dich von mir tragen; wenn du nur die Augen geschlossen hältst, geht es!« sprach da die Frau, und Sonshirô tat, wie sie gesagt hatte. Nach einer kleinen Weile sagte die Frau: »Nun kannst du die Augen wieder öffnen!« Als er die Augen aufschlug, befand er sich in dem angenehmen Zustand, wie wenn er von einem Schlaf erwache, und fand sich in einem wunderbaren Zimmer.

Sonshirô war es zumute, als wäre er nur drei Tage geblieben. Doch er dachte bei sich: »Wie viele es auch gewesen sein mögen – ich kann nicht länger bleiben!«, und er sagte, daß er wieder zurückkehren wolle. Da führte die Moorfrau zum Abschied das Pferd, welches im Brief erwähnt worden war, aus dem Stall und schenkte es dem Mann. »Diesem Pferd gib einmal am Tag ein Gô Reis zu fressen, dann wird es einen goldenen Pferdeapfel fallen lassen.« So belehrte sie ihn. Als nun Sonshirô auf dieses Pferd stieg, da war er auch schon in der Gegend von Ise angekommen. Ohne Zwischenfälle beendete er seine Wallfahrt, und als er wiederum aufs Pferd stieg, da war er augenblicklich wieder in seiner Heimat in den Nordprovinzen. Seine Gefährten, die ihn unterwegs aus den Augen verloren, waren nach mehr als hundert Tagen in die Heimat zurückgekehrt, und am Eingang des Dorfes hatte Sonshirô sie alle eingeholt und kam gleichzeitig mit ihnen an.

Seit der Zeit hielt Sonshirô sein Pferd im Hinterzimmer angebunden. Täglich gab er ihm ein Gô Reis zu fressen; dann kam hinten wahrhaftig ein goldener Pferdeapfel heraus. Plötzlich wurde Sonshirô zu einem reichen Edelmann. Nun war unter den jüngeren Brüdern von Sonshirô ein Taugenichts. Er hielt seinen älteren Bruder für einen Dummkopf, und weil der jetzt plötzlich reich geworden war, schlich er eines Tages heimlich in dessen Zimmer. Dort war das wundersame Pferd angebunden und ließ goldenen Dung fallen. Jener meinte, daß das seltsam sei, und gab ihm ein Gô von dem Reis zu fressen, der dort war; da ließ es wieder einen goldenen Pferdeapfel fallen. Nun sagte sich der jüngere Bruder, daß es daran liegen müsse, und weil er auf einmal viel Gold mitnehmen wollte, schaffte er in großer Hast von draußen hundert Gô Reis herbei und gab sie dem Pferd zu fressen. Da bäumte sich das Pferd plötzlich auf und wieherte einmal schrill; im selben Augenblick erhob es sich in die Lüfte und sprang bis auf den Berg an der Grenze von Rikuchû und Akita. Dies ist der heutige »Pferde-Berg«.

34. Die Wildbirnensammler

Irgendwo lebte einmal eine Mutter mit ihren drei Söhnen. Die Mutter lag an einer Krankheit schwer darnieder und hatte geäußert, daß sie gerne Wildbirnen essen wolle.

Da sagte der erste Sohn, Tarô, er wolle gehen, die wilden Birnen zu holen, und machte sich auf den Weg. Er ging und ging und kam schließlich mitten in die Berge. Auf einem großen Felsen saß ein altes Mütterchen und fragte, wohin er denn gehe. »Ich gehe, wilde Birnen zu pflücken«, antwortete er. »Wenn das so ist, dann höre: Wo der Weg sich in drei Wege teilt, stehen drei Bambussträucher. Wenn diese rascheln: ›Geh!‹ und ›Geh nicht!‹, dann geh in die Richtung dessen, der wispert: ›Geh!‹«, belehrte sie ihn. Als er nun weiter und immer weiter ging, kam er an die Stelle, wo der Weg sich in drei teilte. Wie die Alte gesagt hatte, standen da drei Bambussträucher und wisperten: »Geh! Geh nicht!« Tarô aber hatte vergessen, was das Mütterchen ihm gesagt hatte, und beschritt den Weg, wo es flüsterte: »Geh nicht!« Darauf kam er zu einem Ort, wo ein Rabe sein Nest baute. Dieser krächzte ebenfalls: »Geh nicht!« Aber ohne sich darum zu kümmern, ging er weiter. Das nächste Mal baumelte an dem Ast eines großen Baumes ein Kürbis und polterte: »Geh nicht!« Aber ohne sich darum zu kümmern, ging er weiter. Da rauschte in der Nähe eines Teiches ein wilder Birnbaum. Als Tarô nun auf den Baum stieg und gerade nach den wilden Birnen greifen wollte, spiegelte sich seine Gestalt im Wasser, und er wurde vom Schutzgeist des Teiches in einem Happen verschluckt.

Da nun Tarô, der Älteste, nicht zurückkehrte, wie lang sie auch warteten, machte sich diesmal der zweite Sohn, Jirô, auf den Weg. Auch Jirô hörte nicht auf die Worte des alten Mütterchens auf dem Felsen und wurde vom Schutzgeist des Teiches auf einen Rutsch verschlungen.

Der dritte Sohn, Saburô, hatte eine verständige Natur. Deshalb berichtete er der Alten auf dem Felsen, daß seine beiden älteren Brüder von ihrem Gang zum Wildbirnenpflücken nicht zurückgekommen seien und seine kranke Mutter sich Sorgen mache. Die alte Frau sprach: »Das kommt, weil sie nicht auf meine Worte gehört haben. Achte du sorgfältig auf sie und geh!«, und sie gab Saburô ein Schwert von einzigartiger Schärfe. Saburô nahm es dankbar an und wanderte und wanderte und wanderte und kam schließlich zu dem Ort, wo der Weg sich in drei teilte. Die drei Bambussträucher wisperten zusammen: »Geh nicht! Geh!« Dabei aber flüsterte allein der Bambusstrauch des mittleren Weges: »Geh!« Diesen beschritt er und kam zu dem Platz, wo ein Rabe sein Nest gebaut hatte. Der krächzte: »Geh! Geh!« Als er wieder eine kleine Weile gegangen war, baumelte diesmal an einem großen Baum ein Kürbis. »Geh! Geh!« polterte dort auch der. Rasch ging er weiter und kam an einen Strom. Eine rote, gesprungene Holzschale kam blubbernd angeschwommen. Nachdem er sie herausgefischt hatte, ging er weiter, bis in der Nähe eines großen Teiches ein Wildbirnenbaum rauschte. Sooft der Wind in diesen Wildbirnenbaum blies, klang es:

»Die Ostseite ist nicht geheuer!
Die Westseite ist nicht sicher!
Die Nordseite wirft das Spiegelbild!
Steige von der Südseite her herauf!«

»Gut, dann steige ich von Süden her hinauf!« dachte sich Saburô, stieg auf den wilden Birnbaum und pflückte die leckeren Früchte alle. Als er aber von dem Baum herunterkletterte, stieg er aus Versehen auf einen Zweig, der dem Teich zugewandt war, so daß seine Gestalt sich im Teich spiegelte. Der Schutzgeist des Teiches erblickte sein Bild und wollte auch Saburô auf einen Happen verschlingen. Saburô aber zog flink das scharfe Schwert, welches er von der alten Frau auf dem Felsen bekommen hatte, und schlug auf den Schutzgeist des Teiches ein. Da ging dieser unter den Schlägen mit dem scharfen Schwert zugrunde. Im Bauch des Schutzgeistes des Teiches aber rief jemand mit dünner Stimme: »Hee, Saburô, bist du es?« Er schlitzte den Bauch auf; da waren – ganz blau im Gesicht – seine Brüder Tarô und Jirô, die verschluckt worden waren. Nun schöpfte er mit der roten, gesprungenen Schale, die er aufgefischt hatte, Wasser aus dem Teich und gab es ihnen zu trinken. Da kehrte ihnen ihre ursprüngliche Lebenskraft zurück. Gemeinsam kehrten die Brüder mit den Birnen heim. Als sie sie ihrer Mutter zu essen gaben, genas sie mit einem Male von ihrer Krankheit, und sie lebten in Freuden von da an. So erzählt man.

35. Warum das Meerwasser salzig ist

Vor langer, langer Zeit, vor ganz langer Zeit lebten einmal an irgendeinem Platze zwei Brüder. Der ältere Bruder war ein reicher Mann, der jüngere war sehr arm. Einmal, am Altjahrsabend, hatte der Arme nichts im Hause, um die Reisopfergabe für den Neujahrstag zu bereiten. Da ging er zum Hause des Bruders und bat ihn, ihm einen Shô Reis zu leihen. Dieser aber schlug dem Armen seine Bitte ab. Da er nun traurig nach Hause zurückkehrte, traf er auf einsamem Bergpfade einen Greis mit schneeweißem Bart, der dort Brennholz sammelte. Der Greis fragte den Armen, wohin er gehe, und dieser antwortete ihm: »Heut, am Altjahrsabend, wollte ich dem Schutzgott des Jahres etwas Reis zum Opfer bringen. Da meine Hoffnung, solchen zu erhalten, fehlgeschlagen ist, so gehe ich nun mit leeren Händen zum Tempel.« Da sprach der Greis zu ihm: »Wenn du in so großer Sorge um das Opfer bist, so wird dir dies hier vielleicht von Nutzen sein.« Damit gab er ihm einen kleinen Gerstenkuchen. »Nimm diesen Kuchen und geh damit zu dem kleinen Tempel dort in jenem Hain. Hinter dem Tempel wirst du eine kleine Höhle finden, und darin wirst du viele Zwerge erblicken. Die werden dich bitten, ihnen den Kuchen zu geben. Wenn sie dir dafür Geld oder andere Schätze versprechen, nimm dies nicht an, sondern verlange von den Zwergen nur ihre steinerne Handmühle. Wenn du diese erhalten hast, gib ihnen den Kuchen und geh nach Hause.« Der Mann befolgte den Rat des Greises. Als er zu dem Haine gekommen war, entdeckte er auch wirklich hinter dem Tempel die Höhle und unzählige Zwerge, die geräuschvoll dort ein und aus gingen. Neugierig zu erfahren, was sie dort täten, trat er näher und sah, daß sie damit beschäftigt waren, unter der Last keuchend, stolpernd und fallend, einen einzigen Schilfhalm zum Eingang der Höhle zu schleppen. »Wartet mal, ich werde euch helfen«, sagte er, trat einen Schritt näher und ergriff den Schilfhalm. Da hörte er plötzlich eine feine Stimme, fein wie das Summen einer Stechmücke, schreien: »Hilfe, Hilfe, Mord und Totschlag.« Erschrocken blieb er stehen und sah nach unten. Da fand er, daß einer der Zwerge mit seinem Körper zwischen die Fußbrettchen seines Holzschuhes eingeklemmt war.

Vorsichtig befreite er den Bedrängten aus seiner schlimmen Lage und setzte ihn behutsam auf die Erde. Darüber herrschte große Freude unter den Zwergen: »Seht einmal, was für ein großer, starker Mann!« riefen sie und blickten zu ihm hinauf. Da bemerkten sie den Gerstenkuchen, den er in der Hand hielt, und schleppten haufenweise pures Gold herbei und breiteten es vor ihm auf der Erde aus: »Hier, nimm so viel davon, als du willst, und gib uns den Kuchen.« Der aber, eingedenk der Ermahnung des Greises, sagte: »Wenn ihr mir eure steinerne Handmühle gebt, sollt ihr ihn haben.« Schließlich gaben die Zwerge nach, brachten ihm die Mühle und sagten: »Diese ist das Kostbarste, was wir besitzen, aber für den Kuchen wollen wir sie dir geben. Wenn du die Mühle rechtsherum drehst, wird sie dir alles, was du dir wünschest, geben, und wenn du sie dann linksherum drehst, wird sie aufhören, die Gaben zu spenden.« Der Mann nahm die Mühle und trug sie nach Hause. Dort saß seine Frau, ganz müde vom vielen Warten: »Heute, am Vorabend des Festes, läufst du herum, und nichts ist im Hause. Hast du dir wenigstens etwas Reis ausgeliehen?« fragte sie ihn ärgerlich. »Mach dir darum keine Sorge«, antwortete er, »und bring schnell eine Strohmatte her!« Die Frau brachte die Matte und breitete sie aus, und der Mann setzte die Mühle darauf. Dann drehte er sie einmal rechtsherum und sprach dazu: »Mahle Reis! Mahle Reis!« Und aus der Mühle quoll sofort Reis hervor, ein Tô, zwei Tô. Dann hielt der Mann die Mühle an, drehte sie nochmals und befahl ihr, Lachs zu mahlen. Sofort gab die Mühle schöne geräucherte und gesalzene Lachse her. Dann ließ sie der Mann noch alle möglichen Dinge, die das Ehepaar nötig hatte, mahlen, und schließlich gingen beide, froh über diesen glückhaften Jahresabschluß, schlafen. Als der Mann am Neujahrsmorgen erwachte, sagte er: »Nun, da ich über Nacht so schnell ein reicher Mann geworden bin, habe ich keine Lust mehr, in einer so armseligen Mietsbaracke zu wohnen.« Er holte also die Mühle wieder hervor und ließ sie tüchtig mahlen. Ein prächtiges Haus, einen wahren Palast, mit einer Front, fünf Ken breit, einen Speicher mit einer drei Ken breiten Front, eine Scheune und einen Stall. Dann sieben starke, schöne Pferde, Lebensmittel, Neujahrskuchen und Reiswein. Nachdem ihm die Mühle alle diese schönen Dinge beschert hatte, lud er alle Bekannten und Verwandten von nah und fern ein, seinen über Nacht entstandenen Wohlstand bei einem Festgelage zu feiern. Erstaunt kamen die Nachbarn zu diesem Fest, das alles bisher Dagewesene in den Schatten stellte. Auch der Bruder, der ihm noch am Abend vorher seine Bitte um einen Shô Reis abgeschlagen hatte, erschien, um an dem Mahle teilzunehmen. Der wunderte sich am meisten von allen Erschienenen. »Wie ist das nur möglich, daß er plötzlich so reich geworden ist?« dachte er fortwährend. »Das ist sonderbar, höchst sonderbar«, und er beschloß, gut aufzupassen, ob er den Grund dieses schnellen Wohlstandes entdecken könne. Als das Fest nun zu Ende war und die Gäste sich anschickten, das Haus zu verlassen, gedachte der Gastgeber jedem einen Kuchen zum Abschiedsgeschenk mitzugeben. Da bemerkte der geizige Bruder, daß er in eine Ecke ging, sich dort an einer Handmühle zu schaffen machte und dabei die Worte: »Mahle Kuchen! Mahle Kuchen!« vor sich hin sprach. »Aha«, dachte er, »sicher ist es diese Mühle, durch die er so reich geworden ist«, und ging mit den andern nach Hause. Als dann am späten Abend der jüngere Bruder und seine Frau schlafen gegangen waren, schlich sich der ältere heimlich in das Haus und stahl die Mühle, ohne daß das schlafende Ehepaar etwas davon bemerkte. Auch von den neben der Mühle liegenden Kuchen nahm er so viel, wie er tragen konnte, und ging dann mit seiner Beute hinunter zum Strande. Dort fand er einen kleinen Kahn, stellte die Mühle hinein, löste den Kahn vom Ufer und fuhr hinaus auf die hohe See in der Absicht, auf irgendeiner Insel zu landen, um dort durch die Zauberkraft der Mühle für sich allein das Leben eines reichen Mannes führen zu können. Unterwegs bekam er Hunger, und um diesen zu stillen, aß er von den gestohlenen Kuchen. Die übergroße Süßigkeit der Kuchen verursachte in ihm den Wunsch nach salziger Speise, da er aber außer den Kuchen keine andern Lebensmittel mitgenommen hatte, so beschloß er, sich zunächst durch die Kraft der Mühle Salz zu beschaffen. Er drehte also die Mühle und sprach dazu: »Mahle Salz! Mahle Salz!« Und sofort quoll Salz zwischen den Mühlsteinen hervor, mehr und immer mehr. Schließlich war der ganze Kahn damit angefüllt, und der Salzstrom wollte immer noch nicht versiegen. Vergebens suchte er die Mühle anzuhalten, da er aber das Geheimnis, daß man die Mühle dazu linksherum drehen mußte, nicht kannte, so gelang es ihm nicht. Zuletzt sank der Kahn durch die Last des immer mehr hervorströmenden Salzes, und mit ihm verschwanden der diebische Bruder und die Zaubermühle in den Fluten. Dort auf dem Meeresgrunde erzeugt sie nun, da niemand da ist, der sie linksherum drehen könnte, immer noch Salz, und daher kommt es, daß das Meerwasser salzig ist.

36. Fuji und Tsukuba

Einmal stieg die erhabene himmlische Ahngottheit vom Himmel herab und durchwanderte, die Wohnplätze anderer Gottheiten besuchend, das Land. Auf ihrer Wanderung kam sie auch zum Berge Fuji im Lande Suruga. Da es bereits Abend geworden war, beschloß sie, um ein Nachtquartier zu bitten. Die Gottheit des Fuji sprach höhnisch: »Heut feiern wir das Fest des Kostens des ersten jungen Reises und wir haben daher das Haus gereinigt, wie könnte ich da deine Bitte erfüllen?« Damit schlug sie die Tür zu. Der göttlichen Ahngottheit traten Tränen des Zornes in die Augen und sie stieß die Verwünschung aus: »Nun, ich bin deine Ahngottheit! Du wünschst mich also nicht zu beherbergen. So soll der Berg, auf dem du haust, von nun ab bis in ewige Zeiten sowohl im Sommer als auch im Winter beständig von Schnee und Frost heimgesucht werden, und es soll so kalt bleiben, daß niemand seinen Gipfel besteigt und Opfergaben darbringt!« Mit diesen Worten verwünschte sie den ungastlichen Berg und zog weiter bis zum Berge Tsukuba im Lande Hitachi. Auch dort bat sie um ein Nachtlager. Der Gott des Tsukuba empfing sie mit großer Freundlichkeit: »Zwar feiern wir gerade heute nacht das Fest des Kostens des ersten Reises, aber trotzdem wollen wir dich bei uns beherbergen.« Damit bewirtete er sie gastlich und erwies ihr alle Ehren. Erfreut darüber sang die himmlische Ahngottheit:

»Liebenswert ist er, mein Nachkomme!
Hochherrlich sei sein Schrein!
Himmel und Erde, Sonne und Mond
gleich ewig
mögen die Menschen ihn ehren,
reich die Opfergaben fließen –
ohne aufzuhören über Generationen
von Tag zu Tag blühender,
für alle Zeiten Freude ohne Ende.«

Seit jener Zeit ist der Gipfel des Fuji von ewigem Schnee bedeckt, und die Menschen können ihn nur schwer ersteigen. Aber auf dem Gipfel des Tsukuba feiert man bis auf heute ohne Unterlaß bei Gesang, Tanz und Trank.

37. Die Worte des Mizu-Baumes

Vor langer Zeit lebte irgendwo ein fauler junger Bursche. Jeden Tag trieb er sich müßig umher. Eines Tages hatte er Lust, Kakifrüchte zu essen, wollte aber nicht einmal auf einen Baum steigen und sie pflücken; er überlegte sich, daß ja auch einmal welche herunterfallen müßten, wenn er unter einem Kakibaum warte, und er kaufte sich eine Strohmatte, legte sich auf den Rücken und sperrte den Mund auf. Da kam von Westen ein Rabe geflogen. Nach kurzer Zeit kam auch von Osten ein Rabe geflogen. Darauf begannen die beiden Vögel ein Gespräch. »In der Stadt, in der ich lebe, ist ein Edelmann sehr krank; daß er es deshalb ist, weil der große Mizu-Baum, der in seinem Garten wächst, ihm das Blut aussaugt, weiß niemand! Bedauerlich! Wenn nur einer den Baum umschlagen würde, könnte die Krankheit des Edelmannes sofort geheilt werden.« So erzählten sie sich.

Der Junge unter dem Baum freute sich: »Da habe ich etwas Gutes gehört!«, und er ging unverzüglich in die Stadt. Wirklich herrschte in dem Haus des Edelmannes große Aufregung. Dort gab sich der Junge für einen wohlbekannten Wahrsager aus und trat an das Bett des Edelmannes. Nachdem er ein paar Gebetsformeln, wie sie ihm gerade einfielen, gesprochen hatte, verkündete er wichtigtuerisch: »Im Garten dieses Hauses muß sich ein großer Mizu-Baum befinden. Solange ihr diesen nicht fällt, wird sich die Krankheit nicht bessern!« – »Es gibt einen Mizu-Baum! Es gibt einen! Wie gut er Bescheid weiß!« wunderten sich höchlichst die Leute im Haus und machten sich sogleich daran, den Baum zu fällen. Wunderbarerweise besserte sich darauf die Krankheit des Edelmannes allmählich. Doch als sie ein wenig rasteten, fügten sich die Splitter vom Baum wieder zu seiner ursprünglichen Form zusammen. Da nun auch die Krankheit des Edelmannes wieder schlimmer wurde, wußte man sich keinen Rat.

In dieser Nacht schlief der Junge in einem Zimmer zum Garten hin. Etwa um die Mitternacht entstand ein raschelndes Geräusch und jemand fragte: »Herr Mizu-Baum! Herr Mizu-Baum! Es heißt, man hat Euch heute schwer verwundet, wie geht es Euch?« Da tönte es mit leiser Stimme tief aus dem Erdboden: »Seid Ihr der Herr Ahorn vom Ogura-Berg? Diesmal scheint mein Leben wirklich verwirkt zu sein!« – »Laßt den Mut nicht sinken! Bald wird es besser werden!« tröstete die Stimme zum Abschied. Eine kurze Weile später entstand wieder ein raschelndes Geräusch und es kam jemand. Dies war der Zimt-Baum vom Daiitoku-Berg. Darnach kam vom Furushiro-Berg die alte Zeder holterdiepolter mit ihren großen Füßen angetrampelt. Mit lauter Stimme bekundete sie ihr Mitleid und fragte dann: »Ist die Eiche vom Hanaba-Berg gekommen?« Als sie erfuhr, daß sie noch fehle, wurde sie sehr zornig und schrie: »Wenn sie kommt, soll es ihr schlecht ergehen!« Währenddessen erschien die Eiche. »Warum kommst du so spät?« rief die Zeder; der Eiche jedoch war der Mizu-Baum verhaßt und sie sprach: »Für dich schlechten Kerl, Mizu-Baum, lohnt es sich nicht, daß die anderen zu einem Besuch gekommen sind und auch mich dazu bewogen haben. Deshalb werde ich es allen erzählen, daß deine Holzsplitter nicht mehr aneinanderkleben werden, wenn man über deinen Stamm Salzwasser spritzt.« Mit dieser Drohung kehrte sie zurück.

Der junge Mann hatte im Schlaf das Gespräch völlig mitangehört. Am nächsten Morgen nun sprach er zunächst ein feierliches Gebet und erklärte dann: »Wenn ihr den Mizu-Baum fällt, müßt ihr ihn überall mit Salzwasser bespritzen!« Als man nun tat, wie er gesagt hatte, und ihn fällte, stürzte der große Mizu-Baum endlich um. Die schwere Krankheit des Edelmannes aber war im selben Augenblick geheilt. Der faule junge Bursche wurde wie eine Gottheit geehrt. Mit zwei, ja drei Verbeugungen des Dankes erhielt er in einer Schachtel tausend Ryô und wurde schwerreich. So erzählt man.

38. Wie ein Mann, der zum Tempel von Hase pilgerte, Reichtum erhielt

Heut ist es schon lange her, da lebte mittellos und ohne jeden Anhang ein junger Adliger. Er hatte weder Vater noch Mutter, keinen Herrn, nicht Weib und nicht Kind. Als er in seiner Armut keinen Ausweg mehr wußte, beschloß er, die Kannon um Hilfe zu bitten, und trat eine Pilgerfahrt nach Hase an. Dort angekommen, warf er sich vor dem Bild der Gottheit zu Boden und betete: »Wenn ich in dieser Welt so wie bisher weiterleben soll, dann werde ich bald hier vor deinen Augen Hungers sterben. Sollte es aber die Möglichkeit geben, daß sich dieser mein gegenwärtiger Zustand ändern könnte, so gib mir bitte davon durch ein Traumgesicht Nachricht. Ich werde nicht von dieser Stelle weichen, bis mir solche Nachricht zugekommen ist.« Als die Priester des Tempels ihn da liegen sahen, sagten sie: »Wer ist dieser Mensch? Was will er hier? Er scheint keinerlei Nahrung zu sich zu nehmen. Führt er seine Absicht aus und bleibt betend dort liegen, so wird er am Ende Hungers sterben und wird damit dem Tempel Schande und Schaden bringen.« So fragten sie ihn denn: »Wer ist dein Meister? Wer gibt dir zu essen?«, und jener antwortete: »Da niemand da ist, an den ich mich wenden könnte, wer sollte da mein Meister sein? Es gibt keinen Ort, wo ich etwas bekommen könnte, keinen Menschen, der Mitleid mit mir hätte. Ich werde das essen, was der Buddha mir zukommen lassen wird, ihn will ich als meinen Meister betrachten, in ihn will ich mein Vertrauen setzen.« Da berieten die Priester sich miteinander: »Lästig ist das und schlecht für den Tempel, da dieser Mensch aber die Kannon um ihren Beistand anfleht, laßt uns ihn gemeinsam verpflegen.« Abwechselnd versorgten sie ihn mit Speise. Jener aß also, was ihm diese gaben, und verließ den Platz vor der Gottheit nicht. So gingen dreimal sieben Tage vorüber.

Am einundzwanzigsten Tage aber, noch vor Morgengrauen, hatte er einen Traum. Ein Mensch trat aus dem Vorhang des Heiligtums heraus und sagte zu ihm: »Du weißt nicht, daß alles nur die Vergeltung für die Sünden in einem früheren Leben ist. Ungehörig ist es daher, um die Hilfe der Kannon zu bitten. Trotzdem fühlt sie Mitleid bei deinen Worten und ist bereit, dir eine geringe Gabe zukommen zu lassen. Vorerst aber verlasse schnell diesen Ort. Das, was du beim Herausgehen zuerst mit deinen Händen greifst, das halte fest, wirf es nicht fort, sondern behalte es. Und nun ziehe schnell deines Weges!« So hinausgewiesen, erhob er sich, ging zu dem Priester, der für ihn sorgte, aß schnell einige Bissen und machte sich auf den Weg. Als er zum großen Tor des Tempels heraustrat, strauchelte er und fiel zur Erde.

Beim Aufstehen nahm er unbewußt etwas vom Boden auf. Als er sich ansah, was er da in der Hand hatte, sah er, daß er einen gewöhnlichen Strohhalm festhielt. Da dachte er bei sich: »Das ist also anscheinend die Gabe, die mir der Buddha verheißen hat«, und fast kam ihm dies Geschenk allzu geringfügig vor. Dann überlegte er aber, daß der Buddha wohl absichtlich ihn gerade diesen Strohhalm habe ergreifen lassen, und zog, ihn in der Hand schwingend, seines Weges. Da kam summend eine Bremse geflogen und schwirrte um seinen Kopf herum. Da ihm dies lästig war, brach er einen Zweig von einem Strauch, um sie fortzuscheuchen. Sie kam aber wieder zurück und fuhr fort, ihn mit ihrem Summen zu belästigen. Da fing er sie, band ihr den Strohhalm um den Leib und diesen an die Spitze des Zweiges. So konnte sie ihn nicht mehr belästigen und auch nicht fortfliegen und flog nun summend, an den Strohhalm gebunden, um den Zweig herum. Da kam der Wagen einer vornehmen Dame, die eine Wallfahrt nach Hase machte, des Weges. Ein schöner Knabe hob den vorderen Wagenvorhang empor und rief aus dem Wagen: »Was hat der Mann dort für ein Ding? Bittet ihn darum und gebt es mir!« Dies rief er einem der Ritter, die den Wagen zu Pferd begleiteten, zu, und dieser wandte sich an den Mann: »Unser junger Fürst möchte gern das Ding, was du da in der Hand trägst, haben, willst du es mir übergeben?« Der Mann entgegnete darauf: »Ich habe dieses Ding zwar vom Buddha bekommen, aber wenn Ihr es gern haben wollt, will ich es Euch gern geben.« Mit diesen Worten gab er es dem Ritter. Der dachte bei sich: »Das ist nur ein armer Mann, und trotzdem gibt er das Ding, als er sah, daß es unserm jungen Herrn gefiel, unbedenklich fort.« Er nahm daher mit den Worten »Iß sie, du wirst durstig sein!« drei Orangen, wickelte sie in feines Michinoku-Papier und überreichte sie dem Mann als Gegengeschenk.

Der dachte: »Aus dem Strohhalm sind drei große Orangen geworden«, band sie an die Spitze des Zweiges und trug sie auf der Schulter von dannen. Da traf er auf der Straße eine Dame in Begleitung mehrerer Ritter. Es schien ihm daher eine vornehme Dame, die gleichfalls auf Pilgerfahrt war, zu sein. Sie machte, ermüdet vom Gehen, halt und sagte mit ganz matter Stimme: »Gebt mir einen Trunk Wasser, ich verschmachte vor Durst.« Da es aussah, als wäre sie im Begriff, vor Ermattung zu sterben, waren ihre Begleiter in großer Sorge und rannten mit den Worten »In der Nähe gibt es bestimmt eine Quelle!« aufgeregt überall umher, ohne auch nur eine Spur von Wasser zu finden. »Was kann man nur tun? Wenn doch nur das Packpferd da wäre!«, so sprachen sie durcheinander, aber das war weit hinter ihnen zurückgeblieben und nicht zu sehen. Es schien wirklich so, als wollte die Dame ihren Geist aufgeben, und aufgeregt suchten ihr die Begleiter Hilfe zu bringen. Als der Mann den Trubel, den die Leute der verdurstenden Dame wegen verursachten, bemerkte, trat er langsam hinzu; da fragten die Begleiter: »Als einer aus der Gegend weißt du wohl einen Ort, wo es Wasser gibt. Ist hier in der Nähe nicht eine klare Quelle?« Er antwortete: »Im Umkreis von vier bis fünf Chô gibt es hier nirgendwo klares Wasser. Was ist geschehen?« Die Begleiter erzählten ihm nun: »Diese Dame ist vom Gehen ganz ermüdet und leidet stark unter Durst. Nun verlangt sie, daß man ihr Wasser bringt, und zu unserm Schmerz können wir ihr diesen Wunsch nicht erfüllen.« Nun sagte der Mann: »Das ist schlimm. Bis zu einem Platz, wo es Wasser gibt, ist es weit, und ehe man es von dort holt und hierhergebracht hat, ist sie vielleicht schon verdurstet. Wie steht es aber hiermit?« Damit übergab er jenen die drei Orangen, die mit Freuden angenommen wurden. Kaum hatte die Dame davon gekostet, da erwachte sie aus ihrer Ohnmacht und fragte: »Was ist mit mir geschehen?«

Die Begleiter antworteten: »Vor allzu großem Durst wurdet Ihr ganz schwach und wünschtet Wasser zu trinken. Als Ihr dann in Ohnmacht fielt, suchten wir allenthalben nach Wasser, konnten aber keines finden. Da kam zum Glück ganz unerwartet dieser Mann hier, begriff schnell, was geschehen sei, und schenkte Euch die drei Orangen, die wir Euch überreichten.« Nun sagte die Dame: »Ich konnte den Durst nicht mehr ertragen und habe deshalb wohl die Besinnung verloren. Ich weiß noch, daß ich sagte, man solle mir Wasser geben, von dem, was weiter geschah, weiß ich nichts mehr. Hätte ich diese Orangen nicht bekommen, ich wäre wohl in dieser Wildnis gestorben. Dieser Mann war sehr freundlich. Ist er noch hier?« Man antwortete ihr: »Ja, er steht noch dort.« Da sagte sie: »Sagt ihm, daß er noch etwas warten soll. Wer weiß, was mir noch bevorsteht, und wenn ich gestorben wäre, so wäre alles vorbei. Ich möchte dem Mann seine Freundlichkeit gern vergelten, aber da wir auf der Reise sind, wie soll ich das tun! Hat er etwas zu essen mit sich? Ladet ihn zum Essen ein!« Einer der Diener rief darauf: »He, Mann, wartet einen Augenblick! Wenn die Packpferde nachgekommen sind, sollt Ihr etwas zu essen haben!« Der antwortete: »Ich nehme gern an!« Bald kamen auch Packpferde und Reisepferde. Der Diener rief den Treibern zu: »Warum kommt ihr erst so spät? Die Pferde sollten eigentlich vorausgehen. Es ist nicht gut, wenn sich plötzlich irgendein Zwischenfall ereignet und sie sich so verspäten.« Schnell wurden Vorhänge aufgehängt und Matten auf der Erde ausgebreitet. »Wir sind zwar in Verlegenheit, weil kein Wasser in der Nähe ist, aber trotzdem wollen wir hier unser Mahl einnehmen.« Und während einige Diener nach Wasser fortgeschickt wurden, brachten die anderen die Speisen herbei und setzten sie, sauber aufgetischt, dem Manne vor.

Während er aß, dachte er bei sich: »Was können doch unter Umständen drei gewöhnliche Orangen bedeuten. Sicher ist dies auch Kannons Vorsehung, und ich habe sie nicht umsonst erhalten.« Während er noch so dachte, nahm die Dame drei schöne weiße Rollen Seidenstoff, ließ sie dem Mann überreichen und sagte: »Gebt diese dem Mann. Den Dank für die Erquickung, die mir seine drei Orangen brachten, kann ich mit Worten nicht bezahlen. Wie könnte man überhaupt auf einer solchen Reise seinen Dank ausdrücken? Dies hier soll nur eine kleine Anzahlung auf den Dank sein. Der erfolgt in der Hauptstadt, wo ich wohne. Dort soll er sich unbedingt melden, dann soll er die ganze Belohnung für seine Orangen bekommen.« Und als sie ihm die drei Rollen Stoff überreichen ließ, nahm er sie freudig entgegen und dachte bei sich: »Nun sind aus dem Strohhalm schon drei Rollen Stoff geworden«, nahm sie unter seinen Arm und setzte seine Reise fort. Und so ging dieser Tag zu Ende.

In einer Hütte am Wegesrande verbrachte er die Nacht, und als der Morgen anbrach, stand er mit den Vögeln auf und zog weiter. Die Sonne stieg empor, und als die Stunde des Drachen herangekommen war, begegnete er einem Reiter, der ein wundervolles Pferd ritt. Stolz auf sein Pferd, ohne Rücksicht auf die Straße, trieb er es dahin, und während der Mann noch dachte: »In der Tat ein schönes Pferd, das ist gewiß eins von den Pferden, denen man einen Wert von tausend Kan nachsagt«, stürzte das Pferd vor seinen Augen und schien auf der Stelle sterben zu wollen. Der Reiter stand ratlos, in großer Aufregung und Verlegenheit, daneben, während seine Diener bemüht waren, dem Tier den Sattel abzunehmen. Wie sehr sie sich auch überlegten, was zu tun sei, war alle Mühe umsonst, das Tier gab keine Lebenszeichen mehr von sich. Die Leute schlugen die Hände zusammen und waren vor Trauer und Schmerz den Tränen nahe. Aber da keine Hilfe mehr möglich war, bestieg der Reiter ein gewöhnliches Pferd, das zur Hand war. Er befahl: »Es ist zwecklos, sich hier noch lange aufzuhalten, ich muß auf jeden Fall weiterreisen. Deckt aber das tote Pferd zu.« Mit diesen Worten ließ er nur einen der Diener bei dem Pferde zurück und eilte weiter. Der Mann hatte alles dies mit angesehen und dachte: »Vielleicht ist dieses Pferd nur gestorben, um mein Pferd zu werden. Aus einem Strohhalm wurden drei Orangen, aus drei Orangen wurden drei Rollen Stoff, und nun können diese drei Stoffrollen wohl gar zu einem Pferde werden.« Er trat auf den Diener zu und fragte ihn: »Was ist's mit diesem Pferd?« Der antwortete: »Dies Pferd kaufte unser Herr im Lande Michinoku. Jedermann wollte es für sich haben und war bereit, einen unerhörten Preis dafür zu zahlen, aber unser Herr wollte es nicht hergeben und wollte es behalten. Nun ist es tot und nicht einmal einen Teil des Geldes, das dafür gezahlt worden ist, mehr wert. Ich meine, man sollte dem Tier wenigstens das Fell abziehen, aber wie soll ein Reisender dies unterwegs zustande bringen. Ich bin daher hier, um es zu bewachen.« Der Mann sagte darauf: »So ist es! Während ich es noch als ein wunderbares Pferd bestaunte, ging es so schnell dahin; was für erbärmliche Geschöpfe sind die lebenden Wesen. Natürlich ist es so auf einer Reise nicht möglich, ihm das Fell abzuziehen und sachgemäß zu trocknen. Da ich aber hier in der Gegend ansässig bin, wollte ich das Abdecken wohl für mich unternehmen. Gebt mir darum hierfür das Pferd.« Mit diesen Worten bot er dem Diener eine der Stoffrollen an. Dieser dachte, daß er so schließlich noch einen unerwarteten Gewinn für seinen Herrn machen würde, und in der Furcht, jenen könnte der Kauf gereuen, wenn er es sich nochmals überlegte, lief er, kaum daß er den Stoff in Händen hatte, schnell davon, ohne sich noch einmal umzuschauen.

Nachdem er so gut das Geschäft abgeschlossen hatte, wusch sich der Mann die Hände und betete nach der Richtung der Hase Kannon gewandt: »Schenke bitte dem Pferd das Leben wieder!« Da schlug das Pferd die Augen auf, hob den Kopf und versuchte sich aufzurichten. Der Mann half ihm behutsam auf die Beine und war über alle Maßen froh. Da es ihm nicht ratsam schien, länger an dieser Stelle zu verweilen, da er fürchtete, es möchten Begleiter des Reisenden als Nachzügler des Weges kommen oder die, die mit jenem gezogen waren, könnten plötzlich zurückkehren, führte er das Pferd behutsam zu einer versteckten Stelle, um ihm dort Zeit zu lassen, sich auszuruhen. Als es wieder zu Kräften gekommen war, führte er es zu einem Dorf, besorgte sich für eine andere der ihm verbliebenen Stoffrollen Zaumzeug und einen billigen Sattel und bestieg das Pferd.

Als er nun der Hauptstadt entgegenritt und in die Gegend der Brücke von Uji kam, brach die Nacht herein. Diese Nacht verbrachte er bei Fremden, denen er die letzte der Stoffrollen für Pferdefutter und Nahrung in Zahlung gab. Als er nach der Nachtrast dann am frühesten Morgen weiter in der Richtung auf die Hauptstadt davonritt, kam er in der Gegend von Kujô an ein Haus, dessen Bewohner eine geschäftige Unruhe zur Schau trugen. Da dachte er bei sich: »Wenn ich das Pferd in die Stadt führe, dann könnte es der eine oder der andere erkennen und mich womöglich des Pferdediebstahls bezichtigen. Vielleicht sollte ich es verkaufen. Vielleicht hätte man in solch einem Hause auch Bedarf nach einem Pferde.« Damit sprang er ab und fragte, ob man dort ein Pferd kaufen wolle. Der Besitzer des Hauses dachte zuerst: »Was soll mir ein Pferd nützen?« Als er es aber gesehen hatte, wurde seine Aufmerksamkeit erregt. »Was soll ich nur tun!« Er sagte also: »Ich bin im Augenblick knapp an Zahlungsmitteln, aber würdet Ihr es gegen ein Feld in Toba und gegen Reis hergeben?« Da hielt der Mann das für besser als Seide oder Geld und sprach: »Zwar könnte ich Seide und Geld gebrauchen. Ich befinde mich auf der Reise und meine, daß da ein Feld wenig nütze ist, jedoch da Ihr das Pferd gern haben möchtet, so will ich Eurem Wunsch entgegenkommen!« Und der andere bestieg das Pferd, sprengte mit den Worten »Es ist das, was ich brauche!« herum, übergab ihm die drei Chô Reisfeld in der Nähe von Toba, ein Anzahl Reispflanzen und auch Reis, außerdem vertraute er ihm sein Haus an. »Wenn ich wieder gesund zurückkehren sollte, könnt Ihr es mir dann zurückgeben. Kehre ich nicht wieder, so dürft Ihr alles behalten, und sollte ich sterben, so betrachtet es als Euer Eigentum, denn Kinder oder andere, die es Euch streitig machen würden, besitze ich nicht.« So überließ der Hausbesitzer ihm alles und zog davon. Er nahm das Haus in Besitz und behielt den geernteten Reis und die Reispflanzen, die er erhalten hatte, und obwohl er alleinstehend war, hatte er genug für den Lebensunterhalt. So beschäftigte er Leute aus der Nachbarschaft und gab ihnen Wohnung. Innerhalb zweier Monate hatte er die Hälfte des Feldes verpachtet, die andere Hälfte ließ er für sich bebauen. Aus dem verpachteten Land hatte er gute Einnahmen, aber das Feld, das er selbst bewirtschaftete, gedieh besonders prächtig und brachte reiche Ernte ein. Der Reichtum flog ihm von da an zu, als würde er vom Winde herbeigeweht, und er lebte als ein außerordentlich wohlhabender Mann. Da der Hausbesitzer nichts mehr von sich hören ließ, behielt er das Haus als Eigentum, heiratete, bekam Kinder und Enkel und führte, wie erzählt wird, ein glückliches, sorgenfreies Leben.

39. Die Brücke Mizokai

In alter Zeit lebte einmal in einem Ort in Hida, der Takusan heißt, ein frommer und rechtschaffener Kohlenbrenner, Chôkichi mit Namen. Eines Nachts erschien an seinem Bett ein alter Mann, der aussah wie ein Einsiedler, und sprach: »Geh in die Stadt Takayama und stelle dich auf die Brücke Mizokai! Du wirst nämlich etwas überaus Gutes hören.« Mit dieser Erinnerung erwachte er. Es war zwar nur ein Traum gewesen, aber trotzdem verkaufte Chôkichi augenblicklich seine Kohlen, ging fort in die Stadt Takayama und stellte sich auf die Brücke Mizokai. Einen vollen Tag stand er da, aber er hörte überhaupt nichts Gutes. Auch am zweiten und dritten Tag hörte er nichts Gutes. Am fünften Tag wunderte sich der Besitzer eines Bohnengallerte-Ladens in der Nähe der Mizokai-(Kauf-Bohnenmus-)Brücke und fragte: »Weshalb stehst du jeden Tag dort?« Chôkichi erzählte seinen Traum. Da brach der Besitzer des Tôfu-Ladens in Lachen aus: »Solch einem törichten Traum schenke doch keinen Glauben! Auch ich habe in dieser Zeit einen Traum gehabt. Es erschien mir ein alter Mann und sprach: ›In einem Dorf, das wohl Takusan am Fuße des Norikura heißt, lebt ein Mann, genannt Chôkichi. Grabe an den Wurzeln des Kiefernbaumes in der Nähe seines Hauses nach, dann werden Schätze zum Vorschein kommen.‹ Ich weiß nicht, wo das Dorf liegt, das Takusan am Norikura oder so ähnlich heißt. Aber selbst wenn ich es genau wüßte, wäre ich nicht so verrückt, solch einem unsinnigen Traum Glauben zu schenken. Laß dir raten, sei auch du vernünftig und kehre nach Hause zurück!« So sprach er. Als Chôkichi dies vernahm, zweifelte er nicht an der Botschaft des Traumes und das Herz hüpfte ihm im Leibe. Eilig bedankte er sich, stürzte fort und kehrte in sein Dorf zurück. Als er nach Hause gekommen war, grub er bei den Wurzeln des Kiefernbaumes nach. Da kamen Gold- und Silbermünzen und vielerlei Schätze hervor.

So wurde aus dem Chôkichi ein reicher Mann, und von den Leuten wurde er der reiche Glückspilz genannt.

40. *Der Goldregen*

Irgendwo auf dem Lande lebte einmal ein alter Mann. Der ging eines Tages zur Stadt und kaufte sich dort ein alten, zersprungenen Topf. Er stülpte ihn sich auf den Kopf wie einen Hut und machte sich so auf den Heimweg. Wenn ihn unterwegs die Leute fragten: »Alter, was willst du denn mit dem alten Topf machen?«, sagte er nur: »Über meiner Badstube ist ein Loch im Dach, das will ich damit zudecken.« Dies tat er dann auch, und bald darauf hatte er nachts einen merkwürdigen Traum. Es träumte ihm, daß vom Himmel Goldstücke wie Regen herabfielen. Als er dann am nächsten Morgen in seinem Garten einen Baum pflanzen wollte und dazu ein Loch in die Erde grub, fand er dort einen irdenen Topf. Er hob den Deckel des Topfes ab und sah, daß er bis zum Rand mit großen und kleinen Goldstücken gefüllt war. Obwohl ihn der Glanz des vielen Goldes fast blendete, dachte er doch bei sich: »Das Gold, das ich im Traum gesehen habe, kam als Regen vom Himmel herab und nicht aus der Erde, dies hier ist also nicht für mich bestimmt.« Er setzte deshalb den Deckel wieder auf den Topf und schüttete wieder Erde darüber. Dabei hatte ihn sein Nachbar aber belauscht. Der wunderte sich, was sein Nachbar da für Selbstgespräche mit sich führte, und sah durch einen Spalt im Zaun, daß der Alte irgend etwas in der Erde vergrub. Als der Alte dann wieder ins Haus gegangen war, stieg der neugierige Nachbar heimlich über den Zaun, schlich sich in den Garten und fand auch schnell die Stelle, die noch mit frischer Erde bedeckt war. Als er dort nachgrub, entdeckte er auch den Topf und dachte bei sich: »Aha, also diesen Topf hat der Alte hier vergraben.« Er hob den Deckel ab, um zu sehen, was in dem Topf sei, da war dieser bis oben gefüllt mit giftigen Schlangen, die sich darin wanden und ringelten. Darüber geriet er in große Wut und beschloß, sich an dem alten Nachbarn für diese Enttäuschung zu rächen. Er nahm den Topf mit den Schlangen, stieg auf das Dach des Nachbarhauses, nahm dort den alten Topf, der das Loch im Dach verdeckte, ab und schüttete die Schlangen aus dem Topf durch das Loch in das Haus des Alten. Dabei rief er laut: »Da komm und sieh dir das an!« Der Alte, der nichtsahnend und ruhig sein Abendessen verzehrte, sah aber einen Regen von großen und kleinen Goldstücken vom

Dach in das Haus herniederprasseln. Er legte ruhig seine Eßstäbchen aus der Hand und sagte: »Ah, das ist geradeso, wie ich es im Traum gesehen habe. Diesmal kommt das Gold vom Himmel herab und ist daher für mich bestimmt.« Er freute sich darüber sehr, las die Goldstücke vom Boden auf und war nun ein reicher Mann, der seine Tage sorgenlos verbringen konnte.

41. *Die Schatzgeister*

Vor langer, langer Zeit begab sich einmal ein Samurai auf die Wanderschaft. Wie er nun unterwegs war, ging rasch der Tag zu Ende. Er sah sich um, ob es nicht irgendwo einen Platz zum Übernachten gebe, und kam schließlich zu einem unbewohnten Haus. »Ist es erlaubt, in diesem Haus zu nächtigen?« fragte er einen Mann aus der Nachbarschaft. Als der sagte: »Natürlich könnt Ihr das, aber da gehen Geister um. Wenn es Euch jedoch nicht kümmert – bitte, übernachtet dort!«, entgegnete er: »Das macht mir nichts!«, und er blieb die Nacht dort.

Als der Abend vorrückte, kam unter dem Fußboden ein Mann hervor, der mit einer gelben Samuraitracht angetan war, wandte sich zum Garten und sprach dreimal: »Saiwai, saiwai, saiwai!« Es kam die Antwort: »Ja!«, und er ging hinaus. Dann sprachen zwei Männer irgend etwas heimlich miteinander, und nach einer Weile kehrten die beiden Männer zurück. Wiederum nach einiger Zeit kam ein Mann mit einem weißen Kleide angetan hervor, wandte sich zum Garten und rief: »Saiwai! Saiwai! Saiwai!« Als es wiederum »Ja!« antwortete, ging er hinaus, zwei Männer sprachen irgend etwas heimlich miteinander und kehrten dann wiederum zurück. Ein wenig später kam ein Mann mit einer roten Tracht bekleidet hervor, rief: »Saiwai! Saiwai! Saiwai!«, und als es wiederum mit »Ja!« antwortete, ging er hinaus und erneut sprachen zwei Männer heimlich zusammen und kamen dann zurück.

Da dachte sich der Samurai: »Diesmal will ich es versuchen!«, wandte sich zum Garten, rief dreimal: »Saiwai! Saiwai! Saiwai!«, und als es »Ja!« antwortete, ging er hinaus. Dort packte er das Unbekannte am Kragen und fragte: »Seit einer Weile beobachte ich, wie ein gelb gekleideter, dann ein weiß gekleideter und schließlich ein rot gekleideter Mann hinausgingen und mit dir sprachen. Was in aller Welt hat das zu bedeuten?« – »Dieses Haus war einst das Haus eines äußerst wohlhabenden Mannes. Unter diesem Boden sind große und kleine Goldmünzen und außerdem noch anderes Geld in Hülle und Fülle in einem irdenen Topf und füllen ihn ganz an. Der zuerst, angetan mit dem gelben Kleid, hervorkam, ist der Geist des Goldes. Der mit dem weißen Kleid ist der Geist des Silbers und der mit der roten Tracht ist der Geist des Kupfers.« – »Und wer bist du?« – »Ich bin der Geist des Topfes.« – »Nun, wenn das so ist, wie du sagst, dann kehre zurück!« sprach da der Samurai und ging wieder schlafen. Am nächsten Morgen, als der Mann aus der Nachbarschaft schon dachte, daß der Samurai wohl von den Geistern gefressen worden sei, und nachsah, da schlief jener fest. Als er aufwachte, fragte er ihn: »Sind gestern nacht die Geister nicht hervorgekommen?« – »O doch! Sie sind gekommen!« entgegnete jener und erzählte alles von Anfang bis Ende. »Wahrscheinlich liegt unter diesem Fußboden eine Unmenge Geld. Wollen wir nicht zusammen nachgraben und suchen?« fragte er. Wie sie nun zusammen nachgruben, da lagen in einem großen Topf in Hülle und Fülle Gold-, Silber- und Kupfermünzen.

42. Wenn man Geld finden würde

Zwei arme Leute waren ihrer Schulden wegen in Bedrängnis, und eines Abends machten sie sich bei tiefer Dunkelheit heimlich davon. Als sie nun schon ziemlich lange auf der Flucht waren und allmählich der Tag anbrach, beruhigten sie sich schließlich und wanderten unter allerlei Gesprächen weiter.

Der eine Mann sprach: »Wenn ich, während wir so wandern, viel Geld finden würde, wüßte ich nicht, was tun!« Darauf sprach der andere Mann: »Wenn du so viel Geld findest, ist es natürlich klar, daß du es in zwei Teile teilst und auch mir davon abgibst!« Nun erwiderte der erste: »Du bist ja schwachsinnig! Wenn ich es finde, ist es dann nicht selbstverständlich, daß es mir gehört? Ich bin nicht verpflichtet, mit dir zu teilen und dir etwas abzugeben!« Da wurde der andere zornig und schrie: »Obwohl wir nun einmal zusammen auf diese Reise gingen, willst du allen Gewinn für dich allein und deinem Reisegefährten gar nichts geben. Ist das recht? Aber du bist so geizig, daß du einem Hund oder einer Katze gleichst!«, und er beschimpfte ihn. Der erste Mann ärgerte sich darauf sehr: »Was heißt Hund oder Katze? Sag es noch einmal!«, und sich gegenseitig ›Was‹ und ›Wie‹ zuschreiend, fingen sie einen großen Streit an und begannen aufeinander einzuschlagen.

Ein Wanderer aus der entgegengesetzten Richtung kam dazu. »Heda! Worüber regt ihr euch so auf? Beruhigt euch doch!« sprach er und trat trennend zwischen die beiden. »Was in aller Welt hat euch denn dazu veranlaßt?« fragte er. Obwohl sie darauf noch mehr aufbrausten, sprach der eine: »Wir machen zwar beide diese Reise, doch will dieser Mensch das Geld, das er gefunden hat, auf keinen Fall mit mir teilen.« Der andere entgegnete: »Was ich gefunden habe, gehört mir. Bin ich verpflichtet, einem anderen davon abzugeben?« Da sprach der erste: »Wenn das so ist, muß man dich als einen Mann bezeichnen, der weder Rechtlichkeit noch Mitgefühl kennt. Obwohl wir Weggenossen sind, sagt er, daß er sein Glück ganz für sich allein haben will. Ist das recht?« Und wieder wollten sie aufeinander losgehen. Der Wanderer aber rief: »Halt! Halt!« und hielt sie mit Mühe zurück. »Nun, ich will euren Streit gerecht entscheiden. Wieviel Geld ist es, das ihr gefunden habt? Und wo ist es? Gebt es heraus!« befahl er. Da erklärten die beiden einstimmig: »Wir haben es noch nicht gefunden!« – »Wie, ihr habt es noch nicht gefunden? Was seid ihr doch für Dummköpfe!« spottete da der Wanderer. Zuerst schämten sich die beiden und waren verlegen, nach einer Weile jedoch besserte sich ihre Stimmung, und zu dritt setzten sie als Freunde ihre Reise fort. So heißt es.

43. Die drei Ratschläge

Es waren einmal drei Männer, die verabredeten untereinander, daß sie drei Jahre eifrig arbeiten wollten, um Geld für eine Pilgerfahrt zu den heiligen Stätten von Ise zu ersparen. Nachdem die drei Jahre vergangen waren, hatten zwei dieser Männer jeder fünfzig Ryô von ihrem Verdienst für die Reise zurückgelegt. Der dritte aber, obwohl er immer wieder für die Reise gespart hatte, hatte bei jedem Tempelbesuch den Armen reichlich Almosen gegeben, und als die beiden anderen ihn aufforderten, sie auf der Pilgerfahrt zu begleiten, hatte er nicht mehr als drei Ryô von seinen Ersparnissen übrigbehalten. Weil er aber nun einmal das Versprechen gegeben hatte, die Reise mit den beiden Gefährten zu machen, so wollte er sich nicht ausschließen, und alle drei traten die Fahrt an. Während sie auf dem Weg nach Ise schon viele Städte und Dörfer durchwandert hatten, kamen sie auch durch eine Stadt, in deren Mitte ein großes, prächtiges Haus stand. Von der Dachtraufe des Hauses hing ein Aushängeschild herab, auf dem mit großen Schriftzeichen geschrieben stand: »Hier werden Geschichten verkauft.« Sie lasen das Schild und sagten: »Merkwürdige Dinge sieht man auf solch einer Reise durch dies große Land, selbst Aushängeschilder, die den Verkauf von Geschichten anpreisen.« Als die beiden Gefährten ihre Reise weiter fortsetzen wollten, sagte der Mann, der nur die drei Ryô Reisegeld bei sich hatte: »Eilt nicht so, wartet doch ein wenig, ich will mir hier eine Geschichte kaufen.« Die anderen beiden zogen aber, ohne auf ihn zu hören, weiter, und er trat in das Haus ein und rief: »Heda, heda, hier ist jemand, der eine Geschichte kaufen will.« Auf sein Rufen erschien ein stattlicher, vornehm aussehender Greis und sagte: »Jede Geschichte kostet einen Ryô, willst du eine hören, so gib erst einen Ryô dafür.« – »Wenn Ihr es nicht anders tut, so soll es gut sein«, sagte der Mann, zog einen Ryô aus der Busentasche und gab ihn dem Greis. Der sagte darauf: »Übernachte nie dort, wo es keine Stützbalken gibt.« Nun hatte der Mann geglaubt, für seinen Ryô eine lange und lehrreiche Geschichte zu hören. Er setzte sich also erwartungsvoll nieder, um zu warten, was der Greis weiter erzählen würde. Der aber schwieg, und auf Befragen antwortete er, daß dieser Satz, der mehr wie ein Rätsel als eine Geschichte klang, alles sei, was er für seinen Ryô zu hören bekäme. Unzufrieden damit zog er den zweiten Ryô hervor, gab ihn dem Greis mit der Bitte: »Nun möchte ich eine Geschichte hören.« Der Greis aber sagte auch diesmal nur einen einzigen Satz: »Unheimliche Dinge betrachte noch einmal genau«, und gab ihm zu verstehen, daß er für seinen Ryô nichts weiter zu hören bekommen würde. Der Mann dachte nun bei sich, daß ihm der eine Ryô, den er noch behalten hatte, auch nicht mehr viel nützen könne, zog auch diesen hervor und verlangte noch eine dritte Geschichte zu hören. Auch diesmal sagte der Greis nur: »Halte die Schnur um den Sack der Geduld nur fest zugebunden« und sonst nichts weiter. Da der Mann weder den Wunsch noch das Geld dazu hatte, noch mehr von diesen Geschichten zu hören, verließ er das Haus und zog eilig weiter auf der Straße nach Ise dahin, in der Hoffnung, die vorausgegangenen Gefährten einzuholen. Während er so seines Weges zog, brach, ehe er sich dessen versehen hatte, die Nacht herein, und er sah sich gezwungen, unter freiem Himmel mitten in einem Bergwald zu übernachten. Als er am nächsten Morgen aufbrach, um weiterzuziehen, sah er nahe bei dem Orte, wo er übernachtet hatte, eine große Felsenhöhle. Er ging hin, um diese zu betrachten, da fand er, daß sich von der Decke ein großer Felsblock gelöst und im Fallen seine beiden Gefährten, die die Nacht in der Höhle zugebracht hatten, erschlagen hatte. Bei diesem Anblick dachte er bei sich: »Ah, das war also der erste Ratschlag, den mir der Alte mit seiner Geschichte gegeben hat. Da habe ich gut daran getan, mir diese Geschichte für einen Ryô zu kaufen. Wäre ich statt dessen mit den beiden anderen weitergezogen, hätte ich gleichfalls hier übernachtet und läge nun auch zerschmettert unter dem Felsen. Die Warnung, nie an einem Ort ohne Stützpfeiler zu schlafen, bezog sich sicherlich auf diesen Ort.« Er bestattete die Körper seiner beiden Gefährten, sprach das Totengebet für sie und zog dann weiter. Wieder wurde er unterwegs von der Nacht überfallen, da er aber keinen einzigen Mon mehr besaß, konnte er keine Herberge aufsuchen und zog weiter, bis er zu einem einsamen, zerfallenen Tempel in einem kleinen Hain kam, wo er die Nacht zu verbringen beschloß. Mitten in der Nacht vernahm er ein starkes Geräusch, das ihn in großen Schrecken versetzte, dann klang es so, als sei ein schwerer Gegenstand vom Himmel herabgefallen. Er verließ den Tempel, um nachzuschauen, was für ein Gegenstand dies wäre, da kam etwas Blinkendes und Glitzerndes auf ihn zugerollt, platzte mit lautem Knall dicht vor der Tür des Tempels, und es wurde plötzlich, mitten in der Nacht, ringsumher taghell. Der Mann wurde von heftigem Schreck ergriffen und wollte die Flucht ergreifen, da fiel ihm plötzlich der Rat, den ihm der Greis mit seiner zweiten Geschichte gegeben hatte, ein: »Unheimliche Dinge betrachte noch einmal genau.« Er faßte wieder Mut, ging dorthin, wo das Ding vor seinen Augen geplatzt war, und fand dort eine große Kugel von glänzendem, reinem Gold. Nun war aller Schreck verflogen. Er hob die Kugel auf und nahm sie mit sich, um sie in der nächsten Stadt zu verkaufen. Hier und dort, überall bot er sie zum Kauf an, aber nirgendwo fand er jemand, der genug Geld gehabt hätte, dieses Schatzstück zu bezahlen. Schließlich kam er zu einem reichen Edelmann, der zahlte ihm für die Kugel dreitausend Ryô. Nachdem der Kauf abgeschlossen war, fragte ihn dieser: »Wer bist du? Woher kommst du? Wohin willst du gehen?« Als er dann erfahren hatte, daß der Mann auf einer Pilgerfahrt nach Ise begriffen war, sagte er: »Wenn du mit all dem vielen Geld die Reise fortsetzen willst, wirst du nicht sicher vor Räubern und Beutelschneidern sein. Ich will dir deshalb einen meiner Gefolgsleute als Beschützer mitgeben.« So zog der Mann unter gutem Schutz weiter, und jedesmal, wenn er in einer Herberge zur Nacht blieb, gab er das Geld dem Hausherrn in Verwahrung. So schützte er sich vor Herbergsdieben und wurde dazu noch als bevorzugter Gast besonders gut behandelt und bewacht. Dank dieser Vorsicht gelang es ihm, die Pilgerfahrt ohne weitere Gefahren zu einem guten Ende zu bringen und wohlbehalten wieder in der Heimat anzukommen. Als er vor seinem Hause angelangt war, fand er dort die Tür fest verschlossen, und während er sich noch darüber wunderte, am hellen Tage eine verschlossene Tür zu finden, hörte er aus dem Inneren des Hauses ein murmelndes Geräusch von Stimmen, als ob sich dort Menschen leise miteinander unterhalten würden. Vorsichtig und argwöhnisch trat er näher und spähte durch eine Türritze in das Innere des Hauses. Da sah er am Herdplatz einen schönen, jungen Mann sitzen, an den sich seine Frau zärtlich anschmiegte und ihm allerlei unterhaltsame Dinge zu erzählen schien. Den Mann packte ein großer

Zorn, und er beschloß, die Fensterläden einzuschlagen, ins Haus zu dringen und diese beiden Pflichtvergessenen niederzuschlagen. Als er in dieser Absicht den Griff seines Schwertes schon fester umklammerte, fiel ihm plötzlich der dritte Ratschlag, den er als letzte Geschichte von jenem Greis gehört hatte, ein: »Die Schnur um den Geduldsack halte fest geschlossen.« Er besann sich, verzichtete auf vorschnelles Handeln und rief, so laut er vermochte: »Frau! Frau! Ich bin zurückgekommen.« Sofort hörte er die Frau von innen antworten, aber dann verging noch geraume Zeit, bis sie ihm die Tür öffnete, und er glaubte, allerlei Geräusche von innen zu vernehmen, als ob irgend etwas schnell beiseitegeräumt würde. Da dachte er bei sich: »Ah, jetzt versteckt sie ihren Liebhaber, um ihn bei passender Gelegenheit entwischen zu lassen.« Inzwischen öffnete die Frau die Tür und begrüßte und umarmte den Mann mit vielen zärtlichen Worten, so, als ob sie die ganze Zeit sehnsüchtig auf seine Rückkehr gewartet habe. Der Mann aber ließ sich von seinem Argwohn nichts anmerken, konnte aber an dieser so vor ihm zur Schau getragenen Wiedersehensfreude kein Gefallen finden. Auch als er das Haus betreten hatte, dachte er nur daran, wie er den Liebhaber seiner Frau aus dem Hause jagen könnte, und spähte überall umher, wo er verborgen sein mochte. Während er auf eine Gelegenheit wartete, die hinteren Gemächer nach dem Eindringling untersuchen zu können, und heimlich wünschte: »Wenn er doch jetzt aus irgendeiner Ecke zum Vorschein käme«, ging die Frau aber keinen Augenblick von seiner Seite und hinderte ihn so an seiner Absicht. Da dachte er bei sich: »Die ganze Zeit hindurch habe ich mich auf den Augenblick gefreut, da ich mit diesem vielen Geld heimkehren würde und welche Freude ich meiner Frau damit bereiten könnte, und wie schmerzlich hat sich die Heimkehr nun gestaltet.« Während er solch trüben Gedanken nachging, brach die Nacht an, und schließlich, als es schon spät geworden war, begab sich das Ehepaar zu Bett. Während der Mann nun im Bett lag, ohne Schlaf finden zu können, konnte er schließlich nicht länger an sich halten, erzählte der Frau von dem Manne, den er am Tage mit ihr im Zimmer sitzen gesehen hatte, und befahl ihr: »Jage diesen Menschen sofort aus dem Hause!« – »Warum hast du mir nicht gleich davon gesprochen«, sagte die Frau, »also hast du diesen Mann gesehen? Das muß dir natürlich seltsam vorkommen, ich will dir die Wahrheit sagen. Dieser Mann, den du gesehen hast, ist überhaupt kein wirklicher Mensch.« Der Mann wollte ihr dies immer noch nicht glauben, und die Frau erzählte ihm nun: »Als du auf die Reise gegangen warst, fürchtete ich, da ich noch jung bin, die Verleumdungen und Nachstellungen der Menschen und daß man dir allerlei Übles über mich bei deiner Heimkehr erzählen würde. Da machte ich mir eine Puppe, der ich deine Kleider anzog, und setzte sie an den Platz neben dem Herd, tat so, als ob ich ihr Tee servierte und als ob ich mich mit ihr unterhielte, damit niemand, der zufällig einen Blick ins Haus geworfen hätte, auf den Gedanken kommen konnte, daß du abwesend wärest. Daran, daß du selbst durch die Puppe getäuscht worden bist, kannst du erkennen, wie gut mir mein Plan geglückt ist.« Nun erst merkte der Mann, daß er seine Frau in falschem Verdacht gehabt hatte, und erkannte wieder, wie wertvoll und nützlich auch der dritte Ratschlag jenes Greises gewesen war. Beruhigt schlief er ein, und am nächsten Tage erzählte er seiner Frau alle seine Erlebnisse, wie er nur durch die drei Ratschläge jenes Greises vor Unglück und unüberlegter Tat bewahrt worden und außerdem als reicher Mann in die Heimat zurückgekehrt sei. Als solcher wurde er bald in der ganzen Nachbarschaft bekannt und kam zu großem Ansehen.

44. Hanakami-Hachi

Hanakami-Hachi war im Lande Suô geboren, hieß eigentlich nur Hachi und war so arm, daß er sein Haus mit Stroh abdecken mußte. Wie er zu Geld und zu seinem Spitznamen Hanakami (Spürnase) kam, das sollt ihr jetzt erfahren. Hachi war Koch auf einem großen Reisschiff, das tausend Koku zu laden vermochte. Als es so weit war, daß das Schiff wieder einmal ausfahren sollte und der Tag der Abfahrt feststand, da sagte Hachi zu seiner Frau: »Wenn der sechsundzwanzigste Tag des elften Monats gekommen sein wird, dann zünde am Abend unser Haus an und laß es ganz und gar abbrennen.« Damit ging er davon. Er fuhr mit dem Schiff nach Ōsaka, wo das Schiff eine Zeitlang im Hafen liegen mußte, bis der Schiffer alle Geschäfte abgewikkelt hatte. Inzwischen kam der sechsundzwanzigste Tag des elften Monats heran. Am nächsten Tag sagte Hachi zu dem Schiffer: »Kapitän, Kapitän, heute nacht habe ich etwas sehr Merkwürdiges geträumt.« Der Schiffer fragte: »Nun, was hast du geträumt?« Da sagte Hachi: »Ich sah im Traum mein Haus abbrennen.« Der Schiffer schalt ihn: »Da hast du etwas sehr Törichtes geträumt, glaubst du, daß so ein Traum Wahrheit wird?« Aber Hachi wollte nicht nachgeben und sagte: »Es ist nicht der Traum allein, ich habe eine so feine Nase, daß ich alles riechen kann, und ich habe es gerochen, sicher ist es so.« Da sagte der Schiffer: »Hm, du scheinst ja eine ganz prachtvolle Nase zu haben. Nun, ich will mein Schiff als Pfand einsetzen, daß es nicht so ist.« Hachi nahm diese Wette an. Einige Zeit darauf erhielt der Schiffer eine Nachricht aus der Heimat und erfuhr, daß es so war, wie Hachi gesagt hatte. Da gab es keinen Ausweg mehr, und er mußte ihm sein schönes Schiff überlassen. Er wollte sich aber an Hachi rächen, und als er einmal bei einem seiner Kunden, einem reichen Großhändler, zu Gast war, sagte er zu diesem: »Mein Schiffskoch Hachi hat eine unübertrefflich feine Nase, der kann alles riechen, wenn dir etwas im Haus abhanden gekommen sein sollte, paß auf, er wird es mit seiner Spürnase auftreiben.« Da erzählte ihm der Hausherr: »Seit Generationen besaß unsere Familie einen wundervollen goldenen Teekessel. Seit einiger Zeit aber ist er spurlos verschwunden, und niemand weiß, wo er hingekommen ist, ich wäre froh, wenn ich ihn oder nur eine einzige Scherbe von ihm wiederbekommen könnte.« Da sagte der Schiffer: »Das ist eine Kleinigkeit, paß auf, Hachi wird ihn mit seiner Nase im Handumdrehen finden.« Am nächsten Tage kam er also mit Hachi zu dem Handelsherrn, und dieser wandte sich an Hachi: »Ich höre, daß du so eine feine Spürnase hast, such mir doch meinen goldenen Teekessel, oder wenn er nicht mehr ganz sein sollte, so such mir wenigstens die Scherben. Wie willst du es anfangen, um ihn zu erriechen?« Hachi antwortete: »Dazu muß ich einen Platz haben, wo ich von niemandem gestört werden kann.« – »Gut«, sagte der Handelsherr, »ich werde dir ein abgetrenntes Hinterzimmer anweisen, wo dich niemand stören wird«, und ließ ihn in ein kleines Gemach im Hinterhaus führen. Als Hachi sich dort zum Schlafen niedergelegt hatte, hörte er plötzlich vor dem Zimmer jemanden leise »Hachi-san, Hachi-san« rufen. Er stand auf und ging hinaus. Da sah er eine Frau dort stehen und fragte: »Warst du das, die eben Hachi-san, Hachi-san rief?« Die Frau antwortete: »Ja, das war ich, ich bin hier im Hause als Magd angestellt. Den goldenen Teekessel, das größte Wertstück dieses Hauses, hab' ich neulich aus Versehen zerschlagen. Wenn du niemandem sagen wirst, daß ich es gewesen bin, dann will ich dir verraten, wo du die Scherben finden kannst.« Hachi sagte zu ihr: »Gut, niemand soll es erfahren.« Da sagte die Frau: »Dann will ich es dir verraten, die Scherben habe ich im Abfallhaufen hinter dem Hause vergraben.« Und ehe Hachi ihr für diesen Hinweis danken konnte, war sie schon im Dunkeln verschwunden. Hachi war nun sehr froh und dachte bei sich: »Eine gute Sache hast du da gehört.« Am nächsten Morgen ging er zum

Hausherrn: »Hoher Herr, hoher Herr, Euer goldener Teekessel liegt im Abfallhaufen hinter dem Haus vergraben, aber nicht mehr ganz, nur in Scherben.« Der Hausherr war sehr erfreut, ließ auf dem Abfallhaufen nachgraben, und die Scherben wurden gefunden. In seiner Freude darüber beschenkte der Hausherr den Hachi reichlich. Schließlich waren die Geschäfte in Ōsaka erledigt, und als Hachi wieder in Suô angekommen war, verbreitete sich schnell das Gerücht von seiner wunderbaren Spürnase, und alle Leute redeten darüber.

Da vermißte plötzlich der Landesfürst von Suô sein kostbarstes Kleid ganz kurz vor Hachis Heimkehr, und als man ihm riet: »Da sollte man doch den Hachi mit seiner Wundernase auf die Spur setzen«, ließ er den Hachi vor sich kommen und fragte ihn, wie er es fertigbringen wollte, das Kleid aufzuspüren. Hachi sagte: »Dazu muß ich an einem Ort sein, wo mich kein Mensch belauschen kann.« – »Gut«, sagte der Fürst, »hinter dem Palast steht ein einsamer Inarischrein, dort wirst du völlig unbelauscht sein, und merk es dir gut, findest du das Kleid, so darfst du jeden Wunsch aussprechen, er soll dir gewährt sein, findest du es nicht, dann kostet es dich deinen Kopf.« Damit entließ ihn der Fürst. Als Hachi am Abend zum Inarischrein ging, sah er vor dem Altar viele Reisklöße als Speiseopfer liegen. Einen davon nahm er und aß ihn auf. Dann legte er sich schlafen. Mitten in der Nacht kamen viele Inari-Gottheiten vor dem Schrein zusammen, und sie waren noch nicht lange versammelt, da gab es schon einen Streit unter ihnen. »Hier fehlt ja ein Reiskloß von den Opfergaben«, »du hast ihn genommen!«; »ich war es nicht!«; und einer von den Inari-Gottheiten sagte ganz leise, damit es die übrigen nicht hören sollten, zu einem anderen: »Du bist es bestimmt gewesen, der den Opferreis gestohlen hat, hast du denn nicht auch das Schatzkleid des Schloßherrn gestohlen und im Burggraben vergraben?« Hachi hörte diese leise gesprochenen Worte und war hocherfreut darüber. Kaum war der Tag angebrochen, da eilte er zum Fürsten und meldete ihm: »Herr Fürst, Herr Fürst, Euer Schatzkleid ist im Burgwall vergraben.« Der Fürst befahl seinen Leuten, dort nachzugraben; und das Kleid wurde wirklich gefunden. Jetzt war der Fürst sehr froh: »Nun, was hast du für einen Wunsch?« fragte er den Hachi. Der aber antwortete schnell: »Herr Fürst, Herr Fürst, mein einziger Wunsch soll sein, daß dieser Hachi sein ganzes Leben lang nie wieder von seiner Spürnase Gebrauch machen muß«, und war froh darüber, daß ihm der Kopf noch auf den Schultern saß.

45. Die sechs Yasohachi

In alter, alter Zeit lebten in einem Dorfe in Oshû sechs Leute, die alle den Namen Yasohachi führten. Da keiner daneben einen anderen Namen führte, so verfiel man darauf, ihnen Spitznamen zu geben, um sie voneinander unterscheiden zu können. Der erste war ein streitsüchtiger Mensch, der allenthalben Händel suchte, man nannte ihn daher den Kampfhahn-Yasohachi. Der zweite liebte das Glücksspiel, und deshalb nannte man ihn den Spieler-Yasohachi. Den dritten, einen Ackersmann, nannte man den Bauern-Yasohachi; den vierten, einen Reishändler, Reishändler-Yasohachi. Der fünfte, ein diebischer Geselle, wurde Diebes-Yasohachi genannt, und der sechste, ein schlauer Kerl, der niemals um einen Ausweg aus schwieriger Lage verlegen war, führte den Spitznamen: der schlagfertige Yasohachi.

Einmal gab es einen Streit zwischen dem Kampfhahn-Yasohachi und dem Spieler-Yasohachi, und bei der sich aus diesem Streit entwickelnden Prügelei wurde Spieler-Yasohachi vom Kampfhahn-Yasohachi erschlagen. Der war sehr erschrocken, denn er hatte nicht die Absicht gehabt, jenen zu töten. Er lief also zu dem schlagfertigen Yasohachi, um diesen um seinen Rat zu bitten. Der riet ihm, den Leichnam vor die

Bewässerungsschleuse von Bauern-Yasohachis Feld zu setzen, so, als ob er dort am Rain kauerte und sich etwas an der Schleuse zu schaffen machte. Als nun Bauern-Yasohachi abends über die Felder ging, um sich davon zu überzeugen, daß die Bewässerungsanlagen in Ordnung seien, sah er an der Schleuse seines Feldes jemanden kauern und glaubte, daß da ein unehrlicher Nachbar sein Wasser in das eigene Feld leiten wolle. »So ein gemeiner Kerl«, dachte er, »der will mir wohl mein Wasser stehlen, ich werde ihm einen tüchtigen Denkzettel geben.« Damit schlich er sich heimlich heran und versetzte ihm einen Schlag mit einer Stange über den Kopf. Der vermeintliche Wasserdieb fiel um, und als sich Bauern-Yasohachi ihm näherte, sah er, daß der leblos daliegende niemand anderes als Spieler-Yasohachi war. »Da habe ich ja eine böse Sache angerichtet«, dachte er, »was ist da zu tun?« Und schleunigst lief er nach Hause, nahm ein Gastgeschenk und ging zum schlagfertigen Yasohachi, um sich von ihm einen Rat zu erbitten. Dieser gab ihm den Rat, den Toten zu nehmen und ihn vor Reishändler-Yasohachis Speicher in hockender Stellung hinter die große Feuerlöschkufe zu setzen, als ob er auf die Gelegenheit lauere, einen von Reishändler-Yasohachis Säcken zu stehlen. Als Reishändler-Yasohachi abends noch einmal zum Speicher ging, sah er in der Dämmerung eine Gestalt hinter dem Wasserfaß kauern. »Aha, das ist sicher der Diebes-Yasohachi, der mir einen Reissack stehlen will«, dachte er, nahm einen Knüppel und gab ihm einen tüchtigen Schlag über den Kopf. Der vermeintliche Dieb fiel um, ohne einen Laut von sich zu geben, und rührte sich nicht mehr. Da bekam Reishändler-Yasohachi einen ordentlichen Schreck. Schnell eilte er ins Haus und holte eine Laterne. Als er in dem Toten Spieler-Yasohachi erkannte, erschrak er noch mehr: »Da habe ich eine böse Sache angerichtet.« Schnell lief er zum schlagfertigen Yasohachi und erzählte ihm, was ihm zugestoßen sei. Dieser nahm Reishändler-Yasohachis Geschenke an und sagte dann: »Nimm den Toten, packe ihn in einen Sack und lege ihn zuoberst auf die Reissäcke, die vor deinem Speicher aufgestapelt sind. Sicherlich wird Diebes-Yasohachi heute nacht kommen, um die Gelegenheit zum Diebstahl wahrzunehmen, und wird den obersten Sack stehlen. Das übrige lasse seine Sorge sein. Er wird sich sehr hüten, etwas zu verraten.« Als nun am nächsten Abend Diebes-Yasohachi an dem Speicher vorüberkam, sah er da die Reissäcke liegen, ergriff den obersten und rannte damit nach Hause. Als er ihn dort öffnete, fand er darin den toten Spieler-Yasohachi und war sehr erschrocken. In seiner Angst lief er zum schlagfertigen Yasohachi, um sich dort einen Rat zu holen. Dieser nahm das ihm gebotene Gastgeschenk entgegen und gab ihm folgenden Rat: »Warte, bis es noch etwas später geworden ist, nimm dann den Toten und gehe damit vor sein Haus. Dann klopfst du an die Tür und rufst: ›Ich bin heimgekommen.‹ Da Spieler-Yasohachis Frau eine böse Xantippe ist, wird sie furchtbar zu schimpfen anfangen und sich weigern, das Tor zu öffnen. Dann nimmst du den Toten, wirfst ihn in den Brunnen vor dem Haustor und gehst deiner Wege.« Diebes-Yasohachi tat so, wie es ihm der schlagfertige Yasohachi geraten hatte. Kaum hatte er an die Tür geklopft und mit verstellter Stimme gerufen: »Frau, ich bin heimgekommen, mach mir, bitte, die Tür auf«, da fing Spieler-Yasohachis Hausdrache an, laut zu schimpfen: »So, endlich bist du heimgekommen, du Herumtreiber! Ich will dich nicht sehen, es wäre mir schon lieber, du wärest tot und in die Hölle gefahren.« Kaum hatte sie das gesagt, da ließ Diebes-Yasohachi den Toten laut plumpsend in den Brunnen fallen und lief davon. Erschreckt kam Spieler-Yasohachis Frau, die das verdächtige Geräusch gehört hatte, aus dem Hause gelaufen und rief die Dorfbewohner herbei, ihr zu helfen, ihren Mann aus dem Brunnen zu retten. Als man ihn herausgezogen hatte und es sich herausstellte, daß er mausetot sei, fing sie laut zu weinen an und war schier untröstlich über den Verlust ihres Mannes, den sie, wie sie glaubte, in den Tod getrieben hatte, und alle Dorfbewohner trauerten mit ihr. Nur der schlagfertige Yasohachi, der von allen Geschenke für seinen Rat empfangen hatte, war ganz zufrieden und freute sich selber über seine Klugheit.

46. Furuyanmori

Eines Abends saß ein altes Ehepaar am Feuerplatz und unterhielt sich darüber, was auf der Welt am meisten zu fürchten sei. »Das ist der Toraokame (Wolf)«, sagte die alte Frau. »Nein, das Fürchterlichste ist und bleibt das Furuyanmori (das alte Dach, durch das es durchregnet)«, entgegnete der Alte. Dies hörte der Toraokame, der sich im Schuppen verborgen hielt, wo er auf eine günstige Gelegenheit, die beiden Alten zu fressen, wartete. Er erschrak sehr, als er erfuhr, daß es auf der Welt noch etwas gäbe, das mehr als er zu fürchten sei. Inzwischen begann es leicht zu regnen, und der Toraokame hörte den Alten sagen: »Ah, es regnet, da wird auch bald das ›Furuyanmori‹ sich einstellen.« Dem Toraokame wurde es, als er diese Worte hörte, unheimlich, und er dachte daher, daß es besser sei, sich aus dem Staube zu machen, und wollte heimlich davonschleichen. In diesem Augenblick kam ein Pferdedieb, glaubte, daß der Wolf ein Pferd sei, und schwang sich kurz entschlossen auf dessen Rücken. Der Hausvater war, als er ein Geräusch gehört hatte, aus dem Hause geeilt. Deshalb trieb der Pferdedieb sein Reittier, das er für ein Pferd hielt, mit Schlägen an. Der Toraokame aber meinte, daß niemand anderes als das so fürchterliche Furuyanmori sich da auf seinen Rücken geschwungen habe, und eilte mit seinem Reiter dem Walde zu. Der Pferdedieb hatte inzwischen mit Schrecken entdeckt, was für ein Reittier er bestiegen hatte, und glaubte nichts anderes, als daß ihn der Toraokame in den Wald schleppen wollte, um ihn dort zu verzehren. Um sich zu retten, ließ er sich vom

Rücken des Toraokame in eine tiefe Grube am Wege gleiten. Froh, noch einmal dem schrecklichen Furuyanmori entkommen zu sein, lief der Toraokame weiter in den Wald hinein. Dort traf er den Affen. Der fragte ihn, warum er es so eilig habe. Der Toraokame antwortete: »Mit knapper Not bin ich gerade dem schrecklichen Furuyanmori entkommen.« Der Affe war neugierig, dieses schreckliche Wesen zu sehen, und ging dorthin, wo der Toraokame nach seiner Erzählung von seinem Peiniger befreit worden war. Dort sah der Affe aber nur eine tiefe, dunkle Grube. »Aha«, dachte er, »sicher sitzt es hier in dieser Grube.« Um ihre Tiefe zu prüfen, ließ der Affe seinen langen Schwanz in die Grube hineinhängen. »Da kommt mir vom Himmel geschickte Rettung«, dachte der Pferdedieb und ergriff den Schwanz des Affen, um an ihm aus der Grube herauszuklettern. Laut schrie der erschreckte Affe: »Toraokame, komm mir zu Hilfe! Das Furuyanmori hat mich erwischt!« Als der Toraokame dies hörte, lief er, so schnell ihn seine Füße tragen konnten, davon und dachte gar nicht daran, dem Affen zu Hilfe zu eilen. Der Affe suchte seinen Schwanz aus dem Loch zu ziehen und bekam vor Anstrengung ein ganz rotes Gesicht. Der Pferdedieb wollte den Schwanz aber nicht loslassen, und da er zu schwer war, so riß er den Schwanz des Affen durch sein Gewicht an der Wurzel ab. Daher kommt es, daß der Affe so ein rotes Gesicht und nur einen kurzen Schwanz hat.

47. *Affe, Katze und Ratte*

In alter, alter Zeit lebte einmal irgendwo ein altes Ehepaar. Wenn die alte Frau, die eine geschickte Weberin war, einen Posten Baumwollstoffe gewebt hatte, packte sie diese in ein Umschlagtuch und gab sie dem Alten, der sie in der Stadt verkaufen sollte. Als der Alte eines Tages wieder mit den Stoffen auf dem Wege zur Stadt war und auf einem einsamen

Bergpfad entlang schritt, sah er auf einem entfernten Baum eine Äffin sitzen, auf die ein Jäger sein Gewehr angelegt hatte. Die Äffin schien den Jäger mit gefalteten Händen um Schonung anzuflehen, doch dieser kehrte sich nicht daran. Voll Mitleid wollte der Alte den Jäger am Schießen hindern, da entlud sich, als er diesem die Flinte entreißen wollte, der Schuß und traf den Alten in die Schulter. Der Jäger erschrak darob gewaltig, warf die Flinte fort und suchte das Weite. Da kamen von überallher zahlreiche Affen, große und kleine, nahmen den Alten und trugen ihn zur Wohnung des Affen. Dort bewirteten sie ihn mit den schönsten Dingen und verbanden ihm seine Wunde. Zum Abschied gab ihm der Anführer der Affen eine kleine, unscheinbare Münze und sagte: »Nimm das als unseren Dank! Das ist der größte Schatz, den wir Affen besitzen, und wir kennen nichts Kostbareres auf der Erde. Wenn du diese Münze mit Ehrfurcht behandelst und verehrst, wird sie dir großen Reichtum bringen.« Wirklich war es so, wie der Affe gesagt hatte. Währenddessen hatte nämlich die alte Frau sehnsüchtig auf die Heimkehr ihres Mannes gewartet, da kein Geld im Hause war, um das Fest des Jahreswechsels feierlich zu begehen. Als nun der Alte zurückkehrte, ohne die Baumwolle verkauft zu haben, wollte sie ihn deshalb schelten. Er aber gab ihr den Wunderpfennig der Affen, und durch seine Zauberkraft wurden sie plötzlich zu reichen Leuten. In ihrer Nachbarschaft lebte nun ein neidischer, schlechter Mensch. Als dieser erfuhr, wie die beiden Alten so plötzlich zu Reichtum und Wohlstand gekommen waren, schlich er sich einmal heimlich in deren Haus und stahl ihnen den Zauberpfennig. Als sie den Diebstahl bemerkten, erschraken die beiden Alten und fragten überall danach herum. Niemand aber konnte ihnen über den Verbleib Auskunft geben. Nun hatten beide im Hause eine Katze, die den Namen Tama hatte. Sie riefen diese herbei und redeten sie folgendermaßen an: »Tama! Höre gut zu! Schaffe uns in drei Tagen den Zauberpfennig der Affen wieder. Wenn du ihn findest, sollst du eine schöne Belohnung haben. Findest du ihn nicht, dann wirst du dieses hier zu spüren bekommen.« Damit zog der Alte seinen Dolch aus der Scheide und schwang ihn vor den Augen der Katze hin und her. Die Katze verstand alles gut. Kaum hatte sie den Befehl gehört, da lief sie davon und fing eine Ratte. Der befahl sie: »Ratte! Höre gut zu! Unserm Hausherrn ist sein Schatzstück gestohlen worden. Bringst du es mir in drei Tagen zur Stelle, dann will ich dir das Leben schenken. Bringst du es nicht, dann fresse ich dich mit Haut und Haaren.« Die Ratte lief, um ihr Leben besorgt, durch alle Häuser der Nachbarschaft und entdeckte auch schließlich den Zauberpfennig der Affen, den der Dieb in einer Kommode aufbewahrte. Sie nagte ein Loch in die Schublade der Kommode, nahm den Zauberpfennig und überbrachte ihn der Katze. Tama freute sich sehr darüber und brachte ihn sofort dem Alten. So waren der Alte und seine Frau, die Katze und die Ratte alle froh und lebten ohne Sorgen und vergnügt, und wir wünschen ihnen dazu viel Glück.

48. Kröte und Hase

In alter, alter Zeit kroch die Kröte einmal an einem schönen Herbsttag einen Feldweg entlang. Da kam ihr der Hase entgegen: »Wohin geht der Weg, Kröte?« – »Ach, weil es heute ein so schöner Tag ist, mache ich einen Spaziergang, und da wir uns hier so zufällig getroffen haben, laß uns eine kleine Jahresabschiedsfeier veranstalten.« Damit holten sie einen Mörser und stampften Reis zu Klebreisteig. Der Hase aber dachte darüber nach, wie er es anstellen möchte, daß er den Kuchen allein verzehren könne, und sagte: »Komm, laß uns den Mörser hier den Berg herunterrollen und hinterherlaufen; wer ihn dann zuerst erreicht, der darf den Kuchen für sich allein essen.« Die Kröte wollte erst widersprechen, da der Hase aber auf keinen Einwand hören wollte, so überlegte sie, wie sie es anfangen könnte, den Kuchen für sich zu bekommen, da sie den Mörser niemals vor dem schnellfüßigen Hasen erreichen würde. Sie tat also, ohne daß der Hase ihre List durchschaute, Wasser in den Mörser, so daß der Teig nicht in der Mörserhöhlung kleben blieb, denn der Hase wußte nicht, daß Wasser den Teig von den Mörserwänden löst. Dann trug der Hase den Mörser auf einen Hügel, ließ ihn von dort herabrollen und eilte selbst so schnell, wie er konnte, dem davonrollenden Mörser nach. So schnell lief er, daß er gar nicht bemerkte, daß sich der Kuchenteig mitten auf dem Wege aus dem Mörser löste, herausfiel und an einem Baumstumpf hängenblieb. Die Kröte, die gemächlich hinterhergekrochen kam, nahm den Kuchen und begann ihn in aller Ruhe zu verzehren. Als der Hase den Mörser erreicht hatte, sah er, daß er leer war. Schnell kehrte er um und traf auf dem halben Wege die Kröte, die sich dort den Kuchen schmekken ließ. Da es nun ausgemacht war, daß der, der zuerst bei dem Kuchen wäre, ihn auch selbst behalten sollte, so sah er ein, daß für ihn nichts zu machen sei. Er verlegte sich also aufs Bitten: »Liebe Kröte, iß du doch nur den oberen Teil und laß mir den unteren Teil.« Die Kröte aber antwortete: »Ob es der obere oder der untere Teil ist, die Kröte ißt sie beide gern.« Damit aß sie den Kuchen ganz allein auf, bis ihr der Bauch fast platzte. Dann sagte sie: »Herr Hase, das war ein prächtiges Mahl, vielen Dank für die Bewirtung und auf Wiedersehen im nächsten Jahr.« Damit zog sie sich in ihre Höhle zurück. Der Hase aber, dem beim Zusehen das Wasser im Munde zusammengelaufen war, mußte sich hungrig, wie er war, damit begnügen, die Rinde des Baumstumpfes, an der noch die Reste des Kuchens klebten, zu essen. Seit jener Zeit nagen die Hasen, wenn sie Hunger haben, die Rinde der Bäume ab.

49. Sperling und Specht

In sehr, sehr alter Zeit waren Sperling und Specht zwei Schwestern. Als nun ihre Mutter einmal sehr schwer erkrankt war und schon keine Hoffnung mehr für das Leben der Kranken bestand und sie ihre Kinder noch einmal zu sehen verlangte, eilte der Sperling, der gerade dabei war, sich die Zähne zu schwärzen, gleich an das Sterbelager, ohne die Toilette zu vollenden. Deshalb hat er heute noch schwarze Flecken auf den Backen und an der Kehle, und nur der obere Teil seines Schnabels ist weiß geblieben. Der Specht aber puderte sich erst das Gesicht und trug Schminke auf Lippen und Wangen auf, und erst, als alles vollendet war, ging er, um die Mutter aufzusuchen. Als er aber dort ankam, war die Mutter bereits gestorben. So kam es, daß der Sperling, obwohl er unansehnlich ist, in den Häusern der Menschen wohnen darf und daß er von den Vorräten der Menschen nach Herzenslust fressen kann. Der Specht aber sieht schön bunt gemalt aus, aber vom frühen Morgen an muß er im Forst von Baum zu Baum fliegen, um bald hier, bald dort die Rinde der Bäume mit dem Schnabel klopfend abzusuchen, und findet doch nur kaum drei armselige Würmchen an einem Tag zur Speise. Die Nächte muß er in Baumhöhlen verbringen unter Klagen und Weinen um den Schmerz in seinem vielbeschäftigten Schnabel.

50. Färbermeister Eule

In alter, alter Zeit war die Eule ein Färber, und alle Vögel kamen zu ihr, um sich ihre Kleider färben zu lassen. Sie färbte diese in den schönsten bunten Farben. Der Rabe war aber ein sehr eitler Geck. Immer flog er in einem schneeweißen Gewande umher. Endlich ging auch er zum Färber und sagte: »Färbe doch bitte mein Gewand mit einer Farbe, die es bisher noch nicht gibt.« Die Eule überlegte es sich lange. Schließlich färbte sie das Kleid kohlrabenschwarz und sagte zu dem Raben: »Da hast du eine Farbe, die es bisher nicht auf der Welt gegeben hat.« Der Rabe wurde nun sehr böse, aber da das Kleid sich nicht mehr anders färben ließ, mußte er es so anziehen, wie es war. Der Eule aber hat er den Schabernack bis heute nicht vergessen, und jedesmal, wenn er ihr begegnet, fängt er an, sie laut zu beschimpfen. Deshalb zieht sich die Eule immer in den Wald zurück, wenn die Raben des Morgens ihren Flug beginnen, und kommt den ganzen Tag nicht aus ihrem Versteck hervor. Wenn sich aber Eule und Rabe doch einmal zufällig treffen, dann schauen sie sich gegenseitig mit bösen Blicken an.

51. Die Zikade

Vor vielen, vielen Jahren zog einst der heilige Großmeister Kôbô als Bettler verkleidet durch das Land. Auf seiner Fahrt kam er auch einmal durch ein Dorf, und da es Abend werden wollte, bat er dort einen Bauer um Nachtquartier. Da Kôbôs Kleider zerschlissen und staubbedeckt waren, hielt ihn der Bauer für einen Bettler und weigerte sich, ihn zu beherbergen. Bald darauf erfuhr er aber, wem er das Nachtlager versagt hatte, fühlte Reue und wollte den Heiligen zurückrufen. Schnell stieg er auf einen Keyakibaum und rief laut in der Richtung, nach welcher Kôbô davongezogen war: »He, Meister Kôbô! He, Meister Kôbô!« Der war aber schon zu weit entfernt und hörte ihn nicht mehr. Während der Bauer nun auf dem Baum sitzend aus Leibeskräften weiter seinen Ruf in das Land hinausschallen ließ, wurde er in eine Zikade verwandelt. Noch heute aber versammeln sich alljährlich am dreiundzwanzigsten Tage des siebenten Monats die Zikaden auf großen Keyakibäumen und lassen dort gemeinsam den Ruf des Bauern ertönen, da sie glauben, den

Großmeister Kôbô wieder zurückrufen zu können. Dieser Tag war es nämlich gewesen, an dem jener Bauer den Heiligen von seiner Tür wies.

52. Floh und Laus auf Pilgerfahrt

In alter, alter Zeit wollten Floh und Laus zusammen nach den heiligen Stätten von Ise auf Pilgerfahrt gehen. Aber nur eine einfache Fußreise dorthin schien ihnen nicht unterhaltsam genug, und sie beschlossen, statt dessen einen Wettlauf zu machen, wer zuerst dort ankommen würde. Die Laus kroch Schritt für Schritt langsam auf der Landstraße dahin, während der Floh in lustigen Sprüngen davoneilte. Einmal nun übernachtete die Laus in einer Herberge an der Landstraße und hörte dort einen dicken Mann sagen, daß auch er auf Pilgerfahrt nach Ise wäre. Heimlich kroch sie darauf in das Kleid dieses Mannes und verbarg sich in einer der Nähte. Als sie dann schließlich aus den Worten des Mannes erfuhr, daß das Reiseziel erreicht war, kroch sie aus den Kleidern heraus und erwartete ihren Reisekameraden. Nach kurzer Zeit schon kam der Floh in höchster Eile, atemlos, die Straße dahergesprungen. Da hörte er sich laut also begrüßt: »Nun, bist du auch schon angelangt?« Zu seinem Staunen sah er, daß der, der ihn so begrüßte, niemand anderes als der Kamerad Laus war, von dem er dachte, daß er noch nicht allzuweit über ihr gemeinsames Heimatdorf hinausgelangt sein könne. Als er durch Fragen erfuhr, wie listig die Laus ihre Reise im Kleid des Mannes zurückgelegt hatte, kochte er vor Wut, nahm einen tüchtigen Knüppel und gab der Laus einen derben Schlag auf den Rücken. Seit jener Zeit ist der Floh ganz rot, wie vor Wut rot angelaufen, geblieben, und die Laus hat, wo sie von dem Knüppel getroffen wurde, eine blutunterlaufene Stelle auf dem Rücken.

53. Der Hase von Inaba

Vor langen Zeiten wohnte in einem Bambuswalde ein alter Hase. Einmal kam plötzlich eine große Wasserflut, und die Wellen untergruben die Wurzeln der Stämme des unter Wasser stehenden Bambuswaldes, wuschen sie fort und zerstörten den Wald. Der Hase rettete sich auf eine Wurzel und wurde auf ihr nach der Insel Okinoshima getrieben. Als dann das Wasser sich wieder verlaufen hatte, wollte er gern wieder in seine Heimat zurückkehren. Dies war ihm aber nicht möglich, da er nicht schwimmen konnte. Dort im Meer gab es viele Seeungeheuer, die man Wani nannte. Zu diesen sprach der Hase: »Wie groß ist eure Zahl?« Diese sagten: »So groß, daß wir das ganze Meer zu füllen vermögen.« Der Hase antwortete: »Und meine Sippe ist so groß, daß sie Berge und Felder füllt. Laßt mich feststellen, welche Sippe die größere ist. Zuerst laßt mich eure Sippe zählen. Deshalb mögen alle Wani sich in eine Reihe legen, von dieser Insel bis zum Vorgebirge Ketanosaki, eins nach dem anderen will ich euch zählen und die Größe eurer Sippe feststellen.« So betrog der Hase die Wani, die sich Rücken an Rücken aneinandergereiht nebeneinanderlegten. Der Hase sprang auf ihre Rücken und lief, diese zählend, bis zum Vorgebirge Takesaki. Als er glaubte, mit dieser List seinen Zweck erreicht zu haben, rief er den Wani höhnend zu: »Ich habe euch betrogen! Nur zum Land herüberzukommen war meine Absicht, die Größe eurer Sippe wollte ich gar nicht wissen.« Da wurden die Wani alle zornig, griffen ihn und zogen ihm das Fell ab und machten ihn zu einem haarlosen Hasen. Doch der Gott Onamuchi hatte Mitleid mit ihm und gab ihm den Rat: »Streife Binsenblüten vom Stengel und wälze dich auf diesen.« Als der Hase diese Lehre befolgte, wuchsen ihm wieder die Haare wie vordem.

54. Der Fischräuber

Es war an einem kalten Tag im Winter. Ein Fischer holte aus einem Eisloch zahlreiche Fische heraus, legte sie auf einen Schlitten und machte sich dann auf den Heimweg. Ein Fuchs beobachtete dies. Dieser Fuchs hatte eine große Vorliebe für Fische. Außerdem war sein Bauch schrecklich leer. ›Auf irgend eine Weise möchte ich an diese Fische herankommen!‹ überlegte er bei sich.

Der Fuchs lief nun dem Schlitten ein wenig voraus und ließ sich dann auf den Weg fallen, als wenn er tot wäre. ›Das Fell dieses Fuchses hätte ich gern, um eine Mütze daraus zu machen!‹ dachte sich der Fischer. Da er glaubte, der Fuchs sei tot, hob er ihn auf und warf ihn auf den Schlitten. Mit der neuen Last zog er dann seinen Schlitten weiter und schaffte seine Fische fort. In einem Moment aber, in dem der Fischer nicht herblickte, warf der Fuchs heimlich einen Fisch von dem Schlitten hinunter, und damit nicht bemerkt würde, daß er leichter geworden war, legte er als Ersatz einen Stein darauf und machte sich mit dem Fisch in den Wald davon.

Als der Fuchs nun im Wald den gestohlenen Fisch verspeiste, kam ein Bär daher. »Wo hast du den Fisch herbekommen?« – »Ich habe ihn gefischt!« – »Ich möchte auch solch einen Fisch haben!« Da belehrte ihn der Fuchs: »Ich will dich das Geheimnis lehren, wie man Fische fängt. Wenn du diesem Pfad folgst, kommst du an den Fluß. Der Fluß ist mit Eis bedeckt. Wenn du dort an ein rundes Loch kommst und deinen Schwanz in dieses Loch hineinhängen läßt, werden die Fische anbeißen. Dann mußt du ihn zusammen mit den Fischen herausziehen.«

Voller Freude eilte der Bär fort. Er fand das Eisloch und ließ seinen Schwanz hineinhängen. Geduldig wartete er, daß Fische anbissen. Nach einer Weile hatte er das Gefühl, daß er am Schwanz festgehalten würde. »Zweifellos werde ich an meinem Schwanz von einem großen Fisch festgehalten; an dem köstlichen Leckerbissen werde ich mich tüchtig sattessen!« dachte er sich und zerrte an seinem Schwanz. Da schien es ihm jedoch, als risse irgendetwas ab; er schlug einen Purzelbaum, fiel auf die Nase und rutschte über das Eis. Als der Bär nun überlegte: »Was ist geschehen?« und um sich blickte, war sein Schwanz an der Wurzel abgerissen und im Eisloch steckengeblieben.

55. *Die Wachtel und der Dachs*

Einmal trafen sich Wachtel und Dachs auf dem Wege. »Heute gedachte ich dir einen Umzug unseres Fürsten zu zeigen; könntest du dich daher nicht in einen Brunnenpfahl verwandeln?« schlug die Wachtel dem Dachs vor. »Einverstanden!« antwortete der Dachs, verwandelte sich in einen Brunnenpfahl und stand unbeweglich. Die Wachtel aber machte ein hochmütiges Gesicht und ließ sich auf dem Kopf des Dachses nieder, der sich also in einen Brunnenpfahl verwandelt hatte. Dorthin nun kam ein hochgewachsener Lastenträger, über der Schulter eine sechs Fuß lange Stange. Als er an der lustigen Figur, die Wachtel und Dachs zusammen bildeten, vorbeiging, gab sich die Wachtel ein affektiertes Aussehen und traf keinerlei Anstalten zu fliehen. »So ein Kerl, diese unverschämte Wachtel!« rief er, schwang seinen Stock von sechs Fuß Länge, den er in der Hand hielt, und schlug nach der Wachtel, die ja auf dem Kopf des Dachses saß, der sich in einen Brunnenpfahl verwandelt hatte. In diesem Moment flog die Wachtel behende fort. Als dies der Lastenträger sah, lachte er und ging weiter.

Der Dachs aber war voller Zorn und schrie: »Du hast mir vorgemacht, mir den Umzug des Fürsten zeigen zu wollen, und hast mich bewogen, mich in einen Brunnenpfahl zu verwandeln. Deswegen bin ich nun geschlagen worden, du aber bist, ohne dich darum zu scheren, sogleich davongeflogen!«, und mit einem einzigen Biß hielt er die Wachtel plötzlich zwischen den Zähnen.

Da hing die Wachtel zwischen seinen Zähnen und konnte sich nicht rühren. Sie sprach: »Ich habe eine alleinstehende Mutter; daß ich auf jeden Fall gefressen werde, kann ich nicht hinausschreien und auch nicht, daß ich den letzten Abschied von der Mutter nehmen möchte. Bitte, könntest du nicht meine Mutter für mich rufen?« So bat sie. »Nun, einmal will ich rufen!« entgegnete der Dachs und rief mit lauter Stimme nach der Mutter der Wachtel. Dabei jedoch mußte er den Mund öffnen, so daß die Wachtel herausflattern konnte und entfloh. Erneut ergrimmt, sprang der Dachs nach ihr und schnappte den Schwanz der Wachtel. Zwar mühte sich die Wachtel mit aller Kraft; ›wenn ich diesmal nicht entfliehe, ist es um mein Leben geschehen.‹ Mit dem Aufgebot aller Kräfte suchte sie zu entkommen, da riß schließlich ihr Schwanz ab. Deshalb hat die Wachtel auch heute keinen Schwanz mehr. So erzählt man.

56. Kuckuck und Stiefmutter

In alter Zeit lebte irgendwo eine Stiefmutter. Es war um die Zeit des fünften Monats, da befahl die Stiefmutter (ihrem Kind): »Komm bald mit der Mittagsmahlzeit auf dem Rükken nach!« und ging zu den am Fuße der Berge gelegenen, steilen Terrassenfeldern, um Gerste zu schneiden. Als nun die Mittagsstunde heranrückte, nahm das Stiefkind den Imbiß für die Mutter auf den Rücken und machte sich auf den Weg. »Mutter, wo bist du?« rief es, doch die Mutter gedachte die Tochter zum Narren zu halten und rief vom obersten Feld: »Hier bin ich! Hier bin ich!« Als aber das Mädchen schwitzend mit seiner Last auf dem Rücken dorthinauf kam, war die Mutter schon längst auf das unterste Feld gegangen und rief: »Hier bin ich, was trödelst du herum!«

Eiligst stieg das Mädchen mit dem Imbiß auf dem Rücken hinab – da war die Mutter wieder zum obersten Feld hinaufgestiegen und rief: »Hier bin ich! Was trödelst du herum?« Während sie so etwa zehnmal ihr Rufen wiederholte, bekam das Mädchen Hunger, es war heiß, und wie es so mit dem schweren Essenspaket auf dem Rücken den steilen Abhang hinauf- und hinunterlief, stürzte es schließlich und kam dabei zu Tode. Zur Strafe dafür wurde die Mutter zu einem Kakkô-Vogel, einem Kuckuck. »Kakkô! Kakkô!« ruft er und reißt seinen Schnabel auf, bis Blut heraustropft, und achttausendundachtmal am Tag muß er so schreien. Wenn er nämlich nicht ruft, kommen aus seinem Schnabel scheußliche Maden hervor.

57. *Das Kopftuch der vollkommenen Verwandlung*

Als einmal ein buddhistischer Priester sich auf dem Heimweg von seinem Gönner befand, saß in einem Dickicht auf einem unbebauten Feld ein Fuchs und übte sich in seinen Verwandlungskünsten; unverzüglich verwandelte er sich nun in ein schönes Mädchen und trat ihm lächelnd entgegen: »Ah, der Herr Priester! Wohin geht es des Weges?« sprach er kokett. »Herr Fuchs? Eure Maske ist wirklich ein wenig unvollkommen, sie ist leicht zu durchschauen und kunstlos!« entgegnete der Priester. Der Fuchs erschrak und fragte: »Wie habt Ihr dies erkannt?« – »Auch ich bin in Wirklichkeit Euer Bruder, doch dürfte die Gestaltung meiner Maske gelungen sein; Eure gleicht zwar von den Hüften aufwärts einem Menschen, aber der untere Teil ist ganz und gar ein Fuchs. Ist hier nicht der Schwanz zu sehen und schauen nicht die Ohren hervor?« fuhr der Priester fort, worauf der Fuchs sprachlos vor Erstaunen war und fragte, ob es sich wirklich so verhalte. »Sehe ich wie ein Fuchs aus?« fragte der Priester, da entgegnete jener: »In der Tat seid Ihr ein vollkommener Mensch,

Ihr seht auch nicht ein bißchen wie ein Fuchs aus, Ihr seid ganz und gar ein ansehnlicher Priester!«, und er bewunderte ihn maßlos. Der Priester lächelte und fragte, womit er sich in solch eine Erscheinung verwandle. »Nun seht, meines ist ein schäbiges Handtuch, welches ist aber dann Euer Zaubermittel?« erkundigte sich der Fuchs. »Nun seht, auch meines ist ein schäbiges Ding, es ist dieses Kopftuch hier!« antwortete der Priester, nahm das Kopftuch ab, welches er trug, und zeigte es ihm. »Wie ist es, tauscht Ihr es nicht gegen mein Tuch?« meinte der Fuchs, doch der Priester erklärte: »Ich möchte lieber nicht, nein!« Daraufhin wurde der Fuchs immer begieriger auf das Kopftuch des Priesters und bat: »Ihr müßt unbedingt mit mir tauschen!« Zwar sagte der Priester: »Ich will nicht!«, doch in seinem Herzen frohlockte er und tauschte am Ende sein schmutziges, altes Kopftuch gegen das verwandlungskräftige Handtuch des Fuchses. Nun band er dem Fuchs das alte Kopftuch um und schmeichelte ihm mit: »Ah! Unübertroffen gut! Vorzüglich ist das!« Als sich darauf der Priester das vom Fuchs erhaltene Handtuch um den Kopf band, verwandelte er sich in ein schönes Mädchen. Der Fuchs aber lobte die Frauengestalt des Priesters. Dann gingen die beiden auseinander; der eine rechts, der andere links.

Der Priester kehrte nun in seinen Tempel zurück, steckte aber dieses Handtuch in seine Brusttasche und stellte sich, als ob er von nichts wisse. Eines Tages kam nun eine Schar junger Leute aus dem Dorf in den Tempel. »Ist der Priester da? Ist der Priester da?« riefen sie in der Vorhalle, aber es ertönte keinerlei Antwort. Während sie noch dachten, daß das doch seltsam sei, trat aus einem Zimmer ein schönes Mädchen heraus und lugte verstohlen durch einen Spalt der Schiebetür nach den jungen Männern in der Vorhalle. Beim Anblick dieses Mädchens verwunderten sich die jungen Leute höchlichst und fragten: »Woher kommt Ihr, Fräulein, wir haben Euch noch nie gesehen! Seid Ihr allein? Wohin ist der Priester gegangen?« – »Ich bin ganz allein!« entgegnete das

Mädchen. Als die jungen Männer daraufhin voller Freude Anstalten trafen, zu ihm hineinzugehen und es zu haschen, lachte das Mädchen gurrend und warf ihnen verführerische Blicke zu. Da sich das Mädchen solcherart verhielt, fingen sie es in der Haupthalle ein. Kaum wurde es jedoch umarmt, verwandelte es sich sogleich in den Priester zurück.

Als nun der Fuchs das vom Priester eingetauschte Kopftuch umband und in die Stadt ging, rief man: »Seht, seht! Ein Fuchs ist gekommen, angetan mit solch einem Kopftuch!«, und hier wurde er verfolgt und dort wurde er verfolgt und entfloh gedemütigt zurück in die Berge. Nun merkte er, daß ihn der Priester hereingelegt hatte.

58. Tanokyû

Vor langer, langer Zeit lebte einmal irgendwo ein fahrender Schauspieler, der Tanokyû hieß. Er hatte seine Mutter allein in der Heimat zurückgelassen und sich nach einem Verdienst umgesehen, nun aber erhielt er einen Brief, in dem stand, daß seine Mutter erkrankt sei. Da Tanokyû ein pietätvoller Sohn war, machte er sich in größter Eile auf den Heimweg. Als er sich einer großen Anhöhe näherte und zu einem Laden am Fuß des Berges kam, neigte sich der Tag. Die alte Frau in dem Laden warnte ihn: »Wenn du bei Einbruch der Dunkelheit über den Berg gehst, triffst du auf eine Riesenschlange. Von jetzt ab kannst du nicht mehr hinübergehen!«, und sie hielt ihn zurück. Tanokyû aber wollte in seiner Kindesliebe keine Zeit verlieren und hörte nicht auf sie; er stieg auf den Berg und kam an einen Paß. Da dort ein kleiner Shintôschrein stand, gedachte er sich eine Weile auszuruhen und rastete. Da trat ein großer, alter Mann mit weißem Haar heraus und fragte: »Wie heißt du?« – »Ich heiße Tanokyû«, antwortete er. Nun schien der Alte aber fälschlich »Tanoki« (Dachs) verstanden zu haben und sprach: »Wenn du das Wesen bist, das man Dachs nennt, bist du wohl ein Verwandlungskünstler; verwandle dich doch vor mir! Vom Hörensagen weiß ich, ein Dachs soll sich in jede Gestalt verwandeln können.« Und er fuhr fort: »Ich bin eine Riesenschlange, kein Mensch; auch ich kann mich verwandeln!«

Wie Tanokyû dies hörte, kannte sein Schrecken keine Grenzen. Da er aber Perücken dabei hatte, setzte er eine Frauenperücke auf und gab eine Probe seiner Kunst. Darauf sprach die Riesenschlange: »Du bist geschickter als ich dachte!«, und sie bewunderte ihn sehr. Das aber beruhigte ihn und er erzählte allerlei Geschichten. Dann fragte die Riesenschlange: »Wogegen hast du eine Abneigung?« – »Ich verabscheue die Dinge, die man Goldmünzen nennt. Und wogegen hast du eine Abneigung?« fragte man auch Tanokyû. »Ich habe einen großen Ekel vor Tabaksaft und dem herben Saft von Persimonen. Wenn ich diese auf den Körper bringe, werde ich gelähmt und kann mich nicht mehr bewegen. Deshalb dürfen es die Menschen nicht erfahren. Verrate es nicht! Weil du ein Dachs bist, schone ich dich, du aber darfst diese Sache niemals weitererzählen! Und nun wollen wir uns für heute abend trennen.« So sprach die Riesenschlange und verschwand.

Tanokyû atmete erleichtert auf und lief den Berg hinunter. Während er aber hinunterlief, brach bereits der Tag an, und er traf zwei alte Holzfäller aus dem Dorf. Da erzählte er von der Riesenschlange vom vergangenen Abend und erklärte, wie man sie bezwingen könne. Die alten Holzfäller freuten sich sehr; sie ließen unter den Leuten im Dorf Tabaksaft und auch Saft von Persimonen sammeln und machten sich dann tatsächlich auf, die Riesenschlange zu bezwingen. Die Riesenschlange aber, die davon erfahren hatte, dachte: »Ha, es steht ganz außer Zweifel, daß dieser Dachskerl geplaudert hat!«, und sie verließ ihren Platz auf dem Berg und flüchtete sich auf einen anderen. Von da an sann sie darauf, wie sie sich an Tanokyû rächen könnte. Sie suchte das Haus von Tanokyû, aber als sie es gefunden hatte, war die Tür verschlossen und sie konnte nicht hinein. Als sie nun überall nach einem Einlaß suchte, fand sie am Dachgiebel das Rauchloch und kroch durch es hinein. »Deinen Anschlag von neulich sollst du büßen!« rief sie und warf einen Haufen Goldstücke hinein. So erzählt man.

59. Der Berggeist und der Jäger

Ein Jäger aus einem Dorf ging einmal in die Berge. Weil ihm kalt war, zündete er sich ein Feuer an und wärmte sich. Da kam an die andere Seite des Feuers ein seltsamer Kerl. Der Jäger dachte bei sich: »Dies ist wohl der Berggeist, von dem ich habe erzählen hören!«, und er war erschrocken. Da begann dieser Berggeist zu sprechen: »Du denkst, daß ich wohl der Berggeist bin, und du bist erschrocken.« So sprach er. Nun fielen dem Jäger die Erzählungen ein, in denen es hieß, daß der Kerl, den man den Berggeist nennt, um die Gedanken in den Herzen der Menschen weiß, so wie sie einem einer nach dem anderen in den Sinn kommen, und er fürchtete sich noch mehr. »Wenn er doch schnell davonlaufen würde!« überlegte er. Da tönte es wiederum von der anderen Seite: »Du denkst, ich sollte schnell davonlaufen!« Während er nun keine Möglichkeit mehr sah zu entkommen, war indessen das Feuer heruntergebrannt. Beiläufig fiel es ihm ein, Brennholz nachzulegen; er nahm das Holz, das neben ihm lag, legte es über seine Knie und brach es in zwei Hälften. Plötzlich sprang ein Splitter ab und flog dem Berggeist ins Auge. Da erschrak der Berggeist und schrie: »Oh, tut das weh! Die Kerle, die sich Menschen nennen, handeln ohne auch nur zu denken!« – und so entfloh er.

60. Die Katze und der Topfdeckel

Es ist lange her, da lebten einmal irgendwo tief in den Bergen in einem einsam gelegenen Haus zwei Menschen: ein Jäger und seine Mutter. Als nun zu dem Haus dieses Jägers von irgendwoher ein allerliebstes Kätzchen kam, freute sich die Mutter und nahm sich seiner liebevoll an. Damals lebten in den Bergen eine große Anzahl Wildkatzen, und die Leute aus den Dörfern sagten, daß sie allerlei Zauberei vollbrächten, und hatten alle Angst. »Wenn es die Wildkatzen sind, die solche Übeltaten begehen, so will ich sie totschießen!« sagte sich der Jäger, und eines Tages goß er am Feuerplatz Gewehrkugeln, um damit gegen die Wildkatzen anzugehen. Die Hauskatze neben dem Jäger aber schaute unverwandt zu, wie er die Kugeln anfertigte. Und sie schaute ebenso aufmerksam zu, als der Jäger die fertigen Kugeln einmal und noch einmal zählte. Der Jäger dachte bei sich: ›Was für eine seltsame Katze!‹ und machte sich deshalb Gedanken, was sie wohl im Schilde führe. Unter den Augen der Katze goß er zwölf Kugeln, außerdem aber machte er eine einzige goldene Kugel, ohne daß die Katze es bemerkte, und steckte sie weg. Jeder Jäger schießt nämlich in einem kritischen Augenblick eine solche Goldkugel ab.

Der Jäger nahm nun die zwölf Kugeln und die Goldkugel, schulterte sein Gewehr und ging tief in die Berge. Da sich währenddessen der Tag neigte, ging er in eine kleine Hütte, wo er zu schlafen pflegte, und legte sich zur Ruhe. Um Mitternacht aber schien es ihm, als ob in die Nähe seiner Hütte ein Geisterwesen käme. Er ergriff sein Gewehr, und als er heimlich aus der Hütte spähte, was es draußen gebe, leuchteten ganz nahe aus der tiefen Dunkelheit zwei Augen, und es schien, als ob das unbestimmbare Wesen sich immer mehr der Hütte nähere. Der Jäger hielt diese Erscheinung für verdächtig, lud sogleich sein Gewehr mit den Kugeln und schoß ›Peng!‹ los. Aber mit einem scheppernden Geräusch schien die

Kugel am Ziel niederzufallen. Wieder schoß er und wieder fiel die Kugel scheppernd nieder. Wie viele Kugeln er auch abfeuerte – alle riefen nur ein schepperndes und klirrendes Geräusch hervor und keine einzige Kugel hatte irgendeine Wirkung. Erschrocken verschoß der Jäger schließlich alle seine zwölf Kugeln, bis als einzige ihm nur die Goldkugel übrigblieb. Da er nun keine andere Wahl mehr hatte, lud der Jäger sein Gewehr mit der Goldkugel, die er sich bis zuletzt aufgehoben hatte, und schoß ›Peng!‹ los. Da diesmal kein Laut zu hören war, hatte die Kugel gewiß getroffen; das Geisterwesen tat einen schrillen Schrei und flüchtete tief in die Berge. Der Jäger wartete, bis die Nacht verblaßte. Dann ging er zum Schauplatz der vergangenen Nacht und schaute: da lag der Deckel eines Teekessels, den er schon irgendwo gesehen zu haben glaubte, und daneben lagen seine zwölf Kugeln. Weiter war von dort bis tief in die Berge hinein eine Menge Blut vergossen, und als er dieser Blutspur folgte, fand er den Körper einer großen Wildkatze durchschossen, blutüberströmt und tot. Eilig kehrte der Jäger nach Hause zurück – da war seine Mutter von irgend jemand aufgefressen worden. Der Deckel des Teekessels aber, der über dem Feuer hing, war nirgends aufzufinden.

Es verhielt sich nämlich folgendermaßen: Eine Wildkatze hatte sich in eine gewöhnliche Katze verwandelt. Sie wollte den Jäger töten, und nachdem sie in der Abwesenheit des Jägers – als er in die Berge gegangen war – seine Mutter aufgefressen hatte, nahm sie den Deckel des Teekessels am Feuer und ging ebenfalls in die Berge. Dann fing sie die zwölf Kugeln, die der Jäger verschoß, mit diesem Topfdeckel auf und gedachte, als die Kugeln schließlich ein Ende nahmen, den Jäger umzubringen. Von der allerletzten Goldkugel aber wurde sie getroffen und schließlich getötet.

61. Der Jäger im Glück

Vor langer Zeit lebte einmal ein Shintôpriester. Eines Morgens ging er in der Frühe auf die Pirsch. Da fielen in seiner Nähe in einen Bewässerungsgraben zwischen den Reisfeldern dreizehn Wildenten ein. Von diesen sammelten sich zwölf an ein und derselben Stelle, in einer Zickzacklinie hintereinander sitzend. Nur eine einzige Ente ließ sich an einem Platz etwas abseits nieder. Der Priester nahm nun seine Flinte, zielte genau und schoß los, wobei er allerdings den Gewehrkolben nicht ruhig hielt: die Kugel wich daher von ihrer Bahn ab, beschrieb eine zickzackförmige Fluglinie und traf auf diese Weise alle zwölf Wildenten. Mehr noch: dieselbe Kugel kam dann auf einen Stein auf, prallte zurück und traf auch die ein wenig abseits sitzende Ente, so daß er insgesamt alle dreizehn Wildenten erlegt hatte.

Jene Enten schienen jedoch nicht völlig tot zu sein, sie stiegen flatternd hoch, fielen dann in einen großen Wassergraben in der Nähe ein und auf der Wasseroberfläche schwimmend trieben sie allmählich den Bach hinunter. »Es wäre schade um sie!« dachte sich da der Priester und eilte erschrocken zu dem Graben und machte sich daran, die Wildenten hier und dort einzusammeln. Er stieg also ins Wasser, das ihm nur bis zu den Hüften reichte, holte mit Mühe seine Enten heraus, band sie mit einer Glyzinienranke zusammen und wollte gerade ans Ufer steigen, als er im Schlamm ausglitt. Ohne zu überlegen hielt er sich da an einer Baumwurzel fest, die dort herausragte: doch diese Baumwurzel hielt nicht stand und der Priester fiel rücklings in den Graben. Was er aber für eine Baumwurzel gehalten hatte, war der Hinterlauf eines Hasen, so daß er also noch einen Hasen gefangen hatte.

Weil er jedoch rücklings in den Graben gefallen war, war er am ganzen Körper naß geworden. Während er nun mit dem Gedanken: »Puh, abscheulich!« ans Ufer stieg, hatte indessen der Hase, solange er seinen Hinterlauf gepackt hielt, gerne fliehen wollen, anscheinend heftig mit den Vorderläufen am Boden gekratzt und dort noch acht Kamme an Yamswurzeln ausgegraben.

Nun nahm der Priester die dreizehn Wildenten, den Hasen und die acht Kamme Yamswurzeln alle zusammen auf die Schultern und kehrte nach Hause zurück. »Ah, ich bin durchnäßt, deshalb ist mir sehr kalt!« sprach er zu sich und zündete dabei am Herdplatz ein Feuer an. Doch besonders an den Beinen fühlte er sich seltsam unbehaglich. »Nun, was ist da zu tun?« überlegte er, zog eiligst seine Unterhosen aus und schaute: da waren in seine Hosen, ohne daß er es bemerkt hatte, Schmerlen hineingeraten! Sechs Kamme fanden sich darin, so daß überall im Haus alles voll von Fischen war.

62. Von der Schwester, die ein Dämon war

Irgendwo lebte einmal ein junger Mann, dessen Namen ich allerdings nicht weiß. Auf seinem Weg durch ein Dorf traf er einmal Kinder, die in ein Bambusrohr Mücken gesteckt hatten und sie quälten. Da sprach jener junge Mann: »Warum tut ihr etwas so Grausames? Verkauft mir diese Mücken um einen Sen!« – »Es gibt sogar Leute, die solcherlei Dinge mit Geld kaufen!« riefen die Kinder und verkauften sie ihm voller Freude. Der Mann aber sprach: »Es tut mir leid, ihr Mükken, daß ihr von so schlechten Menschen gefangen worden seid! Ich lasse euch frei, aber dafür müßt ihr mir auch helfen, wenn ich in Schwierigkeiten bin!« Und er ließ sie fliegen. Dann wanderte er in das nächste Dorf.

Abweichend von dieser Geschichte gibt es die von den beiden Geschwistern Bokka und Asekka. Ich werde noch einmal von Anfang an beginnen:

Es waren einmal Vater und Mutter und Bokka und Asekka. Asekka und Bokka schliefen immer unter ein und derselben Schlafdecke. Sobald aber Bokka schlief, schlüpfte Asekka nach draußen, und wenn sie beim Morgengrauen zurückkehrte, war sie immer ganz kalt und kroch wieder unter die Schlafdecke. Weil nun Bokka sich sehr darüber verwunderte, machte er sich Gedanken, wohin Asekka eigentlich immer ging, und eines Nachts stellte er sich nur schlafend. Nachdem Asekka davon überzeugt war, daß Bokka fest schlafe, schlüpfte sie hinaus. Bokka aber vermutete, daß etwas Ungewöhnliches im Gange sei, und machte sich zur Verfolgung von Asekka auf. Diese ging nun zu dem Weideplatz am Rand des Dorfes und griff sich ein Rind, das dort frei umherlief, und begann ihm das Blut auszusaugen. Als er Asekka dabei erblickte, erschrak er, denn was er für seine jüngere Schwester gehalten hatte, war ein Dämon. Er war überzeugt, daß ein Dämon Asekka aufgefressen und sich dann in die jüngere Schwester verwandelt hatte. Zitternd und schaudernd kehrte er heim.

Am nächsten Tage, als die jüngere Schwester gerade nicht da war, sprach Bokka zu den Eltern: »Asekka ist ein Dämon! Wenn ihr sie deshalb nicht schnell aus dem Hause jagt, werden wir in Bälde alle gefressen werden!« Da wurden die Eltern sehr zornig und sprachen: »Du einfältiger Kerl! Du willst wohl selbst Asekka auffressen! Da du von einem so guten Schwesterchen solches sprichst, schere dich aus dem Haus!« So wurde er gescholten. »Dann ist es nicht zu ändern!« erwiderte Bokka und ging fort.

Von nun an komme ich wieder auf die frühere Geschichte zurück: Er kaufte also Mücken, rettete sie und ging dann zu dem nächsten Dorf, als ihm auf dem Wege ein großer Tiger begegnete. Während Bokka überlegte, wie er fliehen könnte, vergoß der Tiger – ohne sich im geringsten zu bewegen – Tränen und senkte vor Bokka den Kopf. Da dachte sich Bokka: »Er muß an mich irgendeine Bitte haben!«, und als er zu ihm trat und nachschaute, hatte sich der Tiger in eine Pfote einen Nagel eingetreten. Vielleicht war es auch ein Knochensplitter. »Er wollte sagen, ich solle ihm diesen herausziehen!« dachte er sich und zog ihm den Nagel heraus. Der Tiger aber zeigte sich ganz zahm und folgte Bokka nach.

Begleitet von dem Tiger kam Bokka wieder in ein Dorf. In diesem Dorf waren überall Anschlagzettel angebracht. Auf diesen Zetteln stand geschrieben: ›Wer errät, wieviel Sack Getreide sich in seinen Speichern befinden, den macht unser Fürst zu seinem Schwiegersohn!‹ – »Nun, wieviel Säcke könnten das ungefähr sein?« überlegte sich Bokka. Da kam ein Schwarm Mücken geflogen und summte an seinem Ohr: »Tausend Sack! Tausend Sack!« – Habt Dank dafür!« dachte er bei sich und machte sich auf den Weg zum Palast des Fürsten. Als er angekommen war, erriet er richtig: »In Euren Speichern befinden sich tausend Sack.« Nun machte der Fürst gemäß seinem Versprechen Bokka zu seinem Schwiegersohn. Auch für den Tiger ließ er hierauf einen wunderschönen Zwinger errichten, stellte ein Drahtnetz auf und fütterte ihn. So führten sie ein Leben in Pracht und Glanz.

Es verstrich ungefähr ein Jahr. Da sagte Bokka, daß er gern wissen wollte, wie es seinem Vater und seiner Mutter gehe, und er in sein Heimatdorf zurückkehren wolle. Er lud also eine große Zahl von Geschenken auf ein Pferd und brach auf. Bei seiner Abreise aber bat er seine Frau: »Wenn der Tiger zu aufgeregt wird, dann öffne die Klappe und laß ihn frei!«

Als nun Bokka auf einem Gebirgspaß bei seinem Heimatdorf stand und über das Dorf hinblickte, war da keine Menschenseele. Schließlich ritt er zu dem Haus, in dem er geboren war, und rief: »Darf ich eintreten?« Es antwortete: »Bokka, wo bist du nur gewesen?«, und Asekka kam heraus. »Nun komm schnell herein!« rief sie. Als Bokka ins Haus trat, brach Asekka in Tränen aus. »Ach Bokka, seit du fortgegangen bist, ist in diesem Dorf eine Epidemie ausgebrochen und die Leute aus dem Dorf sind alle gestorben. Auch unser Vater und unsere Mutter sind gestorben. Ich bin ganz allein übrig!« So erzählte sie. »Aber du sollst sogleich, während ich diesen Reis wasche, die Trommel schlagen und fröhlich sein!« Mit diesen Worten ging sie hinaus.

Nun schlug Bokka die Trommel und war fröhlich. Doch da erschienen eine weiße Maus und eine schwarze Maus. »Bokka! Bokka!« riefen sie ihn an. »Wir sind deine Eltern! Geh fort, solange sich Asekka jetzt die Zähne schärft! Wie du gesagt hast, ist Asekka ein Dämon! Nachdem sie die Dorfbewohner sämtlich verschlungen hatte, wurden auch wir schließlich gefressen. Jetzt ist sie ihre Zähne schärfen gegangen und will dich fressen; darum fliehe schnell! Die Trommel werden wir schlagen!«, so sprachen die beiden Mäuse und begannen mit ihren Schwänzen die Trommel zu schlagen. Bokka aber bestieg sein Pferd und entfloh.

Asekka kehrte ins Haus zurück. Da war Bokka nicht mehr da, sondern die Mäuse schlugen die Trommel. »Donnerwetter!« schrie sie und scheuchte die Mäuse hinaus. »Ach, nun habe ich meine kostbare, kaum gefangene Beute wieder entkommen lassen!« jammerte sie, und als sie nach der anderen Seite hinschaute, floh Bokka gerade über eine Anhöhe. »Soll ich ihn entkommen lassen!«, so setzte Asekka ihm nach. Nach kurzer Zeit würde sie Bokka eingeholt haben. Da wußte sich Bokka keinen anderen Rat mehr, als seinem Pferd ein Bein abzuschneiden und weiterzufliehen. Während nun Asekka das Bein fraß, entfloh das Pferd auf drei Beinen. Weil er aber von neuem eingeholt wurde, schnitt er dem Pferd wieder ein Bein ab; da stürzte das Pferd schließlich und konnte nicht weiterlaufen. Asekka aber begann das Pferd zu fressen. Während Asekka das Pferd fraß, flüchtete er weiter und kletterte auf eine Kiefer, die am Wege wuchs. Wieder jedoch setzte Asekka Bokka nach und fand heraus, daß er auf die Kiefer gestiegen war. Und langsam stieg auch sie empor. Bokka aber war außer sich vor Angst.

Nun ändert sich die Geschichte: Bei Bokka zu Hause war der Tiger in seinem Käfig wild geworden. Als Bokkas Frau den Käfig öffnete und ihn hinausließ, nahm er seinen Weg zu dem Dorf der Eltern Bokkas. Gerade als Asekka Bokka verfolgte und im Begriff war, auf den Baum zu steigen, kam der Tiger an und begann mit Asekka einen Zweikampf. Während Bokka schrie: »Wirf sie nieder, Tiger, Tiger!« und zusah, biß der Tiger Asekka schließlich in den Kopf und biß sie zu Tode.

Darauf kehrte Bokka, von seinem Tiger begleitet, heim und sorgte, solange er lebte, für ihn. So erzählt man.

63. Der große Stein

Es war einmal ein Edelmann, der hatte drei Diener, Tarô, Kankichi und Sanzô. Eines Tages war Kankichi im Stall beschäftigt, die Pferde zu warten, und Sanzô war mit dem Herrn in die Stadt gegangen. Dem Tarô hatte man befohlen, Gras zu schneiden, und er machte sich auf, nach der Wiese zu gehen. Unterwegs sah er einige Dorfkinder, die ein Wespennest gefunden hatten, mit Steinen danach warfen und ihr Wasser darauf abschlagen wollten. Als Tarô dies sah, fühlte er Mitleid mit den Wespen, nahm ein paar kleine Münzen, die er in der Busentasche trug, heraus, gab sie den Kindern und ließ sich dafür das Wespennest geben. Dies trug er in den Wald und gab dort den Wespen die Freiheit wieder. Drei Tage darauf ließ der Edelmann seine drei Diener vor sich kommen und sagte zu ihnen: »Heute werde ich einen großen Stein vom Dach meines Hauses herabrollen lassen. Demjenigen von euch dreien, der den Stein auffängt und ihn nicht zur Erde fallen läßt, will ich meine einzige Tochter zur Frau geben.« Als sie dies gehört hatten, fingen Tarôs Gefährten gleich an zu prahlen, und jeder von den beiden betrachtete sich schon als Schwiegersohn des reichen Hauses. Tarô aber war nicht so zuversichtlich und ging, wie täglich, hinaus auf die Wiese, um Gras zu schneiden. Während er damit beschäftigt war, hörte er ein leichtes Summen um seinen Kopf, und als er genau hinhörte, klang ihm dieses Summen wie ein ganz leiser Gesang in die Ohren, in dem immer wieder diese Worte wiederholt wurden:

»Herr Tarô, Herr Tarô, hört!
Der große Stein, der vom Dach fällt,
Das ist kein Stein, er ist aus Pappe,
Ist aus Pappe, summ, summ, summ!«

Als er überrascht aufblickte, sah er vor sich den Wespenschwarm, den er vor drei Tagen vor den Kindern gerettet hatte. »Da hab' ich etwas Gutes erfahren«, dachte er und kehrte nun ermutigt nach Hause zurück. Als der Abend gekommen war, stieg der Herr auf das Dach, und die drei Diener mußten sich unten vor das Haus stellen. Dann rief er: »Paßt auf und fangt ihn gut!« Dabei ließ er einen großen Stein, der vier Ken nach allen Seiten maß, vom First dorthin, wo die Diener standen, herabrollen. Als die beiden anderen sahen, wie groß der Stein war, sprangen sie erschreckt zur Seite und liefen davon. Tarô aber fing den Stein auf und fand, daß er wirklich nur aus Pappe gefertigt war und daß der Herr nur den Mut seiner Diener damit auf die Probe stellen wollte. Nun bekam Tarô die Edelmannstochter und wurde von allen Seiten zu dieser Heirat beglückwünscht.

64. Der Pferdehändler Yasohachi

Es lebte einmal irgendwo ein armer Pferdehändler, den man Roßkamm Yasohachi nannte. Da er nur ein einziges, altes, mageres Pferd besaß, so wollte niemand mit ihm Geschäfte machen. Neben Yasohachi wohnte ein reicher Edelmann, in dessen Stall achtundvierzig starke, schöne Pferde standen. Oft dachte Yasohachi: »Ach, könnte ich nur einmal ein so schönes Pferd, wie sie mein Nachbar besitzt, auf den Markt bringen«, und endlich faßte er sich ein Herz, ging zu dem Edelmann und stellte an ihn die Bitte: »Morgen ist in der Stadt Pferdemarkt. Wollt Ihr mir nicht eines von Euren schönen Pferden leihen? Ich will es nur einmal über den Markt führen und den Leuten zeigen, damit ich mir später auf diese Weise eine gute Kundschaft verschaffen kann.« Der Edelmann hörte Yasohachis Wunsch an, überlegte einen Augenblick und sagte dann: »Wenn du sagen willst, ›das sind die Pferde meines Nachbarn, des Edelmannes‹, und wenn du sie durch alle die oberen und unteren Straßen der Stadt führen willst, so daß jeder sie sehen kann, so will ich dir für morgen alle meine achtundvierzig Pferde leihen.« Yasohachi versprach ihm, so zu tun, bat ihn, ihm die Pferde zu leihen, und bekam sie. Am nächsten Tag führte er alle achtundvierzig Pferde des Nachbarn durch die Straßen der Stadt auf und ab, und ganz am Ende ließ er noch seinen eigenen, mageren Klepper mitlaufen. Alle Leute blieben verwundert stehen und fragten: »Yasohachi, wo hast du die schönen Pferde gekauft?« Der prahlte laut: »Die hat mir alle mein Nachbar, der Schwachkopf, verkauft, ich hab' ihm dafür das neunundvierzigste Pferd, den alten, lahmen Klepper dahinten, angedreht!« Der Edelmann wollte nun auch gern hören, was die Leute über seine Pferde sagen würden, und war deshalb heimlich zur Stadt gegangen und hatte sich, ohne daß Yasohachi ihn sehen konnte, unter die Menge gemischt. Als er Yasohachis Lügen hörte, geriet er in großen Zorn und lief nach Hause, wo er den Yasohachi wutschnaubend erwartete. Als dieser zurückkam, schrie er ihn an: »He, du Bursche, was hast du da in der Stadt getrieben? Schamrot hast du mich da mit deinen dreisten Lügen gemacht!« Er ergriff eine Axt und schlug damit Yasohachis Pferd vor den Kopf, daß es sofort tot umfiel. Yasohachi dachte bei sich: »Es ist wahr, daß ich gelogen habe, und ich kann nun nichts mehr ändern«, zog dem toten Pferd die Haut ab, um sie zu verkaufen, und dachte dafür wenigstens so viel erlösen zu können, um sich einen Trunk Sake dafür zu beschaffen. Er nahm also am folgenden Tag die Haut, wickelte sie in ein Umschlagtuch und zog so zur Stadt, um sie dort zu verkaufen. Unterwegs geriet er in ein großes Schneetreiben und mußte, da er nicht weiterkonnte und alle Wege verschneit waren, in einem großen Hause, das da einsam auf dem Felde stand, Obdach suchen. Er suchte dort Schutz, indem er sich auf die Veranda unter dem Vordach setzte. Während er dort saß, hörte er ein Gemurmel aus dem Hause und war neugierig zu erfahren, wer sich dort so heimlich flüsternd unterhielt. Leise schlich er sich zur Tür und spähte durch eine Ritze in das Innere. Da sah er die Frau des Hauses, die einen fremden Mann ins Zimmer zog und mit ihm vor einem mit Speisen und Getränken reich besetzten Tische Platz nahm. Während er sich noch darüber wunderte, hörte er die Stimme des zurückkehrenden Hausherrn von der Hintertür: »Frau, mach auf, ich bin zurückgekehrt!« Darüber war die Frau sehr bestürzt, und Yasohachi beobachtete, wie sie ihren Liebhaber zuerst in einem großen Korb im Wandschrank verbarg, dann den gedeckten Tisch in ein Nebenzimmer trug und die Tintenfischarme an den Nagel, wo die Strohregenmäntel hingen, aufhängte. Erst nachdem sie alles schön in Ordnung gebracht hatte, öffnete sie ihrem Mann die Tür. Der trat ins Haus: »Huhu, wie kalt es heut ist, schür das Feuer gut, ich bin ganz durchgefroren.« Und während die Frau noch ganz verwirrt antwortete: »Ich habe gerade gedacht, daß du wohl bald zurückkommen würdest«, trat auch Yasohachi ins Haus: »Ich bin auf Wanderschaft, und da ich des tiefen Schnees wegen nicht weiterkann, bitte ich, mich hier ein bißchen wärmen zu dürfen.« Der Hausherr war ein gutmütiger Mensch und lud ihn ein, näher zu treten: »Sicher habt Ihr schon einen langen Weg hinter Euch, bis Ihr hierhergekommen seid, Herr Wandersmann, was habt Ihr für einen Beruf?« Ohne sich viel zu besinnen, antwortete Yasohachi: »Ich bin ein Wahrsager, und um Euch gleich eine Probe meiner Kunst zu geben, damit Ihr das nicht für bloßes Gerede haltet, sage ich, daß Euch, dem Herrn dieses Hauses, nicht etwa erst morgen, sondern bereits heute nacht ein großes Unheil zustoßen wird, denn das kann ich aus Eurem Gesicht lesen. Ich bin gern bereit, Euch durch eine Beschwörung das Leben zu retten. Vorher aber sollt Ihr erst noch ein paar andere Proben meiner Kunst sehen.« Damit nahm Yasohachi das Umschlagetuch vom Nacken und wickelte das Pferdefell aus. Er bog und rieb es, daß es knisterte, roch daran und betrachtete es aufmerksam, dann sagte er: »Jetzt habe ich es gut verstanden. Im Hinterzimmer dieses Hauses befindet sich ein mit Speisen und Sake gut besetzter Tisch. Geht hin und schaut nach, ob es nicht so ist.« Der Hausherr dachte bei sich: »Sollte so etwas möglich sein?« Ging hin, sah nach und fand wirklich einen mit Sake und allerlei wohlschmeckenden Dingen besetzten Tisch. Ganz erstaunt sagte er, als er zurückkam: »Herr Wahrsager, es ist wirklich so, wie Ihr gesagt habt.« – »Das ist noch nicht alles«, antwortete Yasohachi, »geht einmal in die Küche, dort werdet Ihr am Nagel für die Regenmäntel ein paar schöne Tintenfischarme finden.« Der Hausherr ging hin und sah, daß auch dieses der Fall war. Nun fing Yasohachi von neuem an, die Haut zu kneten, zu beriechen und zu beschauen. »Diesmal sagt sie mir etwas ganz Schlimmes, Herr, geht doch einmal dort zum Wandschrank und seht Euch den großen Korb da an. In dem hat sich der Dämon, der Euch heut nacht ums Leben bringen will, versteckt.« Da wurde der Hausherr ganz bleich vor Schrecken: »Das ist ja fürchterlich.« Und weinend bat er den Yasohachi: »Lieber Herr Wahrsager, bitte, rettet mir das Leben.« Nun zog Yasohachi den Korb aus dem Wandschrank und schrie ihn an: »Heda, du Dämon, hör gut zu! In welcher bösen Absicht trachtest du dem Hausherrn hier nach dem Leben? Willst du ihn nicht verschonen? Ich werde dich sonst zur Vergeltung gleichfalls ums Leben bringen!« Der Mann im Korb fing nun an zu zittern und zu beben, daß der Korb knarrte und knisterte, und als der Hausherr so merkte, daß wirklich jemand im Korb verborgen war, rief er Yasohachi zu: »Ich will Euch hundert Ryô geben, wenn Ihr den Korb nehmt und irgendwohin schafft.« – »Sicherlich ist das schon mehr, als Ihr dafür zahlen könnt, aber für hundert Ryô wird es mir kaum gelingen, ihn so zu bannen, daß er unschädlich wird«, sagte Yasohachi, mit dem Kopf schüttelnd. »Dann werde ich noch fünfzig Ryô dazugeben, aber ich bitte Euch inständig, treibt mir diesen Dämon aus dem Hause«, bettelte der Hausherr weinend. »Nun ja, für hundertfünfzig Ryô will ich es wagen«, sagte Yasohachi, nahm das Geld und wollte mit dem Korb auf dem Rücken das Haus verlassen, als ihn der Hausherr zurückrief und fragte: »Wollt Ihr mir nicht die Riechhaut da, die Euch alles das mitgeteilt hat, verkaufen? Ich will Euch fünfzig Ryô dafür geben.« Davon wollte Yasohachi nichts wissen: »Seht doch selbst, diese Haut ist doch mein Handwerkszeug, für fünfzig Ryô kann ich sie nicht hergeben.« – »Nun, und wenn ich noch fünfzig dazulege, laßt Ihr sie mir dann?« Damit war Yasohachi einverstanden und bekam so für das Fell seines mageren, alten Kleppers ganze hundert Ryô ausbezahlt. Vergnügt über das gute Geschäft nahm er den Korb mit dem Liebhaber der Frau auf den Rükken und verließ das Haus. Er trug ihn bis zur Brücke über den großen Fluß am Ende des Dorfes und setzte ihn auf der Brücke zu Boden. »So, du Dämon, gehe in dich. Ich, der Wahrsager, dein Herr und Meister, werde dich nun aus der Welt schaffen, indem ich dich mit dem Korb hier in den Fluß werfe. Sprich, wenn du kannst, dein Sterbegebet.« Nun wurde dem Mann im Korb angst und bange. Weinend bat er den Yasohachi: »Lieber Herr Wahrsager, habt doch Mitleid mit mir und schenkt mir das Leben.« – »Umsonst werde ich das nicht tun«, antwortete Yasohachi, und der geängstigte Liebhaber rief darauf: »Hundert Ryô will ich Euch dafür geben.« – »Das genügt nicht.« – »Dann gebe ich noch fünfzig Ryô dazu, bitte, laßt mich dafür laufen.« – »Nun, weil du so weinst und winselst, tust du mir leid, also gib die hundertundfünfzig Ryô her und führe in Zukunft ein anständigeres

Leben, trachte nicht anderen nach dem Ihrigen und laß anderer Leute Frauen zufrieden, willst du mir das versprechen?« Als der Mann im Korb dies fest versprochen hatte, löste Yasohachi die Schnur um den Korb, ließ sich die hundertundfünfzig Ryô geben und ging vergnügt nach Hause. Tags darauf machte Yasohachi dann seinem Nachbarn, dem Edelmann, einen Besuch. »Herr, sollte man so etwas für möglich halten? Das Fell des mageren, alten Kleppers, den Ihr so freundlich wart totzuschlagen, habe ich abgezogen und gestern zur Stadt gebracht. Dort hat man mir erzählt, daß in nächster Zeit ein Krieg auszubrechen droht und daß man deshalb überall Pferdehäute sucht, um die Kriegstrommeln damit zu bespannen. Soviel habe ich für das Fell des mageren, alten Kleppers bekommen.« Und damit zählte Yasohachi die vierhundert Ryô, die er tags zuvor erhalten hatte, vor den Augen des Edelmannes auf den Tisch. Dem Edelmann, der nicht gerade zu den Klügsten gehörte, kam da in den Sinn: »Da wäre was zu verdienen«, und er fragte: »Sollte ich's nicht ebenso machen und die gute Gelegenheit benützend die Felle meiner eigenen Pferde verkaufen? Selbstverständlich werde ich das tun. Wenn ich allein bedenke, was mich die lebenden Pferde an Futter und Wartung kosten und daß ich diese Summen dann nicht nur spare, sondern noch dazu so viel an den Fellen verdienen kann. Gleich will ich sie totschlagen und dich, Yasohachi, bitte ich, mir dabei zu helfen.« Sofort ließ er seine ganze Dienerschaft und die Dorfbewohner rufen und ließ seine schönen, starken Pferde der Reihe nach mit Äxten und Knüppeln totschlagen. Keiner aber war so eifrig bei diesem Geschäft wie unser Yasohachi, das dürft ihr mir glauben. Der reiche Nachbar lud dann den Yasohachi, dem er das alles verdankte, um ihn an dem zu erwartenden Gewinn zu beteiligen, zu einem Festschmaus in der Höhe des Preises einer Pferdehaut ein, und dieser lud seinerseits die Dorfbewohner ein, an diesem Feste teilzunehmen. Dann mußten die Diener des reichen Nachbarn die Pferdehäute auf den Rücken nehmen und in die Stadt tragen. Dort liefen sie straßauf, straßab und riefen aus: »Pferdehäute zum Kriegstrommelbespannen! Wohlfeil, wohlfeil! Das Stück nur dreihundert Ryô!« Die Leute in der Stadt aber sagten: »Hört doch diese Dummköpfe! Sollte man es glauben, daß es auf der Welt solche Toren gibt? Die Leute müssen den Verstand verloren haben!« Keiner kümmerte sich um sie. Als der Edelmann dies hörte, wurde er ganz sinnlos vor Wut. »Das hat mir mein guter Nachbar Yasohachi eingebrockt mit seinem schuftigen Ratschlag!« rief er, ergriff die große Axt, mit der er die Pferde erschlagen hatte, und stürzte zornentbrannt laut schimpfend zum Nachbarhaus hinüber. Kurz vorher war nun Yasohachis alte Mutter infolge seiner großen Armut an Entkräftung gestorben, und da es ihm bis dahin wegen seines Geldmangels noch nicht möglich gewesen war, die Begräbniskosten aufzubringen, lag sie noch aufgebahrt im Hause. Als nun Yasohachi seinen Nachbarn dergestalt wild eine Axt über den Kopf schwingend auf sein Haus zulaufen sah, flüchtete er sich in das Zimmer, wo die tote Mutter lag. Während er dort hin und her überlegte, wie er sich vor dem Wütenden verbergen könnte, begann dieser schon die Tür des Zimmers einzuschlagen. Da, in höchster Not, kam ihm ein rettender Gedanke. Schnell nahm er den Körper der toten Mutter und lehnte ihn an die Tür, und als der Nachbar blind vor Wut, ohne sich umzusehen, wohin er schlug, ins Zimmer drang, traf ein gewaltiger Axthieb Yasohachis tote Mutter. Nun erhob Yasohachi ein großes Jammergeschrei: »Nachbar, was habt Ihr getan! Meine einzige Mutter habt Ihr erschlagen!« Als der Nachbar dieses Jammern und Klagen hörte, kam ihm seine Tat zu Bewußtsein, und er sagte: »Da habe ich etwas Fürchterliches angerichtet! Yasohachi, verzeih mir, ich war nicht bei Sinnen!« Der aber antwortete nur: »Ja, denkt Ihr denn, daß sich so etwas Ungeheuerliches überhaupt verzeihen läßt? Die einzige, geliebte Mutter eines Menschen so mir nichts, dir nichts mit der Axt zu erschlagen und dann nur einfach um Verzeihung zu bitten? Daraus wird nichts, morgen gehe ich zur Statthalterei und werde Anzeige erstatten!« Nun wurde der Nachbar vor Angst grün und gelb im Gesicht und verlegte sich aufs Bitten: »Nehmt doch Vernunft an, Nachbarn sollen doch gut freundschaftlich zusammenhalten. Behalte das, was hier geschehen ist, für dich, und ich will dir hundert Ryô bezahlen.« Davon wollte aber Yasohachi nichts hören: »Nein, nein, von den hundert Ryô Reugeld wird meine tote Mutter nicht wieder lebendig.« – »Dann will ich dir noch weitere hundert Ryô dafür bezahlen.« – »Nichts da, ich will davon nichts wissen.« – »Dann gebe ich noch mal hundert Ryô dazu.« – »Nun gut, es soll recht sein. Dann werde ich das Geschehene für mich behalten.« Damit nahm Yasohachi mit gönnerhafter Miene die dreihundert Ryô Reugeld vom Nachbar Edelmann an. Tags darauf ging Yasohachi zu einem anderen Pferdehändler im Dorf und kaufte dort ein altes Pferd, setzte seine tote Mutter darauf, so daß alle Dorfbewohner sie noch für lebend halten konnten, und erzählte allen, daß er seine kranke Mutter zur Kur nach einer Heilquelle bringen wollte. So zog er davon bis zum Teehaus unterhalb des Bergpasses. Dort angekommen, band er das Pferd mit seiner toten Mutter auf dem Rücken an einen Pfahl und trat ins Haus, wo ein paar Zecher beim Saketrinken saßen. Ohne ein Wort zu sagen, ging Yasohachi auf diese los, nahm einem die vor ihm stehende Sakeschale fort und trank sie aus. Darüber geriet die Zechgesellschaft in hellen Zorn, und sie schimpften ihn weidlich aus: »Was für ein Flegel dieser Kerl ist, woher kommt denn dieser Pferdeknochen? Was denkt der sich denn, uns hier einfach unseren Sake fortzutrinken?« Einer von den Kumpanen nahm den schweren, großen Eisenkessel von der Feuerstelle und warf ihn nach Yasohachi. Dieser aber bückte sich schnell, und der Kessel verfehlte ihn und traf statt dessen Yasohachis Mutter draußen, daß sie mit einem lauten Plumps vom Pferde fiel. Yasohachi lief hinaus, und sich über die tote Mutter beugend, erhob er wieder ein lautes Jammergeschrei: »Mord und Totschlag, was hast du da angerichtet, hast meine arme, kranke Mutter, die ich zur Heilquelle führen wollte, erschlagen!« Da bekamen die Leute einen gewaltigen Schrecken. Schnell schossen sie fünfzig Ryô zusammen, die sie dann dem Yasohachi übergaben mit der Bitte, die Summe als Reugeld zu betrachten und kein weiteres Aufheben von der Sache zu machen. Der war damit zufrieden, setzte die Reise zur Heilquelle nicht fort, sondern kehrte nach Hause zurück und begrub die Mutter unter dem großen Kiribaum hinter seinem Hause. Am nächsten Tage machte er wieder einen Besuch bei seinem Nachbar, dem Edelmann: »Denkt Euch nur, den Körper meiner alten Mutter, die Ihr gestern totgeschlagen habt, habe ich dort drüben im Teehaus unter dem Paß für fünfzig Ryô an einen Mann verkauft. Heut werden Menschenlebern in der Stadt zu kaufen gesucht, die man zur Medizinzubereitung verwenden will. Drüben im Teehaus zahlen Aufkäufer für jeden Toten diesen Preis. Wie ist's, Herr? Habt Ihr nicht auch eine alte Großmutter hier im Haus, die doch zu nichts mehr nütze ist? Die solltet Ihr auch totschlagen und verkaufen.« – »Da habt Ihr recht«, sagte der dumme Nachbar, nahm seine Axt und schlug seine alte Großmutter tot. Dann ging er, da er durch Yasohachis Betrug um alle seine Pferde gekommen war, zu diesem, lieh sich dessen altes Pferd, lud seine alte Großmutter darauf und zog mit ihr zum Teehaus unter dem Paß. Soviel er aber dort überall umherfragte und sich danach umschaute, da gab es keinen Menschen, der ihm die tote Großmutter abkaufen wollte. »Da hat dieser Bursche mich schon wieder angelogen«, dachte er und geriet in neuen Zorn. Wutschnaubend und fluchend kehrte er nach Hause zurück. »Hat mich dieser Kerl doch schon wieder betrogen! Erst verleitet er mich dazu, alle meine Pferde totzuschlagen, und nun habe ich auch noch auf seinen Rat meine alte Großmutter umgebracht. Der Schurke darf nicht am Leben bleiben, wer weiß denn sonst, was er noch für Unheil zu stiften imstande ist und was er mir noch alles antun wird!« So überlegte der Edelmann, wie er Yasohachi aus der Welt schaffen könnte, und kam schließlich zu einem Entschluß. Er rief alle seine Diener zusammen und befahl: »Fangt mir diesen Yasohachi und werft ihn in den Fluß, wo er am tiefsten ist, damit dieser Betrüger nicht noch mehr Unheil stiften kann!« Heimlich schlichen sich darauf die Diener nachts in Yasohachis Haus, überfielen ihn im Bett, wikkelten ihn, ehe er sich wehren konnte, in sein Bettzeug und umschnürten dies mit dicken Stricken. Dann schleppten sie ihn mit lautem »Un – sa, wan – sa!« hinaus zum Fluß. Yasohachi war darüber gewaltig erschrocken. Als die Diener ihn am Deich neben dem Fluß zu Boden setzten, fragte er sie, was sie mit ihm tun wollten. Die antworteten: »Ach, wenn so ein schlechter Mensch, wie du es bist, am Leben bleiben würde, wer weiß, was er dann noch für Unheil und Unglück über das Dorf zu bringen imstande ist. Unser Herr hat uns darum den Befehl gegeben, dich in den Fluß zu werfen und darin zu ertränken, um die Welt von so einem Schurken zu befreien.« Nun wurde Yasohachi doch etwas unheimlich zumute, aber er beschloß, es noch einmal mit einer List zu versuchen, um Zeit zu gewinnen: »Nun gut, da ist nun einmal nichts mehr daran zu ändern, und ich will euch zeigen, daß Yasohachi weiß, wie es sich für einen Mann zu sterben ziemt. Vorher habe ich euch aber noch etwas zu sagen. Ihr wißt ja wohl, daß ich in der letzten Zeit durch allerhand Glücksfälle an die tausend Ryô pures Gold verdient habe. Wenn ich nun tot bin, hat das Geld für mich ja doch keinen Wert mehr. Ihr habt mir bis heute von morgens bis abends stets Freundlichkeit und Hilfe bewiesen. Was ihr jetzt tun wollt, tut ihr ja nur gezwungen durch den Befehl eures Herrn. Es ist daher nur recht und billig, wenn ich euch das Geld vermache.« Da die Diener nun wußten, daß Yasohachi in den letzten Tagen soviel Geld erschwindelt hatte, sahen sie sich gegenseitig an und sagten dann: »Damit dürfte es schon seine Richtigkeit haben, wo ist das Geld?« – »Das habe ich unter dem großen Kiribaum hinter meinem Haus vergraben. Geht hin und seht nach, ob es nicht so ist. Ihr könnt ja einen von euch hier als Wache zurücklassen.« Die antworteten: »Das wollen wir tun. Dich haben wir so gut mit Seilen verschnürt, daß du uns doch nicht mehr entkommen kannst, wozu sollten wir dann noch einen Wächter hier zurücklassen. Verhalte dich schön ruhig und warte, bis wir mit dem Gelde wiederkommen.« Damit ließen sie Yasohachi auf dem Deich liegen und gingen davon. Yasohachi, froh über die gelungene List, begann in seinem Bettzeugbündel zu lachen. Kurz darauf sah er einen Ochsentreiber, der mehrere hoch mit Fischen beladene Ochsen vor sich her trieb, des Weges kommen. Als er genau hinsah, merkte er, daß dieser an einem Augenübel litt und fast blind war. »Das ist der richtige Mann für mich«, dachte er und begann laut vor sich hin zu singen: »Triefaugen, vergeht, Augen, werdet wieder gut, Triefaugen, vergeht, Augen, werdet wieder gut!« Dem Treiber kam dies, als er es hörte, sonderbar vor. Er trat näher und fragte: »Was soll das bedeuten, was du da rufst?« Yasohachi antwortete: »Hör gut zu. Ich leide an Triefaugen, und weil sie nicht besser werden wollten, fragte ich eine Zauberpriesterin. Die sagte: ›Da ist leicht Abhilfe geschaffen. Nimm hier diese Zauberdecke, laß dich darin wie in ein Bündel einschnüren und irgendwo in die Nähe eines fließenden Wassers an die Wegseite legen und wiederhole nur immer den Spruch: Triefaugen, vergeht, Augen, werdet wieder gut! Dann wirst du schnell geheilt sein.‹ Ich habe dies genau befolgt, und meine Augen sind schon wieder gesund geworden. Wie ich sehe, leidet Ihr auch an einem Augenübel. Ihr solltet doch auch einmal einen Versuch mit dieser Zauberdecke machen.« Der Treiber war damit gleich einverstanden, wickelte Yasohachi aus der Decke und ließ sich von ihm darin fest einschnüren. Dann bedankte der nichtsahnende Alte sich noch bei ihm und sagte noch: »Sei so freundlich und treibe für mich meine Ochsen inzwischen zur Stadt und liefere die Ladung dort und dort ab. Meinen Dank will ich dir dann abstatten, wenn du zurückgekehrt bist und ich durch die Zauberkraft dieser Decke hier geheilt sein werde.« Darauf zog Yasohachi lachend mit den Ochsen davon. Inzwischen kamen die Diener des Nachbarn wieder zurück. Sie hatten unter dem großen Kiribaum hinter Yasohachis Haus gegraben, aber kein Geld, sondern nur dessen tote Mutter dort gefunden. Alle waren in großer Wut und schimpften laut: »Lassen wir uns nicht mehr durch die albernen Schwindeleien dieses Kerls aufhalten und bringen wir ihn nur sofort um! Erst betrügt er unsern schwachsinnigen Herrn, und jetzt hat er auch uns belogen.« Sie kamen zum Deich und hörten den Alten aus dem Bündel vor sich herleiern: »Triefaugen, verschwindet, Augen, werdet wieder gut, Triefaugen, verschwindet, Augen, werdet wieder gut!« Da riefen sie: »Was soll denn dieses sinnlose Geplapper nun wieder bedeuten, der Bursche will uns wohl schon wieder mit seinen schlechten Späßen zum besten haben? Diesmal soll es ihm nichts nützen!« Sie hörten nicht darauf, nahmen das Bettzeugbündel mit dem alten Mann, warfen ihn in den Fluß und kehrten, ohne sich noch einmal umzusehen, nach Hause zurück, um ihrem Herrn zu melden, daß sie seinen Befehl ausgeführt hätten. Kaum hatten sie dort gesagt: »Wir haben den Yasohachi, so wie Ihr es befohlen habt, im Fluß ersäuft«, da zog eben dieser Yasohachi ganz vergnügt und ganz lebendig die Straße herauf und hielt mit seinen Ochsen vor der Tür des Edelmannes an. Den ihn wie ein Wunder anstaunenden Dienern rief er zu: »He, ihr da, meinen besten Dank für eure Freundlichkeit. Kaum war ich auf dem Grund des Flusses angekommen, da sah ich schon vor mir einen prächtigen Palast stehen. Drin saß eine wunderschöne Frau, die mich freundlich einlud hereinzukommen. Die hat mir hier die Ochsen mit der Fischladung geschenkt. Sie wollte eigentlich, daß ich noch länger bleiben sollte, und hätte mich am liebsten über Nacht bei sich behalten. Ich wollte aber nicht bleiben, wollte doch unserm Herrn hier möglichst schnell erzählen, was ich erlebt habe, und ihm meinen Dank dafür abstatten. Für heute habe ich nur diese Ochsen hier mitgenommen, aber ich denke bald wieder dorthin zu gehen und mir von dort die vielen kostbaren Schätze, mit denen der Palast gefüllt ist, zu holen. Und das hier habe ich vorläufig nur mitgenommen, um es Euch, Herr Nachbar, zum Geschenk zu machen.« Damit lud er die Ochsen ab und stellte die Fischladung in den Hauseingang des Edelmannes. Der konnte sich nicht genug darüber verwundern: »Hör mal, Yasohachi, ich habe Lust, gleichfalls auf den Grund des Flusses zu gehen, um mir von der schönen Frau dort allerlei kostbare, schöne Sachen schenken zu lassen. Wie komme ich wohl am schnellsten dorthin?« – »Ach, das ist doch ganz einfach«, antwortete Yasohachi, »wenn man mich schon so reichlich beschenkt hat, wieviel mehr wird man erst dem gnädigen Herrn schenken. Ich will Euch zeigen, wie man dorthin kommt.« Kurz und gut, der Edelmann ließ sich noch einmal von Yasohachi überreden und ging mit ihm zusammen zum Fluß. Dort bat er ihn, ihn an der richtigen Stelle hineinzustoßen, damit er auch den Palast nicht verfehlen könne. Ihr könnt euch wohl denken, mit welcher Freude Yasohachi dies tat. Dann ging Yasohachi seelenruhig zum Hause des Edelmannes zurück und verlangte dessen Frau zu sprechen. »Gnädige Frau, Ihr Herr Gemahl ist zum Drachenpalast auf dem Grunde des Flusses gegangen. Er sagte mir, daß er keine Lust hätte, noch einmal hierher zurückzukehren, das soll ich Euch von ihm mitteilen. Dann sagte er noch: ›Yasohachi, ich schenke dir mein Haus mit allem, was darin ist. Meine Frau kannst du auch haben, wenn du willst.‹ Wie ist's, wollen Sie mich heiraten?« Die Frau sagte sofort »ja«, und so bekam Yasohachi zum Schluß das Haus des reichen Nachbarn und dessen Frau dazu und wurde an seiner Stelle Edelmann.

65. Der Meisterlügner

In Japan gab es einst drei Meisterlügner, die nannten sich der Meisterlügner von Kyôto, der Meisterlügner von Edo und der Meisterlügner von Ōsaka. Der Lügner von Ōsaka rühmte sich, den beiden Lügnern von Edo und von Kyôto überlegen zu sein, und beide beschlossen, ihn aufzusuchen, um sich mit ihm im Wettkampf zu messen. Als sie in Ōsaka ankamen, waren der Lügner von Ōsaka und seine Frau über Land gegangen und hatten ihren kleinen Sohn zur Bewachung des Hauses zurückgelassen. Als nun die beiden dort vorsprachen und ihn nach seinem Vater fragten, sagte er: »Der starke Sturm neulich hat den Berg Fuji ganz schief geweht, daß er umzufallen drohte, Vater ist hingegangen, um ihn mit zwei Räucherstäbchen zu stützen.« Auf die Frage, ob die Mutter zu Hause sei, antwortete er: »Mutter sagte, das Land Indien hat einen großen Riß bekommen, hat drei Nähnadeln mitgenommen und ist hingegangen, um es wieder zusammenzuflicken.« Den beiden Lügnern fuhr beim Anhören dieser Lügen des Knaben der Schreck in die Beine. Sie ließen es sich aber nicht anmerken und fragten ihn weiter: »Wir sind nämlich hierhergekommen, weil der Sturm uns neulich unseren großen Steinmörser fortgeweht hat, und wollten deinen Vater fragen, ob er ihn vielleicht gesehen hat?« – »Ach ja«, antwortete ihnen der Knabe, »vielleicht war es dieser; neulich wurde einer hierhergeweht und blieb im Spinnennetz unter unserer Dachtraufe hängen.« Da blickten die beiden sich nur an, sagten kein Wort mehr und machten sich eiligst aus dem Staube. Als der Vater nach Hause kam und fragte, ob in seiner Abwesenheit jemand dagewesen sei, sagte der Sohn: »Hier waren zwei Leute, die nannten sich die Lügner von Kyôto und von Edo und haben nach dir gefragt.« Als der Vater dann wissen wollte, was der Sohn ihnen geantwortet habe, erzählte ihm dieser alles. Der Vater wurde darüber sehr böse: »Für ein Kind deines Alters bist du ein ganz gefährlicher Bursche! Ich mag dich nicht länger in meinem Hause behalten und werde dich mir schon vom Leibe schaffen.« Er packte den Sohn in einen leeren Kohlensack, band diesen zu, lud ihn sich auf den Rücken und ging davon, um ihn ins Wasser zu werfen oder irgendwo im Walde auszusetzen. Unterwegs stand da ein Wirtshaus, und der Vater wollte sich für den Weitermarsch mit einem Trunke stärken. Er hängte den Sack an den Ast einer am Wege stehenden Kiefer und ging selber ins Haus hinein. Als der Sohn so hilflos am Baume hängend durch die Strohhalme des Kohlensackes blickte, sah er einen steinalten Mann mit gekrümmtem Rücken, der mühsam auf einen Stock gestützt die Straße daherzog. Da rief der Junge im Sack: »Mach mich jung, mach mich jung.« Der Alte blieb stehen und fragte: »Was soll das bedeuten? Was tust du hier in dem Sack?« – »Ach, ich sitze hier in einem Wundersack. Wer in dem Sack steckt und immer ruft: ›Mach mich jung‹, der wird immer jünger, mag er auch noch so alt gewesen sein. Heute morgen war ich noch über sechzig Jahre alt, aber nun sitze ich schon so lange hier im Sack und rufe, daß ich fürchte, daß ich schon wieder zu jung geworden bin.« – »Oh, oh«, sagte der Alte, »dann geh doch wieder aus dem Sack heraus und laß mich dafür hineinsteigen.« – »Was gebt Ihr mir dafür, wenn ich Euch hineinlasse?« – »Ich habe hier ein paar schöne Bohnenkuchen, mehr kann ich dir nicht dafür anbieten.« Damit war der Junge einverstanden, bat den Alten, den Sack aufzubinden, stieg heraus, nahm die Bohnenkuchen in Empfang, band den Sack wieder fein säuberlich zu, nachdem der Alte hineingestiegen war, hängte ihn an den Baumast und ging gemächlich wieder nach Hause zurück. Als der Vater nach einiger Zeit aus dem Wirtshaus kam, hörte er die Stimme des Alten aus dem Sack rufen: »Mach mich jung! Mach mich jung!« Er fragte erstaunt, was das heißen solle, und als er den neuen Streich seines Sohnes gehört hatte, ließ er den Alten aus dem Sack und sagte zu ihm: »Ach, du armer Narr, du bist von meinem Lügensohn betrogen worden, scher dich deines Weges.« Schnell lief er nach Hause und sah dort seinen Sohn sitzen, der sich die erschwindelten Bohnenkuchen schmecken ließ. »Was bist du doch für ein unverbesserlicher Übeltäter«, rief er, packte den Sohn beim Kragen und steckte ihn wieder in den Sack. Als er ihn forttrug und wieder ein Wirtshaus am Wege stehen sah, hängte er den Sack wieder an einen Baum und ging, sich durch einen Trunk zu stärken, ins Haus. Diesmal sah der Junge durch den Sack hindurch eine fast erblindete alte Frau des Weges kommen. Schnell fing er an zu rufen: »Gib mir das Augenlicht wieder! Gib mir das Augenlicht wieder!« Die Alte blieb stehen und fragte, was das zu bedeuten habe und wer da in dem Sack stecke. »Ach, das ist ein Wundersack, der alle Krankheiten kuriert. Meine Augen waren so schlecht, daß ich schon gar nichts mehr sehen konnte. Darum bin ich in den Sack gestiegen, und weil ich den Sack angerufen habe, meine Augen zu heilen, ist alle Blindheit verschwunden, und ich kann wieder sehen wie vorher.« Die Alte fragte ihn, ob er sie auch einmal in den Sack steigen lassen wollte. »Das will ich gern tun, was willst du mir dafür geben?« – »Ich war auf dem Wege, meine Enkel zu besuchen, und wollte ihnen schöne süße Dattelpflaumen zum Essen bringen, die will ich dir gern geben.« Der Junge war damit einverstanden, ließ die Alte den Sack aufbinden, nahm die Dattelpflaumen und lief, nachdem er die Alte in den Sack eingebunden und diesen an den Baum gehängt hatte, nach Hause. Als der Vater aus dem Wirtshaus kam und eine Stimme in dem Sack aus Leibeskräften »Gib mir das Augenlicht wieder!« rufen hörte, erschrak er und fragte: »Was hat nun das wieder zu bedeuten?« Als er dann von der Alten die Erklärung gehört hatte, ließ er sie aus dem Sack, entschuldigte sich vielmals bei ihr, weil sein Sohn sie so sehr betrogen habe, und lief nach Hause, wo er den Sohn, der Bohnenkuchen und Dattelpflaumen mit gutem Appetit verzehrt hatte, seelenruhig mitten im Zimmer seinen Mittagsschlaf haltend antraf. Da gab er den Kampf auf und mußte bekennen, daß der Sohn sein Meister geworden war.

66. Der Lügensack

Es gab einen Mann, der war berühmt für seine Lügen. Einmal ließ der Fürst diesen Lügen-Gôrô rufen und sprach: »Ich habe gehört, daß du ein Meister im Lügen bist. Kannst du mich erfolgreich hinters Licht führen? Wenn du geschickt lügst, gebe ich dir, was immer du dir auch wünschst!« Lügen-Gôrô stimmte mit allem Respekt zu: »Sehr gerne! Aber ich kann den Wunsch meines Fürsten nicht erfüllen, habe ich doch wahrhaftig meinen Lügensack zu Hause vergessen! Er liegt in einem Bambuskästchen – bitte, schickt einen Diener und laßt ihn herbringen.« – »Gut, gut!« sprach der Fürst und schickte einen Diener, um ihn zu holen. »Wie sollte es derartiges geben, dies ist doch auch nur eine von Lügen-Gôrôs Lügen!« wurde dem Fürsten darauf berichtet, und so war auch er nach Strich und Faden beschwindelt worden. So heißt es.

67. Die letzte Lüge

Vor langer, langer Zeit lebte einmal ein Mann, der faustdicke Lügen erfand und Shichi genannt wurde. Da er immer nur log, hatte er noch keine Frau, obwohl er schon ziemlich alt war. Auch die Leute seines Dorfes nannten ihn »Lügen-Shichi«, weil er so viel log.

Eines Tages beratschlagten die Männer des Dorfes, wie sie den Lügen-Shichi irgendwie hereinlegen könnten, aber es kam ihnen kein guter Einfall. Schließlich kamen sie überein, daß sie ihn Sake kaufen lassen wollten. Während sie so sprachen, kam gerade Lügen-Shichi bei ihnen vorbei. Sie riefen Shichi an und sagten: »Warte ein bißchen, wir brauchen dich!« Shichi aber hatte ihren Plan durchschaut: »Im Augenblick ist gerade der Vater des Dorfschulzen schwer krank, und ich hole den Arzt ab; aber später will ich kommen.« So sprach er und ging weiter. Wie sie nun hörten, daß der Vater des Dorfschulzen schwer krank sei, gingen sie schnell hinter Shichi her, da auch Verwandte von jenem unter ihnen waren; der schwerkranke Vater aber webte gerade Strohmatten. Wieder einmal mußten sie sagen: »Der Gauner, der Lügen-Shichi!«, und konnten doch nicht gegen ihn ankommen.

Währenddessen erkrankte Lügen-Shichi selbst und war dem Tode nahe. Weil er aber so viele Lügen erfunden und allen Ärger bereitet hatte, kümmerte sich keiner um ihn, ja, es gab niemand, der ihm Brei zu essen gegeben hätte. Dem einzigen Freund, den er ohne sein Zutun hatte, sagte Shichi: »In Bälde werde ich sterben. Wenn ich tot bin, dann richte mit den 800 Goldstücken, die unter diesem Bett in Papier liegen, meine Leichenfeier aus. Und vor meinem Tode möchte ich mich an heißem Brei satt essen.« Da jener der einzige Freund war, der dies erfahren hatte, erzählte er auch niemandem davon und pflegte ihn, so gut er nur konnte. Nach keinem halben Jahr starb Lügen-Shichi schließlich.

Der Freund bestattete Shichi ganz wie es sich gehörte, in dem Glauben, daß er wohl diesmal nicht gelogen habe; als er aber im Stroh suchte, waren die 800 Goldstücke nicht da. Trotzdem suchte er mit größter Aufmerksamkeit weiter. Da fand sich ein kleines Papierfetzchen, auf dem ›800 Goldstücke‹ geschrieben stand. So hatte sich Lügen-Shichi seine letzte Lüge ausgedacht.

68. Von den Alten, die ihre Geschwülste loswerden wollten

Lange, lange ist es her, da lebten irgendwo zwei alte Männer, die hatten eine Geschwulst wie eine Faust so groß. Da die Beulen abstoßend aussahen, pilgerten die beiden Alten zu einem Schrein tief in den Bergen, um der Gottheit ihre Bitten vorzutragen, und hofften, daß sie ihnen ihre Beulen nehmen würde; also verbrachten sie die Nacht betend im Schrein.

Auf einmal, es war etwa um die Mitternachtsstunde, hörten sie irgendwoher aus der Ferne ein Geräusch. Da es allmählich näher kam, lauschten sie aufmerksam: es waren Musikklänge von Flöten und Trommeln. Während sie aber noch überlegten, was das wohl bedeuten solle, kamen diese Klänge bis zu dem ersten Tor des Schreins.

Torere, torere
Tohyara, tohyara
Sutoton, sutoton!

So vernahmen sie die Musikklänge bereits in der Haupthalle des Schreines. Da dachten sich die beiden Alten: »Da ist etwas Ungewöhnliches im Gange!« und wollten sich gerade in einer Ecke verbergen, als das Tor des Schreins plötzlich aufgerissen wurde und Tengu-Kobolde mit roten Gesichtern – an die sechs Fuß groß schienen sie zu sein – und mit langen Nasen zu fünft oder zu sechst hereinkamen.

Torere, torere
Tohyara, tohyara
Sutoton, sutoton!

So musizierten die Kobolde. Weil sie aber nur spielten und keiner tanzte, schienen sie der Kagura-Musik bereits überdrüssig zu werden und ermunterten sich gegenseitig zum Tanzen. Doch in dem Kreis der Kobolde gab es keinen, der tanzen konnte. Ärgerlich rief ein Kobold »Pfui!«, und als er geradeso zur Seite blickte, entdeckte er die beiden Alten, die sich versteckt hatten. »Wie, da sind ja Menschen, zwei alte Männer! Wenn ihr schnell herauskommen und einen Tanz tanzen würdet, wie wäre das?«, so rief er, zog den Alten, der ihm am nächsten stand, am Ärmel hervor und stieß ihn in ihre Mitte. Der alte Mann fing nun vor Furcht zu zittern an. Doch weil ihre Musik überaus lustig war, ließ sich der Alte in Stimmung bringen und begann zu tanzen.

Aufgeplatzt, ganz aufgeplatzt – die Eßkastanien;
in der kleinen Kinder, in der Mutter
Hände sind sie – das wißt ihr wohl!

Während er dieses Lied dreimal wiederholte, tanzte er. Den Kobolden gefiel das außerordentlich und sie klatschten in die Hände und lobten ihn. »Das war ein besonders hübscher Tanz; aber die Geschwulst auf deiner Stirn ist eine Beleidigung für das Auge; man kann die Gesichtszüge gar nicht richtig erkennen! Wir wollen diese Geschwulst wegnehmen! Du bist wirklich ein guter Tänzer!« So sprachen die Kobolde und nahmen dabei dem Alten die Geschwulst an der Stirn vollständig fort. Der Mann hatte das Gefühl, als sei sein Kopf plötzlich leichter geworden, und voller Freude ging er hinweg.

Darauf wurde der andere alte Mann heraus und in den Kreis der Sitzenden gezerrt. »Auf, jetzt bist du es, der einen Tanz vorführen soll!« riefen die Kobolde und spielten:

Torere, torere
Tohyara, tohyara
Sutoton, sutoton!

Weil aber dieser alte Mann zuviel Angst hatte, zitterte sein Körper so, daß er klapperte, und er konnte die Knie nicht strecken. Allein, er wurde von allen gedrängt und widerwillig sang er:

Er fällt und fällt und fällt noch immer,
der Nieselregen, und wenn er fällt, so verlassen
ist alles geworden – das wißt ihr wohl!

Dazu tanzte er. Nun sang er zwar mühsam, aber seine Stimme zitterte und die Zähne klapperten ihm dabei, und er sang falsch. Weil jedoch zudem die Melodie tieftraurig war, machten die Kobolde, welche die Fröhlichkeit liebten, saure Gesichter und schrien: »Mach weiter! Und zwar ein bißchen lebhafter!« Als er auf diese Weise angeschrien wurde, wurde der alte Mann noch mehr eingeschüchtert, fiel schließlich noch auf sein Hinterteil und brach in lautes Geheul aus. Die Kobolde aber waren nun gänzlich mißgestimmt und sprachen: »Das kommt von deiner Furchtsamkeit! Sind unsere Gesichter so eigenartig? Sogar bei dieser besonders lustigen Kagura-Musik hast du dir die Augen aus dem Kopf geheult. Wir möchten nicht noch ein zweites Mal einem Mann wie dir begegnen! Nun, du sollst wenigstens mit dieser Geschwulst heimkehren!« Und die Geschwulst, die sie gerade eben von dem anderen Mann genommen hatten, warfen sie nun diesem alten Mann auf die Nase.

Als nun der Mann voller Entsetzen versuchte, sich über die Nase zu streichen, war unter der früheren Geschwulst noch eine neue große Beule entstanden. Das Gesicht des Alten war völlig zu einer Fratze geworden, wie man eine zweite noch nicht gesehen hatte.

69. Die Geschichte vom Feuermännchen

Irgendwo lebten ein alter Mann und eine alte Frau. Einmal ging nun der alte Mann in die Berge, um Reisig zu schneiden, und entdeckte eine große Höhle. »In solchen Höhlen wohnen böse Wesen; daher stopfe ich sie besser zu!« So sprach er zu sich und schob ein Reisigbündel in jene Höhlenöffnung hinein. Doch nach kurzer Zeit glitt das Reisigbündel, welches als Pfropfen in der Höhle steckte, allmählich in das Innere der Höhle hinein. Wiederum schob er ein Bündel hinterher und dieses glitt ebenfalls allmählich hinein. Und während er sich dachte »Nur noch dieses eine! Nur ein Bündel noch!« und immer wieder nachstopfte, hatte er schließlich das Reisig, welches er während dreier Tage geschnitten und gesammelt hatte, restlos in die Höhle hineingeschoben.

Da trat aus dem Innern der Höhle eine schöne Frau heraus, sprach ihm ihren Dank aus für das viele Reisig, das sie erhalten hatte, und lud ihn ein, er möchte doch einmal in die Höhle kommen. Da er nun so sehr genötigt wurde, ging der Alte mit hinein und blickte um sich: drinnen befand sich ein Haus, daß ihm die Augen übergingen! Neben dem Haus jedoch lag all das Reisig aufgestapelt, das der alte Mann während dreier Tage geschnitten und gesammelt hatte. Die schöne Frau bat ihn: »Komm herein!«, worauf der Alte ins Haus trat und in ein wunderbares Zimmer gelangte. In dem Zimmer aber befand sich ein Greis mit prächtigem, weißem Haar und dankte ihm ebenfalls für das Reisig. Nachdem er dann mit vielerlei Leckereien bewirtet worden war und sich auf den Rückweg machen wollte, wurde ihm erklärt: »Diesen hier geben wir dir zum Geschenk, nimm ihn also mit!«, und er erhielt einen Knaben. Von unbeschreiblichen, garstigen Gesichtszügen, spielte jener unablässig mit seinem Nabel. Der alte Mann war zwar erstaunt, doch da sie darauf bestanden, ihn unbedingt wegzugeben, kehrte er schließlich mit ihm heim und behielt ihn bei sich zu Hause.

Auch als sie in das Haus des Alten gekommen waren, spielte jenes Kind nur immer mit seinem Nabel. Eines Tages nun stubste der Alte ihn ein wenig mit der Feuerzange, und siehe: aus seinem Nabel kamen mit einem Mal kleine Goldkörnchen hervor. An jedem Tag kamen von nun an dreimal welche hervor, und die Familie des Alten wurde mit einem

Schlag die Familie eines reichen, vornehmen Edelmannes. Doch seine Frau war ein habgieriges Weib; sie dachte sich: Ich möchte noch mehr herausholen!, nahm in Abwesenheit ihres Mannes die Feuerzange und stach dem Kind heftig in den Nabel. Doch es kam kein Gold hervor, sondern der Junge starb. Als der Alte aus der Fremde zurückkehrte und traurig war, daß das Kind tot war, erschien ihm der Junge im Traum; er belehrte den weinenden Alten: »Fertige eine Maske, ähnlich meinem Gesicht, an und hänge sie an den Balken vor dem Herd, wo sie dir jeden Tag deutlich vor Augen kommt; wenn du so tust, wird deinem Haus Wohlstand beschieden sein!« Jenen Knaben nannte man »Hyôtoku« (Feuermännchen) mit Namen.

Seither bildet man in den Dörfern dieser Gegend bis auf den heutigen Tag das Gesicht des häßlichen Feuermännchens aus Holz oder Ton nach und es hängt vor dem Herd an dem Balken, der »Kesselmann« heißt.

70. Der Ursprung der Moxa

Irgendwo lebte einmal ein Mann. Tag für Tag tat er nichts anderes, als hinunter zum Strand zu gehen und über das Meer zu blicken. Die Dorfleute sagten, wenn sie ihn dort sitzen sahen, immer nur: »Seht mal, da sitzt der Narr wieder.« Als er eines Tages wieder einmal wie jeden andern Tag am Strande saß und auf das Meer sah, tauchte der Drachenkönig aus den Fluten und rief ihn an: »Du da, du da, hier gebe ich dir etwas.« Damit überreichte er ihm einen Krug und fügte hinzu: »In diesem Krug hier ist das Wasser, mit dem man alle zehntausend Krankheiten heilen kann. Nimm es und bringe damit den Menschen Heilung von ihren Krankheiten.« Der Mann nahm den Krug mit nach Hause und verschloß ihn im Speicher. Wenn nun irgendwer im Dorfe krank wurde, ging er in den Speicher, schöpfte ein paar

Tropfen aus dem Krug und machte den Kranken wieder gesund. Das sprach sich bald überall herum, und er mußte, um den vielen Kranken, die Heilung begehrten, helfen zu können, zuletzt täglich mehrmals zum Speicher gehen, um von dem Lebenswasser zu holen. Seine Frau hatte dies schon lange beobachtet und fand die vielen Besuche im Speicher seltsam. Als der Mann eines Tages abwesend war, ging sie heimlich zum Speicher und sah nichts darin als einen einzigen Krug, der dort in der Ecke stand. Schnell ging sie dorthin und hob den Deckel ab, um zu sehen, was im Kruge sei. Sie sah nichts als ihr eigenes Spiegelbild, das ihr aus dem Kruge entgegenblickte. Da sie aber nicht wußte, daß es ihr eigenes Gesicht sei, dachte sie bei sich: »Also deshalb geht er immer hierher, er hat sich heimlich eine Konkubine genommen und hält sie hier im Krug versteckt.« Wütend vor Eifersucht lief sie hinaus auf den Hof, holte dort einen großen Stein und zerschmetterte den Krug damit. Als der Mann nach Hause kam und sofort in den Speicher ging, sah er dort nur noch die Scherben des Kruges liegen. Er rief seine Frau und erfuhr von ihr, was geschehen war. »Da hast du etwas Böses angerichtet«, sagte er, »in dem Krug war Lebenswasser, mit dem ich alle Kranken, die meine Hilfe anriefen, geheilt habe.« Dann sammelte er die Scherben und vergrub sie neben einem alten Teich auf seinem Grundstück. Am folgenden Tage ging er wieder, wie früher, hinunter zum Strand und sah auf das Meer hinaus. Nachdem er dies wieder Tag für Tag eine Zeitlang getrieben hatte, erschien eines Tages zum zweitenmal der Drachenkönig vor ihm und fragte: »Warum bist du wieder hierhergekommen?« Nun erzählte ihm der Mann alles, was geschehen war, daß der Krug zerbrochen wäre und daß er die Scherben gesammelt und vergraben hätte. Der Drachenkönig hörte sich alles an und sagte dann: »Geh dorthin, wo du die Scherben vergraben hast. Du wirst dort ein Kraut finden, das du bisher noch nicht gesehen hast, pflücke das Kraut ab, trockne es und zerreibe es zu einem Pulver. Wenn du das getan hast, dann brauche es dazu, die Krankheiten der Menschen zu heilen.« Dann fügte er noch eine Belehrung über die Anwendung des neuen Wundermittels hinzu und verschwand wieder in den Wellen. Der Mann ging hin und fand dort neben dem alten Teich, da, wo er die Scherben des Kruges vergraben hatte, auch wirklich ein Kraut, das er noch nie gesehen hatte. Er bereitete es nach den Anweisungen des Drachenkönigs zu und brachte zum zweiten Male den Menschen Heilung von ihren verschiedenen Gebrechen. Dies Kraut ist das, was wir heute Mogusa (bzw. Momigusa, d. h. Moxa) nennen.

71. Das mißverstandene Spiegelbild

Ein Mann lebte nach dem Tode seiner Frau mit seinem Sohn allein zusammen. Als der Vater sein Ende nahen fühlte, redete er dem Sohn, der inzwischen herangewachsen war, zu, sich zu verheiraten. Der Sohn befolgte den Rat und lebte nach des Vaters Tode einträchtig mit seiner Frau zusammen. Einmal, als er in der Hauptstadt Kyôto etwas zu erledigen hatte, sah er bei einem Händler einen Spiegel. Er betrachtete den unbekannten Gegenstand, und wie er ihn in den Händen drehte, sah er plötzlich seinen verstorbenen Vater, aber nicht so, wie er in seinen letzten Jahren ausgesehen hatte, sondern den jungen und kräftigen Vater aus seinen Kinderjahren, der ihn aus dem merkwürdigen Ding heraus anschaute. Schnell entschlossen erwarb er den Spiegel und glaubte gar billigen Kaufes zu einem Gegenstand gekommen zu sein, dessen Wert dem Verkäufer unbekannt war. Zu Hause angekommen, verbarg er das Kleinod sorgfältig vor jedermann und ging täglich heimlich in das Zimmer, wo er ihn aufbewahrte, um dort einige Stunden mit seinem Vater zuzubringen. Denn er wußte nicht, daß das Gesicht, das ihm aus dem Spiegel entgegenblickte, sein eigenes

Gesicht war. Der Frau fiel dies Benehmen auf, und als der Mann einmal das Haus verlassen hatte, ging sie in das Zimmer und fand den Spiegel. Neugierig blickte sie hinein und sah darin eine schöne, junge Frau. Bei seiner Rückkehr schalt sie ihn heftig aus und beschuldigte ihn, sich eine Nebenfrau genommen zu haben, die er dort im Zimmer vor ihr verborgen halte. Nachbarn versuchten den Ehezwist zu schlichten und führten die beiden, die sich nicht beruhigen wollten, zur Äbtissin eines nahen Nonnenklosters, damit diese den Streitfall entscheiden sollte. Der Mann behauptete, er wisse von keiner Nebenfrau, es sei sein verstorbener Vater, der in dem Ding da lebte. Die Frau blieb bei ihrer Behauptung, und da die Äbtissin nicht wußte, wem sie recht geben solle, ließ sie sich den Spiegel reichen, um selbst nachzuschauen, wer von den beiden die Wahrheit spräche. Als sie nun in den Spiegel blickte, sah sie darin ihr eigenes Gesicht mit dem kahlgeschorenen Kopf. Daraufhin entschied sie: »Es ist wahr, daß sich dein Mann eine Nebenfrau genommen hat. Diese bedauert aber, der Anlaß zu eurem Ehestreit geworden zu sein. Sie ist deshalb bereit, auf ihre Ansprüche zu verzichten, und um zu beweisen, daß ihre Absicht ehrlich und ihr Entschluß unabänderlich ist, hat sie beschlossen, Nonne zu werden, und sich deshalb die Haare abgeschoren. Ich werde sie also bei mir im Kloster behalten, und ihr geht beruhigt nach Hause zurück und vertragt euch wieder.« Damit entließ sie das Ehepaar und behielt den Spiegel.

72. Das Verjüngungswasser

Es ist schon lange her, da lebten irgendwo ein alter Mann und eine alte Frau. Eines Tages, als der Alte in die Berge gegangen war, um Kohlen zu brennen, wurde ihm die Kehle immer trockener, bis er es nicht mehr ertragen konnte, denn es war ein heißer Tag. Wie er nun überlegte: Gibt es nicht irgendwo hier in der Nähe eine Quelle?, und sich auf die Suche machte, fand sich gleich dort, im Schatten eines Felsens, klares Quellwasser. Der Alte schöpfte dieses Wasser mit den Händen, und es hatte einen ungewöhnlichen Wohlgeschmack und versetzte ihn in einen unbeschreiblichen Gemütszustand. Ohne daß der alte Mann etwas spürte, wurde er wieder jung, selbst die krummen Hüften wurden wieder gerade und er wurde zu einem bewundernswerten jungen Mann. Da freute sich der Alte sehr, nahm die Kohlen auf den Rücken und kehrte nach Hause zurück. »Mütterchen, ich bin jetzt zurück!« rief er. Da kam die Alte heraus: »Heute bist du aber schnell wieder da!« Sie warf aber nur einen einzigen Blick auf ihren Mann und war verblüfft. »Ach mein lieber Mann, auf welche Weise bist du plötzlich wieder so jung geworden?« fragte sie. »Nun, als ich in den Bergen Quellwasser trank, wurde ich mit einem Mal wieder so jung!« antwortete der Mann und erzählte die näheren Umstände.

Die Alte beneidete ihn sehr und sprach: »Väterchen, was ist das für eine wunderbare Sache! Aber du sollst nicht allein jung sein. Auch ich möchte wieder jung werden, und deshalb will ich auch gehen und von diesem Wasser trinken.« Sie erkundigte sich bei ihrem Mann genau nach der Lage der Berge, ließ sich über den Ort belehren, wo die Quelle entsprang, und am nächsten Tag ließ sie ihren Mann das Haus hüten und ging selbst fort in die Berge. Als es aber Abend wurde und die Alte nicht zurückkehrte, so sehr er auch wartete, da machte sich der Mann Sorgen. »Diese Alte, was trödelt sie nur herum! In den Bergen hat sie sich gewiß irgendwie verirrt!«, so sprach er, bat alle Leute des Dorfes zu Hilfe und ging in die Berge, die Frau zu suchen. Als sie an den Ort kamen, wo die Quelle hervorsprudelte, vernahmen sie das Weinen eines kleinen Kindes. Alle waren erstaunt, und als sie dieser Stimme nachgingen, da war die alte Frau in der Tat zu einem kleinen Kind geworden und weinte.

Weil die Frau nämlich gierig war und meinte, sie könne nicht jung genug werden, hatte sie zuviel Wasser getrunken und war immer jünger und schließlich zu einem kleinen Kind geworden. Widerwillig nahm der Mann dieses Kind auf, trug es zurück und zog es auf.

73. Die drei Amulette

Es war im Herbst, die Kastanien in den Bergen färbten sich gerade rot und die Knaben des Dorfes machten sich auf zum Kastaniensammeln. Auch der Priesterschüler des Tempels hatte keinen sehnlicheren Wunsch und bat: »Herr Priester! Herr Priester! Darf ich auch zum Kastaniensammeln?« Der Priester aber sprach: »Mönchlein, Mönchlein, in den Bergen lebt eine Hexe! Deshalb darfst du nicht gehen.« Doch der Schüler konnte seinen Wunsch zu gehen nicht bezähmen. »Ich möchte aber doch so gerne gehen, Herr Priester!« sprach er und bettelte so beharrlich, daß der Priester ihm schließlich den Rat gab: »Da du unbedingt gehen willst, nimm diese drei geweihten Amulette, und wenn du dann irgend etwas brauchst, bitte diese Amulette.« Der Schüler nahm die Amulette in Empfang und entschlossen, so lange sich der Tag noch nicht neigte, eine große Menge Kastanien zu sammeln, wanderte er tief in die Berge.

Als nun der Schüler Kastanien sammelte, so viel er nur konnte, wurde es immer dunkler, der Wind blies brausend und die Hexe erschien. Da wurde er in das Haus der Hexe mitgeschleppt. Vor Schreck machte sich der Schüler ganz klein, und da er inzwischen müde geworden war, fiel er in Schlaf. Ungefähr um Mitternacht fiel Regen und tropfte durch's Dach:

»Darazuku-darazuku-dattata!
Steh auf und schau der Alten ins Gesicht!«

So sprach der Regen und tropfte durch das Dach. Als nun der Schüler die Augen öffnete und um sich blickte, riß die Alte gerade ihren Mund einen Fuß weit auf, zeigte all ihre Zähne und färbte sie schwarz. Da überlegte er sich, daß er von dieser Hexe wohl aufgefressen würde, und sprach mit weinerlicher Stimme: »Mütterchen! Mütterchen! Ich muß mal hinaus!« Die Hexe aber entgegnete: »Geh dort in die Ecke bei der Feuerstelle!« – »Als Priesterschüler darf ich nicht in die Feuerstelle machen!« – »Dann mach dort auf den Fußboden!« – »Als Priesterschüler darf ich nicht auf den Fußboden machen!« Als er so sprach, schrie sie: »Was bist du lästig! Dann werde ich dir eben ein Seil umbinden, damit du auf den Abtritt gehen kannst!«, und sie band dem Priesterschüler ein dickes, dickes Seil um die Hüften.

Der Schüler ging nun auf den Abtritt und band, um doch noch entfliehen zu können, das Seil von seinen Hüften los und band es an den Pfosten. Dazu klebte er eines der heiligen Amulette daran, die er vom Priester erhalten hatte, und bat, es möchte an seiner Statt antworten. Dann entfloh er aus dem Haus der Hexe. Da der Schüler nun gar nicht zurückkehrte, schrie die Hexe: »He! Schüler!« Das Amulett aber antwortete: »Warte! Warte!« Als aber die Hexe immer wieder rief und der Schüler nur immer wieder: »Warte! Warte!« antwortete, jedoch überhaupt nicht wiederkehrte, sprach sie: »Wie lange braucht der Schüler noch dazu?«, und sie zog an dem Strick, den sie ihm um die Hüften geknüpft hatte. Da knarrte der Pfosten auf dem Abtritt. Nun kreischte sie: »Wehe! Der Schüler ist entflohen!« und machte sich barfuß auf die Verfolgung.

Jener eilte über die tiefschwarzen Berge hin: trapp! trapp! trapp! trapp!, da schrie von hinten die Hexe: »Schüler, warte du nur!« und setzte ihm nach. Als sie ihn schon beinahe packen konnte, nahm jener wiederum ein Amulett heraus. »Laß große Sandberge entstehen!« Mit diesen Worten warf er es zurück, und sofort erhoben sich hinter ihm Sandberge.

Während die Hexe wieder und wieder hinaufzusteigen versuchte, entfloh der Schüler. Als er aber dann über Felder und Berge hinweg enteilte, wurde er von der Hexe aufs neue verfolgt. Da sprach er: »Möge ein großer Strom hervorbrechen!«, warf ein Amulett zurück und schon brach ein großer Strom hervor. Die Hexe versuchte zu schwimmen, wurde aber immer wieder abgetrieben, und der Schüler entfloh.

Endlich kam er zum Tempel gelaufen. Er klopfte an die Tür des Wohnraumes und bat mit flehender Stimme: »Herr Priester! Herr Priester! Ich werde von der Hexe verfolgt. Bitte macht schnell die Türe auf!« Der Priester aber hatte sich schlafen gelegt. »Siehst du, deshalb solltest du nicht in die Berge gehen! Warte, warte, bis ich mein Hüfttuch festgeknotet habe.« So sprach er und erhob sich. Der Schüler aber schrie: »Schnell, schnell! Herr Priester, wenn Ihr nicht schnell macht, werde ich von der Hexe aufgefressen!« – »Warte, warte, bis ich mein Kleid angelegt habe! Warte, warte, bis ich meinen Gürtel gebunden habe! Warte, warte, bis ich meine Strohsandalen angelegt habe! Warte, warte, bis ich meinen Stock genommen habe!« Mit diesen Worten kleidete sich der Priester an und öffnete schließlich die Tür. »Jetzt kommt die Hexe! Herr Priester, helft schnell!« flehte der Schüler und suchte Schutz; der Priester aber holte einen großen, bezogenen Bambuskorb hervor, steckte den Schüler hinein, hängte ihn unter die Decke und setzte ein ahnungsloses Gesicht auf. Da stürzte auch schon die Hexe heran und rief: »Herr Priester! Herr Priester! Ist der Priesterschüler nicht gekommen?« – »Er ist nicht gekommen, nein!« – »Er hätte aber eigentlich kommen müssen, Herr Priester!« entgegnete sie und entdeckte plötzlich den Bambuskorb an der Decke. »Diesen da! Herr Priester, öffnet diesen da!« schrie sie grob. Der Priester erwiderte: »Ich lasse dich hineinschauen, wenn du dich meinen Befehlen unterwirfst.«

Nun sprach der Priester: »Werde größer! Werde größer!«

und allmählich wurde sie größer und größer und konnte schließlich beinahe den Bambuskorb mit Händen greifen. Das nächste Mal rief der Priester: »Werde kleiner! Werde kleiner!« Da wurde die Hexe immer kleiner. Entschlossen machte der Priester die Hexe immer kleiner, bis sie die Größe eines Böhnchens hatte, röstete sie dann am Feuer, steckte sie mitten in einen Reiskuchen und schlang sie in einem Happen hinunter. Dann holte er den Schüler von der Decke herunter. Da weinte jener und versprach, niemals mehr die Worte des Priesters in den Wind zu schlagen. Als nach einer Weile der Priester plötzlich Bauchschmerzen bekam und deshalb auf den Abtritt ging, kamen aus seinen Exkrementen eine Unmenge Fliegen herausgeflogen. Die Hexe hatte sich in Fliegen verwandelt. So kommt es, daß es in Japan Fliegen gibt, erzählt die Sage.

74. Die Stehaufmännchen

Bei der Geschichte, die nun erzählt werden soll, kennt man weder Ort noch Namen . . .

Irgendwo wurde einem Ehepaar ein Sohn geboren. Als dieses Kind sprechen und herumlaufen konnte, zeigte es sich, daß es den Worten seiner Eltern niemals widersprach. Dies wurde allgemein bekannt. Eines Tages sprachen die Eltern zu sich: »Wenn wir sagten, daß es einzig drei Rin nehmen und mit diesen drei Rin ein großes Schiff erwerben solle, würde es dies wohl nicht gutheißen!« Während sie so sprachen, kam das Kind von draußen zurück, wo es gespielt hatte. »Oh, du willst doch nicht etwa mit drei Rin ein Schiff erwerben?« fragten sie es. Das Kind antwortete: »Doch!«, erbat sich das Geld und ging fort, ohne ein weiteres Wort zu verlieren. So erzählt man. Die Eltern aber riefen: »Ach! Ach!« und trauten kaum ihren Augen.

Das Kind ging nun soweit die Füße es trugen – um es kurz

zu machen: es ging von dort bis zu einem Ort so ähnlich wie Aose. Während es nun so dahinwanderte, sah es vor einem Laden Stehaufmännchen. Es wandte sich an den Verkäufer oder vielleicht an den Besitzer und fragte: »Wieviel kosten diese Stehaufmännchen?« – »Nun, zwei kosten zwei Rin!« antwortete der ihm. Das Kind kaufte zwei Stehaufmännchen und ging dann zu dem Dorf Aose. Weil es aber auf seinem Weg zu einem landschaftlich reizvollen Platz kam, erfrischte es sich dort in der Kühle. Da sprachen das Stehaufmännchen in seinem rechten Ärmel und das Stehaufmännchen in seinem linken Ärmel: »Hier ist ein hübscher Aussichtsplatz, wollen wir einen Ringkampf machen?«, und sie sprangen aus den Ärmeln heraus und begannen sich niederzuwerfen. Als der Junge dies sah, freute er sich eine Weile daran. Dann fragte er: »Ihr Stehaufmännchen, wollt ihr auch ringen, wenn wir in das Nachbardorf kommen?« – »Ja, gerne! Gerne!« antworteten diese.

Der Junge aber überlegte: »Dadurch kann ich vielleicht ein großes Schiff gewinnen!« und ging zum Haus des Dorfschulzen des Nachbardorfes. »Bitte, Herr Dorfschulze, würdet Ihr vielleicht eine öffentliche Bekanntmachung erlassen?« bat er. Der Dorfschulze fragte: »Woher kommst du?« – »Ich bin aus Te'uchi. Da morgen meine aus Holz geschnitzten Puppen einen Ringkampf machen, erlaßt bitte eine öffentliche Bekanntmachung, daß alle ihn anschauen.« – »Wenn es so ist, wie du sagst, erlasse ich augenblicklich eine Bekanntmachung und werde sagen, daß morgen alle mit einem Eintrittsgeld von zehn Sen zum Zuschauen kommen sollen.« So entgegnete er und ließ am Strand einen Ringplatz anlegen. Nachdem der Junge aber die Bekanntmachung erlassen bekommen hatte, grübelte er schlaflos die ganze Nacht hindurch, ob die Stehaufmännchen wohl den Ringkampf machen würden. Sobald es Tag wurde, versammelten sich alle Leute, wie es die Bekanntmachung befohlen hatte.

Der Junge stellte nun die eine Puppe im Osten, die andere

im Westen auf. Dann stampften die beiden Stehaufmännchen den Ringplatz fest und rangen miteinander auf dem Platz. Darauf riefen sie: »Nur zehn Sen – das ist alles!« Und da warfen die einen Geld hin und andere, welche kein Geld besaßen, ein Stück Stoff oder etwas Ähnliches. Von dem Dorfschulzen wurde sogar eine große Anzahl von Preisen gestiftet. Als man alles dies auf ein Schiff lud, machte es eine volle Warenladung aus. Sofort mietete das Kind Ruderleute, schrieb auf eine Fahne seinen eigenen Namen und dazu: »Mit drei Rin erwarb ich ein Schiff!« und fuhr in den Hafen von Te'uchi. Die Leute, welche ihn sahen, berichteten seinen Eltern davon. Und als die Eltern fragten: »Ist das wirklich wahr?« und hinausblickten, verhielt es sich tatsächlich so. Von da an führten Eltern und Sohn ein herrliches Leben. So heißt es.

75. Der lange Name

Im Lande Etchû lebte einmal ein Mann, dessen erste Frau war gestorben und hatte ihm nur einen einzigen Sohn hinterlassen. Bald heiratete er eine zweite Frau und bekam auch von ihr einen Sohn. Die Stiefmutter haßte aber den Sohn der ersten Frau, und da sie seinen Tod wünschte, gab sie ihm einen ganz kurzen Namen und nannte ihn Chori-san. Denn sie glaubte, ein kurzer Name würde auch das Leben des Stiefsohnes verkürzen. Dem eigenen Sohn aber wollte sie einen recht langen Namen geben, damit das Kind auch ein recht langes Leben hätte. Nach vielem Hinundhersinnen gab sie ihm darum den Namen Ōnyûdô-konyûdô-mappiranyûdô-hiranyûdô-heitoko - heitoko - heiganoko - hemetani-kameta-itchôgiri-kachôgirika-chochoranochôgirika-shikishikiandono-heianji-temmoku-mokudono-eisuke. Als die Kinder einmal am Fluß spielten, fiel Chori-san vom Deich in den Fluß. Leute, die vorübergingen, sahen es und riefen: »Chori-san ist in den Fluß gefallen.« Als der Vater dies hörte, lief er sofort dorthin und rettete ihn vor dem Ertrinken. Ein anderes Mal fiel der jüngere Bruder beim Spielen in den Fluß, und die Leute, die das gesehen hatten, riefen: »Heda, ihr Leute, Ōnyûdô-konyûdô-mappiranyûdô-hiranyûdô-heitoko-heitoko-heiga-noko-hemetani-kameta-itchôgiri-kachôgirika-chochoranochô-girika-shikishikiandono-heianji-temmoku-mokudono-eisuke ist in den Fluß gefallen.« Bis die Eltern wegen des langen Namens aber hörten, was dem Kinde zugestoßen sei, hatten die Wellen es schon weit davongeführt, und es war schon längst ertrunken, als sie, um es zu retten, an den Fluß kamen.

76. Die Geschichte von O Tsuki und O Hoshi

Da gab es einmal eine Stiefmutter. Die Tochter der früheren Frau hieß O Tsuki (Mond), ihre eigene Tochter O Hoshi (Stern). Einmal, als der Vater nach der Hauptstadt Edo gegangen war, beschloß die Stiefmutter, ihre Stieftochter umzubringen. Sie bereitete also für O Tsuki einen mit Gift gefüllten Reiskuchen, für die eigene Tochter O Hoshi füllte sie einen Kuchen mit Zucker. Dann rief sie ihre Tochter: »O Hoshi, O Hoshi, merk es dir genau, in O Tsukis Kuchen habe ich Gift getan, du darfst nichts davon essen, darfst es ihr aber auch nicht sagen.« Dann gab die Stiefmutter jedem der beiden Mädchen einen Kuchen und schickte sie fort. Unterwegs zog O Hoshi die Schwester am Ärmel: »Schwester, Schwester, komm hierher, laß uns dort spielen«, und führte sie zum Flußufer. Dort sagte sie: »So, Schwester, nun wirf deinen Kuchen in das Wasser, ich gebe dir die Hälfte von meinem Kuchen ab.« Nachdem sie den Kuchen in den Fluß geworfen hatten, gingen sie wieder nach Hause. Als die Mutter, die geglaubt hatte, daß O Tsuki den Giftkuchen gegessen habe und gestorben sei, beide Mädchen heimkehren sah, wollte sie zuerst ihren Augen nicht trauen. Dann aber faßte sie einen neuen Plan. Diesmal wollte sie selbst die Stieftochter mit einer Lanze erstechen. Sie rief also die eigene Tochter zu sich: »O Hoshi, O Hoshi, höre genau zu, ich werde heut nacht die Schwester mit der Lanze erstechen, du darfst ihr aber nichts davon sagen.« – »Nein, ich will ihr kein Wort davon verraten«, sagte O Hoshi. Da sie aber die Schwester sehr lieb hatte, sprach sie beim Schlafengehen zu ihr: »Schwester, Schwester, komm heute nacht doch zu mir in mein Bett und schlafe bei mir.« Als sie so die O Tsuki in ihr eigenes Bett geführt hatte, legte sie in deren Bett einen mit rotem Benisaft gefüllten Flaschenkürbis. Mitten in der Nacht ergriff die Stiefmutter eine lange Lanze und stieß sie durch den Boden des oberen Stockwerkes herab in O Tsukis Bettzeug. Als sie dann die Lanze wieder herauszog und die mit dem Benisaft gefärbte Spitze sah, glaubte sie, daß ihr böser Plan geglückt sei, und legte sich selbst zur Ruhe. Am nächsten Morgen rief sie dann wie immer: »O Tsuki, O Hoshi, 's ist Zeit zum Aufstehen«, und als sie beide Mädchen antworten hörte, »ja, wir kommen«, und beide dann ihr Zimmer betreten hatten, erschrak sie und war ärgerlich, daß ihr auch dieser Anschlag nicht geglückt war. Nun dachte sie über einen neuen Plan, die Stieftochter zu beseitigen, nach. Schließlich kam sie auf den Gedanken, sie einsam im Gebirge auszusetzen. Sie ging zu einem in der Nähe wohnenden Steinmetzen und gab ihm viel Geld, ihr bei diesem Plan behilflich zu sein. Er mußte auf ihre Anweisung aus einem einzigen Steinblock einen großen Steinsarg herstellen, in dem dann O Tsuki in einer unzugänglichen Gegend ausgesetzt werden sollte. Wieder rief sie die eigene Tochter: »O Hoshi, O Hoshi, diesmal wollen wir die Schwester im tiefen Wald aussetzen. Schweige aber über den Plan und verrate ihr kein Wort davon.« O Hoshi versprach dies und fragte, wie es die Mutter anstellen wollte. Als sie erfahren hatte, daß man sie in einen Steinsarg einschließen und an eine unbekannte Stelle tragen lassen würde, ging sie heimlich zum Steinmetzen und bestellte ihm, er müsse in die Seite des Sarges ein kleines Loch bohren. Als dann nach ein paar Tagen der Steinmetz mit dem Sarg kam, um O Tsuki in den Wald zu schaffen, und O Tsuki in den Sarg steigen mußte, gab ihr O Hoshi heimlich einen großen Beutel voll Mohnsamen mit in den Sarg und flüsterte ihr zu: »Schwester, Schwester, streue unterwegs durch das kleine Loch hier immer etwas von dem Mohnsamen aus; wenn es dann Frühling geworden ist und die Blumen aufgeblüht sind, will ich ihrer Spur folgen, um dir Hilfe zu bringen.« Als man dann O Tsuki in den Sarg gesperrt hatte, ließ die böse Stiefmutter einige schlechte Kerle kommen, die den Sarg nehmen mußten und ihn zu einem Moor, tief, tief im Walde an unzugänglicher Stelle tragen und dort vergraben sollten.

Als der Frühling kam und der Schnee geschmolzen war, und als die Blumen zu blühen begannen, bat O Hoshi die Mutter: »Mutter, Mutter, darf ich heut in den Wald gehen, um Mitsubablumen zu pflücken? Leihe mir doch eine Axt, um das Unterholz wegzuschlagen.« Mit der Axt verließ sie das Haus, und als sie das Ende des Dorfes erreicht hatte, sah sie, daß von dort ab bis zum Fuß des Berges und von dort dann weiter, immer tiefer in den Wald hinein, rote Mohnblumen den Weg wiesen, den die Männer mit dem Steinsarg genommen hatten. Den Blumen folgend, kam sie tiefer und immer tiefer in den Wald. Weiter und immer weiter der Spur folgend, kam sie zuletzt in eine dichte Wildnis, einsam und verlassen, wo sich nicht einmal mehr die Vögel niederzulassen wagten, und stand schließlich vor einem düsteren, wilden Moor. Dort sah sie, als sie umherschaute, eine Stelle, an der die Mohnblumen im Kreise aufgeblüht waren, und wußte so, daß dies die Stelle war, wo man den Sarg der Schwester eingegraben hatte. Schnell ergriff O Hoshi die Buschaxt und grub im Erdreich nach, bis sie auf Stein stieß. Das war der Deckel von O Tsukis Sarg. Sie suchte ihn aufzuheben, aber es wollte ihr nicht gelingen, und sie riß sich dabei die Nägel von den Fingern. Trotzdem arbeitete sie mit aller Kraft weiter, und das Blut floß von ihren Fingern. Zuletzt gelang es ihr mit großer Anstrengung, den Deckel etwas zu lüften, so daß sie durch einen schmalen Spalt das Ende von O Tsukis Gürtel erblicken konnte. Sie griff hinein, ergriff den Gürtel, und an ihm ziehend, rief sie laut: »Schwester, he! Schwester, he!« Erst kam aus dem Sarge keine Antwort. Dann aber vernahm sie ein ganz leises Stöhnen und merkte daraus, daß die Schwester noch am Leben war. Indem sie nochmals alle Kraft zusammennahm und laut den Namen der Schwester rief, versuchte sie nochmals den Deckel emporzuheben, und plötzlich, nach fast übermenschlicher Anstrengung, ließ sich der Deckel leicht wie eine Feder fortheben. Voll Freude umarmte O Hoshi die Schwester und hob sie aus dem Sarg. Da bemerkte sie, daß O Tsuki, da sie alle Tage und Nächte geweint hatte, blind geworden war. Nun nahm O Hoshi ihr linkes Auge und setzte es der Schwester an die Stelle des rechten Auges ein. O Tsukis rechtes Auge setzte sie sich in die eigene Augenhöhle ein, da öffnete es sich wieder. Dann nahm sie O Tsukis linkes Auge und setzte ihr dafür ihr rechtes Auge ein und O Tsukis Auge in ihre rechte Augenhöhle, und auch dieses öffnete sich wieder. So hatten beide das Augenlicht wiederbekommen, und während noch beide Schwestern dasaßen und sich weinend ihre Erlebnisse erzählten, kam der Fürst des Landes auf einem Jagdzug, begleitet von vielen Vasallen, vorüber. Als er die Geschichte der beiden Schwestern gehört hatte, ließ er sie auf sein Pferd steigen und führte sie so zu seinem Palast. Eines Tages, als die beiden Schwestern die Gegend aus dem Fenster des Palastes betrachteten, sahen sie einen blinden Bettler des Weges kommen, der zum Takt eines Bettelgongs die Worte sang:

»O Tsuki, O Hoshi,
Wäret ihr am Leben,
Ich müßte diesen Bettelgong
Nicht schlagen . . .
Kan, kan, kan!«

Unaufhörlich sang er immer wieder nur diese Worte und schlug dazu auf den Gong. Als er vor das Fenster des Palastes gekommen war, sahen O Tsuki und O Hoshi, daß der blinde Bettler ihr eigener Vater war. Schnell eilten sie hinaus auf die Straße und führten ihn in den Palast. Dort erfuhren sie von ihm, daß er, als er von der Reise zurückkehrte, beide Töchter nicht mehr vorgefunden habe und aus Schmerz darüber so viel geweint habe, daß er das Augenlicht verloren hätte, während er eine Pilgerfahrt durch das Land machte, um die Verschwundenen zu suchen. Als sich die Töchter dann dem Vater zu erkennen gegeben hatten, nahm O Tsuki ihr rechtes Auge und O Hoshi ihr linkes Auge und setzten sie dem Vater ein, so daß er wieder sehen konnte, und führten ihn froh vor den Fürsten. Dieser war darüber auch erfreut, daß Vater und Töchter wieder vereinigt worden waren, und erlaubte ihnen, für die Zeit ihres Lebens im Palaste zu wohnen.

Nach ihrem Tode wurde der Vater die Sonne, O Tsuki der Mond und O Hoshi ein Stern. Die böse Stiefmutter aber mußte als Maulwurf in der Erde leben und darf die Sonne nicht sehen, da der Maulwurf sterben muß, wenn ihn ein Sonnenstrahl trifft.

77. Hachikatsugi

Im Lande Kawachi, nahe bei der Stadt Katano, hatte Fürst Sanetaka, der Statthalter von Bitchû, sein Schloß. Es fehlte ihm an nichts, was das Herz nur begehren könnte, denn er war reich und begütert. Der einzige Kummer, der ihn seit Jahren bedrückte, war, daß er keine Kinder hatte. Nach vielen Jahren wurde dem Fürstenpaar dann doch noch eine Tochter geboren. Aber das Kind trug einen großen Napf auf dem Kopf, der sich nicht entfernen ließ und bis über die Schultern herabreichte, so daß man das Gesicht nicht sehen konnte.

Trotzdem waren die Eltern sehr erfreut und richteten an die Göttin Kanzeon ein Dankgedicht:

Innigst und inbrünstig
Beteten wir zur allbarmherzigen
Kanzeon.
Und so bald hat sie das Erbetene
Uns nun beschert.

Die Leute nannten die Prinzessin aber der Verunstaltung wegen nur Hachikatsugi, »Napfträgerin«. Als das Mädchen dreizehn Jahre alt geworden war, starb seine Mutter, und es bekam eine Stiefmutter. Die Stiefmutter behandelte die Tochter grausam und verleumdete sie bei dem Vater, so daß diese schließlich das Haus verließ und zum Flusse lief, um sich zu ertränken. Da der Napf aber sich nicht entfernen ließ, konnte der Kopf nicht unter das Wasser kommen, und Fischer, die in ihrem Boot daherkamen, zogen sie aus dem Wasser. So irrte sie heimatlos durch die Ortschaften, bis sie von dem Statthalter, dem Generalleutnant der dritten Rangstufe, bemerkt wurde. Dieser wollte den Napf von ihrem Kopf entfernen lassen, um ihr Gesicht zu sehen, aber dies gelang nicht. So wurde ihr im Hause des Statthalters der niedrige Dienst einer Badstubenheizerin zugewiesen. Der Statthalter hatte vier Söhne, von denen drei bereits verheiratet waren. Der vierte Sohn, der den Namen Onzôshi führte und den Posten eines Generals bekleidete, fand an der Badstubenheizerin Gefallen und versprach ihr die Heirat. Onzôshis Vater aber wollte es nicht dulden, daß sein Sohn die schmutzige und verkrüppelte Badstubenheizerin heiratete, und auch die Mutter fürchtete, daß Hachikatsugi als Schwiegertochter Unglück über das Haus bringen werde. Onzôshi aber wollte nicht auf das Mädchen verzichten. Die Eltern beratschlagten sich miteinander und beschlossen: »Wir müssen einen Weg finden, diese beiden zu trennen. Wenn wir sie zusammen mit den älteren Brüdern und ihren Frauen einladen und die vier Brüder ihre

Frauen miteinander vergleichen, dann wird sich Hachikatsugi ihrer Gestalt schämen und davonlaufen.« Onzôshi und Hachikatsugi aber hatten die Beratung der Eltern heimlich mit angehört, und eine gewaltsame Trennung fürchtend, beschlossen sie, gemeinsam zu fliehen. Als sich nun beide kurz vor Tagesanbruch zur Flucht vorbereiteten, fiel plötzlich mit lautem Krach der Napf vom Kopf des Mädchens und zersprang in viele Stücke. Beide erschraken darüber, aber nun wurde zum ersten Male Hachikatsugis Antlitz sichtbar und zeigte sich so schön, als ob der Vollmond der fünfzehnten Monatsnacht plötzlich aus den Wolken hervorgetreten wäre. Aus dem zersprungenen Napf aber rollten Gold, Silber und Edelsteine in großer Menge hervor, dazu ein wunderschönes seidenes Hofkleid für Hachikatsugi. Dies alles bescherte ihr der Himmel dafür, weil Hachikatsugis Mutter damals so inbrünstig zur Kanzeon von Hase gebetet hatte. Als nun Hachikatsugi in ihrem neuen Kleid, von Onzôshi gefolgt, das Zimmer, wo der Schönheitswettbewerb der Frauen stattfinden sollte, betrat, waren alle Anwesenden über ihre Schönheit erstaunt, und die Frauen der drei älteren Brüder wechselten die Farbe vor Neid. Hocherfreut darüber gab der Vater Onzôshi und seiner Frau einen großen Teil seiner Ländereien zum Geschenk. Die böse Stiefmutter aber wurde ins Elend verstoßen.

78. Die drei Starken

Irgendwo lebte einmal ein Ehepaar. Das hatte einen Sohn, der bis zu seinem fünfzehnten Lebensjahr in der Wiege lag und weder laufen noch sprechen konnte. Darüber waren die Eltern sehr bekümmert und sagten oft: »Ein wahres Sorgenkind ist uns da geboren worden.« Plötzlich eines Tages in seinem fünfzehnten Jahr rief der Junge mit gewaltig lauter Stimme: »Vater, kauf mir eine Eisenstange, die hundert

Kamme wiegt!« Der Vater erschrak und dachte bei sich: »Sollte der Junge plötzlich die Sprache bekommen haben?« Als er ihn nun fragte: »Ist das denn wahr, daß du plötzlich sprechen kannst?«, antwortete ihm dieser: »Ja, und ich habe die Absicht, von jetzt ab tüchtig von meiner Sprache Gebrauch zu machen. Aber zuerst geh einmal hin und kaufe mir eine hundert Kamme schwere Eisenstange.« – »Sachte, Söhnchen, sachte«, sagte der Vater: »Kannst noch nicht mal auf den Beinen stehen und willst gleich eine hundert Kamme schwere Eisenstange handhaben. Was willst du denn damit anfangen?« – »Eben deshalb, weil ich noch nicht auf den Beinen stehen kann, will ich die Eisenstange heben, um euch zu zeigen, wie ich mich mit ihrer Hilfe aufrichten werde.« Da dachte der Vater bei sich: »Fünfzehn Jahre hat der Junge kein Wort gesprochen, und nun hat er so schnell nicht nur das Sprechen gelernt, sondern auch Schlagfertigkeit und Witz. Er scheint mir kein gewöhnliches Kind zu sein, und ich will ihm deshalb seinen Wunsch erfüllen.« Er ging also zum Dorfschmied und bestellte bei ihm eine Eisenstange von hundert Kamme Gewicht. Nach einigen Tagen ließ der Schmied mitteilen, daß die bestellte Eisenstange fertig sei und abgeholt werden könne. Nun rief der Vater hundert starke Leute aus dem Dorf zusammen und zog mit ihnen vor die Schmiede. »Ensara, yansara no hôi, hôi« singend wie die Holzfäller, wenn sie schwere Stämme tragen, zogen alle mit der Eisenstange zum Hause, wo sie der Junge schon erwartete. Als er die Stange sah, freute er sich sehr, ergriff sie, und indem er sich wie auf einen Stab auf sie stützte, richtete er sich mit einem Ruck auf. »Uun!« rief er und stampfte mit weitgespreizten Schenkeln gewaltig auf den Boden. »Yaa!« rief er, da dehnte sich, in allen Gelenken knackend, sein Körper, und er wuchs und wuchs, bis er als stattlicher, sechs Fuß langer, wohlgestalteter Bursche dastand. Da freuten sich beide Eltern über jede Beschreibung. Alle Freunde, die ganze Verwandtschaft und die Dorfbewohner eilten zusammen und staunten. Man veranstaltete ein großes Festmahl, wie es ausgerichtet wird, wenn ein Kind seine ersten Schritte macht, und alle wurden reichlich mit Wein, Speisen und Kuchen bewirtet. Bis dahin hatte der Junge noch keinen Namen gehabt, und man nannte ihn nur »Wiegenkind«, jetzt gaben ihm die Eltern den Namen Chikarataró, »Kraftsohn«, und weil Grund zum Feiern da war, wurde die Feier ein großes Freudenfest. Als alle so trinkend und schmausend beisammensaßen, rief Chikarataró: »Nun will ich euch einmal eine Probe meiner Kraft zeigen!« Er ergriff die hundert Kamme schwere Eisenstange mit einer Hand und ließ sie mit ausgestrecktem Arm kreisen wie ein Mühlrad. Mit weit aufgerissenen Augen staunten ihn alle Gäste an und sprachen unter sich: »Das ist kein gewöhnlicher Mensch, das muß ein Götterkind sein.« Weil Chikarataró sich aber so kräftig fühlte, dachte er, daß sein Heimatdorf nicht der richtige Platz für ihn sei und beschloß, in die weite Welt zu ziehen, um seine Kraft mit anderen zu messen und um bedrängten Menschen hilfreich beizustehen. Deshalb trat er vor seine Eltern und bat sie, ihm drei Jahre Urlaub zu gewähren. Die sagten: »Geh hinaus in die Welt auf eine Fechtmeisterwanderschaft und komm uns wieder gesund nach Hause«, kochten fünf Scheffel Reis, kneteten davon Reisklöße, packten diese in einen großen Sack und gaben sie ihm als Wegzehrung mit auf die Reise. Unterwegs tapfer den Reisklößen zusprechend und die hundert Kamme schwere Eisenstange als Wanderstab benutzend, also rüstig daherschreitend, kehrte Chikarataró dem Heimatdorf den Rücken und zog, ohne zu wissen, wohin die Reise gehen sollte, in die Welt hinaus. Während er so auf einer breiten Straße, die rechts und links mit Kiefern bepflanzt war und kein Ende nehmen zu wollen schien, dahinschritt, kam ihm ein Mensch entgegen, der einen großen Stein von drei Ken Umfang auf der Straße vor sich herrollte, als ob es ein leichter Ball wäre. »Hallo, das scheint ja ein kecker Bursche zu sein, der da so mir nichts, dir nichts auf der Straße so einen großen Stein vor sich herrollt«, dachte Chikarataró, als ihm der Stein gerade vor die Füße gerollt kam. »Laß diesen Unfug bleiben!« rief er laut und hielt den Stein auf, indem er seine Eisenstange klirrend gegen ihn stieß, hob dann den einen Fuß und gab dem Stein einen Tritt, daß er hoch durch die Luft etwa sechs Ken weit mitten hinein in ein Reisfeld flog. Darüber geriet der große Bursche, der den Stein vor sich hergerollt hatte, in Zorn und fing an, Chikarataró zu beschimpfen: »Wenn du Lust hast, mit mir anzubinden, dann sage mir erst, wie du heißt, du Kerl!« rief dieser und machte sich kampfbereit. Der antwortete: »Ich bin der stärkste Mann von Japan und heiße Ishikotaró, wer bist denn du, der meinen Stein da so einfach durch die Luft wirft?« – »Wenn du es hören willst, dann sollst du es erfahren, ich bin Chikarataró, der stärkste Mann von Japan. Wollen wir einen Ringkampf ausfechten?« fragte Chikarataró dann weiter, und Ishikotaró war damit einverstanden. Als sie nun miteinander rangen, warf Chikarataró den Ishikotaró mit einem Ruck hundert Ken weit in ein Reisfeld hinein. Als dieser dann über und über mit Schlamm bedeckt aus dem Felde herauskroch, hielt sich Chikarataró die Seiten und begann schallend zu lachen. Ishikotaró verneigte sich vor ihm mit erhobenen Händen und sagte: »Da ich unterlegen bin, bitte ich, dich als Gefolgsmann begleiten zu dürfen.« Chikarataró nahm das Angebot an, und beide zogen nun gemeinsam, immer nach Süden marschierend, die Straße weiter entlang. Während sie ihre Reise nach Süden fortsetzten, kam ihnen eines Tages einer entgegen, der eine große rotlackierte Pagode auf seinem Kopf trug und unter der schweren Last stöhnend und ächzend seines Weges zog. »Da scheint ja wieder so ein Mistkerl zu kommen, der Anspruch darauf erhebt, der stärkste Mann in Japan zu sein«, riefen Chikarataró und sein Begleiter lachend und versperrten dem, der mit der Pagode auf dem Kopf daherkam, den Weg. Dann nahm Chikarataró seine Eisenstange und schlug die Pagode in Stücke, daß die Trümmer krachend dem Träger um den

Kopf flogen. Dieser geriet darüber in großen Zorn und rief: »Wer bist du, du Bursche, daß du dich erfrechst, die Pagode, die ich auf meinem Kopf trage, in Stücke zu schlagen? Du hast wohl von Godôtarô, dem stärksten Mann in Japan, noch nichts gehört?« Chikaratarô ließ sich durch das laute Schimpfen des Mannes nicht im geringsten einschüchtern und lachte nur vor sich hin: »Wenn du der stärkste Mann von Japan bist, so kannst du hier die beiden stärksten Männer der drei Reiche China, Japan und Korea sehen. Das hier ist mein Gefolgsmann Ishikotarô. Wenn du, wie du sagst, der stärkste Mann in Japan bist, dann ringe mit ihm und beweise das, was du sagst.« Der war damit einverstanden, und Godôtarô und Ishikotarô begannen miteinander zu ringen, keiner von beiden konnte aber des anderen Meister werden. »Hör auf, Ishikotarô, und laß mich einmal mit ihm ringen«, rief Chikaratarô, packte den Godôtarô mit einem Griff im Nacken und warf ihn hundert Ken weit mit einem Schwung in ein Reisfeld, daß er bis über den Kopf darin versank. Chikaratarô und sein Begleiter stimmten dann ein lautes Gelächter an, während Godôtarô, mit Schmutz bedeckt, mühsam aus dem Reisfeld herauskroch. Dann kniete er vor beiden nieder und sagte: »Bis jetzt habe ich noch keinen getroffen, der stärker als ich gewesen wäre. Aus jedem Kampf bin ich siegreich hervorgegangen, und heute bin ich zum ersten Male unterlegen. Gestatte mir, dich als Gefolgsmann zu begleiten.« – »Gut«, sagte Chikaratarô, »geh mit uns als unser Gefährte«, und alle drei, Herr und Vasallen, setzten die Reise nach dem Süden fort. Schließlich kamen sie in einer Nacht zu einer Stadt, die etwa tausend Häuser zählte, aber merkwürdigerweise ließ sich in den Straßen dieser Stadt keine Spur von einem menschlichen Wesen oder einem Tier erblicken, und kein Laut war zu vernehmen. Während die drei durch die einsamen Straßen schritten und sich darüber unterhielten, was wohl der Grund dafür sein könnte, sahen sie in einer Seitenstraße unter der Dachtraufe eines Hauses ein schönes Mädchen stehen, das sich weinend ihnen nicht zu nähern wagte. Sie traten zu ihr und fragten sie nach dem Grunde des Weinens, und sie erzählte ihnen: »Seit einigen Monaten kommen allnächtlich Dämonen in unsere Stadt, rauben einen Menschen und fressen ihn auf. Wenn es nun Nacht wird, dann löschen die Leute alle Lichter auf der Straße und in ihren Häusern aus, schließen sich in ihren Häusern ein und bleiben dort, ohne einen Laut von sich zu geben. Nur ein Mensch wird allabendlich durch das Los bestimmt und muß, um den Dämonen zur Speise zu dienen, auf der Straße bleiben. Heute hat mich das Los dazu bestimmt, gefressen zu werden, und deshalb stehe ich hier und weine.« Als die drei dies gehört hatten, sagten sie zu dem Mädchen: »Hör auf zu weinen, wir drei werden die Dämonen vertreiben, führe uns jetzt sofort nach deinem Hause und mach dir weiter keine Sorgen mehr.« Darüber war das Mädchen sehr erfreut und führte die drei Gefährten in ihr Haus, wo sie die Ankunft der Dämonen erwarteten. Nachdem die drei schon die halbe Nacht kampfbereit auf das Erscheinen der Dämonen gewartet hatten, erschienen diese, um sich ihr Opfer zu holen, rissen laut brüllend die Türen des Hauses, in dem das Mädchen wohnte, auf und drangen in das Haus ein. Als erster trat ihnen Godôtarô entgegen, und als dieser allein der Dämonen nicht Herr werden konnte, eilte ihm Ishikotarô zu Hilfe. Als auch dieser nichts gegen sie ausrichtete, griff Chikaratarô in den Kampf ein, und mit seiner Hilfe gelang es, die Dämonen zu überwältigen, daß sie auf Nimmerwiedersehen die Flucht ergriffen. Nicht nur das gerettete Mädchen und deren Familie, sondern auch alle Bürger der befreiten Stadt konnten nicht genug Worte finden, ihren Rettern zu danken. Als die drei sich anschickten, ihre Wanderfahrt fortzusetzen und die Stadt zu verlassen, hielt man sie weinend zurück und wollte sie nicht fortlassen. Schließlich willigte Chikaratarô ein, der Gatte des geretteten Mädchens zu werden, und auch die beiden Gefährten fanden Frauen unter den jungen Mädchen der

Stadt, ließen sich in der Stadt nieder und wohnten dort viele Jahre. Den Chikaratarô aber wählten die Leute in der Stadt zu ihrem Fürsten.

79. Die drei Einfältigen und der Dieb

Irgendwo lebte einmal eine recht einfältige Familie, Vater, Mutter und Sohn. Sie wohnten gerade dem Tor eines Tempels gegenüber und waren fromme Leute. Einmal nimmt der Vater einen Beutel mit hundert Mon und geht damit zum Priester: »Herr Abt, Herr Abt, bitte lehrt mich doch irgendeinen Spruch.« Der Priester wollte sich einen Spaß machen und sagte: »Kam nicht ganz leise einer hierher?« Kurz darauf kam auch die Mutter, brachte ebenfalls hundert Mon und bat um einen Spruch. Zu der sagte der Priester: »So ist es und so steht er nun dort.« Als auch der Sohn mit hundert Mon und der gleichen Bitte kam, sagte er zu diesem: »Laßt ihn nicht entkommen, lauft ihm nach, schnell hinterher!« Alle drei beteten nun jeder, Nacht für Nacht, diesen Unsinn, den sie vom Priester gehört hatten, laut vor sich hin in der Meinung, daß es fromme Sprüche seien. Da stieg eines Nachts ein Dieb bei ihnen ins Haus. Gerade als er sich an sein Diebsgeschäft machen wollte, fing der Vater an zu beten: »Kam nicht ganz leise einer hierher?« Der Dieb hörte es und traute sich, da er sich entdeckt glaubte, den zweiten Fuß nicht mehr zur Erde zu setzen. Da fing die Mutter an zu beten: »So ist es und so steht er nun dort.« Nun wurde es dem Dieb unbehaglich, und er schickte sich an, sich schleunigst aus dem Staube zu machen, da fing der Sohn an: »Laßt ihn nicht entkommen, lauft ihm nach, schnell hinterher.« Da gab der Dieb Fersengeld und brachte sich, so schnell ihn seine Beine zu tragen vermochten, in Sicherheit.

80. Der dumme Junge

Da gab es einmal einen dummen Jungen. Als er eines Tages einen Begräbniszug sah, in dem Blumen und Fahnen umhergetragen wurden, rief er laut: »Ah, wie schön, ah, wie schön!« – »Was ist da schön, du Dummkopf«, riefen die Leute und schlugen ihn auf den Kopf. Als er nach Hause kam und dies erzählte, belehrte ihn der Vater: »In so einem Fall mußt du: ›Buddha sei der armen Seele gnädig!‹ sagen.« Ein anderes Mal zog ein Hochzeitszug am Hause vorüber, da rief er: »Buddha sei der armen Seele gnädig!« und bekam wieder Schläge auf den Kopf. Als er es dem Vater erzählte, sagte dieser: »Das darfst du in diesem Fall nicht sagen, in diesem Fall mußt du einen Glückwunschgesang anstimmen.« Als dann eines Tages in der Nähe des Hauses Feuer ausbrach, dachte er daran, was ihm der Vater gesagt hatte, lief zur Brandstätte und fing dort laut an zu singen: »Ich wünsche Glück, ich wünsche Glück, Glück dem in Jugend strahlenden Jüngling ...!« – »Was gibt es hier Glück zu wünschen?« riefen die Leute und schlugen ihn mit glühenden Brandscheiten auf den Kopf, so daß er weinend nach Hause lief und dem Vater wieder sein Leid klagte. »Ja, in diesem Fall hättest du sagen müssen: ›Darf ich Hilfe leisten?‹ und hättest einen Kübel Wasser ins Feuer gießen müssen.« Als der Sohn dann einmal in der Stadt ein Geschäft hatte, kam er an der Werkstatt eines Schmiedes vorbei, und als er das Schmiedefeuer erblickte, fielen ihm die Worte des Vaters ein. Schnell ergriff er einen da stehenden Eimer, rannte in die Schmiede und goß ihn mit den Worten: »Darf ich Euch helfen?« in das Feuer. Der Schmied war bitterböse über diesen Streich, nahm den großen Schmiedehammer und schlug ihm damit eins an den Schädel, daß er dröhnte. Als der Sohn dann weinend aus der Stadt nach Hause kam und dem Vater sein Erlebnis erzählte, sagte dieser: »Das ist schlimm, das hast du wieder ganz falsch gemacht. In so einem Falle springt man hinzu und sagt: ›Darf ich auch einmal mit zuschlagen?‹ und leistet den Leuten mit ein paar Schlägen Hilfe.« Der Sohn beschloß, sich das zu merken, und als er dann wieder in der Stadt war, sah er, wie sich vor einer Weinschänke zwei Betrunkene rauften. Schnell sprang er dazwischen und rief: »Darf ich auch einmal mit zuschlagen?« und gab jedem der beiden einen Schlag auf den Kopf. Da wendeten sich beide gegen ihn, prügelten ihn gemeinsam windelweich und schickten ihn voller Beulen und blauer Flecken nach Hause zurück. »Das hast du wieder falsch gemacht«, sagte der Vater, »in diesem Fall muß man zwischen die Streitenden treten und muß sie zu trennen versuchen, indem man sagt: ›Ruhe, Ruhe, beruhigt euch‹ und muß versuchen, sie zu versöhnen.« Bald darauf machte der Sohn einen Gang durch die Berge. Da sah er zwei Stiere, die auf einer Weide miteinander kämpften und mit gesenkten Hörnern aufeinander losrannten. Schnell sprang er zwischen sie mit dem Ruf: »Ruhe, Ruhe, beruhigt euch . . .«, wie es ihn der Vater gelehrt hatte. Die Stiere aber kümmerten sich nicht viel um ihn, spießten ihn auf ihre Hörner, und so kam er elendiglich ums Leben.

81. Die drei Krüppel

Vor nun etwa hundertsiebzig Jahren war in der Teeschänke Kagiya in Yanaka zu Edo eine Magd namens O Sen angestellt, deren Schönheit in der ganzen Stadt bekannt war. Um sie zu sehen, kamen täglich viele Leute unter dem Vorwand, den nahe dabei gelegenen Inarischrein zu besuchen, dorthin und tranken ihren Tee. Da der Inari des Schreins in dem Ruf stand, allerlei Gebrechen zu heilen, wurde er auch viel von Kranken aufgesucht. Einmal gingen drei Krüppel, ein Nasenloser, ein Einäugiger und ein Lahmer, dorthin. Als sie zum Schrein kamen, mußten sie an O Sens Teehaus vorübergehen. Da sie sich ihrer Gebrechen vor dem

Mädchen schämten, stellten sie es so an, daß diese davon nichts bemerken sollte: Der Lahme ging voraus und rief dabei aus: »Pfui Teufel! Da habe ich in einen Hundedreck getreten!« Damit zog er, den lahmen Fuß nachziehend, vorüber. Dann folgte der Nasenlose, der sich den Ärmel vors Gesicht hielt, und rief dabei: »Pfui! Wie das stinkt!« Der Einäugige hielt die Hand vor die Augen, als ob er auf dem Boden nach dem Dreck suche, und sagte dazu: »Wo liegt er denn? Mit meinen beiden Augen kann ich ihn nicht entdecken.« So gelang es ihnen, an O Sen vorüberzugehen, ohne daß diese etwas von ihren Gebrechen merkte.

82. Ein Blick tausend Ryô

Einmal lebte irgendwo im Lande Oshû ein armer Junggeselle, der zerbrach sich den Kopf darüber, wie er es anstellen könnte, zu etwas Vermögen zu kommen. Während er noch so hin und her überlegte, kam die Zeit des Bonfestes heran, wo überall Lotosblätter verlangt werden, um damit die Hausaltäre zu schmücken. Nun dachte er, daß man in der Hauptstadt Edo besonders viel Bedarf für Lotosblätter haben würde, und da die Blätter von Oshû ihrer Größe und Frische wegen besonders gesucht werden, so beschloß er, damit sein Glück zu versuchen. Ringsherum in allen Dörfern kaufte er alle Lotosblätter, deren er habhaft werden konnte, auf, belud mit der Last drei Schiffe und fuhr damit hinauf nach Edo. Als er dort angekommen war, mußte er zu seiner Bestürzung erfahren, daß das Fest am Vorabend seiner Ankunft bereits zu Ende gegangen war und daß nach Lotosblättern keine Nachfrage mehr bestand.

Entmutigt durch diese Nachricht beschloß er in seiner Verzweiflung, alles auf eine Karte zu setzen, und ließ beim Fürsten um eine Unterredung bitten. Als dieser ihn vor sich rufen ließ, erzählte er ihm sein Mißgeschick: »Ich bin diesmal aus Oshû mit einer Last besonders schöner und prächtiger Lotosblätter hierher zum Markt gekommen. Da nun aber das Bonfest schon vorüber ist, kann ich sie nicht mehr loswerden, ich wage daher die Bitte, Ihr möchtet einen Befehl ergehen lassen, daß man das Bonfest noch einmal feiern soll, um mir die Gelegenheit zu geben, meine Ware doch noch loszuwerden.« Der Fürst, dem die Freimütigkeit des Mannes gefiel, ließ seine Vasallen zusammenkommen und teilte ihnen mit: »Aus Oshû ist eine Ladung ganz besonders schöner und prächtiger Lotosblätter angekommen, ich befehle euch also deshalb, das Bonfest noch einmal zu feiern.« Der Mann konnte nunmehr seine Ware loswerden und verkaufte sie so vorteilhaft, daß er für jede Ladung tausend Ryô Gewinn erzielte und so ein Vermögen von dreitausend Ryô in seine Tasche stecken konnte.

Damals gab es in Edo ein Mädchen, das in dem Ruf stand, das schönste Mädchen im Lande Nippon zu sein. Es war aber sehr schwierig, diese berühmte Schönheit zu Gesicht zu bekommen, denn wer auch nur einen Blick auf sie werfen wollte, mußte an sie dafür die Summe von tausend Ryô bezahlen. Wer zu ihrem Hause kam und die Summe bezahlt hatte, mußte in einem Zimmer Platz nehmen. Leise öffnete sich darauf die Schiebetür, und der Besucher sah das Mädchen in einem Nebenraum sitzen, für einen Augenblick durfte er einen Blick auf sie werfen, dann schlossen sich die Türen bereits wieder krachend, und man forderte ihn auf, das Haus zu verlassen.

Auch der Mann aus Oshû hatte von der berühmten Schönheit gehört und dachte bei sich, ihren Anblick als Erinnerung an den Besuch der Hauptstadt mit nach Hause zu nehmen. Er ging zu ihrem Hause, zahlte tausend Ryô und wurde in das Besucherzimmer geführt. Als die Schiebetüren sich geöffnet hatten und sich sofort wieder schlossen, schien ihm das Mädchen schön wie eine Blume zu sein, und er war so benommen von dem Anblick, daß er sofort nochmals tausend Ryô bezahlte, um noch einmal einen Blick auf sie werfen zu dürfen. Wieder öffneten und schlossen sich die Türen, ehe er sich genug satt an dem schönen Bilde zu sehen vermocht hatte. Nun gab er noch seine letzten tausend Ryô dafür her, sie nochmals sehen zu dürfen, und nochmals wiederholte sich dasselbe Schauspiel. Diesmal sah er aber deutlich, daß das Mädchen ihm zulächelte. Nun saß er da und hatte das ganze Geld ausgegeben und dachte noch darüber nach, wie er es anstellen könnte, in die Heimat so ohne Geld zurückzukehren, als plötzlich das Mädchen zu ihm ins Zimmer kam und ihn fragte: »Weshalb machst du so ein sorgenvolles und nachdenkliches Gesicht?« Er antwortete: »Ich habe nicht einen einzigen Mon mehr und überlege, wie ich ohne Geld wieder in meine Heimat kommen kann.« Da sagte das Mädchen: »Höre, bis jetzt sind schon Leute gekommen, die zweitausend Ryô bezahlt haben, um zweimal mein Gesicht sehen zu können, aber du bist der einzige, der mich dreimal zu sehen verlangt hat, und hast überdies dafür dein ganzes Vermögen ausgegeben. Du hast dir damit meine Zuneigung gewonnen, und ich bin gekommen, dich zu bitten, ob du mich als deine Frau mit nach Oshû führen willst.« Natürlich war der Mann einverstanden. So bekam er nicht nur eine schöne Frau, sondern auch all das Geld, das sich die Frau mit ihrer Schönheit von den neugierigen Beschauern verdient hatte, und kehrte nach Oshû zurück, wo er als reicher Mann lebte.

83. Heiroku bleibt Heiroku

Irgendwo lebte einmal ein Mann, der hieß Heiroku. Dieser Kauz pflegte sein Hüfttuch niemals zu waschen. Den einzigen Schurz, den er besaß, hatte er während beinahe dreier Jahre auch nicht ein einziges Mal gewaschen. Wenn sich nun Anzeichen dafür zeigten, daß Regen fallen würde, war das Hüfttuch des Heiroku feucht; so konnte er daraus das Wetter vorhersagen, und es war noch kein einziges Mal vorgekommen, daß er falsch prophezeit hatte. Eines Tages wurde diese Geschichte bei Hof bekannt. Heiroku wurde eine Anstellung gewährt und er stieg in einen Rang auf, in dem er wie ein Doktor der Astrologie behandelt wurde. Da überlegte sich Heiroku: »Nun bin selbst ich im Ansehen gestiegen, also kann ich unmöglich das alte Hüfttuch weitertragen!« und verschloß das schmutzige, welches er bisher getragen hatte, in einem Kasten und legte ein neues, prächtiges Hüfttuch an.

Als nun der sechste Monat – die heißeste Zeit des Sommers – kam, fragte man eines Tages vom Hofe an: »Wie wird morgen das Wetter sein?« Heiroku zog sich daraufhin zurück, öffnete den Kasten, nahm das alte Hüfttuch heraus und sah nach; da strahlte es ganz weiß von Schimmel. »Morgen wird es Schnee geben!« gab er deshalb zur Antwort. Als man dies bei Hofe hörte, war man sprachlos vor Erstaunen. »Im sechsten Monat, der heißesten Zeit, soll Schnee fallen? Wisse, daß du dein Amt verlieren wirst, wenn keiner fällt!«, so schalt man ihn heftig. Am nächsten Tag regnete es fein. Da wurde Heiroku seines Amtes enthoben und war wieder der alte Heiroku.

84. Der Wurzelgallertedisput

Einmal lebte irgendwo in einem einsam gelegenen Tempel ein wegen seiner Weisheit weit und breit berühmter Priester. Wandernde Bonzen kehrten oft bei ihm ein, um die Nacht im Disput mit dem gelehrten Manne zu verbringen. Nun mußte er einstmals einen wichtigen Gang über Land machen und überlegte, wem er für die Zeit seiner Abwesenheit die Obhut über den Tempel anvertrauen könnte. Schließlich fiel seine Wahl auf den Wurzelgallertehändler Hachibê, einen schweigsamen Mann. Er hieß ihn die Priesterrobe anlegen und schärfte ihm nachdrücklich ein, etwaigen Besuchern keine Antworten auf ihre Fragen, welcher Art sie auch seien, zu geben, sondern in tiefem Schweigen zu verharren. Damals kam nun gerade ein wandernder Priester, selbst ein hochgelehrter Mann, der den Ruf von der Weisheit seines Amtsgenossen vernommen hatte, dorthin in der Absicht, sich mit ihm im Disput zu messen, und voller Hoffnung, den Sieg in diesem Rededuell davonzutragen. Als er den Tempel betrat, sah er dort den Wurzelgallertehändler Hachibê schweigend, wie in tiefer Meditation versunken, sitzen, und da dieser kein Wort an ihn richtete, so glaubte er, er sei in der Ausführung einer schweigenden Bußübung begriffen. Voll ehrfürchtiger Scheu näherte er sich ihm und nahm gleichfalls schweigend ihm gegenüber Platz. Dann beschrieb er mit dem Finger einen Kreis und wollte damit die Frage stellen: »Unseres Herrn Buddha Herz . . .?« Hachibê dachte: »Was mag er wohl meinen?« und breitete dann beide Arme seitwärts aus. Der Priester aber glaubte, er wolle damit sagen: ». . . ist groß wie der weite Ozean«, und war von der Antwort befriedigt. Nun streckte er beide Hände mit gespreizten Fingern aus, um so zu fragen: »Das gesamte Weltall . . .?« Zur Antwort streckte ihm Hachibê eine Hand mit ebenfalls gespreizten Fingern entgegen. Der Priester glaubte, dies solle bedeuten: ». . . verharrt in den fünf Todsünden«, und nickte dazu befriedigt. Dann zeigte er drei Finger, um damit zu sagen: »Die drei Inkarnationen des Amida . . .?« Auf diese Frage antwortete Hachibê damit, daß er nach Art von Kindern wie zum Zeichen der Schadenfreude mit einem Finger das untere Augenlid nach unten zog. Der mehr und mehr eingeschüchterte Priester schwieg betroffen, und da er glaubte, Hachibê hätte ihm damit sagen wollen: ». . . suche sie in dir selbst«, räumte er beschämt das Feld, denn er dachte, jener wolle damit sagen: »Störe mich nun nicht länger in meiner Meditation!«

Bei seiner Rückkehr erfuhr der Priester, was sich zugetragen hatte, und war mit seinem Stellvertreter zufrieden. Er fragte Hachibê, was er sich bei den Fragen des Wanderpriesters gedacht habe und was er mit seinen Antworten gemeint habe. Hachibê sagte lachend: »Ach, das war ganz einfach. Jener Bonze hatte es natürlich gleich herausbekommen, was für ein Geschäft ich betreibe. Er machte mit den Fingern einen Kreis. Damit meinte er natürlich: ›Wie groß sind deine Gallertewurzeln?‹ Ich zeigte ihm beide Handflächen. Das sollte heißen: ›So groß sind sie.‹ Dann streckte er alle zehn Finger aus und meinte damit natürlich: ›Wieviel kosten zehn Stück?‹ Ich gab ihm mit fünf ausgestreckten Fingern zu verstehen, daß ich fünfhundert Mon dafür verlange, und der Bonze ließ mich durch drei ausgestreckte Finger wissen, daß ich den Preis auf dreihundert Mon ermäßigen solle. Nun, darauf antwortete ich ihm, indem ich ›Akambei‹ machte, um ihm zu zeigen, daß ich sein Angebot lächerlich fände. Na, da war er dann ganz klein geworden und machte sich beschämt auf die Beine.«

85. Von der Bettdecke, die am Ohr hing

Es war einmal vor langer Zeit irgendwo ein unaussprechlich armer Tempel, wo ein buddhistischer Priester und sein junger Schüler ganz allein lebten. Weder der Priester noch der Schüler hatten eine Bettdecke zum Schlafen, und jeden Abend krochen sie ins Stroh und schliefen da. Deshalb ermahnte der Priester seinen Schüler: »Wenn wir einmal einen Gast haben, darfst du auf keinen Fall von dem Stroh sprechen!«

Eines Morgens früh kam ein Gönner des Tempels. Der Priester geriet außer Fassung; er sprang aus dem Stroh heraus, schlüpfte in seine Kleider, bat den Gast herein und rief seinem Schüler im Wohnraum zu: »Den Tee!« Der Schüler brachte den Tee und wollte wieder hinausgehen. Zufällig jedoch fiel sein Blick auf das Gesicht des Priesters: An dessen Ohr war ein Hälmchen Stroh hängengeblieben. Da konnte sich der Schüler des Lachens nicht enthalten und sagte: »Herr Priester, an Eurem Ohr hängt ein Hälmchen von der Bettdecke!«

86. Der Prahler in Nöten

Einmal kam ein Fremder, der das Aussehen eines ehemaligen ritterlichen Dienstmannes hatte, zu einer Herberge. Nachdem sie sich über vielerlei Dinge unterhalten hatten, sagte schließlich der Herbergsvater zu ihm: »Nach allem, was ich von Euch da höre, sehe ich, daß Ihr kein Mensch wie die große Masse, sondern etwas Besonderes seid. Es ist schon Schlafenszeit geworden. Soll ich Euch das Bettzeug richten lassen?« Der sagte, durch des Wirtes Worte geschmeichelt: »Nun, das ist unnötig. Ich bin durch das Leben in den Kriegslagern gewohnt, oft auf bloßer Erde unter freiem Himmel, auf dem Felde oder in den Bergen zu schlafen, und weiß nicht, was Kälte ist.« Damit legte er sich auf den bloßen Boden in seinen Kleidern zum Schlafen nieder. Je tiefer die Nacht wurde, desto mehr nahm die Kälte zu, und als es ihm zu kalt wurde, rief er: »Herr Wirt, Herr Wirt! Sagt einmal, pflegt Ihr Euren Ratten die Füße zu waschen?« Der antwortete: »Nein, das tun wir nicht.« – »Ach, dann gebt mir doch eine oder zwei Strohmatten, daß ich sie über mich decken kann, damit die Ratten, wenn sie über mich hinweglaufen, mir meine Kleider nicht beschmutzen.«

87. Der Schweigewettkampf

Irgendwo lebten einmal in alter Zeit ein Paar alter Leute. Beide aßen Reiskuchen für ihr Leben gern. Eines Tages hatten sie ihre Lieblingsspeise wieder bereitet und sprachen ihr wacker zu, aber zuletzt blieb noch etwas davon übrig. Da beschlossen sie: »Das wollen wir uns zum Abendessen aufheben, und der soll es haben, der den ganzen Tag kein Wort gesprochen hat.« Ehe der Tag aber ganz herum war, stieg ein Räuber bei den beiden Alten ein und durchsuchte das ganze Haus. Das Ehepaar beobachtete ihn in seinem Tun schweigend, ohne sich zu rühren. Das machte den Räuber nur noch frecher. Alles, was er im Hause fand, packte er zusammen, und zuletzt öffnete er den Wandschrank, nahm den Holznapf mit dem Reiskuchen und wollte sich wieder aus dem Staube machen. Da konnte sich die Frau nicht länger beherrschen: »He, sieh doch einmal, der Räuber will unsern Kuchen mitnehmen«, rief sie laut. Zufrieden lachend entgegnete ihr der Alte: »Der Reiskuchen gehört mir, ich habe gewonnen.« Und nun ratet mal alle! Hat der Räuber wohl darauf Rücksicht genommen oder nicht? Was glaubt ihr wohl?

88. Vom törichten Ladenburschen

Einmal wurde der Ladenbursche von seinem Dienstherrn geschickt, um eine Kerze zu kaufen. Zehn Sen hatte er dafür mitbekommen. Als er nun die Kerze zurückbrachte und der Dienstherr ihn fragte, warum er keine größere gebracht habe, sagte er, daß der Händler dafür zwanzig Sen fordere. Der Dienstherr gab ihm nochmals zehn Sen und hieß ihn die Kerze gegen eine größere umtauschen. Bald kam der Bursche wieder und legte dem Dienstherrn eine große Kerze und die zuletzt erhaltenen zehn Sen hin. Als dieser erstaunt fragte, warum er die zehn Sen zurückbringe, antwortete der Bursche: »Ich sagte dem Händler: Zehn Sen habe ich vorhin bezahlt, und hier bringe ich eine Kerze im Wert von zehn Sen zurück, gebt mir dafür eine Kerze zu zwanzig Sen. Daraufhin hat er mir die Kerze sofort gegeben, und die zehn Sen hätte ich erst gar nicht mitzunehmen brauchen.«

89. *Die Braut des Maulwurfs*

Ein Maulwurf hatte eine allerliebste Tochter und sprach: »Diese Tochter muß dem Mächtigsten in ganz Japan zur Frau gegeben werden!« Und er beriet sich mit einer großen Zahl von Maulwürfen.

»Der Mächtigste in ganz Japan ist die Sonne!« – »Wenn das stimmt, werde ich sie der Sonne zur Frau geben!« – »Der Himmel ist aber höher als die Sonne, der Himmel ist der Mächtigste in ganz Japan.« – »Wenn das stimmt, werde ich sie dem Himmel zur Frau geben.« – »Der Himmel kann aber von Wolken verdeckt werden, die Wolke ist der Mächtigste in ganz Japan.« – »Wenn das stimmt, werde ich sie der Wolke zur Frau geben.« – »Nein, die Wolken werden, so viel sie auch sein mögen, vom Wind fortgeblasen; der Wind ist der Mächtigste in ganz Japan.« – »Wenn das stimmt, werde ich sie dem Wind zur Frau geben.« – »Nein, nein! Der Wind hört einmal auf zu blasen, der Regen hört einmal auf zu fallen; aber die Deiche am Fluß sind unbesiegbar. Der Mächtigste in ganz Japan ist der Deich.« – »Wenn das stimmt, werde ich sie dem Deich zur Frau geben.« – »Wie stark die Deiche auch sein mögen – von den Maulwürfen werden Gänge hineingebohrt. Der Mächtigste in ganz Japan – das ist, was man auch sagen mag, der Maulwurf!« – »Wenn das stimmt, werde ich sie einem Maulwurf zur Frau geben!« So sprach er, und deshalb wurde das Fräulein Tochter des Maulwurfs schließlich an einen Maulwurf verheiratet.

90. *Die Vogelscheuche*

Eine junge Frau lebte ganz einsam in einem abgelegenen Bergdorf. Des Alleinseins müde, sagte sie einmal laut vor sich hin: »Ach, käme doch einer – und wäre es selbst die Vogelscheuche auf dem Felde – und nähme mich zur Frau!«

Von diesem Tag an stellte sich allnächtlich bei ihr ein Besucher ein und verbrachte die Nacht mit ihr. Da der stets Pfeil und Bogen mit sich führte, glaubte die Frau, es sei irgendein Ritter aus der Nachbarschaft. Da er ihr aber niemals sagte, woher er käme und wie er heiße, so wurden der Frau schließlich diese schweigenden Besuche unheimlich. Um seinen Wohnort zu erfahren, heftete sie ihm eines Nachts, kurz bevor er sie bei Morgengrauen verließ, einen langen Faden an sein Gewand. Als sie dann am Morgen der Spur des Fadens nachging, fand sie, daß ihr geheimnisvoller Liebhaber kein anderer als die Vogelscheuche auf dem Felde war.

91. Vom Schalk Kichigo

Einmal hatte Kichigo ganz billig Grund und Boden gekauft. Das Land war aber so feucht und schlecht, daß alle seine Versuche, den Boden festzustampfen, vergebens waren. Als er sah, daß es damit nichts werden wollte, da ein Mensch allein dieser Arbeit nicht gewachsen war, stellte er eine Anschlagtafel auf: »Da Kichigo dieser Welt überdrüssig ist, wird er an dem und dem Tage in den Himmel steigen. Kommt und schaut es euch an!« Am festgesetzten Tage strömten von überallher aus der Umgegend die Leute zusammen, und auf Kichigos feuchter Wiese, die er ihnen als Platz, wo sie seiner Himmelfahrt zuschauen könnten, anwies, herrschte ein Leben wie auf einem vielbesuchten Jahrmarkt. Überall waren Buden und Garküchen aufgestellt, Spaßmacher und Gaukler zeigten ihre Künste, und man vertrieb sich auf allerlei Weise die Zeit, bis Kichigo erschien, um seine Absicht auszuführen. Er band einige lange Leitern aneinander, stellte sie senkrecht in die Erde und begann ganz langsam Sprosse für Sprosse darauf emporzusteigen. Atemlos schauten die Leute seinem Beginnen zu. Je höher er stieg, desto mehr kamen die Leitern ins Schwanken, und als er schon eine ziemliche Höhe erreicht hatte, riefen die Zuschauer: »Seht nur! Seht nur! Wie gefährlich!« Als Kichigo ihre Rufe hörte, stieg er Sprosse um Sprosse wieder herab und sagte: »Da ihr alle sagt, daß es zu gefährlich ist, will ich meinen Plan für heute aufgeben und meine Himmelfahrt lieber auf einen anderen Tag verschieben.« Damit nahm er die Leitern und ging nach Hause. Die Leute kehrten gleichfalls heim, laut schimpfend, daß sie der Schalk schon wieder einmal betrogen hätte. Kichigo aber stellte befriedigt fest, daß das schlechte Feld durch die Zuschauer schön hart gestampft worden war, ohne daß es ihn auch nur einen Mon Geld gekostet hätte.

2

Einmal verkleidete sich der Schalk in einen Viehhändler und brachte einen Ochsen zum Markt. Dort erzählte er allen Leuten, daß sein Ochse goldenen Mist mache. Ein Bauer fand sich, der ihm das glaubte und ihm ein ordentliches Stück Geld für den Ochsen zahlte. Am nächsten Tage kam der Käufer empört gelaufen, warf ihm vor, daß er betrogen worden sei, und schimpfte gewaltig, weil der Ochse nur ganz gewöhnlichen Mist von sich gäbe. Der Schalk ließ sich durch die vielen bösen Worte nicht aus der Ruhe bringen und fragte nur: »Ja, was hast du ihm denn zu fressen gegeben?« – »Heu und Gras, was man eben Ochsen so zum Futter gibt.« – »Ja, dann hast du es falsch gemacht. Wenn du willst, daß er Gold machen soll, dann mußt du ihm natürlich auch Gold zu fressen geben.«

3

Einmal band er ein paar Fasanen an die Spitze einer Bambusstange und trug sie so auf seiner Schulter durch die Straßen der Stadt. Dabei rief er laut aus: »Spatzen zu verkaufen! Spatzen zu verkaufen!« Kam dann einer und fragte ihn nach dem Preise, so sagte er: »Vier Stück für zwölf Mon.« Wenn dann jener den Preis zahlte und glaubte so dem dummen Bauern die Fasanen für ein Spottgeld abgekauft zu haben, dann griff der Schalk in seine Ärmeltasche, holte vier Spatzen hervor und überreichte sie dem verdutzten Käufer.

4

Einmal mietete er sich neben einer Garküche, wo man gebratene Aale verkaufte, ein. Wenn dann die Mittagszeit kam, öffnete er weit das Fenster und aß seinen Reis, indem er allen Leuten erzählte: »So habe ich ein wahrhaft wohlfeiles Mittagessen, denn ich würze meinen Reis mit den Düften aus der Aalküche, die ganz kostenlos in mein Zimmer geströmt kommen.« Die Leute lachten darüber, und als der Garkoch davon hörte, beschloß er, dem Schalk einen Streich zu spielen. Als der Tag kam, an dem er bei seiner Kundschaft die Rechnungen einzuziehen pflegte, erschien er auch bei seinem Nachbarn und legte ihm eine gesalzene Rechnung vor. Der sah sie sich an und sagte: »Ja, das hat seine Richtigkeit«, zog den Beutel, zählte die geforderte Summe vor dem Garkoch hin und fragte ihn, ob sie auch stimme. Als der Koch dies bestätigt hatte, nahm er das Geld wieder auf und tat es in den Beutel zurück. Nun fragte der Garkoch erstaunt: »Was tust du denn da? Du nimmst ja mein Geld wieder an dich.« Der Schalk aber entgegnete darauf nur seelenruhig: »Ich denke ja gar nicht daran. Für die Düfte aus deiner Aalküche habe ich dich mit dem Anblick meines Geldes bezahlt. Ich bin dir nun nichts mehr schuldig.« Und damit hatte er die Lacher auf seiner Seite.

92. Cha no mi – Chanomi

Die Leute von Noma im Lande Chikuzen sind ihrer Einfalt und Torheit wegen überall bekannt, und man lacht viel über ihre närrischen Streiche. Einmal übersandte der Fürst von Chikuzen dem Dorfschulzen von Noma den Befehl: »Schicke mir sofort fünf Scheffel Teesamen (go shô cha no mi).« Der einfältige Dorfschulze verstand den Boten aber falsch und glaubte, er solle dem Fürsten einen Mann, der zehn Liter Tee zu trinken vermöchte (go shô cha-nomi), an den Hof senden. Überall fragte er im Dorf herum, wieviel Tee jeder einzelne täglich zu trinken pflegte. Endlich fand er eine Frau, die den Tee über alles liebte und täglich große Mengen davon zu sich nahm. Die brachte er zum Fürsten, und als ihn dieser erstaunt fragte, was er mit der Alten anfangen solle, antwortete ihm der Schulze: »Leider gibt es in meinem Dorf keinen einzigen, der zehn Liter Tee zu trinken vermag. Diese Alte hier aber kann achteinhalb Liter täglich trinken, und da meinte ich, daß Ihr vielleicht auch mit ihr zufrieden sein würdet.«

93. ›Tanoki‹ und das Vogelnest

Ein kluger Bauer aus einem Dorf im Osten, genannt Gonsaku, und Kisuke, ein kluger Mann aus einem Dorf im Westen, begegneten sich zufällig auf dem Wege. »Guten Tag!« – »Guten Tag auch! Schönes Wetter heute! Übrigens, Herr Gonsaku, auf meinem Feld hat ein Rabe oben auf einem Tanoki (Tanuki: Dachs) sein Nest gebaut. Habt Ihr das schon gesehen?« – »Herr Kisuke, wie dumm ich auch sein mag – so dumm bin ich noch nicht, daß ich so etwas glaube!« – »Wenn es aber wahr ist, was gebt Ihr mir dann?« – »Ich will Euch acht Füllen geben.«

So sprach er. Da ging Kisuke mit Gonsaku zu seinem Feld. Auf dem Feld dort stand ein Baum, in dessen Wipfel ein Rabe sein Nest gebaut hatte. »Hier hat ein Rabe in dem Wipfel eines Baumes sein Nest gebaut oder nicht? Spaßvogel – wo ist der Dachs?« – »Ihr seid doch Gonsaku! Der Rabe hat sein Nest auf einem Baum auf dem Feld (tanoki) gebaut. Also ist das Nest des Raben oben auf einem Dachs (tanoki: tanuki). So, und nun gebt mir die acht Füllen!« –

»Gut, kommt ins Haus. Dort werde ich sie Euch geben.« Die beiden gingen also zu dem Haus von Gonsaku. Gonsaku zog eine abgemagerte Mähre hervor und sprach: »Hier habt Ihr die acht Füllen (hachi hiki)!« – »Dies ist aber nur ein Pferd!« – »Schaut auf das Hinterteil! Wenn Ihr an dem Schwanz (hachi) zieht (hiki), habt Ihr hachi hiki (acht Füllen). Schnell, schert Euch damit weg!« Kisuke aber zog widerwillig die alte Mähre fort.

94. Sozori Shinzaëmon

Zur Zeit des Taikô Hideyoshi lebte ein Schwertscheidenmacher Shinzaëmon. Da seine Scheiden so gut gearbeitet waren, daß die Schwerter ganz sachte und lautlos (sozori) in die Scheiden glitten, nannte man ihn allgemein den lautlosen Shinzaëmon. Der Taikô schätzte ihn wegen seiner Kunstfertigkeit sehr und ließ ihn zu Hofe kommen. Da dieser Shinzaëmon aber auch ein Mann war, der immer neue und witzige Einfälle hatte, so spielte er beim Taikô auch bald die Rolle eines »lustigen Rates«. Einmal forderte ihn der Taikô auf, sich eine Gnade zu erbitten. Shinzaëmon bat ihn darum, ihm zu erlauben, jederzeit und an jedem Ort, wenn es ihm gerade gefiele, am Ohr des Taikô riechen zu dürfen. Das wurde ihm lachend gewährt. Jedesmal nun, wenn mächtige Landesfürsten oder hohe Beamte vor dem Taikô erschienen, erhob sich Shinzaëmon, kniete neben dem Taikô nieder und roch für einen Augenblick an dessen Ohr. Die Höflinge aber glaubten, daß er diesem jedesmal etwas über den zur Audienz Erschienenen ins Ohr flüstere. Man suchte sich deshalb Shinzaëmons Gunst zu erwerben, und jeder, der zur Audienz vorgelassen wurde, pflegte ihm vorher ein reiches Geschenk zu machen, um sich eine gute Fürsprache zu sichern. So kam Shinzaëmon bald zu Vermögen, und der Taikô lachte weidlich, als er erfuhr, wie dieser die ihm gewährte Gunst auszunützen verstanden hatte.

95. *Der Dolmetscher*

Bambus und Sperling erscheinen im Wappen der Fürsten von Sendai. Einst wollte ein Vasall sich den Fürsten günstig stimmen und überlegte, was für ein kostbares oder seltenes Geschenk er ihm machen könne, um diesen Zweck zu erreichen. Schließlich verfiel er auf dieses: Er ließ durch einen Kaufmann aus Nagasaki zwölf chinesische Sperlinge besorgen, da damals alle aus China kommenden Gegenstände als besonders wertvoll und kostbar angesehen wurden. Dann ließ er einen vergoldeten Käfig aus feinstem chinesischem Bambus für die Vögel bauen und dachte so dem Fürsten ein sinnreiches und kostbares Geschenk zu bieten. Als die Vögel nun durch Eilboten nach Sendai gebracht worden waren, sah der Besteller zu seinem Erstaunen, daß die chinesischen Sperlinge sich in nichts von japanischen Sperlingen unterschieden. Bevor er aber seine Absicht ausführen konnte, starb einer der Vögel, und er ersetzte ihn durch einen japanischen Sperling. Ein Witzbold hatte davon erfahren und teilte dem Fürsten mit, was für ein sonderbares Geschenk ihm zugedacht sei. Der lachte weidlich, als er von dem schnurrigen Plan des Vasallen hörte, und beschloß, den Geber in Verlegenheit zu bringen. Als ihm dieser nun den Käfig mit den Vögeln überreichte, tat der Fürst zunächst überrascht und erfreut. Plötzlich aber verfinsterten sich seine Züge und er rief: »Was sehe ich! Da ist ja ein japanischer Sperling dazwischen!« – »Ja«, erwiderte stammelnd vor Verlegenheit der Schenkende, »den habe ich dazugetan, damit sie einen Dolmetscher haben.«

96. Benten und der Pferdetreiber

Im Lande Mikawa liegt ein Schrein der Göttin Benzaïten. Das Kultbild des Schreins steht in dem Ruf, ein »lebendes Götterbild« zu sein, das den Menschen oft in Gestalt einer schönen Frau erscheint. In Ushikubo-Sasazuka, einem Dorf in der Nachbarschaft des Schreins, lebte einmal ein Pferdetreiber, der seiner schönen Stimme wegen bekannt war. Der zog täglich laut singend die am Schrein vorüberführende Straße entlang. Die Göttin verliebte sich erst in die Stimme und schließlich auch in den Sänger. Eines Abends erschien sie in seiner Hütte und verbrachte die Nacht mit ihm. Am Morgen schenkte sie ihm zum Abschied einen Beutel, der die wunderbare Eigenschaft hatte, daß er stets, wenn man hineingriff, mit Goldstücken gefüllt war. Sie schärfte ihm aber ein, daß er den Beutel nie völlig leeren dürfe. Immer müsse ein Goldstück darin zurückbleiben, und nachts müsse er den Beutel ruhen lassen, um ihm Zeit zu geben, sich wieder zu füllen. Der Mann aber schlug diese Ermahnungen in den Wind und gab das Geld mit vollen Händen bis auf das letzte Goldstück aus. Da verlor der Beutel seine Wunderkraft, und auch die Göttin besuchte ihn nicht mehr.

97. Die Steinkartoffeln

Als Großmeister Kôbô einst auf seiner Wanderschaft in der Gegend von Aizu hungrig durch ein Dorf kam, sah er vor einem Hause den Bauern sitzen, der sich dort Kartoffeln kochte. Er bat ihn, ihm einige zu geben, aber der Bauer schlug es ihm ab und sagte: »Das sind keine gewöhnlichen Kartoffeln, sind nur Steinkartoffeln und nichts für deine alten Zähne!« Kôbô zog wortlos weiter seines Weges, aber seit jener Zeit sind dort in der Gegend alle Kartoffeln hart wie Stein und ungenießbar.

98. Die beiden Faulpelze

In alter Zeit lebte irgendwo ein Mann, der war ein ausgemachter Faulpelz. Er ließ sich von seiner Frau Reisklöße bereiten, ließ diese sich am Hals festbinden, und ohne auch nur einen Finger gerührt zu haben, machte er sich auf in die Stadt zu Geschäften. Um die Mittagsstunde herum bekam er jedoch Hunger. Weil er aber ein Faulpelz war und keine Lust hatte, die Klöße von seinem Halse zu nehmen, wartete er, ob nicht jemand komme und sie ihm abnehme. Unterdessen wanderte er weiter. Da begegnete ihm ein Mann, der seinen Mund weit aufsperrte. Als er sah, wie jener so den Mund offen hielt, war er davon überzeugt, daß jener sehr hungrig sein müsse. Also dachte er sich: »Wenn ich diesen Mann bitte, wird er für mich wohl die Reisklöße herunternehmen.« – »Heda! Ich habe an meinem Hals Klöße festgebunden bekommen, bin aber zu faul, die Hände auszustrecken und sie loszubinden. Wenn Ihr sie mir herunternehmt, will ich Euch die Hälfte abgeben!« So bat er. Darauf antwortete der Mann, welcher den Mund offen hielt: »Schon lange bin ich selbst in Verlegenheit, weil sich die Schnur meines Strohhutes gelockert hat. Da ich aber zu faul bin, die Schnur festzubinden, warte ich, ob ich sie nicht von jemand festgebunden bekomme. So lange aber sperre ich meinen Mund auf, damit mein Strohhut nicht herunterfällt!«

99. Die endlose Geschichte

Es ist lange her, da hatten die Mäuse von Nagasaki in Nagasaki nichts mehr zu fressen. Deshalb berieten sie, ob sie nicht alle zusammen nach Satsuma hinüberfahren sollten, bestiegen ein Schiff und reisten ab. Wie sie aber auf halbem Wege unterwegs waren, stiegen die Mäuse von Satsuma auf ein Schiff und machten sich auf, nach Nagasaki zu fahren.

Jene erfuhren davon, und da es also auch in Satsuma nichts mehr zu fressen gab, wandten sie sich wieder nach Nagasaki. »In diesem Fall eigens bis Satsuma zu reisen ist nutzlos. Besser ist es, wir gehen ins Meer und machen ein Ende!« dachten sie und dann sprang zuerst die erste Maus quiekend und plumpsend hinein. Darauf sprang die nächste Maus quiekend und plumpsend hinein. Dann sprang die nächste Maus quiekend und plumpsend hinein . . .

100. Das Mädchen ohne Hände

Vor langer Zeit lebte einmal irgendwo in Eintracht ein glückliches Ehepaar. Es hatte ein entzückendes, einziges Töchterchen, doch als das Mädchen vier Jahre alt war, verstarb die Mutter. Zwar bekam es später eine neue Mutter, doch wurde dieser Mutter ihr Stiefkind mehr und mehr verhaßt. Sie plante, sie auf irgendeine Weise aus dem Hause zu vertreiben, aber jene war ein von Natur aus kluges Mädchen, und so fand sich niemals Gelegenheit dazu.

Während sie sich nun stets sagte: »Verhaßt ist sie mir, verhaßt!«, war das Mädchen fünfzehn Jahre alt geworden. Tag für Tag überlegte sich die Stiefmutter: »Dieses widerwärtige Mädchen! Dieses widerwärtige Mädchen! Wenn ich sie doch auf irgendeine Weise los wäre!«, und eines Tages sprach sie zu dem Vater: »Väterchen, Väterchen! Mir ist ein Leben zusammen mit diesem durchtriebenen Kind auf keinen Fall mehr möglich, deshalb, bitte, schickt mich fort!« Weil aber der Vater stets nur auf das hörte, was die Stiefmutter sagte, entgegnete er nun: »Nein, nein! Das ist kein Grund, sich Sorgen zu machen! Sogleich werde ich meine Tochter auf irgendeine Weise wegschicken!«, und obwohl sie ihm keinen Anlaß gegeben hatte, trug er sich von nun an mit dem Gedanken, die Tochter unverzüglich wegzujagen. Eines Tages sprach der Vater: »Wir wollen ein Fest besuchen!«, ließ seine

Tochter ein wunderschönes Kleid, wie sie bisher noch keines getragen hatte, anlegen und dann brachen sie auf, das Fest zu besuchen.

Da an diesem Tag das Wetter schön und der Vater, ganz gegen seine sonstige Art, so freundlich war, sie mitzunehmen, machte sich die Tochter voller Freude auf den Weg. Da es hieß, sie gingen zu einem Festbesuch, sie jedoch über die Berge wanderten, kam das dem Mädchen nach einiger Zeit verdächtig vor und es fragte: »Väterchen! Väterchen, wo findet denn das Fest statt?« – »Über einem Berg, über einem zweiten Berg, am Fuße eines großen Abhanges, dort besuchen wir das Fest!« erklärte der Vater, ging voran und wanderte immer tiefer und tiefer ins Gebirge. Als sie zu einem Tal jenseits des zweiten Berges kamen, sprach er: »Tochter, wir wollen jetzt zu Mittag essen!« und holte die Reisklöße heraus, die sie mitgebracht hatten, worauf die beiden zu schmausen begannen. Während sie nun ihr Mittagsmahl einnahmen, fiel das Mädchen, ohne es zu merken, in Schlaf, denn vom allzu vielen Laufen war es ermattet. Sobald dies der Vater gewahrte, dachte er bei sich: »Dies ist der richtige Augenblick!« und schlug mit der Holzhackeraxt, die er an der Hüfte trug, unbarmherzig seiner Tochter den rechten Arm und dann auch noch den linken Arm ab, ließ das weinende Mädchen dort zurück und stieg allein den Berg hinunter. »Vater! Warte doch! Vater! Nimm mich doch mit!«, so schrie das Mädchen und versuchte, blutüberströmt und immer wieder zu Boden stürzend, hinter ihm herzulaufen; der Vater aber rannte weiter, ohne auch nur einen Blick zurückzuwenden. »Weh, bin ich bejammernswert! Warum bin ich sogar von meinem leiblichen Vater so grausam behandelt worden?«, so grübelte das Mädchen, und weil es nun keine Familie mehr hatte, zu der es hätte zurückkehren können, wusch es im Wasser des Flusses im Tal die Wunden seiner Armstümpfe, nährte sich von dem Samen der Gräser und den Früchten der Bäume und ähnlichem und blieb am Leben.

Eines Tages nun kam ein stattlicher junger Mann zu Pferde, begleitet von seinen Dienern, zufällig an jenem Ort vorbei. »Beim Himmel! Zwar von menschlichem Angesicht und menschlicher Gestalt, doch fehlen beide Hände – was für ein Wesen bist du?«, so fragte er, nachdem er das Mädchen, das im Dickicht geraschelt hatte, entdeckt hatte. Da sprach das Mädchen: »Ich bin von meinem leiblichen Vater sogar im Stich gelassen worden; ich bin das Mädchen ohne Hände.« Und sie brach in Tränen aus. Hierauf erkundigte sich der junge Mann nach dem Grund hierfür und sie tat ihm aufrichtig leid.

»Auf alle Fälle ist es besser, du kommst in mein Haus!«, sprach's, hob das Mädchen aufs Pferd und ritt den Berg hinab. Nach Hause zurückgekehrt, berichtete der junge Mann seiner Mutter: »Mütterchen, heute habe ich auf der Jagd schlechte Beute gemacht, aber ich habe in den Bergen ein Mädchen ohne Hände gefunden und mit heimgebracht. Es ist wirklich ein bedauernswertes Mädchen, deshalb nimm es bitte im Hause auf!«, und er erzählte ihr das Geschick des Mädchens von Anfang bis zum Ende.

Die Mutter war ebenfalls ein Mensch mit einem weichen Herzen; daher ließ sie dem Mädchen das Gesicht waschen und das Haar aufbinden. Nachdem sie aber solcherart sie hatte zurechtmachen lassen, wurde das Mädchen ohne Hände wieder die liebliche Jungfrau, die sie eigentlich war. Auch die Mutter freute sich nun sehr und ließ sie verwöhnen, so, als sei sie wahrhaftig ihre eigene Tochter. Nachdem dann eine Zeit verstrichen war, wandte sich der junge Mann an seine Mutter: »Mütterchen, Mütterchen, ich habe eine Bitte an dich: Bitte gib mir dieses Mädchen zur Frau!« – »Was dieses Mädchen anlangt, so paßt sie zur Frau für dich. Tatsache ist, daß auch ich als Mutter schon früher so gedacht habe!« erwiderte die Mutter und gab ihre Zustimmung, worauf man unverzüglich die Hochzeitsfeier ausrichtete.

Nach einiger Zeit dann war es soweit, daß von dem Mädchen ein Kind geboren werden sollte. Das Mädchen lebte zwar mit der Mutter in vertrauter Harmonie, doch traf es sich, daß der junge Mann nach Edo reisen sollte. »Mutter, wegen des Kindes, das geboren werden soll, habe ich eine Bitte«, sprach sie und ersuchte sie um Aufschub für den jungen Mann. Die Mutter aber entgegnete: »Du hast keinen Grund, dir Sorgen zu machen. Wenn das Kind geboren ist, schicken wir sofort einen Eilkurier!«, und gab darauf ihr ein Versprechen, worauf der junge Mann sich auf die Reise nach Edo begab.

Kurz darauf wurde ein entzückendes Knäblein geboren. »Tochter, laß uns im Augenblick sofort nach Edo Nachricht geben!« sprach die Mutter, schrieb in einem Brief, daß das Kind geboren sei, vertraute ihn einem Mann aus der Nachbarschaft, einem Botenläufer, an und schickte ihn als Eilkurier los. Wie nun der Eilkurierläufer über Berge und über Felder rannte, wurde ihm auf dem Weg die Kehle durstig; er machte also bei irgendeinem Haus halt, ließ sich Wasser geben und trank. Nun war gerade dieses Haus das Geburtshaus des Mädchens ohne Hände. Die Stiefmutter fragte den Eilkurier: »Wohin geht es denn des Weges?« – »Ach, weil die junge Frau ohne Hände des Edelmannes in meiner Nachbarschaft ein Kind geboren hat, bringe ich schnell die Nachricht zu dem Haus des jungen Herrn, der gerade in Edo weilt.« So schwätzte er unbedacht.

›Das Stiefkind muß noch am Leben sein!‹ dachte sich da die Stiefmutter, und sogleich begann sie sich um den Eilkurier zu kümmern. »Daß Ihr trotz dieses heißen Wetters auf dem Weg bis nach Edo seid, ist bemerkenswert! Kommt, ruht Euch wenigstens ein Weilchen aus!«, so sprach sie und ließ Reiswein und Fisch herausbringen und bewirtete ihn. In kurzer Zeit war der Bote betrunken. Da nahm die Stiefmutter den Brief aus seiner Briefschachtel heraus und sah ihn sich an. ›Nicht einmal mit einem Edelstein, mit gar nichts vergleichbar wurde ein entzückendes Knäblein geboren!‹ stand da geschrieben. Als die Stiefmutter dies las, rief sie: »Ah, wie widerwärtig!« und schrieb statt dessen: »Weder als Dämon noch als Schlange erkennbar wurde ein Scheusal geboren!« Dann legte sie das Schreiben heimlich in die Briefschachtel zurück. »Ah, wunderbar bin ich bewirtet worden und habe ich geruht!« rief nun der Bote, schlug die Augen auf und war voller Unruhe, denn nachdem er den Wein getrunken hatte, hatte er die Zeit verschlafen. Mit einem Lächeln sprach dann die Stiefmutter voll heuchlerischer Freundlichkeit: »Ihr müßt auch auf dem Rückweg zukehren und Eure Erlebnisse von der Reise nach Edo erzählen!«

Als nun der junge Mann den Brief, den der Eilkurier mitgebracht hatte, las, erschrak er über die Maßen. Trotzdem aber schrieb er einen Antwortbrief, in dem es hieß: »Ob Dämon, ob Schlange ist mir gleichgültig, deshalb pflegt das Kind bis zu meiner Rückkehr mit Sorgfalt!« Er gab ihn dem Eilkurier mit und ließ ihn dann zurückkehren.

Der Bote nun hatte nicht vergessen können, wie ihn die Dame aus dem Haus, bei dem er auf der Reise nach Edo haltgemacht hatte, bewirtet hatte, und in der Hoffnung, wieder eine Bewirtung mit Reiswein zu erhalten, schaute er auch auf dem Rückweg vorbei. Da rief die Stiefmutter: »Nun, bei diesem heißen Wetter seid Ihr jetzt auf dem Rückweg! Ach kommt doch bitte herein!«, und sie führte den Boten ins Zimmer. »Trinkt doch dies! Bedient Euch doch mit jenem!« Mit diesen Worten gab sie ihm wieder Reiswein zu trinken und machte ihn schließlich schwer betrunken. Als sie dann gewahrte, daß der Bote schlief, schrieb sie den Brief um: ›Einem solchen Kind möchte ich nicht ins Gesicht sehen! Auch der Anblick des Mädchens ohne Hände ist mir zuwider geworden. Jagt sie zusammen mit dem Kind fort! Geschieht dies nicht, werde ich mein ganzes Leben lang nicht nach Hause zurückkehren, sondern in Edo leben!‹, und dann steckte sie ihn ihm wieder zu.

Als der Bote aus seinem Rausch erwachte, sprach er der

Stiefmutter seinen Dank aus und über Felder und Berge kehrte er am Ende zu dem Haus des Edelmannes zurück. Als die Mutter des jungen Mannes aber fragte: »Habt Ihr eine Botschaft von meinem Sohn?« und den Brief öffnete und las, stand da nur etwas ganz Unerwartetes. »Das ist eine merkwürdige Sache! Ihr seid auf dem Weg doch nicht irgendwo eingekehrt?« forschte die Mutter; doch der Botenläufer log: »Was? Ich habe nirgendwo haltgemacht! Wie ein Pferd bin ich geradewegs hingelaufen und bin geradewegs zurückgekommen!«

Aus der Überlegung heraus: ›Wenn mein Sohn aus Edo zurückkommt, wird er wohl seine Ansicht ändern; vielleicht kommt er heute zurück, vielleicht kommt er morgen zurück!‹, wartete sie jedoch noch damit, der jungen Frau den Inhalt des Briefes mitzuteilen. Doch es schien nicht so, als wolle er zurückkehren. Da wußte sich die Mutter keinen Rat mehr, rief eines Tages das Mädchen zu sich und erzählte ihr, daß jener Brief von ihrem Sohn aus Edo gekommen war. Das Mädchen war zu Tode betrübt. Schließlich sprach sie dann: »Mutter, zwar ist es traurig für mich, daß ich gehen muß, ohne daß ich eine einzige der Wohltaten, die Ihr mir, diesem Krüppel, erwiesen habt, vergelten konnte; doch wenn es der Wille des jungen Herrn ist, gibt es keine andere Lösung. Ich gehe fort.« Die junge Frau ließ sich nun ihr Kind auf den Rücken binden, nahm Abschied von der Mutter und verließ schluchzend das Haus.

Zwar war sie von zu Hause fortgegangen, fand jedoch für ihre Schritte kein Ziel, daher wurde dem Mädchen, während sie ging oder nicht ging, wohin die Füße sie trugen, die Kehle unerträglich durstig. Unterdessen gelangte sie in eine Gegend, wo es einen Strom gab. ›Das Wasser jedenfalls könnte ich trinken!‹ überlegte sie, und als sie sich bückte und zu trinken versuchte, da drohte das Kind auf ihrem Rücken herabzugleiten und vom Rücken zu fallen. »Ach, was kommt da!« rief sie, und erschrocken machte sie eine Bewegung, als wolle sie es mit den Händen, die sie nicht mehr besaß, festhalten; da wuchsen ihr auf wunderbare Weise die Hände auf beiden Seiten vollkommen nach, und sie konnte das herabgleitende Kind mit ihren Händen festhalten. »Oh, wundervoll, mir sind die Hände nachgewachsen!« rief da das Mädchen und freute sich über alle Maßen.

Kurze Zeit darauf kehrte der junge Mann in aller Eile von Edo zurück, in der Erwartung, bald sein Kind, seine Frau und seine Mutter zu sehen. Doch er vernahm die Kunde, daß sich das Mädchen mit dem Kind auf Reisen begeben habe. Als er aber von der Mutter die vielen Geschichten hörte, da kam ihm der Mann aus der Nachbarschaft, der Botenläufer, den sie als Eilkurier geschickt hatte, seltsam vor. Und als er darauf den Boten über Verschiedenes befragte, erkannte er, daß jener im Haus der Stiefmutter Reiswein zu trinken bekommen hatte. »Wie jammervoll! Wenn es so ist, dann gehe bitte noch in diesem Augenblick das Mädchen suchen!« rief die Mutter, trieb den jungen Mann zur Eile an und schickte ihn, nach dem Mädchen zu forschen.

Hierhin und dorthin wandte sich suchend der junge Mann und kam bis zu einem Shintô-Heiligtum in der Nähe eines Stromes. Dort betete eine Bettlerin, ein Kind in den Armen, von ganzem Herzen zu der Gottheit. Als er die Gestalt von hinten gewahrte, glich sie in der Tat genau seinem Weibe, doch weil sie beide Hände besaß, schien ihm das seltsam, und er rief sie deshalb an. Er sah, wie sie sich daraufhin umdrehte – die Bettlerin war sein Mädchen ohne Hände! Beide freuten sich unermeßlich und weinten zusammen Freudentränen.

Und was geschah? Wo diese Tränen niederfielen, da erblühten wunderschöne Blumen. Nun kehrten die drei Menschen gemeinsam heim und entlang ihres Weges nach Hause brachen bei Gräsern und Bäumen Blüten auf. Die Stiefmutter und der Vater aber wurden wegen ihrer Schuld, daß sie ihre Tochter mißhandelt hatten, vom Landvogt bestraft. So heißt es.

101. Das Lied der Spinnengöttin

Stickend saß ich,
Nichts sonst tuend als
stickend,
Nur eifrig stickend.
So verbracht' ich die Tage,
Alle Tage.
Einzig allein nur
Mit Nadelarbeit.
Da, eines Tages
War mir, als käme Geräusch.
Geräusch von der See her.
Geräusche, als käme
Ein Gott mich besuchen.
So schien es, als wenn eine
Göttersänfte
Auf dem Dachfirst des Hauses
Niedergesetzt würde.
Ich sah ringsumher,
Sah aber nichts.
Plötzlich für eine Zeitlang
Wurde es still, dann
Vernahm ich eine
Göttliche Stimme:
»He du! Gib acht, höre gut zu!
Du Göttin, die dieses
Haus hier bewohnt,
Vernimm, was ich dir
Zu berichten habe.
Poro nite Kamui,
Der große Gott der Dämonen,
Der über das Dorf,
Jenseits der Wolken,
Allein gebietet.
Verliebt ist er in dich,
Nur allein in dich,
So sehr verliebt,
Daß ich befürchte,
Daß er zu dir kommt.
Angst hab' ich, daß er
Dich plötzlich, ganz ohne
Warnung, unvorbereitet
Hier überrascht.
Um dich zu warnen,
Dich auf sein Kommen
Vorzubereiten,
Bin ich gekommen.«
Dies waren die Worte
Der Götterstimme.
Ich aber dachte,
Vielleicht ist dieses
Kein wirklicher Gott.
Und hörte nicht hin.
Und wiederum saß ich
Nichts tuend als stickend,

Nur eifrig stickend.
Verbracht' so die Tage,
Alle Tage.
Einzig allein nur
Mit Nadelarbeit.
Da, eines Tages
Schien es mir wieder,
Als käme Geräusch,
Geräusch von der See her,
Geräusche, als käme
Ein Gott mich besuchen.
So schien es, als wenn eine
Göttersänfte
Auf dem Dachfirst des Hauses
Niedergesetzt würde.
Und wieder vernahm ich
Die göttliche Stimme:
»Obwohl ich neulich
Die Wahrheit sprach,
Du landbeherrschende
Spinnengottheit!
Pase Kamui,
Glaubtest du mir nicht.
Antwortetest nicht
Auf meine Warnung.
Jetzt ist Poro nite Kamui,
Der Gott der Dämonen,
Wirklich im Anzug,
Auf dem Wege zu dir.
Dich vor ihm zu warnen,
Bin ich gekommen.«
Als nun die Stimme
Also gesprochen
Und als ich mich umsah,
Sah ich, daß wirklich
Poro nite Kamui,
Der große Dämonengott,
Auf dem Wege zu mir war.
Schnell setzt' ich auf meinen
Sitzplatz
Ane kem okkayo,
Den schmalen dünnen
Nadelmann.
Begrub in der Herdasche
Yam okkayo,
Den Kastanienmann.
Ins Fenster setzt' ich
Shi soya okkayo,
Den Hummelmann.
Hieß ihn, dort sich verbergen.
Ins Wasserfaß setzt' ich
Tokkoni okkayo,
Den Schlangenmann.
Über den Balken der Türe
Zu meinem Zimmer
Setzt' ich Iyutani okkayo,
Den Reisstampfkeulenmann.
Und über das Haustor
Nishu okkayo,
Den Reismörsermann.
Mich selber aber,
Den eigenen Körper
Verwandelte ich
In ein Schilfrohr,
Verbarg mich so
Im Schilfdach des Hauses.
Kaum war ich fertig,
Hört' ich Geräusche.
Es klang, als käme
Einer daher,

Einer, der weder
Furcht noch Angst kennt.
Und durch die schmale
Tür da, so schmal,
Als sei sie zu schmal
Für seinen mächtigen,
Starken Körper,
Drängte und zwängte
Sich einer hinein.
Da sah ich, dies müsse
Der sein, von dem ich
Vernommen hatte,
Poro nite Kamui,
Der große Herrscher
Aller Dämonen,
Der über das Dorf,
Jenseits der Wolken,
Allein gebietet.
Der kam herein.
Er schritt gleich zur Rechten,
Zu meinem Sitze.
Auf meinem Sitze,
Dem Sitz zur Rechten
Ließ er sich nieder,
Schürte das Feuer.
Und also sprach er,
So war seine Rede:
»Ewak Kamui,
Die Spinnengöttin,
Sie muß bis jetzt,
Bis zu dieser Minute,
Auf dieser Stelle
Gesessen haben.
Weil ich sie zu treffen dachte,
Kam ich hierher,
Finde sie nicht hier,
Sicherlich ist sie
Nach irgendwohin
Davongegangen.«
Also sprechend
Schürt' er das Feuer.
Da sprang mit »Patto!«
Yam okkayo,
Der Kastanienmann,
Der rotglühend
In der Asche des Herdes
Verborgen gelegen,
Dem Poro nite Kamui,
Dem großen Gott
Der Dämonen ins Auge.
Als dies geschehen,
Rief der große
Gott der Dämonen:
»Ah, ah! wie schmerzt das
  Auge!«
Mit diesem Rufe
Ließ er sich rückwärts
Niederfallen
Auf meinen Sitzplatz.
Da stach ihn der dünne
Ane kem okkayo,
Der Nadelmann,
In seinen Hintern.
»Ah, ah! wie schmerzt das
  Auge!
Ah, ah! wie schmerzt der
  Hintre!«
So rufend erhob er sich,
Eilte zum Fenster,
Als er dorthin kam,

Stach ihn »pick pick!«
Shi soya okkayo,
Der Hummelmann,
Ins andere Auge.
»Ah, ah! wie schmerzen die
Augen!
Ah, ah! wie schmerzt der
Hintre!«
So rief er laut und
Eilte zum Fasse.
Als er dorthin kam,
Biß Tokkoni okkayo,
Der Schlangenmann,
Den großen Gott
Aller Dämonen
In seine Hand.
Da rief Poro nite Kamui,
Der große Dämonengott:
»Ah, ah! wie schmerzt meine
Hand!
Wie schmerzen die Augen!
Wie schmerzt der Hintre!«
So rufend eilt' er
Zur Türe hinaus.
Da ließ sich Iyutani okkayo,
Der Reisstampfkeulenmann,
Hinunterfallen
Auf seinen Schädel.
Vor Schmerz sich krümmend
Rief da Poro nite Kamui,
Der große Gott
Über alle Dämonen:
»Ah, ah! wie schmerzen die
Augen!
Wie schmerzt die Hand!
Wie schmerzt der Hintre!
Wie schmerzt mein Schädel!«
Und so laut rufend,
Floh er aus dem Hause.
Als er hinauslief,
Ließ sich Nishu okkayo,
Der Reismörsermann,
Hinunterfallen
Auf seinen Schädel.
Und man vernahm
Das Todesgeheul
Des sterbenden großen
Gottes der Dämonen.
In alle Welt hinaus
Hört' man es schallen,
Dann wurde es still.
Und ich stieg hinunter,
Hinunter zum Herdplatz,
Um dort zu sticken.
Nichts sonst tuend als Sticken,
Nur eifrig stickend,
Einzig allein nur
Mit Nadelarbeit beschäftigt,
Leb' ich so weiter,
Ohne Veränderung.

102. *Was Isepo-tono, der Hasenkrieger, sang*

Eine Schwertscheide
schnitzend,
In eine Schatzschwertscheide
Muster einkerbend,
Nur damit beschäftigt,
Ohne vom Werk aufzu-
schauen,
So ganz darin vertieft,
Meine Zeit brachte ich zu.
Als ich damit die Zeit,
Nichts anderes tuend,
Ununterbrochen,
Arbeitend verbrachte,
Da, eines Tages
Schien mir die Zeit lang,
Der Arbeit wurde ich
Gänzlich satt.
Was ich bis dahin
Emsig geschnitzt hatte,
Nahm ich und stellte es
Für später beiseite.
Ich zog mein Kleid an
Und ging aus dem Hause.
Leicht hüpfenden Schrittes,
Den Körper streckend,
Folgt' ich dem Laufe
Des Flusses zum Strande.
»Echashchashi«, klirrten die
Kiesel
An den steinigen Stellen.
»Echashchashi«, so rauschte
das Gras
Auf bewachsenem Boden.
Dies war das Geräusch
Von meinen Füßen.
Dem Laufe des Flusses
Zum Strande folgend,
Leicht hüpfenden Schrittes,
Den Körper streckend,
Sprung auf Sprung,
Zum Meeresstrand kam ich
Endlich hinunter.
Als ich darauf
Am sandigen Strande
Nach Westen, nach Osten,
Bald hierhin, bald dorthin,
Leichtfüßig umhersprang,
Da kam vom Meer her
Pon Repun Kamui,
Der Haifischsohn,
Zum Lande geschwommen.
Während ich weiter
Im Sande des Strandes
Hüpfte und sprang
Und nochmals hinsah,
Schwamm Pon Repun Kamui,
Der Haifischsohn,
Schon zwischen den Wellen
Der See und der Brandung.
Während ich weiter
Im Sande des Strandes
Hüpfte und sprang
Und nochmals hinsah,
Schwamm Pon Repun Kamui,
Der Haifischsohn,
Schon unter den Kämmen

Der Brandungswelle,
Den Körper streckend,
Bald ruhig schwimmend,
Bald untertauchend,
So kam er heran.
Ich sah ihn kommen,
Doch unbekümmert
Den Körper streckend,
Und nochmals streckend
Hüpfend und tanzend
Sprang ich umher.
Pon Repun Kamui,
Der Haifischsohn,
Sprach da also zu mir:
»Höre mich an,
Isepo-tono,
Großer Hasenkrieger,
Was ich dir melde,
Höre gut zu!
Atui Korekashi,
Der Alte des Meeres,
Atui Kor Kamui,
Der Gott des Meeres,
Schickt mich als Boten.
Und dies ist sein Auftrag:
›In meiner Muße,
Um die Zeit zu vertreiben,
Hab' ich etwas Sakepo,
Treffliches Reisbier,
Als Trank gebraut.
Weil ich Isepo-tono,
Den Hasenkrieger,
Zu Gast mir wünsche,
So gehe als Bote,
Ihn einzuladen
Dorthin zum Strande!‹
Dies ist der Auftrag
Atui Kor Kamuis,
Des Gottes des Meeres,
Den auszuführen
Ich hierher zum Strande
Geschwommen komme,
Um dich zu treffen,
Den Isepo-tono,
Den Hasenkrieger.
Komm' herunter zum Strand,
Und steige bitte
Auf meinen Rücken,
Damit ich dich bringe
Nach dem Ewakshir-orke,
Dem reichen Palast
Atui Kor Kamuis,
Des Gottes des Meeres.«
Als er so gesprochen,
Da fragte ich ihn:
»Ist das auch die Wahrheit?
Ist's nicht etwa Lüge,
Was du da sprichst?«
Als ich so sprach,
Antwortete mir
Pon Repun Kamui,
Der Haifischsohn:
»'s ist gewiß keine Lüge.«
So versicherte er mir.
Als ich darauf
Vom Sande des Strandes
Auf seinen Rücken
gesprungen,
Mit beiden Armen
Die Rückenflosse

Umklammernd auf ihm
Als Reiter saß,
Da schwamm er mit mir
Schnurstracks durch die
Wogen
Ins Meer hinaus.
Er schwamm und schwamm.
Und als wir schließlich
Zur Meeresgrenze
Zwischen den Meeren
Repunkur atui
Und Yaunkur atui,
Zwischen dem Meer der
Fremden
Und dem Meer von Japan,
Gekommen waren,
Sprach Pon Repun Kamui,
Der Haifischsohn,
Also zu mir:
»Ich sagte dir,
Dich einzuladen
Sei ich zum Strande
Hinübergeschwommen –
Ich sagte zwar so,
Doch das war nicht die
Wahrheit;
Es war nicht ehrlich.
Was ich erzählte
War alles gelogen.
Doch da ich glaubte,
Wenn ich die Wahrheit,
Weshalb ich dich
Zu holen kam,
Erzählen würde,
Du würdest sicher
Mir nimmermehr folgen,
Weil ich dies glaubte,
Habe ich dich
Listig getäuscht.
Den wahren Grund,
Weshalb ich dich holte,
Will ich nun dir verraten,
Höre gut zu,
Was ich dir sage!
Dies ist der Grund:
Atui Korekashi,
Der Alte des Meeres,
Atui Kor Kamui,
Der Meeresgott,
Hat eine Tochter,
Sein einziges Kind.
Nun wurde diese
Von einer Krankheit,
Von einem Übel,
Plötzlich befallen.
Schlimmer und schlimmer
Wurde ihr Zustand.
Nur noch schwach ist ihr
Atem,
Schon fast verloschen ihr
Leben.
Mit dem Tode schon ringend
Sagte sie dieses:
›Wenn ich die frische
Blutige Leber
Von Isepo-tono,
Dem Hasenkrieger,
Zu essen bekomme,
Werde ich sicherlich
Wieder genesen –

So glaube ich fest.‹
Als nun die Tochter
Also gesprochen,
Sandte mich schleunigst
Atui Kor Kamui,
Der Meereskönig,
Als Boten zum Strande
Mit dieser Botschaft.
Dort angekommen,
Dachte ich so:
Wenn ich dir den Grund,
Weshalb ich kam,
Freimütig sagte,
So würdest du wohl
Schwerlich mir folgen
Und mit mir zusammen
Die Fahrt antreten.
Weil ich dies glaubte,
Belog ich dich also,
Nun weißt du den Grund,
Weshalb ich dich holte.«
Als Pon Repun Kamui,
Der Haifischsohn,
Mir dies erzählte,
Sprach ich zu ihm:
»Wenn dem so ist,
Wär' es besser gewesen,
Du hättest mir alles
Ehrlich erzählt.
Denn meine echte,
Wirkliche Leber
Hätte ich dann
Aus meinem Hause,
Wo ich sie zurückließ,
Gerne geholt.
Wozu die Lüge?
Warum täuschtest du mich?
Verheimlichtest mir
Den wirklichen Grund?
Nur meine Spiel-Leber,
Nur die Tummel-Knochen
Hab' ich bei mir.
Vergebens hast du
Mich mit dir genommen!
Bringe mich wieder
Zurück zum Lande,
Die wirkliche Leber,
Die wirklichen Knochen
Ließ ich zu Hause.
Die Spiel-Leber nur,
Die Tummel-Knochen
Nahm ich mit mir,
Da ich zum Strande
Zum Spielen ging.
Da du mir nur
Von einer Einladung sprachst,
Ging ich mit dir.
Da du mich täuschtest,
Mußt du mich nun
Wieder zum Lande
Hinübertragen.
Die wirkliche Leber,
Die echte Leber
Sollst du dann haben.
Meiner Begleitung
Bedarf es nicht.«
Als ich dies sagte,
Fragte er mich:
»Ist das auch Wahrheit?
Ist's keine Lüge,

Was ich da höre?«
»'s ist reine Wahrheit«,
Gab ich zur Antwort,
Da kehrte er um,
Brachte zum Land mich zurück,
Direkt zum Ufer
Schwamm er zurück,
Hinein in die Brandung.
Als wir den Kamm
Der Brandungswelle
Glücklich erreichten,
Sprang ich empor,
Die Rückenflosse
Pon Repun Kamuis,
Des Haifischsohnes,
Loslassend, sprang ich
Hinüber zum sandigen
Meeresgestade.
Dort angekommen,
Ihn laut verlachend,
Rief ich ihm zu:
»Die wirkliche Leber,
Die echte Leber,
Hab' ich bei mir,
Dumm wär' es gewesen,
Dir das zu verraten!«
Als ich so gesprochen,
Rief Pon Repun Kamui,
Der Haifischsohn,
Mir Schimpfworte zu
Und fluchte gewaltig.
Ich blickte ihm nach,
Als er schimpfend davonschwamm,
Dann ging ich wieder,
Dem Flußlauf folgend,
Zu meinem Hause.
Dort angekommen,
Begann ich zu tanzen
In großer Freude,
Da ich so großer
Lebensgefahr nur
Mit Not entkommen.
Begann dann wieder
Mit meiner Arbeit
So wie zuvor.
Eine Schwertscheide schnitzend,
In eine Schatzschwertscheide
Muster einkerbend,
Nur damit beschäftigt,
Nur ganz allein
Auf diese achtend,
Auf meine Arbeit.
Ununterbrochen
Nur daran schaffend,
Nichts anderes tuend,
Verbring ich mein Leben.
– Das ist die Geschichte
Von Isepo-tono,
Dem Hasenkrieger.

103. Die Geschichte von den reichen Leuten von Rurupa

In meinem Lager
Aus Gras erwacht' ich
Und schaute umher.
Sah auf dem großen
Poropinnibaum,
Auf dem Kanipinnibaum,
Zwei Adler sitzen.
Einen Adlermann,
Eine Adlerfrau.
Die horsteten dort.
Ich wünschte zu essen,
Schon stand neben mir
Eine kleine Schale,
Ein kleines Tablett,
Mit Speisen gefüllt.
Nachdem ich gegessen,
Verspürte ich Durst.
Schon war mein Gefäß
Mit Wasser gefüllt.
Ich trank es aus
Und war befriedigt,
Schlief ein und erwachte.
So Tag für Tag
Brachte Speise und Trank mir
Die Adlerfrau.
Mehrere Jahre lang
Lebte ich also.
Die Unterhaltung
Des Adlerpaares
Belauschte ich oft.
Zuletzt verstand ich
Das, was sie sprachen.
Verstand die Sprache
Der Vögel völlig.
An einem Tage
Flog der Adlermann fort.
Flog davon und kehrte
Nicht wieder zurück.
Drei Tage wartend
Sah ich ihn nicht,
Dann kam er zurück.
Und dieses war es,
Was er erzählte
Der Vogelfrau:
»Tagaus, Tagein
Sind meine Gedanken
Bei jenem Kinde,
Das wir ernähren,
Das wir großziehen.
Als ich nun diesmal
Nahrung zu suchen
In weite Ferne
Hinausgeflogen,
Sah ich eine Insel
Mitten im Meere.
Flach und weit war
Ein Teil dieser Insel.
Der andere Teil
Trug ein Gebirge,
Das steil und zerklüftet
Dem Meere entsteigt;
Weit dehnt es sich hin,
Ein Felsenriff bildend.
Als ich nun umhersah,
Sah ich einen großen
Pinnibaum stehen.

Auf seinen Zweigen
ließ ich mich nieder
Und schaute umher.
Am Ende der Insel
Den flachen Spielplatz
Konnte ich sehen.
Ein Teil dieses Platzes
Dient den höchsten,
Den mächtigsten
Göttern zum Spielplatz.
Der mittlere Teil
Dient den niederen,
Schwächeren
Göttern zum Spielplatz.
Hoch ist er gelegen,
Weit dehnt er sich hin.
Dies war's, was ich sah.
Und in den Zweigen
Des Pinnibaumes
Verbracht' ich die Nacht,
Da hörte ich Stimmen,
Stimmen von Göttern,
Sie waren bereit,
Vom Himmel herab
Zum Spiel sich zu treffen.
Kurz ehe der neue
Tag angebrochen,
Stiegen sie alle
Vom Himmel herab.
Auf diesem Spielplatz
Spielten darauf
Die mächtigen Götter.
Dann folgten ihnen
Die schwächeren Götter,
Um auch dort zu spielen.
Kurz vor Anbruch des Tages
Hatten sie alle
Spiele beendet.
Nun gingen die Götter
Zum Ende der Insel,
Zum Vorgebirge,
Zum Felsenriff.
Sangen dort Lieder
Im Wechselgesang.
Heldengesänge
Trugen sie vor.
Erzählten Geschichten
Und Götterlegenden,
Erfreuten einander
Mit Märchenerzählen.
Als unterdessen
Der Tag angebrochen,
Wurden beendet
Die Heldenlieder,
Die Wechselgesänge
Und alles andre.
Dann stiegen sie wieder
Zum Himmel empor.
Ich konnte die Götter
Beim Spielen belauschen,
Freude war's mir,
Sie anzuschauen.
Das ist der Grund,
Weshalb ich so spät kam.«
Dies war die Erzählung
Des Adlermannes
An seine Frau.
Ich lag unter ihnen
Und hörte die Stimme
Des Vogels, der mich

Nährte und schützte.
Als er so erzählte,
Verspürt' ich den Wunsch,
Dies gleichfalls zu sehen.
Bei Nacht stand ich auf
Und lauschte umher.
Vernahm das Geräusch,
Welches schlafende Vögel
Zur Nachtzeit machen.
Ganz heimlich schlich ich mich
Leise davon.
Ging hinunter zum Strand
Dicht neben dem Walde.
Am Ufer schreitend
Erreicht' ich das Meer.
Erblickte ein altes
Verwittertes Boot.
Das Querholz am Bug
Ergriff ich mit meinen
Schwachen und kleinen
Händen und zog so
Das Boot vom Strande
Hinunter ins Meer.
Ergriff die Ruder.
Rudernd erreicht' ich
Die offene See.
Ich hatte den Wunsch,
Noch in dieser Nacht
Die Insel zu finden,
Von welcher der Adler,
Der mich ernährte,
Gesprochen hatte.
Ich versuchte zu rudern,
Es wollte nicht glücken.
Trotzdem fuhr ich fort,
Weiter und weiter
Die Ruder zu brauchen.
Das Rudern erlernt' ich
Auf diese Weise.
Ruderte so
Vom Anbruch des Tages
Bis zum Anbruch der Nacht.
Schließlich erblickt' ich
Vor mir die Insel
Und landete dort.
Ich schaute umher,
Da war's mir gewiß,
Daß ich die Insel gefunden,
Zu der der Adlermann
Hinübergeflogen.
Zwischen den Zweigen
Des großen Pinnibaumes,
Die herab bis zur Erde
Herunterreichten,
In diesen Zweigen,
In denen der Vogel,
Der mich ernährte,
Die Nacht zugebracht,
Verbarg ich mich selber,
Nachdem ich das Boot
Im Laub verborgen.
So, wie der Vogel,
Der mich ernährte,
Hörte auch ich
Die Stimmen der Götter.
Sie waren bereit,
Vom Himmel herab
Zum Spiel sich zu treffen.
Zuletzt waren alle
Götter des Himmels

Zum Spiel versammelt.
Und wie zuvor
Spielten zuerst
Die mächtigsten Götter
Auf diesem Platze.
Nachdem sie das Spiel
Beendet hatten,
Vertrieben sich dort
Die niederen Götter
Die Zeit im Spiel,
So, wie der Vogel,
Der mich ernährte,
Berichtet hatte.
Dann gingen die Götter
Zum Ende der Insel,
Zum äußersten Ende,
Dort, wo die Klippen
Ins Meer hinausragten.
Dort angekommen,
Forderten sie sich
Untereinander
Zum Wettgesang auf.
Sie sangen zuerst
Die kleinen Lieder
Sich gegenseitig
Im Wechselgesang zu.
Sie sangen Legenden,
Erzählten sich Märchen,
So endete schließlich
Ihre Versammlung.
Kurz vor Anbruch des Tages
Ruhten die Götter
Vom Spiel dann sich aus.
Vorsichtig kriechend,
Mich ihnen verbergend,
Schlich ich heimlich hinzu.
Ergriff dann das Kleid
Der jüngsten Göttin,
Das sie ausgezogen
Und zwischen den Klippen
Verborgen hatte.
Hüllte meinen Körper
In dieses Kleid.
Als dann die Rastzeit
Der Götter beendet,
Stiegen sie alle
Zum Himmel empor.
Das Göttermädchen
Suchte sein Kleid,
Es anzuziehen.
Doch fand sie es nicht,
Da ich mich selber
Hineingehüllt hatte.
Sie wollte es haben.
Ich gab es ihr nicht.
Da ergriff ich das Mädchen
Und hielt es fest,
Bis alle Götter
Zum Himmel geflogen,
Dann brach auch ich auf.
Das Göttermädchen
Führte ich dorthin,
Wo ich mein Boot
Im Laube verborgen,
Zog das Boot dann ins Wasser
Und setzte hinein
Das Göttermädchen.
Ruderte eifrig
Bis zum Platz, wo ich wohnte.
Ruderte weiter,

Als schon das Zwielicht
Dem Tage gewichen.
Ruderte weiter
Bis zur Mitternachtsstunde.
Den Platz, wo ich wohnte,
Erreichte ich endlich
In tiefer Nacht.
Die beiden Vögel,
Die mich ernährten,
Schienen zu schlafen.
Mein Lager aus Gras
Bezog ich wieder
Mit meinem Götter-
Mädchen zusammen.
Am nächsten Tage
Bei Morgengrauen
Sprach also der Vogel,
Der mich ernährte,
Zu seiner Frau:
»Das Kind, das wir beide
Gemeinsam ernährten,
Das Kind von Turupa,
Das wir bis heute erzogen,
Es hat uns verlassen.
Was sollen wir tun?
Es wurde zum Manne
Und ging davon,
Nahm sich ein Weib,
Wir wollen damit uns
Zufriedengeben.
Wollen nun wieder
Zurück zur Heimat
Aus der wir kamen.«
So sprach der Vogel,
Der mich ernährte,
Der vom Gipfel des Baumes
Kanipinni kam:
»Unseres Landes Name
Ist Rurupaland.
Deine Vorfahren lebten
Mit vielen Gefährten
In diesem Lande.
Doch eine bestimmte
Bösartige Gottheit
Verwüstete dieses
Rurupaland.
Nur du allein
Bliebst von allen am Leben.
Da berieten die Götter:
›Die reichen Leute
Von Rurupaland,
Uns zu Gefallen
Inaustäbe
Stellten sie auf.
Wir nahmen sie gnädig
Als Gaben an.
Das Land war blühend.‹
So berieten die Götter
Alle gemeinsam,
Um den zu finden,
Der dich aufziehen sollte.
Unmöglich schien es.
Da beschlossen sie dieses:
Ich, der Häuptling der Adler,
Kapáxči-tono,
›Herr aller Adler‹
Von allen genannt,
Und dieses, mein Weib hier,
Sollten dich aufziehen.
Nun hast du ein Weib

Von den Göttern empfangen.
Bist du gewillt,
In deinem Lande
In Rurupaland,
In Zukunft zu leben,
Schnitze Inaustäbe
Und sprich dazu also:
›Häuptling der Adler,
Kapáxći-tono,
Adlervogel
Kapáxćická-tono!‹
Schnitze Inaustäbe
Dem Gott, der der Meister
Der Erde genannt wird.
Dann werden die Götter
Gnädig von oben
Auf dich herabschauen,
Und du wirst ruhig,
Friedlich, zufrieden
In deinem Lande,
Allezeit leben.
Und niemals wirst du
Mangel erleiden.«

Dies ist der Ursprung
Der Inaustäbe,
Gefertigt vom Kinde
Von Rurupaland,
Das die Adler erzogen.
Dies ist die Geschichte
Vom Spiel der Götter,
Von den Wechselgesängen,
Den Heldenliedern,
Von ihren Legenden,
Von ihren Märchen.
Die mir gehören.
Sie kommen gleichfalls
Vom Kind von Rurupa,
Das Kapáxći-tono,
Der Adlerhäuptling,
Der Adlervogel
Aufzog und ernährte.
Es kamen von ihm
Die Wechselgesänge,
Die Heldenlieder,
Von ihm die Legenden,
Von ihm die Märchen.

104. Wer ist der Mächtigste?

Das kleine Wolfskind,
Auf dem Eise glitt es aus und fiel hin.
Nichts ist doch so mächtig
Wie das Eis. Ist es nicht so?

Ist das Eis nun so mächtig,
Wie kommt es dann aber,
Daß es von der Macht der Sonne
Zum Schmelzen gebracht wird?

Ist es nicht deshalb,
Weil die Sonne mächtiger ist?
Nichts ist doch so mächtig
Wie die Sonne. Ist es nicht so?

Ist nun die Sonne so mächtig,
Wie kommt es dann aber,
Daß die Wolke
Sie verhüllen kann?

Ist es nicht deshalb,
Weil die Wolke mächtiger ist?
Nichts ist doch so mächtig
Wie die Wolke. Ist es nicht so?

Ist nun die Wolke so mächtig,
Wie kommt es dann aber,
Daß sie vom Winde
Davongeweht wird?

Ist es nicht deshalb,
Weil der Wind mächtiger ist?
Nichts ist doch so mächtig
Wie der Wind. Ist es nicht so?

Ist nun der Wind so mächtig,
Wie kommt es dann aber,
Daß der Berg ihn
Aufhalten kann?

Ist es nicht deshalb,
Weil der Berg mächtiger ist?
Nichts ist doch so mächtig
Wie der Berg. Ist es nicht so?

Ist nun der Berg so mächtig,
Wie kommt es dann aber,
Daß er dulden muß,
Daß Bäume auf ihm wachsen?

Ist es nicht deshalb,
Weil der Baum mächtiger ist?
Nichts ist doch so mächtig
Wie der Baum. Ist es nicht so?

Ist nun der Baum so mächtig,
Wie kommt es dann aber,
Daß der Mensch kommt, ihn abhaut
Und zu Asche verbrennt?

Daß er die Asche umherstreut,
Damit sie dem bösen
Dämon, wenn er kommt,
In die Augen fliegt?

Daß er diesen am Sehen
So verhindert und ihn blind macht,
Wahrlich der Mächtigste
Ist doch der Mensch.

105. Laus und Floh

In alter, alter Zeit, zur Zeit, da die Götter die Menschen noch nicht erschaffen hatten, lebten Laus und Floh zusammen. Eines Tages sagte der Floh: »Am Oberlauf des Flusses wohnen die beiden Töchter der Kimunmenoko (Hexe). Die ältere Schwester ist ein schönes Mädchen, aber die jüngere Schwester ist noch viel schöner. Laß uns einen Wettlauf veranstalten. Wer als erster ankommt, bekommt die jüngere Schwester, der andere die ältere.« Weil die Laus gerade nur allzugern eine Frau gehabt hätte, stimmte sie, ohne sich zu besinnen, zu, und beide begannen ihren Wettlauf zum Oberlauf des Flusses. Dem Floh, leichtfüßig wie er war, machte der Wettlauf nichts aus, und er sprang lustig hoch über den Kopf der Laus hinweg, überholte sie leicht und lachte diese, die nur mühsam nachkommen konnte, sich oft nach ihr umschauend, weidlich aus. Unterwegs kamen sie an einen Baumstamm, der als Brücke über einen Fluß gelegt war. Die Laus kroch langsam und behutsam darüber. Der Floh sah gar nicht erst genau hin und versuchte, mit einem großen Sprung über die Brücke zu kommen. Dabei glitt er mit den Füßen aus und fiel in den Fluß. Während ihn die Wellen forttrugen, rief er ärgerlich: »Ach, wie schade, soll denn die Laus allein eine schöne Frau bekommen?« Wir werden ja sehen, dachte die Laus und setzte allein ihren Weg fort. Bald kam sie auch am Oberlauf des Flusses an. Als sie sich dort umsah, sah sie dort ein schönes Haus stehen. Sich räuspernd, trat sie ein, da sah sie auf dem rechten Sitz ein Mädchen, schön wie der Mond, nähend sitzen, und auf dem linken Sitz saß ein noch viel schöneres Mädchen. Beide waren mit Handarbeit beschäftigt und unterhielten sich dabei. Als der Tag zur Neige ging, erhoben sich beide, bereiteten sich ein Essen, und nachdem sie beide zu Abend gespeist hatten, legten sie sich in ihre Betten und schliefen bald ein. Leise, ganz leise schlich sich die Laus an die jüngere Schwester heran und kroch ihr heimlich in den Busen. Das Mädchen fühlte ein Jucken an der Brust, sah genau nach und fing eine große Laus. Voll Ekel sagte sie: »Wie scheußlich, bis jetzt habe ich noch niemals Läuse gehabt. Du große Laus, woher bist du gekommen?« Sie nahm sie mit den Fingerspitzen, trug sie zu einer Ecke im Hof und warf sie dort zur Erde. Nachdem die Laus sich mit Müh und Not von ihrem Schreck erholt hatte, kroch sie heimlich der älteren Schwester in den Busen. Die sehnte sich Nacht für Nacht nach einem Mann und konnte es schon kaum mehr ertragen. Als sie die Laus spürte, sagte sie im Scherz: »Ah, die

Laus ist als mein Mann zu mir gekommen«, und schlief wieder ein. Als nun die ältere Schwester am nächsten Morgen die Augen aufschlug, sah sie im Morgendämmerlicht neben sich einen schönen jugendlichen Gott, nur mit einem Schlafkleid angetan, liegen. Der, der ihr in den Busen gekrochen war und den sie nur für eine gewöhnliche Laus gehalten hatte, war in Wahrheit ein Gott, der in Lausegestalt vom Himmel herabgestiegen war, um als Mensch auf der Erde zu arbeiten und zu leben. Als die ältere Schwester und dieser Gott nun Eheleute geworden waren, rief die jüngere Schwester reuevoll, da das Glück durch ihre Schuld an ihr vorbeigegangen war, aus: »Ach, hätte ich es doch gleich gemerkt, daß es ein Gott war!« Bis dahin hatte es auf dieser Welt nur Frauen gegeben. Nun war da dieser junge Gott, der in die Berge ging und Wild als Beute heimbrachte. So wurde er bald unermeßlich reich und Kind auf Kind wurde ihm geboren. Er wurde der Vorfahr der Ainu. Was helfen Göttern und Menschen alle Fähigkeiten, wenn die Gedanken fehlen, und wiederum, wenn auch die Fähigkeiten fehlen, aber das Herz ist gut, so ist auch alles gut.

106. Vom Mann, der seine Frau suchen ging

Sonderbare Dinge geschehen zuweilen. Das Sonderbarste aber geschah wohl einst im Ainuland und ist das Erlebnis, das ein Mann namens Penri hatte, als er auszog, um seine verschwundene Frau zu suchen. Eines Morgens war sie zum Wald gegangen, um Brennholz zu suchen, und dieser Tag ging vorüber, ohne daß sie heimgekehrt wäre. Auch am nächsten Tage und an dem Tage, der diesem folgte, kehrte sie nicht zurück. Da machte sich Penri voll Sorge um seine Frau auf, um die Verschwundene zu suchen. Überall wanderte er suchend umher, über Berg und Tal, durch dichte Wälder und am Meeresstrand entlang. Schließlich kam er zu einer weiten Ebene. In deren Mitte stand ein großer, alter Eichbaum. Er ging zu dem Baum und sah, daß er inwendig hohl war. Innen war er eingerichtet wie ein Wohnhaus. Dort saß ein freundlich aussehender alter Mann. Er hatte einen langen grauen Bart und graue Haare fielen auf seine Schultern herab. Als Rock trug er ein Kleid aus Vogelfedern und auf dem Kopf eine Krone aus Baumblättern. Penri verneigte sich vor dem Alten und dieser sagte: »Willkommen, Penri, ich bin der Geist des Eichbaumes. Ich weiß von deinem Verlust und wie traurig du darüber bist. Überall habe ich dich liebevoll und besorgt nach der Verschwundenen suchen sehen, über Berg und Tal, durch dichte Wälder und am Meeresstrand entlang. Ruhe dich hier eine Weile aus, nimm einen Schluck Wasser und ein paar Züge aus der Pfeife hier.« Penri setzte sich nieder, und nachdem er einen Schluck Wasser getrunken und eine Pfeife geraucht hatte, sagte der Alte zu ihm: »Wenn du deine Frau finden willst, so mußt du das tun, was ich dir nun befehlen werde. So lautet der Befehl: Nimm dies goldene Pferd hier, steige auf seinen Rücken und fliege auf ihm zur Stadt im Himmel. Dort angekommen, reite durch die Straßen der Stadt und singe so laut du kannst. Kehre dich an nichts, was auch geschehen möge, und tu nur das, was ich dir sage.« Penri nahm das Pferd, das war aus reinem Gold. Auch Zügel und Sattel waren aus Gold. Kaum hatte er das Pferd bestiegen, da flog es mit ihm zum Himmel empor, immer höher und höher, bis zur höchsten Stelle des Himmels, da, wo er ganz blau ist, weit oben über der Welt der Menschen. Dort war eine Stadt. Die war genau so gebaut wie unsere Städte. Nur lebten in ihr statt gewöhnlicher Männer und Frauen die Himmelsleute. Tag für Tag ritt nun Penri laut singend die Straßen auf und ab, und die Himmelsleute wunderten sich über ihn und starrten ihn an, als ob sie einen Geistesgestörten vor sich sähen. Denn dieser gewöhnliche Gesang unserer Welt klang in ihren Ohren, die nur himmlische Musik gewöhnt waren, häßlich und unnatürlich. Die einen hielten sich die Ohren zu, die anderen liefen in ihre

Häuser und versteckten sich dort, um den schrecklichen Gesang nicht mehr hören zu müssen. Schließlich erschien der König der Himmelsleute und versprach Penri, daß er ihm wieder zu seiner Frau verhelfen würde, wenn er nur mit dem fürchterlichen Gesang aufhören wolle. Natürlich konnte ihm Penri, da er ja ein König war, nicht ungehorsam sein. Er kehrte also wieder zur Erde zurück und stieg vor dem großen Eichbaum vom Pferde und berichtete dem Alten mit dem grauen Bart und dem Laubkranz auf dem Kopf: »Hier bin ich wieder, ich tat so, wie du mir befohlen hast, aber meine Frau habe ich nicht gefunden.« Der Alte hörte ihn an und sagte: »Noch hast du sie nicht gefunden, du sollst sie aber nun wiederbekommen. Du weißt nicht, was für Unruhe du im Himmel angerichtet hast. Bis jetzt habe ich dir noch nicht erzählt, wo sich deine Frau befindet, nun sollst du es aber erfahren. Sie wurde von einem bösen Dämon in eine Höhle unter der Erde geschleppt. Dort hat er sie in einer festen Kiste eingeschlossen, um sie später zu fressen, wenn er Hunger nach Menschenfleisch verspürt. Nun hörte dieser Dämon plötzlich großen Lärm im Himmel und sah nach oben und steht nun da, starrt nur noch nach dem Himmel hinauf und kann den Blick nicht mehr abwenden. Alles, was um ihn vorgeht, hat er vergessen, und er starrt nur wie gebannt unentwegt nach oben. Höre, was ich dir nun rate: Ich werde schnell hinter seinem Rücken deine Frau aus dem Kasten befreien, solange, wie er nicht aufpaßt, und werde sie dir bringen.« – »Ich danke dir für deine Hilfe«, sagte Penri, und der Alte tat, wie er gesagt hatte, und kam bald mit Penris verlorener Frau zurück. Er übergab sie Penri und sagte: »Habe von nun an ein wachsames Auge auf dein Eigentum. Ein zweites Mal wird sich der Dämon nicht überlisten lassen. Das goldene Pferd magst du als Belohnung für die treue Suche nach der Verlorenen behalten, und hier gebe ich dir noch ein silbernes Pferd für deine Frau.« So ritten denn Penri und seine Frau, er auf dem goldenen Pferd und sie auf dem silbernen, über Berg und Tal, durch dichte Wälder und am Meeresstrand entlang, bis sie ihr eigenes Haus erreicht hatten. Dort lebten sie seitdem glücklich und zufrieden miteinander.

107. Der Raub der Sonnengöttin

Einmal fing ein böser Dämonengott die Sonnengöttin. In sechs Steinkisten, die in sechs Metallkisten standen, die wiederum von sechs hölzernen Kisten umschlossen waren, sperrte er sie ein und zog darum sechs Zäune aus Holz, sechs Zäune aus Metall und nochmals sechs Zäune aus Stein. Deshalb herrschte auf der Welt ewige Nacht. Da befiel Götter und Menschen große Müdigkeit und viele von ihnen verfielen in solch tiefen Schlaf, daß sie nicht mehr daraus erwachten und daß dieser Schlaf zu ihrem Todesschlaf wurde. Da versammelten sich alle Götter und hielten einen Rat, wie man die Sonnengöttin befreien könnte. Die schwachen Götter blieben gleich zu Anfang sitzen und zogen nicht mehr weiter. Die starken Götter machten auf halbem Wege halt, und nur die stärksten Götter kamen bis zu der Umzäunung und setzten sich dort nieder. Da fing der Dämonengott diese Götter allesamt und zog sie in seine Behausung hinein. Dort verwandelte er sie alle in kleine Wickelkinder. Rechts der Feuerstelle hängte er sechzig Wiegen auf. Links der Feuerstelle hängte er sechzig Wiegen auf. Dahinein legte er die laut schreienden Götter und trieb seine Späße mit ihnen, indem er sie verhöhnte. Da schickten die Götter Kemushiri-nupuri-Kamui, den Gott des Berges Kemushiri, als Boten an Ainu-rakkuru-Kamui, den Gott, der über allen Göttern steht, einen Helden, wie es keinen zweiten im Himmel und auf Erden gibt, und baten ihn flehentlich um Hilfe. Ainu-rakkuru-Kamui sagte nur: »Ihr Menschen, macht euch keine Sorgen.« Drei Tage brauchte er, um sich die Beinschiene an den einen Schenkel zu binden. Zwei andere Tage brauchte er, um sich die Schiene an das andere Bein zu binden.

Dann legte er den von göttlichem Rost bedeckten Götterpanzer an, um sein rauchgeschwärztes Atsushi-Kleid gürtete er sein Schwert in rauchgeschwärzter Scheide, band einen goldenen Gürtel um und setzte seinen rauchgeschwärzten Helm auf den Kopf. Dann bestieg er zusammen mit Kemushiri-nupuri-Kamui seine Göttersänfte und fuhr damit zum Himmel empor. Mit einem Gepolter fuhren sie daher, daß Erde und Himmel erbebten, daß Dörfer und Flecken in Trümmer zu fallen drohten. Näher und näher kamen sie dem Platz, wo der Dämonengott hauste. Unvermindernd lärmend umkreisten sie die Umzäunung. Plötzlich, wie ein Sturmwind, schlüpften sie hinein. Drinnen im Hause zu beiden Seiten hingen die zweimal sechzig Wiegen, in denen die vielen zu Wickelkindern verwandelten Götter, kläglich schreiend, lagen. Ganz hinten im letzten Zimmer standen die Kisten, in denen die Sonnengottheit eingesperrt war. Während der Dämonengott mit gekrümmtem Rücken die Götter verhöhnend die Wiegen schaukelte, erbrachen die beiden die hölzernen Kisten, die Kisten aus Metall und die Kisten aus Stein, rissen die Sonnengottheit heraus und eilten mit ihr davon. Laute Schimpfworte ausstoßend verfolgte sie der Dämonengott, doch Ainu-rakkuru-Kamui erhob seinen Fuß und zertrümmerte mit einem einzigen Tritt das Haus des Dämonengottes, daß die Trümmer laut krachend in alle Winde davonflogen. Plötzlich trat ihm ein großes Gespenst, mit einem Auge klein wie ein Sesamkorn und mit einem Auge so groß wie der Vollmond, entgegen, umklammerte die Sonnengottheit und suchte sie an sich zu reißen. Doch hurtig und behende formte der Gott aus Wolken ein Schiff, band die Sonnengottheit an den Mast und stieß das Schiff weit hinaus in den blauen Himmel hinein. Da wurde plötzlich die Welt wieder erleuchtet und hell. Dann überwältigte er zusammen mit Kemushiri-nupuri-Kamui den Dämonengott und verbannte ihn tief unter die Erde in die sechste Hölle hinein.

108. Omutaro

In alter Zeit waren da einmal ein alter Mann und eine alte Frau. Sie hatten keine Kinder und waren sehr traurig darüber. Da wurde einmal der Schenkel der Alten ganz dick, und als sie es vor Schmerzen nicht mehr aushalten konnte und sich den Schenkel aufschnitt, da sprang ein kleiner Knabe daraus hervor. Die beiden Alten nannten ihn Omutaro (Schenkelkind) und zogen ihn mit Liebe und Sorgfalt auf. Nach und nach wurde er größer. Nun plagte er den Alten, er möchte ihm doch ein Boot bauen. Schließlich baute der Alte ihm, seinem Wunsch gemäß, ein Boot. Omutaro sprang hinein und fuhr damit ziellos hinaus auf die hohe See. Irgendwo trieb er mit seinem Boot an eine Insel und stieg dort an Land. Als er sich umsah, bemerkte er eine große Höhle. Er ging in die Höhle hinein, da stand darin ein großes Haus. Als der Besitzer Omutaro erblickte, sagte er freundlich »Willkommen« und bat ihn einzutreten. Der Hausherr verfertigte zwei Stöcke. Einen gab er dem Omutaro, einen behielt er selbst. Dann sagte er: »Ich werde mich nun in einer dunklen Ecke verstecken, verstecke dich auch in einer dunklen Ecke. Heute nacht werden sich die Dämonen hier im Hause versammeln und werden um ihre Schätze spielen. Auf ein Zeichen, das ich dir geben werde, springst du dann mit mir zusammen hervor, schlägst die Dämonen mit dem Stock, und wenn sie dann fliehen, kannst du ihre Schätze, die sie zum Ausspielen hingelegt haben, alle an dich nehmen.« – »So werde ich es machen«, sagte Omutaro und erwartete die Nacht. Wie jener gesagt hatte, kamen auch viele, viele Dämonen dort zusammen und begannen zu spielen. Als sie so in das Spiel vertieft waren, daß sie an nichts anderes mehr dachten, sprangen auf das Zeichen des Alten dieser und Omutaro hervor und schlugen sie auf die Köpfe. Die, die geschlagen wurden, blieben tot liegen, die, die entfliehen konnten, entflohen. Mutig umherspringend erbeutete Omutaro ihre Schätze. Am nächsten Morgen schlachtete der Hausherr einen Walfisch und bewirtete seinen Gast. Darüber hinaus füllte er ihm noch das Boot, als Omutaro es wieder hergerichtet hatte, mit Fleisch. Dann sagte er zu ihm: »Ich bin der Walfisch-Gott. Wenn du nun von hier fortfährst, so blicke dich nicht um, merke dir dies gut.« Omutaro hörte auf diese Ermahnung, sprang in sein Boot und fuhr, ohne sich umzuschauen, nach Hause. Über Omutaros Geschenke, die er ihnen mitbrachte, waren der Alte und die alte Frau hocherfreut. Alle drei waren nun reiche Leute geworden. Ein junger Mann in der Nachbarschaft erfuhr davon. Auch er plagte seinen Vater, bis er ihm ein Boot baute. Damit fuhr er auch zu der Insel, traf dort den Walfisch-Gott und erhielt gleichfalls Schätze und Walfischfleisch von ihm. Bis zu dem Augenblick, da er heimkehrte, war auch alles gut. Dann aber kehrte er sich nicht an das Verbot seines Wirtes und sah sich um. Da verwandelten sich Schätze und Fleisch in stinkenden Unrat. Als er heimkehrte, wurde er von allen verspottet und man nannte ihn von da an nur noch »Shitaro« (Dreckkind).

109. Rabengeschichten

In alter Zeit lebten Penambe und Panambe. Eines Tages, als Penambe zum Fluß gegangen war, um dort zu angeln, kam Paskuru, der Rabe, und sagte: »Höre, höre, Pen, gib mir doch einen Fisch ab.« Gerade hatte Penambe einen großen Fisch gefangen. Er wusch ihn von dem daran haftenden Sand sauber und gab ihn Paskuru, der sich dafür bedankte und davonflog. Penambe schritt nun flußaufwärts weiter und weiter, bis er eine Grashütte erblickte. Er gedachte dort kurz einzukehren, und trat nichtsahnend ein. Da sprangen ein goldner und ein silberner Hund bellend auf ihn los. In der Hütte saßen Ekan, der alte Mann, und Matsnepo, seine Tochter, am Feuerplatz. Als die Matsnepo den Penambe sah, begrüßte sie ihn: »Nochmals vielen Dank für vorhin. Der Alte ist sehr froh darüber, so eine wohlschmeckende Zuspeise bekommen zu haben.« Damit breitete sie eine Matte aus, bat Penambe, sich zu ihnen zu setzen, und bewirtete ihn mit großer Freundlichkeit. Als Penambe dann heimkehren wollte, sagte sie ihm, er dürfe sich als Dankesgabe einen der beiden Hunde aussuchen und mitnehmen. Penambe wählte den silbernen Hund. Als der Silberhund auf dem Heimweg hungrig wurde und bellte, gab er ihm Tsurep-Lilien-Klöße zu fressen und sagte: »Friß nur ordentlich, soviel du magst.« Er selbst aß nichts davon und wartete. Aber der Hund fraß alle Klöße allein auf. Als Penambe dann nachts schlief, wurde er mitten in der Nacht von lautem Prasseln und Poltern geweckt. Als er erschreckt aufstand und nachsah, da war das ganze Zimmer von Gold- und Silberstücken angefüllt. Der Nachbar Panambe wollte es genau so machen. Als Paskuru, der Rabe, kam, gab er ihm einen kleinen Fisch, dem er nicht vorher den Sand abwusch. Dann tat er genau das, was Penambe getan hatte, aber statt des silbernen Hundes nahm er den goldenen Hund. Als der Hund hungrig bellte, gab er ihm nichts und aß alle Klöße allein, und als der Hund fortlaufen wollte, zog er ihn mit Gewalt in seine Hütte. Mitten in der Nacht regnete es darauf in seiner Hütte nur Erdklumpen, Kieselsteine, Sand, Asche, Mäusedreck und Vogelschmutz. So wurde er für seinen Geiz bestraft.

2

In alter Zeit lebte in irgendeinem Lande ein junger Mann, der sich einen Raben hielt. Immer, wenn der Rabe sein Futter bekommen hatte, flog er fort, um sich zu vergnügen, und kam erst spät bei Anbruch der Nacht zurück. Einmal bestieg der junge Mann sein Boot und folgte dem Raben auf das Meer hinaus. Da traf er im dichten Nebel auf einen Dämon, der dort angelte. Als er fliehen wollte, kam der Dämon auf ihn zu und befahl ihm: »Folge mir nach!« Er mußte ihm in sein Haus folgen, und als er sich dort umsah, sah er Menschenfleisch auf Fischspeiler gespießt, das da am Feuer gebraten wurde. Der Dämon rief einem jungen Mann, der sein Sohn zu sein schien, zu: »Hier, brate mir diesen jungen Mann!« und ging wieder hinaus. Während der junge Mann darüber bekümmert dasaß, kam Paskuru, der Rabe, geflogen und sah ihn dort. Er beschwatzte den Dämonensohn und betrog ihn so, daß dieser ihm die Schatzstücke des Hauses herausbrachte. Dann hieß er den jungen Mann die Schatzstücke an sich nehmen und die Flucht ergreifen. Als der Dämon nach Hause kam, verfolgte er die beiden sofort. Da riet Paskuru, der Rabe, dem jungen Mann, eine Schnur, die unter den Schatzstücken war, hinter sich zu werfen. Als er dies getan hatte, da wurde diese zu einem großen Berg, der den Dämon an der Verfolgung hinderte. Als der Dämon sie dann weiter verfolgte, riet der Rabe dem jungen Mann, eines der Schatzschwerter fortzuwerfen. Da überzog sich plötzlich das Meer mit dichtem Nebel, und der Dämon verlor sie aus den Augen. Vom Raben geführt aber gelang es dem jungen Mann, wohlbehalten heimzukehren.

3

Eines Tages saßen die Frauen beieinander, um sich zu tatauieren. Da kam Paskuru, der Rabenjüngling, und belästigte sie bei der Arbeit durch allerlei Schabernack, den er mit ihnen trieb. Darüber wurden die Frauen zornig, nahmen die schwarze Tataubrühe und gossen sie dem Raben über den Kopf. So kam es, daß der Rabe so schwarz wurde, wie wir ihn heute sehen.

110. Die zwei Füchse

Einmal waren da zwei Füchse, Pan'ambe und Pen'ambe, die allerlei Zauberkünste verstanden. Pan'ambe wollte reich werden, deshalb ließ er seinen Schwanz wachsen und wachsen, bis er über das Meer hinweg bis zur Stadt Matsumae reichte. Der Fürst von Matsumae dachte: das muß eine vom Himmel gekommene göttliche Stange sein, und befahl, daß man alle seine kostbaren Gewänder über diese Stange zum Kleiderlüften aufhängen sollte. Als die Kleider auf der vermeintlichen Stange hingen, zog Pan'ambe ganz leise seinen Schwanz zurück, mit allen den prächtigen und kostbaren Kleidern, die darauf hingen, und wurde so sehr reich. Als Pen'ambe gehört hatte, wie Pan'ambe zu solchem Wohlstand gelangt war, wollte er es ihm gleichtun. Auch er ließ seinen Schwanz wachsen, bis er über das Meer bis nach Matsumae reichte. Wieder sah der Fürst von Matsumae den Schwanz und hielt ihn für eine vom Himmel gekommene Stange und gab seiner Dienerschaft noch einmal den Befehl, seine kostbarsten Gewänder zum Lüften auf die Stange zu hängen. In seiner Gier, möglichst schnell reich zu werden, zog Pen'ambe aber seinen Schwanz zu schnell zurück. Als der Fürst von Matsumae nun sah, daß sich die vermeintliche Stange bewegte, gab er seinen Gefolgsleuten den Befehl, die Stange mit dem Schwert durchzuschlagen. So rettete er diesmal die vielen kostbaren Kleider. Pen'ambe aber büßte seinen halben Schwanz ein und wurde so für seine Habgier bestraft.

NACHWORT

In den Jahren nach dem letzten Weltkrieg hat das Studium der Folklore in Japan eine auffallende Entwicklung erlebt, aber der Wunsch, altes Erzählgut festzuhalten und weiterzuüberliefern, ist in Japan nicht neu. Er war schon in den ältesten Zeiten stets lebendig. Es war eine Zunft von Erzählern, die *kataribe*, die im hohen Altertum das unter dem Volke umlaufende Erzählgut – mochten es Märchen, Sagen, Mythen oder historisches Geschehen sein – weitertrugen. Sie entwickelten die Kunst mündlicher Überlieferung zu seltener Vollkommenheit. Später, nachdem die Japaner – sie besaßen kein eigenes Schriftsystem – die chinesische Schrift übernommen und sich allmählich mit ihrer Hilfe ihre eigenen Silbenalphabete geschaffen hatten, ging die Kunstfertigkeit der *kataribe* als eine solche verloren. Die Weitergabe des alten Erzählgutes im Volke wurde aber trotzdem aufrechterhalten. Die wandernden Berufe, die von Ort zu Ort zogen, Schmiede, Kesselflicker, übernahmen dabei gleichzeitig das Amt eines Märchenerzählers.

Blicken wir auf die Überlieferung der japanischen Märchen zurück, so können wir schon in den ältesten japanischen Schriftdenkmälern solche Stoffe festgehalten finden. Da jedoch die Übernahme der chinesischen Schriftzeichen und die Schaffung eigner Silbenalphabete in Japan erst verhältnismäßig spät erfolgte, die mündliche Überlieferung durch die Zunft der *kataribe* aber bereits eine hochentwickelte Kunstfertigkeit war, so dürfen wir festhalten, daß die in den ersten Schriftdenkmälern aufgenommenen Märchenstoffe wesentlich älteren Herkommens sind. Solche Stoffe enthält das von Ō no Yasumaro (–723) auf Befehl der Gemmyô Tennô kompilierte *Kojiki*, das auf den Erzählungen des *kataribe* Hieda no Are aufbaut und im Jahr 712 vollendet wurde. Wir finden sie aber ebenfalls in den alten Provinztopographien, den *Fudoki*, soweit diese uns erhalten blieben. Sie wurden ebenfalls auf Befehl der Gemmyô Tennô seit 713 für die einzelnen

Provinzen angelegt und nahmen neben Angaben über die landschaftliche Beschaffenheit und die Produkte der Provinz auch das daselbst umlaufende Erzählgut, so wie es von den Alten in mündlicher Überlieferung weitergegeben worden war, auf. Märchenstoffe lassen sich ebenfalls in der nach chinesischem Vorbild niedergeschriebenen ersten offiziellen Reichsgeschichte Japans, im *Nihonshoki* nachweisen, die unter dem Prinzen Toneri ebenfalls von Ō no Yasumaro im Jahr 720 fertiggestellt wurde. Und schließlich finden wir solche in der ersten großen japanischen Gedichtanthologie aus privater Hand, im *Manyôshû*, das in seiner heutigen Form nach 770 entstanden ist.

Den ersten Versuch aber, buddhistisch gefärbte märchenartige Legendenstoffe zu sammeln, unternahm der Priester Kyôkai des Yakushi-Tempels in Nara, der solche in seinem in den Jahren um 822 chinesisch niedergeschriebenen *Nihonryôiki* oder *Nihonkoku-gembô-zen'aku-ryôiki* – so sein voller Titel – für die Nachwelt festhielt. Weiterhin enthalten alte Familienchroniken etwa von der Art des *Takahashi-ujibumi* (um 790) des öfteren Märchenstoffe. Der Wunsch, derartiges Erzählgut festzuhalten, läßt sich also schon frühzeitig erkennen. Eine Verarbeitung älterer Märchenmotive finden wir in dem bereits meisterhaft aufgebauten und stilisierten *Taketori-monogatari*, das in den Jahren zwischen 901 und 957 entstand.

In der Zeit des 11. Jahrhunderts tauchen dann bewußt und großzügig angelegte Sammlungen von Sagen, Fabeln, Märchen, Legenden und Anekdoten indischen, chinesischen und japanischen Ursprungs auf. Es lassen sich wohl auch in der vorhergehenden Zeit Versuche nachweisen, solche Stoffe festzuhalten, so im *Yamato-monogatari* (zwischen 954 und 967) und im *Ōkagami* (um 1170), ihre systematische Sammlung aber geschieht erst im *Konjaku-monogatari* (vor 1077), von dessen 31 Bänden – drei davon sind nicht überliefert – sich die ersten fünf Bände indischen, die nächsten vier Bände chinesischen und die restlichen japanischen Stoffen zuwenden, wobei buddhistisch gefärbte einen weiten Raum beanspruchen. Das Werk bleibt, auch wenn es neben den wirklich im Lande umlaufenden Stoffen solche aus anderen Quellen enthält, eine der besten Quellen für das im Volke bekannte Erzählgut seiner und der vorhergehenden Zeit. Die Verfasserschaft des Werkes ist nicht gesichert; es wird – wahrscheinlich nicht mit Recht – dem Großstaatsrat Minamoto Takakuni (1004–1077) zugeschrieben. Er soll das Material in seinem Landsitz in Uji bei Kyôto nach den Erzählungen von Vorüberwandernden, die er in sein Haus einlud und bewirtete, aufgezeichnet haben; daher auch der zweite, weniger geläufige Titel des Werkes »Die Erzählungen des Großstaatsrates von Uji«, *Uji Dainagon monogatari*.

Dieser Sammlung folgten weitere, so um den Anfang des 13. Jahrhunderts das *Uji-shûi-monogatari*, ein Werk unbekannten Verfassers, das unter seinen 190 Erzählungen etwa die Hälfte aus dem *Konjaku-monogatari* entlehnt. Auch in dem didaktischen *Jikkinshô* (1252) und in nach Sachgebieten klassifizierten Werken, wie im *Kokonchomonjû* des Tachibana Narisue und im *Kojidan* des Minamoto Akikane (1160–1215), das zwischen 1212 und 1215 niedergeschrieben wurde, lassen sich manche Märchenstoffe im weiteren Sinne des Wortes nachweisen.

Auf Stoffe buddhistischer Prägung geben Werke wie das um 1257 von dem Priester Jushin verfaßte *Shishûhyakuinnenshû*, das *Sangoku-denki* (1935) des Priesters Gentô oder das *Shasekishû* (1283) des Priesters Mujû (1226 bis 1312) wertvolle Hinweise.

In die erzählende Literatur Japans haben die Märchenstoffe frühzeitig Eingang gefunden. Im *Taketori-monogatari* sahen wir bereits ein meisterhaft durchgeformtes Kunstmärchen. Aber auch in anderen Erzählungen der japanischen Literatur spielen Märchenmotive eine Rolle. Das Stiefkindmotiv finden wir in dem um 1000 herum entstandenen *Ochikubo-monogatari*. Es wird später in dem wohl vor 1271 niedergeschriebenen *Sumiyoshi-monogatari* wieder aufgegriffen. Als Niederschrift eines reinen Volksmärchens ohne jedwede literarische Stilisierung betrachtet Fritz Rumpf das *Amewakahiko-monogatari* (Nr. 2), welches in zwei Textrollen – die erste ging verloren, die zweite ist im Besitz des Museums für Ostasiatische Kunst in Berlin – festgehalten und von dem bedeutenden Meister der Tosa-Schule Hirochika (auch Hirokata) illustriert wurde. Diese Rollen waren zur Unterhaltung des jungen Go-Komatsu Tennô bestimmt.

Reich an Märchen- und Sagenstoffen sind die Unterhaltungsbücher des 15. und 16. Jahrhunderts, die *Otogizôshi*, welche vor allem von Frauen und Kindern gelesen wurden. Daneben enthalten die Texte der *Kôwaka*-Tanzspiele – sie gehen der Überlieferung nach auf Momonoi Naokira (1403–1480?) zurück – manches für die Forschung wichtige Material.

In der Tokugawa-Zeit (1603–1868) erlebte die eigentliche Volksliteratur ihre Blüte. Die *Otogizôshi* fanden ihre Fortsetzung in den billigen Volksdrucken der reich bebilderten *Akahon*, Rotbücher, die den Kindern ihre Märchenstoffe darboten. Weiteres Material für die folkloristische Forschung enthalten das *Seisuishô* (1623) des Mönches Anrakuan Sakuden (mit eigentlichem Namen Hayashi Heidayû, 1554–1642), das im Jahre 1628 in Kyôto veröffentlicht wurde, und das *Kôeki-zokusetsuben* des Izawa Nagahide (1668–1730), das um 1715 herum entstand. Eine für ihre Zeit hervorragende Sammlung von Stoffen dieser Art gab Takizawa Kyokutei Bakin (1767–1848) in seinem *Enseki-zasshi* (1811), das spätere Forscher immer wieder gern anziehen.

Die wissenschaftliche Erforschung der japanischen Folklore begann verhältnismäßig spät. Bahnbrechend wirkte auf diesem Gebiet der Begründer der japanischen Volkskunde, Yanagita Kunio. Als er mit dem Aufbau dieser Disziplin begann, hörte er von Sasaki Kizen altes Erzählgut aus Tôno (Iwate-Präfektur) und ließ dieses aufzeichnen. Es erschien später unter dem Titel *Tôno-monogatari* und darf mit Recht als die erste neue Sammlung mündlich überlieferten Erzählgutes betrachtet werden. Der Versuch einer Gruppierung oder Analysierung des Stoffes wurde noch nicht unternommen. Als im Jahr 1913 die volkskundliche Zeitschrift *Kyôdo no kenkyû* zu erscheinen begann, füllten sich ihre Hefte rasch mit von Volkskundlern überall im Lande gesammelten Märchen. Nun begann man auch, das Material in kleinere Sammlungen, zum Beispiel *Sanshû Yokoyamabanashi* von Hayakawa Kôtarô oder *Esashi-gôri mukashibanashi* von Sasaki Kizen, einzuordnen, aus denen sich dann umfangreichere wie *Rohen-sôsho* herausformten. Auch eine systematische Aufbereitung des Materials erfolgte jetzt. Die erste umfassende Sammlung dieser Art ist das *Kikimimisôshi* (1931) von Sasaki Kizen, das die Märchen der Iwate-Präfektur darbietet. Das Studium der Folkloristik fand nunmehr neue Nahrung. In Sammlungen wie *Shokokusôsho, Zengoku-mukashibanashi-kiroku* und in neuen, sich diesem Gebiet zuwendenden Zeitschriften wie *Tabi to densetsu* und *Mukashibanashi-kenkyû* wird jedes nur erreichbare Material zusammengetragen. Eingehende Untersuchungen, systematische Gruppierung bereiten das Material für die weitere Forschung vor. Auch hier steht der Altmeister Yanagita Kunio wieder an führender Stelle und hervorragende Arbeiten aus seiner Feder erscheinen. Beachtenswert bleibt sein Aufsatz *Kôshôbungei-taii* in der Reihe Iwanami-kôza *Nihonbungaku* (1932). In seiner Arbeit *Momotarô no tanjô* (1933) gibt er uns Einblick in seine Methodik, der er bei der Untersuchung der Märchen folgt. Durch Analyse und Vergleich forscht er nach der Herkunft und versucht den Spuren des ursprünglichen Volksglaubens nachzuspüren. Bewandert in der Methode der europäischen Forschung, folgt er jedoch eigenen Wegen und Theorien, wie es uns seine Arbeiten *Mukashibanashi to bungaku* (1938), *Mukashibanashi-oboegaki* (1940) und *Kôshôbungei-shikô* (1947) verraten. Die Arbeiten Yanagitas setzt – ebenfalls an der europäischen Folkloristik eingehend geschult – Seki Keigo fort. Ihm verdanken wir umfangreiche Sammlungen japanischen Märchengutes; einmal die bestens angemerkte sechsbändige Sammlung *Nihon-mukashibanashi-shûsei* (1950–57), zum anderen die außerordentlich handliche Sammlung *Nihon no mukashibanashi* (1956–58). Grundlegende Ergebnisse bieten seine Arbeiten *Mukashibanashi* (1941), *Minwa* (1945) und *Mukashibanashi to waraibanashi* (1957). Es ließen sich hier noch eine Reihe gewichtiger Einzelstudien anführen, es sei jedoch nur auf die interessante Studie von Sakurai Tokutarô, *Mukashibanashi Nihonjin no kokoro no furusato* (1957), hingewiesen.

An weiteren umfassenden Materialsammlungen liegen vor: *Nihon-densetsu-shû* (1913) von Takagi Yoshio, die achtbändige Reihe *Nihon-minzokudensetsu-zenshû* (1950) von Fujizawa Morihiko und eine klassifizierte Sammlung von Yanagita Kunio, *Nihon-densetsu-meii* (1950).

Im Mittelpunkt der sich nach dem zweiten Weltkrieg immer mehr vertiefenden Forschung stehen bei zahlreichen anderen Fragestellungen die Untersuchungen zum ursprünglichen Volksglauben. Eine jüngere Generation, die eine eigene Stellung bezogen hat und eigenen Methoden folgt – es seien hier nur Namen wie Matsumoto Shinhachirô und Saigô Nobutsuna genannt – ist in den Vordergrund getreten.

Wenden wir uns nach diesem kurzen Überblick über die Entwicklung und die Arbeiten der japanischen Folkloristik nunmehr dem japanischen Märchen zu. Märchen heißt auf japanisch *mukashibanashi,* Erzählung aus alter Zeit. Dieser Begriff leitet sich von der feststehenden Eingangsfloskel ab, mit der – in verschiedener Abwandlung – ein jedes japanische Märchen beginnt. *Mukashi, mukashi,* in alter, alter Zeit – es war einmal; oder *mukashi wa atta sôna, mukashi aru tokoro ni, mukashi attaji, mukashi atta ten gana. Hanashi* (in Zusammensetzungen *-banashi)* wurde auch *monogatari,* Erzählung, gelesen; es zeigt sich noch heute in dialektischer Form in *mungatai.*

Altüberlieferte, im Volke umlaufende Stoffe sind es, die den Inhalt der Märchen ausmachen, bewahrt und mündlich weitergegeben vor allem unter der ländlichen Bevölkerung. Aber der Inhalt der *mukashibanashi* Japans deckt sich nicht im engeren Sinne mit unserem Begriff »Märchen«, auch Tiergeschichten, Sagen, Legenden und anderes Erzählgut mehr wird in Japan unter diesem Begriff zusammengefaßt Die japanische Forschung hält aus diesem Grunde gern an einem neueren Begriff fest, an dem Begriff *minwa,* Volkserzählung, der einen weiteren Spielraum gewährt, also nicht nur die rein mündliche Überlieferung einbezieht. Eine echte Trennungslinie zu ziehen ist schwer.

So wenden sich die japanischen Märchen einem weiten Bereich zu. Zahlreiche Stoffe, nach ihrer Herkunft, aber auch in ihrer mündlichen Überlieferung ganz verschieden – Eigenarten des Erzählers und auch des eigenen Lebensraums aufnehmend – haben sich zu *mukashibanashi* geformt, oft noch das Urmotiv aufzeigend, oft aber auch in seltener Verschlungenheit mehrere Motive verwebend. Die Motive lassen sich teilweise weit zurückverfolgen und verraten – ähnliche Formen in China,

Korea oder Hinterindien können darüber nicht hinwegtäuschen – eine seltene Eigenständigkeit. Echte Fremdeinflüsse, wie solche, die durch die Übernahme der buddhistischen Lehre bedingt waren, sind meist leicht zu erkennen.

Ihrer Struktur nach weisen die *mukashibanashi* im großen und ganzen zwei Formen auf, eine einfache, die ein einziges Geschehen berichtet, oder eine komplexe, die mehrere Geschehen aneinanderreiht oder miteinander verbindet. Die einfachen Formen zeigen sich am häufigsten und deutlichsten in den Tiermärchen und in den meist kurzen Schwänken. Die Tiermärchen wenden sich der Herkunft der Tiere zu, der Tierfabel oder dem Tierepos und berichten vom Aussehen, vom Charakter und Schicksal ihrer Helden. Dieser Gruppe kann man auch diejenigen *mukashibanashi* anfügen, die sich anderen Naturwesen zuwenden. Bei den komplexen Formen steht der Mensch und sein Wirken in der menschlichen Gesellschaft im Mittelpunkt, selbst wenn er sich mit Geisterwesen (das können auch Tiere sein) auseinanderzusetzen hat. Als Sondergruppe mag man die *mukashibanashi* betrachten, bei denen Rätselfragen oder zu den komischsten Mißverständnissen führende Gedichtergänzungen im Mittelpunkt stehen. Hier sind die Handelnden zumeist Priester, Blinde, Toren; oft läßt sich diese Gruppe auf buddhistisches Herkommen zurückführen.

Auffällig ist in den *mukashibanashi* auch in Japan das Wirken der Gegensätze. Dem Reichen steht der Arme gegenüber, dem Herrn der Diener, dem Herrscher der Untertan, den Eltern das Kind, den älteren Geschwistern die jüngeren. Ehrlichkeit steht gegen Unehrlichkeit, Aufrichtigkeit gegen Lügenhaftigkeit, Wohlwollen gegen Übelwollen. Schönheit hat die Häßlichkeit zum Partner, Zufriedenheit die Habgier. Der Fromme trifft auf den Ungläubigen, der Gute auf den Bösen, die freundlichgesinnte Gottheit auf die übelwollende, der Mensch auf den Dämon. Auch in den Schwänken, die zumeist dem Alltagsleben entnommen sind, verwendet die Erzähltechnik die Gegensätzlichkeit als ein Mittel der Steigerung. Der Dummkopf, der Gerissene, der Kluge, der Prahlhans sind hier Hauptpersonen. Dreistufig ist der Ablauf, der dem Geschehen den Ausgangspunkt, die Entwicklung und die

Lösung gibt. Und oft ist die ›Drei‹ auch bestimmend für die Zahl der Handelnden: drei Brüder, drei Schwiegersöhne, drei Tiere als Begleiter des Helden, drei Gefahren, die er zu bestehen, drei Aufgaben, die er zu lösen hat. Und gar manches geschieht im dritten Jahr, im dritten Monat, am dritten Tag.

Die komplexe Form der *mukashibanashi* zeigt uns solche, bei denen das Übernatürliche, die simple Wirklichkeit oder auch das Allegorische im Mittelpunkt stehen. Da besitzt entweder der Held übernatürliche Kräfte oder ist von ungewöhnlicher Herkunft. Auch die Überlegenheit des Helden gegenüber einem übernatürlichen Gegner, die Hilfe, welche ihm ein übernatürliches Wesen oder irgendwelche Zauberkräfte gewähren, spielt eine wesentliche Rolle. Der Held löst schwere Aufgaben, besiegt seine Gegner und gewinnt am Ende Reichtum und eine glückliche Braut, die er heimführt. Nicht die Alltagswelt ist der Schauplatz der Handlung, sondern eine Welt fern der Wirklichkeit. Solches spiegelt sich auch in den Namen der Helden; sie sind keine Namen im alltäglichen Sinne, sondern sie verraten uns bereits die Charaktereigenschaften oder die Herkunft ihres Trägers. Erzählungen nach der Wirklichkeit haben stets den Menschen zum Helden – wenn auch zumeist typisiert – und andere Beifiguren, wie Yamauba, Tengu oder auch Hilfe oder Hindernis bietende Tiergestalten, bleiben nur angereiht, helfen dem Fortgang der Handlung. Spielt die Allegorie eine Rolle, dann liegt dem *mukashibanashi* sehr oft ein erzieherisches Motiv zugrunde, oder aber es verrät einen ausgesprochen religiös-ethischen Charakter.

Ein paar Haupttypen der Helden in den japanischen Märchen seien hier kurz herausgestellt: Väterchen und Mütterchen *(jiji to baba)*, das alte Ehepaar, daneben der reiche Edelmann oder Großgrundbesitzer *(chôja)*, die Stiefschwester, der pietätvolle Sohn, der ränkevolle Pferdetreiber, der Schalksnarr Kichigo, der Geizkragen, der dumme Schwiegersohn und sein Gegenstück, die dumme Schwiegertochter, der törichte Ladenbursche oder auch die japanischen ›Schildbürger‹, die Leute von Noma aus der alten Provinz Chikuzen. Als wilde Bergfrau oder Hexe – wenn auch nicht immer bösartig – tritt uns die Yamauba (Yamamba, Yamaonna, Yamababa) entgegen, je nach der Gegend häßlich und furchterregend oder schön, in der letzten Eigenschaft mit einem Mund auf dem Kopf und einem riesenhaften Appetit. Der Yamaotoko (auch Yamachichi oder Yamawarawa), der wilde Mann, ist ihr männliches Gegenstück. Ihnen nahe steht der die Kinder bedrohende Amanojaku (Yamanojaku, auch Amanjaku). Berge und Wälder sind bevölkert von Dämonen, *oni,* und geflügelten Koboldwesen, *tengu,* die den Menschen gern einen Streich spielen. Güte und Hilfsbereitschaft strahlen die Gottheiten Kwannon (sankr. Avalokiteśvara) und Benzai- oder Benten (sankr. Saraśvati) aus, die dem Menschen oft seine Wünsche auf ihre Art erfüllen. Unter den Tieren finden wir Affe, Hund und Schlange häufig vertreten. Der Affe neigt zu bösen Streichen, der Hund bleibt ein treuer Helfer des Helden und die Schlange ist der Verführer junger Mädchen. So vermitteln uns die *mukashibanashi* ein farbenfrohes Bild und manchen wertvollen Einblick in Leben und Denken des japanischen Volkes.

Die vorliegende Auswahl wurde so getroffen, daß ein möglichst weiter Bereich des im Volke umlaufenden Erzählgutes erfaßt werden konnte. Es war zunächst geplant, eine vollständig neue Auswahl von Märchen anhand der vorliegenden ausgezeichneten japanischen Materialsammlungen zu geben. Dieser Plan wurde fallengelassen, da wir es als eine Unverantwortlichkeit und Ungerechtigkeit gegenüber Fritz Rumpf, dem Herausgeber der ersten deutschen Sammlung dieser Volksmärchen empfunden hätten, wenn das von ihm seinerzeit unter großer Mühe gesammelte Material ohne Berücksichtigung geblieben wäre. So haben wir über die Hälfte seiner Märchen, zum Teil mit geringen Überarbeitungen, wieder aufgenommen, um seine Pionierarbeit zu würdigen. Dieser Grundbestand wurde durch Neuübersetzungen, die von Ingrid Schuster vorgenommen wurden, ergänzt[1]. Wir haben uns bei der Auswahl der

1 Ingrid Schuster übersetzte die folgenden Märchen: Nr. 4, 5, 7, 9, 10, 12, 13, 15–18, 21, 23, 26, 27, 31, 33, 34, 37, 39, 41, 42, 54–62, 66–69, 72–74, 83, 85, 89, 93, 98, 99 und 100.

neu hinzugefügten Märchen auf die vorliegenden japanischen Sammlungen gestützt und versucht, das von Fritz Rumpf gegebene Bild abzurunden, Doppelungen zu vermeiden und so manches neue Material in ursprünglicherer Form einzufügen. Wir sind uns bewußt, daß unsere Auswahl wie eine jede – nach welchen Gesichtspunkten man sie auch treffen mag – eine subjektive ist und so manche Mängel aufweist.

Die Ainu-Märchen, zu deren Erforschung vor allem Bronislaw Pisudski wesentliches beigetragen hat, blieben in der von Fritz Rumpf gegebenen Form (Nr. 101–110) unverändert erhalten. Sie lassen sich – auch hier nach Rumpf – in folgende Gattungen aufteilen: Erzählungen (*upashkoma*, Sachalin: *uchashkoma*), die zumeist wirkliche Begebenheiten zum Inhalt haben und mündlich von Generation zu Generation überliefert werden, zumeist von Männern, von Kindheit an als Erzähler geschult werden; sie gliedern sich in zwei Gruppen, in die wahren Ainu-Geschichten (*ajnu shikar uchashkoma* oder *sonno jaj ajnu uchashkoma*) und in die Erzählungen von den reichen Leuten von Rurupa (*Rurupun nishpa uchashkoma*). Weiterhin: Märchen (*teeta vebek' ere*, Sachalin: *tuita*), die in einer Traumwelt spielen und von Frauen und Kindern weitergegeben werden; Göttergesänge (*kamui yukara*, Sachalin: *ojna*), reich an reinen Märchenstoffen; und Gesänge (*yukara*, Sachalin: *hauki*), Taten von Helden bei den Stammeskämpfen beschreibend. Handelnde Personen sind übernatürliche Wesen, *kamui* – die Ainu betrachten den Menschen und jedes Naturwesen als *kamui* –, daneben der den Menschen mit seiner List und Verschlagenheit beistehende Rabe Paskuru. Der Yamauba Japans entspricht die Kimun-menoko, den *oni* entsprechen die Dämonen. Ein starker japanischer Einfluß wird vor allem in den *hauki* spürbar, die von den aus Nordostjapan auswandernden Ainu mitgebracht wurden.

Vancouver, im Oktober 1964 H. H.

ANHANG

Abkürzungen und Literatur

BP	J. Bolte und G. Polívka, *Anmerkungen zu den Kinder- und Hausmärchen der Brüder Grimm,* I–V, Leipzig 1913–31
KMZ	Sasaki Kizen, *Kikimomozôshi,* Tôkyô 1931
MG	Okamura Chiaki, Koizumi Magane, Hg., fortgeführt von Koyama Eizô, *Minzokugaku,* Tôkyô 1929 ff.
MI	*Motif-Index of Folk-Literature*; revised and enlarged edition by Stith Thompson, 6 Vol., Copenhagen 1955
NKBT	*Nihon-kotenbungaku-taikei,* Iwanami-shoten, Tôkyô 1957–63, 67 Bde.
NKZ	*Nihon-koten-zensho,* Asahi-Ausgabe, Tôkyô 1946–60
NMB	Seki Keigo, *Nihon no mukashibanashi,* Tôkyô 1956–58, 3 Bde.
NMBS	Yanagita Kunio, *Nihon mukashibanashi-shû,* Tôkyô 1930
NMBSS	Seki Keigo, *Nihon mukashibanashi-shûsei,* Tôkyô 1950–57, 6 Bde.
	Nihon mukashibanashi-meii, Nihon Hôsô-kyôkai, o. J., Tôkyô
RKS	Saeki Ariyoshi, *Rikkokushi,* Tôkyô 1940–41, 12 Bde.
T	Typ des Motivs, siehe »*Motif-Index*« entsprechend Nummer
YB	*Yûhôdô-bunko,* Yûhôdô-shoten, Tôkyô 1917-27, 121 Bde.
ZDMG	*Zeitschrift der Deutschen Morgenländischen Gesellschaft,* Wiesbaden
	Yanagita Kunio, Hg., *Zenkoku-mukashibanashi-kiroku,* Tôkyô 1942–44, 13 Bde.

Anmerkungen

Im Japanischen werden die Vokale a, e, i, o, u kurz gesprochen, i und u haben die Neigung zum Schwund; ae, ie, oe, ue oder ai, oi, au und ähnliche Verbindungen werden getrennt wie a–e, i–e, a–i, a–u usw.; ô und û lauten oo und uu. S entspricht dem stimmlosen, z dem stimmhaften s-Laut und y dem Jot. Ch, j und sh entsprechen etwa dem englischen ch (child), j (John) und sh (ship). Bei den japanischen Namen steht, wenn genannt, der Familienname dem persönlichen Namen voran.

Zu den in den Märchen vorkommenden Gewichts- oder Maßeinheiten sei hier erklärend angeführt, daß 10 *bu* einem *sun* (Zoll), 10 *sun* einem *shaku* (Fuß), 6 *shaku* einem *ken* (Klafter), 10 *shaku* einem *jô*, 60 *ken* einem *chô* und 36 *chô* einem *ri* entsprechen. Die Längenmaße für Stoffe weisen geringe Unterschiede auf. Bei den Hohlmaßen finden wir als kleinste Einheit 1 *shaku* (0,018 Liter). 10 *shaku* sind ein *gô*, 10 *gô* ein *shô*, 10 *shô* ein *to* und 10 *to* ein *koku* (180 Liter). Die Währungseinheiten schwanken in den verschiedenen Perioden. 1 *mon* ist die kleinste Einheit. 10 *mon* entsprechen einem *rin*, 10 *rin* einem *sen*. 1 Gold*ryô* ist die gängige Goldeinheit, deren Feingehalt und Gewicht nach Zeit und Ort variiert.

Die Anmerkungen zu den einzelnen Märchen wurden auf das Wesentlichste beschränkt. Die verwendeten Abkürzungen gehen aus dem Literaturverzeichnis hervor, die Nummern vor den Anmerkungen weisen auf die Nummer des entsprechenden Märchens hin.

1. *Yamasachi*: Glück auf dem Berg; *Umisachi*: Glück auf dem Meer. Die beiden Gottheiten sind Söhne der Gottheit Amatsuhiko Ho no Ninigi no Mikoto, die – er wurde zur Inbesitznahme der Erde von den himmlischen Ahngottheiten hinabgesandt – sich mit einer Tochter der Berggottheit Ō-yamatsumi vermählte. Diese Sage findet sich in verschiedenen Varianten im *Kojiki* (712), vgl. daselbst in NKBT 1, S. 135, und im *Nihonshoki* (auch Nihongi, 720), vgl. RKS, Nihongi I, S. 64 ff., wo auch Varianten älterer, verlorengegangener Texte aufgeführt werden. Dazu vgl. auch K. Florenz, *Die historischen Quellen der Shinto-Religion*, Göttingen-Leipzig 1919, S. 76 ff. und S. 204 ff. – Das Motiv vom verlorenen Angelhaken und vom verlorenen Bogen (Speerspitze) läßt sich von Südostasien bis nach Afrika nachweisen. Vgl. F. W. K. Müller, *Eine Mythe der Kei-Insulaner*, in: Ztschr. f. Ethnologie XXV (1893); E. Cosquin, *Études folkloriques*, Paris 1922, S. 89 und 190; L. Frobenius, *Das Zeitalter des Sonnengottes*, Berlin 1904, S. 280 ff. und andernorts. Der verlorene Gegenstand ist oft verschieden; vgl. R. B. Dixon, *Oceanic Mythology*, in: The Mythology of All Races IX, Boston 1916.
MI: H 1132.1.5 und A 1018.3.
T: Recovering lost fish-hook und Flood brought as revenge for injury.

2. Nach Rumpf: Aufgezeichnet nach dem Text der um 1400 geschaffenen Buchrollen, die von dem Hofmaler Tosa Hirochika – er wirkte in den Jahren 1457 bis 1465 – illustriert wurden. Die Rollen dienten der Erbauung des jungen Go-Komatsu Tennô (1377–1433, reg. 1392–1412). Die erste Rolle ging verlustig, die zweite Rolle ist im Besitz der Staatlichen Museen in Berlin. Später erschien das Märchen in Buchform unter der Unterhaltungsliteratur (*Otogizôshi*). Diese von einem unbekannten Verfasser erstellte Buchausgabe aus dem 16. Jahrhundert scheint sich allgemeiner Beliebtheit erfreut zu haben.
Einzelne Motive des Märchens lassen sich in der Literatur schon frühzeitig nachweisen, so die »Aufgaben des Schwiegervaters«, vgl. die Erzählungen um die Sturmgottheit Susanoo und um die Gottheit Ōkuninushi im *Kojiki,* NKBT 1, S. 85 ff., und im *Nihonshoki,* RKS, Nihongi I, S. 35 ff. »Die Frage bei den Gestirnen« findet sich im *Bishamon no honji,* vgl. Shimazu Hisamoto, *Ōtogizôshi,* in: Iwanami-bunko Tôkyô 1955, S. 193 ff., das Tanabata-Motiv – die Erzählung vom Prinzenstern (Hikoboshi) und der himmlischen Weberin (Tanabata-hime) – im *Tanabata no yurai,* wenn auch dort in einer stark buddhistischen Färbung. Die Verwandtschaft des Motives mit dem von Amor und Psyche, aber auch mit dem vom Schlangenbräutigam ist unverkennbar. Vgl. auch BP II, S. 234 ff. In Japan ist das Märchen als *Amewakahiko-monogatari,* als *Amewakamiko-koimonogatari* und als *Tanabata-sôshi* bekannt.
MI: B 646.1; A 762.1.
T: Marriage to person in snake form und: Star-husband.
3. Nach dem *Konjaku-monogatari,* NKBT 26, S. 301, das dem Minamoto Takakuni (1004–1077), einem Urenkel des Daigo Tennô, zugeschrieben wird. Hierzu vgl. H. Hammitzsch, Hg., *Konjaku-monogatari, Erzählungen aus dem alten Japan,* Stuttgart 1965, Einführung.
Das Motiv ist älter und wird von dem unbekannten Verfasser des im 9. Jahrhundert niedergeschriebenen Kunstmärchens *Taketori-monogatari,* NKBT 9, meisterhaft verarbeitet, davon liegen zahlreiche Übersetzungen in den europäischen Sprachen vor; vgl. Japan PEN Club, *Japanese Literature in European Languages, A Bibliography,* Tôkyô 1961; sub voce *Taketori-monogatari.*
Die Erzählung findet sich auch in anderen Werken aufgenommen, so im *Shirinsaiyôshô* (um 1350) des Yua, im *Sankokudenki* (um 1394) des Shami Gentô und im *Kaidôki* (1223) des Minamoto Mitsuyuki.
MI: T 543.
T: Birth from plant.
4. Nach NMB II, S. 12 ff. und NMBSS II/1, S. 328 ff.; hier in der

Form wiedergegeben, wie es im Kreise Nishi-Tsugaru der Aomori-Präfektur umläuft.

MI: T 543.3; B 524.1.11.

T: Birth from fruit und: Hero contests with demons, using fighting animals.

5. Aus dem Kreise Satsuma der Kagoshima-Präfektur, vgl. NMB II, S. 87 ff., und NMBSS II/1, S. 442 ff. Vgl. BP I, S. 324.

MI: D 1812.3.3.; F 124; D 830.

T: Future revealed in dream und: Journey to land of demons und: Magic object acquired by trickery.

6. Ein Märchen von der Insel Iki (Kyûshû). Nach Rumpf: Mitgeteilt von Yamaguchi Asatarô in *Ikinoshima-mukashibanashi* 9. Das Yuriwaka-Thema wird erstmals in dem Kôwaka-Tanzspiel *Yuriwaka-daijin* des Momonoi Kôwakamaru (1403–1480) behandelt, später greift es der große Dramatiker Chikamatsu Monzaemon (1653–1724) in seinem *Yuriwaka-daijin nomori-kagami* (1700) auf. Vgl. auch NMB II, S. 33 ff., und NMBSS III/2, S. 766 ff.

MI: F 124; G 303.9.6.1.1.

T: Journey to land of demons und: Devil is overcome by man in fight.

7. Ein Märchen aus dem Kreis Minami-Kanbara der Niigata-Präfektur, vgl. NMB II, S. 63 ff., und NMBSS II/3, S. 1193 ff.

MI: J 1791.3.2.1.; F 349.1.

T: Demon tries to recover object from river by drinking it dry und: Fairy aids mortal in flight.

8. Aus dem Kreis Izawa der Iwate-Präfektur. Nach Rumpf: Aufgezeichnet von Oda Hideo nach der Erzählung einer alten Frau aus dem Dorf Kanesaki; vgl. KMZ, Nr. 34, und NMBSS II/3, S. 1288 ff.

MI: M 210; H 516.

T: Bargain with devil und: Test: guessing troll's names in order to save one's life.

9. Aus dem Kreis Kamihei der Iwate-Präfektur, vgl. NMB I, S. 83 ff., und NMBSS II/2, S. 605 ff.

MI: L 200; J 2415.

T: Modesty brings reward und: Foolish imitation of lucky man.

10. Aus dem Kreis Ezashi der Iwate-Präfektur, s. NMB II, S. 72 ff., und vgl. NMBSS II/2, S. 742 ff.

MI: B 251.

T: Animals praise or worship.

11. Nach dem *Konjaku-monogatari,* NKBT XXV, S. 430 ff. Das Motiv der Vertreibung des falschen Gottes und der Abschaffung von Menschenopfern ist in Japan in an Schreine oder Tempel gebundenen Legenden weit verbreitet. Das früheste Auftauchen des Mo-

tivs ist die Befreiung eines Mädchens von einer achtköpfigen Schlange, die Menschenopfer fordert, durch die Sturmgottheit Susanoo; vgl. Kojiki, NKBT I, S. 85, und Nihongi I, RKS S. 35, dazu auch K. Florenz, Quellen, a. a. O., S. 42 und 164 ff.; ferner NMB II, S. 163, und NMBSS II/3, S. 1252 ff.
MI: S 260.1.
T: Human sacrifice.

12. Aus dem Kreis Ōshima der Kagoshima-Präfektur, s. NMB I, S. 76 ff., und NMBSS II/2, S. 764 ff.
MI: Q 1.1.; A 2362.1.
T: Gods (saints) in disguise reward hospitality and punish inhospitality und: Why monkey's buttocks are red.

13. Aus dem Kreis Nishi-Yasshiro der Yamanashi-Präfektur, s. NMB II, S. 90 ff.
MI: L 115; L 114.1.
T: Successful foolish son. und: Lazy hero.

14. Rumpf: Nach dem Volksbuch (Akahon) *Kareki ni hana sakase jiji* (um 1730), das auf ein älteres *Daifuku-chôja Fukki-monogatari* (um 1675) zurückgeht und auch Vorbild für die beiden Volksbücher *Fukki-monogatari* und *Hanasaka-jiji* des 18. Jahrhunderts wurde. Von Kyokutei Bakin (1767–1848) wurde das *Hanasaka-jiji* in seinem Werk *Enseki-zasshi* (1811) X aufgenommen. Vorliegende Übersetzung wurde nach diesem Text ergänzt.
Vgl. auch NMB II, S. 170 ff., und NMBSS II/2, S. 705 ff. Für China vgl. W. Eberhard, *Typen chinesischer Volksmärchen* (künftig Eberhard), Helsinki 1937, Nr. 30; ferner vgl. BP III, S. 61.
MI: B 153; B 335; D 2145.2.2.2.
T: Dog indicates hidden treasure und: Helpful animal killed by hero's enemy und: Tree blooms out of season.

15. Aus dem Kreis Kita-Shidara der Aichi-Präfektur, s. NMB II, S. 21 ff., und NMBSS II/2, S. 695 ff.
MI: J 2415.
T: Foolish imitation of lucky man.

16. Aus dem Kreis Ukiwa der Fukuoka-Präfektur, s. NMB II, S. 175 ff., und NMBSS II/2, S. 729 ff. Vgl. Eberhard, Nr. 24.
MI: B 380; J 2415.
T: Animal grateful for relief from pain und: Foolish imitation of lucky man.

17. Aus dem Kreis Enu der Ishikawa-Präfektur, s. NMB II, S. 68 ff., und NMBSS II/2, S. 719 ff.
MI: Q 3.
T: Moderate request rewarded: immoderate punished.

18. Aus dem Kreis Aki der Hiroshima-Präfektur, s. NMB I, S. 162 ff., und NMBSS II/3, S. 1139 ff.

MI: G 250.1.; G 11.3.; Z 312.
T: Man discovers his wife is a witch und: Cannibal witch und: Unique deadly weapon.

19. Nach Rumpf: Aus der Provinz Mutsu, aufgezeichnet von Natsubori Kinjirô nach der Erzählung der Yoshikawa Toe. Für die Aomori-Präfektur vgl. NMB I, S. 155 ff. Dazu NMBSS II/3, S. 1121 ff.
MI: G 11.3.; G 270.
T: Cannibal witch und: Witch overcome or escaped.

20. Ein Märchen von der Insel Amakusa der Ōita-Präfektur, s. NMBS, S. 68; auch in der Tokushima-Präfektur bekannt, vgl. NMB III, S. 113 ff. Das Motiv ist weiterhin in China, vgl. Eberhard, Nr. 11, und R. Wilhelm, *Chinesische Märchen,* Düsseldorf–Köln 1958, Nr. 9, und in Korea bekannt.
MI: G 262; G 250; G 270.
T: Murderous witch und: Recognition of witches und: Witch overcome or escaped.

21. *Uri-hime,* ein in Japan weit verbreitetes Märchen, hier nach der Fassung, wie sie im Kreis Koshi der Niigata-Präfektur umläuft, s. NMB I, S. 10 ff.; vgl. auch NMBSS II/1, S. 337 ff.
MI: T 543; G 263.
T: Birth from fruit und: Witch injures, enchants or transforms.

22. Nach Rumpf: Aus der Yamanashi-Präfektur, s. NMBS S. 126. Das Motiv »Altweiberhaut« *(ubakawa)* ist in Japan weit verbreitet und kommt in zwei Typen vor. A: Der Vater verspricht für geleistete Dienste seine Tochter einer Schlange zur Frau (schon im 8. Jahrhundert bekannt), doch diese rettet sich durch ein wundertätiges Buddhabild oder durch Nähnadeln (Eisen als Abwehr gegen Schlangen), die sie in den Teich der Schlange wirft. Befreit, kehrt aber die Tochter nicht zu den Eltern zurück, sondern übernachtet zunächst bei einer Waldfrau, die ihr die *ubakawa* gibt, mit deren Hilfe sie sich in eine alte Frau verwandeln kann. Als solche dient das Mädchen als Ofenheizerin *(hitaki-baba)* im Hause eines Edelmannes und legt nur nachts, wenn sie sich unbeobachtet glaubt, die Haut ab. Der Sohn des Edelmannes belauscht sie und macht sie zu seiner Frau. B: Die Mutter schickt Tochter und Stieftochter zum Eichelsammeln, wobei sich die Stieftochter verirrt und zur Waldfrau kommt und die *ubakawa* von dieser erhält. Sie kehrt als alte Frau ins Elternhaus zurück und gibt sich nur der Schwester zu erkennen. Nach Rückkehr des Vaters wird die Stiefmutter bestraft. Statt der *ubakawa* erhält das Mädchen auch manchmal ein Katzenfell, dessen Überziehen sie vor menschenfressenden Dämonen rettet. Für Europa vgl. »Catskin« und »Allerleirauh«. Vgl. BP I, S. 165 u. BP II, S. 45. – MI: D 1053.

T: Magic mantle (cloak).

23. Aus dem Kreis Ōshima der Kagoshima-Präfektur, s. NMB II, S. 24 ff., und NMBSS II/2, S. 913 ff.
MI: S 31; B 184.1.10.; D 1053; E 80.
T: Cruel stepmother und: Magic horse makes prodigious jump und: Magic mantle und: Water of life.

24. Nach Rumpf: Aus der Stadt Tôno (Iwate-Präfektur); nach der Erzählung von Ogasawara Kinzô von Matsuda Kametarô aufgezeichnet. S. KMZ Nr. 4. Es gehört zu der Gruppe des »Sumiyaki Kogorô«-Motivs und ist auch in der Hiroshima-Präfektur verbreitet; vgl. NMBSS II/1, S. 205 ff. Für China vgl. Eberhard, Nr. 195, und ders., *Chinesische Volksmärchen*, Leipzig 1936, S. 27; dazu: BP II, S. 318.
MI: H 1385.3.; H 1194.
T: Quest for vanished wife (mistress) und: Task: making person laugh.

25. Nach Rumpf: Im ersten Teil ein Volksmärchen aus der Stadt Mie im Kreis Ōno der Ōita-Präfektur, dem die Gründungslegende des Hôren-Tempels zugrunde liegt. Ein in Japan weit verbreitetes Motiv und mancherorts als Lokalsage mit einem anderen Titelhelden erzählt, bleibt dieser doch seinem Beruf nach zumeist ein Kohlenbrenner, seltener ein Schmied. Die Tochter eines Reichen oder eine Prinzessin sucht den armen Mann, da ihr im Traum oder durch eine Wahrsagung befohlen wurde, ihn zu heiraten. Sie entdeckt, daß der arme Mann an einem Ort lebt, wo Goldklumpen wie Steine herumliegen. Beide werden reiche Leute (Typ A, »Sumiyaki Kogorô«-Motiv, vgl. oben Nr. 24). Oder zwei arme Holzfäller übernachten im Schrein einer Dorfgottheit und erfahren dort aus einem Gespräch der Gottheit mit sie besuchenden Weggottheiten, daß in der Nacht im Dorf ein Knabe und ein Mädchen geboren werden und daß dem Mädchen Glück und dem Knaben Unglück prophezeit wird. Nach Hause zurückgekehrt, erfahren die beiden Holzfäller, daß die Kinder in ihren Häusern geboren wurden. Man verheiratet sie später miteinander und durch das Glück der Frau kommen sie zu Wohlstand. Der Mann aber verstößt aus Neid seine Frau, die im Wald zu einem Kohlenbrenner oder Schmied kommt, wo sie Gold im Überfluß vorfindet. Sie heiratet ihn und wird reich. Der erste Mann verarmt vollständig und kommt schließlich als Bettler oder Korbhändler vorbei. Als er seine Frau so wiederfindet, begeht er aus Scham Selbstmord. Die Frau läßt ihn hinter dem Hausherd begraben, bringt ihm Opfer; so wird er zur Herdgottheit und zum Beschützer des Hauses (Typ B, »Kamadokami no honji«-Motiv).
Der zweite Teil des Märchens, Mano-chôja – auch Sanrô no Kusa-

karibue – findet sich als Fortsetzung nur in der Ōita-Präfektur als Legende des Hachiman-Schreines von Usa. Er läßt sich erstmals in dem *Eboshiori*, einem Text eines *Kôwaka*-Singspiels aus dem 15. Jahrhundert, nachweisen, der Chikamatsu Monzaemon (1653–1724) als Vorbild für sein Puppenspiel *Yômei Tennô shokunin-kagami* (1705) diente. Vgl. auch NMBSS II/1, S. 380 ff.
MI: N 534; T 548.1.; H 335.
T: Treasure discovered by accident und: Child born in answer to prayer und: Tasks assigned suitors.

26. Aus dem Kreise Minami-Tsukaru der Aomori-Präfektur. S. NMB II, S. 217 ff., und NMBSS III/2, S. 817 ff.
MI: T 475.
T: Unknown paramour.

27. Aus dem Kreise Ionu der Niigata-Präfektur, s. NMB II, S. 177 ff., und NMBSS II/1, S. 140 ff.
MI: B 375.1.; B 650; H 974.
T: Fish returned to water: grateful und: Marriage to animal in human form und: Task performed with help of supernatural wife.

28. Nach Rumpf: Aus der Stadt Tôno der Iwate-Präfektur, nach der Erzählung von Ogasawara Kinzô von Matsuda Kametarô im Jahre 1920 festgehalten; s. KMZ Nr. 3. Das Märchen gehört zur Gruppe der Märchen vom Tierbräutigam. Vgl. auch NMB I, S. 15 ff. aus dem Kreis Kamihei der Iwate-Präfektur, und NMBSS II/1, S. 276 ff. und BP I, S. 1.
MI: T 553; B 640.
T: Thumbling born as a result of hasty wish of parents und: Marriage to person in animal form.

29. Nach Rumpf: In *Kyôdo no kenkyû* I/8, S. 473 von Takagi nach einer Erzählung von Sugano Kikumatsu aus Sendai mitgeteilt; ein Märchen, das sich als Lokalsage bei zahlreichen Schreinen des Landes gehalten hat, in denen der Storch Verehrung genießt. Das »Schlangenmann«-Motiv ist in Japan weit verbreitet. Ähnlich ist NMB II, S. 37 ff., und NMBSS II/1, S. 74 ff.
MI: B 360; B 650; B 722.
T: Animals grateful for rescue from peril of death und: Marriage to animal in human form.

30. Nach Rumpf: Ein Märchen aus Zentraljapan, von der Großmutter eines Herrn Takasugi Keijô in Ōwani (Aomori-Präfektur) erzählt. Vgl. NMB I, S. 44, aus dem Kreis Mibu der Kagawa-Präfektur, und NMBSS II/1, S. 111 ff.
MI: B 360; B 650.
T: Animals grateful for rescue from peril of death und: Marriage to animal in human form und: Magic stone in animal's head.

31. Aus dem Kreis Mibu der Kagawa-Präfektur, s. NMB II, S. 40 ff.,

und NMBSS II/1, S. 161 ff. Vgl. auch NMBSS II/2, S. 505 ff., und Eberhard, Nr. 8; 37; 112.
MI: B 360; B 601.14.; F 420.4.4.; H 509.
T: Animals grateful und: Marriage to fox und: Waterspirits are grateful und: Test of cleverness or ability.

32. Nach Rumpf: Aus dem Kreis Tamana der Kumamoto-Präfektur, s. NMBS, S. 42. Mit dem Motiv des reichtumspendenden Tieres verwandt; statt des Zwerges in Südwestjapan und auf der Insel Iki eine Schildkröte oder dreifarbige Katze. Vgl. NMBSS II/2, S. 1003 ff., und Eberhard, Nr. 23.
MI: F 420.4.4.; D 2178; Q 221.1.
T: Waterspirits are grateful und: Objects produced by magic und: Discourtesy to god punished.

33. Aus dem Kreis Esashi der Iwate-Präfektur, s. NMB II, S. 78 ff., und NMBSS II/2, S. 1015 ff. Vgl. Eberhard, Nr. 105.
MI: F 420.5.1.7.1.; K 511; B 184.1.3.
T: Waterspirits give money, gold, or precious stones und: Uriah letter changed. Falsified order of execution und: Magic horse from water world.

34. Aus dem Kreis Hienuki der Iwate-Präfektur, S. NMB II, S. 55 ff., und NMBSS II/2, S. 570 ff.
MI: H 1242; R 155.1.
T: Youngest brother alone succeeds on quest und: Youngest brother rescues his elder brothers.

35. Nach Rumpf: Aus dem Kreis Kamihei der Iwate-Präfektur, s. NMBS, S. 153; dazu NMBSS II/2, S. 523 ff.; über ganz Asien und Europa verbreitet. Vgl. Eberhard, Nr. 63, und Axel Olrik, *Danmarks gamle Heltedigtning*, Kopenhagen 1903, S. 278 ff. Vgl. BP II, S. 438.
MI: D 812.12.; A 1115.2.
T: Magic object received from dwarf und: Why the sea is salt: magic salt mill.

36. Nach dem *Hitachi-fudoki*, NKBT 2, S. 39 ff.
MI: Q 1.1.
T: Gods (saints) in disguise reward hospitality and punish inhospitality.

37. Aus dem Kreise Senboku der Akita-Präfektur, s. NMB II, S. 52 ff., und NMBSS III/2, S. 783 ff.
MI: H 1115.1.
T: Task: cutting down huge free which magically regrows.

38. Ein Märchen, das Vorbild für viele andere Märchen geworden ist; das »Tauschhandel«-Motiv ist in Japan »Warashibe-chôja«-Motiv bekannt, ähnlich dem »Damburi- oder Tombo-chôja«-Motiv. Vgl. BP III, S. 201, ferner J. Hertel, *Bunte Geschich-*

ten vom Himalaja, München 1903, S. 4 (Kaufmann Mäuserich), und für Madagaskar (Stamm Betaibo) P. Hambruch, *Malaische Märchen,* Jena 1922, Nr. 8. Zum Text siehe *Ujishûi-monogatari,* NKBT 27, S. 225 ff., und *Konjaku-monogatari,* NKBT 24, S. 479 ff.
MI: N 421.1.
T: Progressive lucky bargains.

39. Aus dem Kreis Ōno der Gifu-Präfektur, s. NMB II, S. 85 f., und NMBSS II/1, S. 461.
MI: N 531.1.
T: Dream of treasure on the bridge.

40. Nach Rumpf: Aus der Stadt Tôno (Iwate-Präfektur); 1921 mitgeteilt von Sasaki Eriko, s. KMZ Nr. 22. Vgl. NMB I, S. 94 ff., dort aus dem Kreise Minami-Kanbara der Niigata-Präfektur, und NMBSS II/1, S. 463 ff. Für China s. Eberhard, Nr. 176.
MI: N 531.
T: Treasure discovered through dream.

41. Aus dem Kreis Kita-Amabe der Ōita-Präfektur, s. NMB II, S. 201 f., und NMBSS II/3, S. 1270 ff. Verwandt mit dem »Sumiyaki Kogorô«-Motiv.
MI: N 538; N 517.2.
T: Treasure pointed out by supernatural creature und: Treasure hidden within wall (under floor) of house.

42. Aus dem Kreis Nishi-Yasshiro der Yamanashi-Präfektur, s. NMB II, S. 208 f., und NMBSS III/1, S. 274 ff.
MI: J 2198; J 2060.1.
T: Bewailing a calamity that has not occurred und: Quarrel and fight over details of air-castles.

43. Nach Rumpf: Aus der Iwate-Präfektur, nach der Erzählung des alten Ōbora Inumatsu, s. KMZ, Nr. 106, vgl. auch das Märchen 40. Das Motiv ist in Japan in vielen Variationen verbreitet. Vgl. auch BP IV, S. 119, und NMBSS III/2, S. 496 ff.
MI: J 163.4.; J 21.
T: Good counsels bought und: Counsels proved wise by experience.

44. Nach Rumpf: Von der Insel Ōshima (Yamaguchi-Präfektur), s. Tamura Toyokichi, *Suô Ōshima no mukashibanashi futatsu,* in: *Tabi to densetsu* VI/4, 1933. Das Motiv ist in ganz Ostasien verbreitet und weist in China, Korea, Tibet, Annam, Indien verschiedene Varianten auf. Vgl. Eberhard, Nr. 190, ferner F. Weller, *Zehn Pekinger Erzählungen,* in: ZDMG 12, 1934, und Huber, in: *Compte rendue du I. congrès international des études d'extrême Orient,* 1903; auch BP II, S. 401. In ähnlicher Form NMB II, S. 101 ff., und NMBSS III/2, S. 715 ff.

MI: K 1956; H 575.

T: Sham wise man und: Accidental discovery of answer to riddle.

45. Nach Rumpf: Aus dem Kreis Kamihei (Iwate-Präfektur), s. NMBS S. 209; vgl. auch die erste Novelle in Masuccio von Salerno, *Novellino* (Neapel 1476), ferner R. Soupault, *Französische Märchen*, Nr. 39 b. In ähnlicher Form s. NMB II, S. 105 ff., und NMBSS III/2, S. 708 ff.

MI: K 2151.

T: The corpse handed around.

46. Nach Rumpf: Aus dem Kreis Aso (Kumamoto-Präfektur), nach Takagi, *Nihon-densetsushû*. Motiv in ganz Ostasien verbreitet, vgl. Eberhard, Nr. 10, ferner J. Hertel, *Indische Märchen*, Düsseldorf–Köln 1962, Nr. 30.

MI: J 1805.2.

T: Unusual word misunderstood.

47. Nach Rumpf: Aus der Tottiri-Präfektur, s. NMBS S. 18. In ganz Ostasien verbreitet, für China s. Eberhard, Nr. 13 und *Chinesische Märchen* Nr. 14; für Korea s. H. N. Allen, *Fact and Fancy (Korean Tales)*, New York und London 1889, Nr. 3; für Annam s. Landes, *Contes Annamites*, Nr. 107; für Philippinen s. *Journal of American Folklore* XX, 98; ferner vgl. BP III, S. 553, und F. von der Leyen, *Herrig Archiv* 1905, 116, 24. – In ähnlicher Form s. NMB I, S. 112 ff., und NMBSS II/2, S. 510 ff.

MI: B 548.1.

T: Animals recover lost wishing ring.

48. Nach Rumpf: Aus dem Kreis Nakanonuma (Akita-Präfektur), nach: Miyazawa Seibun, *Nakanonuma-gôri mukashibanashi.*

MI: K 11.

T: Race won by deception.

49. Nach Rumpf: Aus dem Kreis Tsugaru (Aomori-Präfektur), s. NMBS S. 6; auch in der Stadt Matsue (Shimane-Präfektur) und im Kreis Ōshima der Kagoshima-Präfektur (s. NMB I, S. 179) bekannt.

MI: A 2411.2.1.11; A 24.11.2.4.1.

T: Color of sparrow und: Color of woodpecker.

50. Nach Rumpf: Aus dem Kreis Iwate (Iwate-Präfektur), s. NMBS S. 12. Auch die Ainu kennen ein Märchen über das schwarze Kleid des Raben, vgl. Nr. 109. Dazu s. auch Oskar Dähnhardt, *Natursagen*, Leipzig 1910, III, S. 58 ff.

MI: A 2411.2.1.5.

T: Color of raven.

51. Aus der Ibaraki-Präfektur, s. NMBS S. 13.

MI: A 1715.2.

T: Animals from men transformed for discourtesy to God.

52. Aus dem Kreis Yasshiro der Kumamoto-Präfektur, s. Hamada, *Yasshiro mukashibanashi;* auch bei den Ainu, vgl. Nr. 105. Hierzu vgl. auch O. Dähnhardt, a.a.O., IV, S. 46 f.
MI: K 11; A 2210.
T: Race won by deception und: Animal characteristics: change in ancient animal.

53. Nach dem *Inaba-fudoki,* NKBT 2, S. 478 ff. Das Motiv ist in ganz Ostasien bekannt; in Japan kommt es in zwei Typen vor. A: Der Hase betrügt die Seeungeheuer, um von einer Insel zum Festland zu kommen. B: der Affe betrügt die Qualle, um sein Leben – seine Leber ist für den Drachenkönig zur Genesung bestimmt – zu retten. Für Indien vgl. E. Lüders, *Buddhistische Märchen,* Düsseldorf–Köln 1961, Nr. 65, s. auch H. Zachert, in: *Yamato* IV/3 und 4, Berlin 1932.
MI: K 579.2.
T: Monkey in danger on bridge of crocodiles pretends that the king has ordered them counted.

54. Aus dem Kreis Iruma der Saitama-Präfektur, s. NMB I, S. 197 f., und NMBSS I, S. 61. Vgl. BP II, S. 116.
MI: K 1021.
T: The tail fisher.

55. Aus dem Kreis Aso der Kumamoto-Präfektur, s. NMB I, S. 204 f., und NMBSS I, S. 80.
MI: K 561; A 2210.
T: Escape by persuading captor to talk und: Animal characteristics: change in ancient animal.

56. Aus dem Kreis Kunobe der Iwate-Präfektur, s. NMB I, S. 178, und NMBSS I, S. 287.
MI: A 2426; A 1715.
T: Nature and meaning of animal cries und: Animals from transformed man.

57. Aus dem Kreis Kamihei der Iwate-Präfektur, s. NMB I, S. 176 f., und NMBSS II/3, S. 1355 ff.
MI: K 100.
T: Deceptive bargains.

58. Aus dem Kreis Takaoka der Kôchi-Präfektur, s. NMB II, S. 168 f., und NMBSS III/1, S. 393 ff.
MI: K 2310; K 975.1.
T: Deception by equivocation und: Pretended exchange of confidences as to the one thing that an kill.

59. Aus dem Kreis Amakusa der Kumamoto-Präfektur, s. NMB II, S. 167, und NMBSS II/3, S. 1296.
MI: F 256.
T: Faires read men's thoughts.

60. Aus dem Kreis Shimoina der Nagano-Präfektur, s. NMB II, S. 160 ff., und NMBSS II/3, S. 1233 ff. Vgl. BP II, S. 503.
MI: G 351.2.
T: Cat as ogre.

61. Aus dem Kreis Nishi-Yasshiro der Yamanashi-Präfektur, s. NMB I, S. 137 f. – MI: N 620; X 1110.
T: Accidental success in hunting or fishing und: Lie: the wonderful hunt.

62. Aus dem Kreis Ōshima der Kagoshima-Präfektur, s. NMB II, S. 58 ff., und NMBSS II/3, S. 1209 ff.
MI: G 11.3.; B 380.
T: Cannibal witch und: Animal grateful for relief from pain.

63. Aus der Iwate-Präfektur, nach der Niederschrift der Schülerin Suzuki Sadako (1929), s. KMZ Nr. 18.
MI: B 380.
T: Animal grateful for relief from pain.

64. Aus der Iwate-Präfektur, s. KMZ Nr. 39; in Nordostjapan weit verbreitet und auch in Korea bekannt. Vgl. auch NMB I, S. 139 ff., und NMBSS III/2, S. 666 ff.
MI: J 2401.
T: Fatal imitation.

65. Nach Rumpf: Aus dem Kreis Esashi der Iwate-Präfektur, nach einer Erzählung von Sasaki Izô, s. KMZ Nr. 38.
MI: X 905.
T: Lying contests.

66. Aus dem Kreis Hienuki der Iwate-Präfektur, s. NMB II, S. 95, und NMBSS III/2, S. 464 ff.
MI: X 905.4.
T: The liar: »I have no time to lie today«; lies nevertheless.

67. Aus dem Kreis Sannoe der Aomori-Präfektur, s. NMB II, S. 93 f., und NMBSS III/2, S. 690 ff.
MI: X 909.1.
T: The incorrigible liar.

68. Aus dem Kreis Kamihei der Iwate-Präfektur, s. NMB I, S. 90 ff., und NMBSS II/2, S. 735 ff.
MI: J 2415.1.2.; X 145.
T: The two presents to the king: two poems und: Humor of bad singing.

69. Aus dem Kreis Esashi der Iwate-Präfektur, s. NMB I, S. 119 f., und NMBSS II/2, S. 999 ff.
MI: F 343.13.
T: Fairy gives mortal a child.

70. Nach Rumpf: Aus der Provinz Iwate, von Ōbora Inumatsu erzählt, s. KMZ Nr. 137. Moxa, jap. *mogusa (yakikusa)*, ein aus

einer zur Artemisia-Gattung gehörenden Pflanze gewonnenes Pulver, das zu Heilzwecken in China und Japan auf der Haut verbrannt wird.
MI: A 2600.
T: Origin of plants.

71. Das Motiv wiederholt sich in Ostasien in den verschiedensten Variationen; ähnlich in NMB II, S. 219 f., aus dem Kreis Minami-Kanbara der Niigata-Präfektur, vgl. auch NMBSS III/1, S. 44 ff. Vgl.: Die dumme Frau (Eberhard, Schwänke).
MI: J 1770.
T: Ojects with mistaken identity.

72. Aus dem Kreis Nishi-Yasshiro der Yamanashi-Präfektur, s. NMB II, S. 203 f., und NMBSS III/2, S. 794 ff.
MI: D 1338.1.2; J 2411.1.
T: Water of youth und: Imitation of magic rejuvenation unsuccessful.

73. Aus dem Kreis Hiraka der Akita-Präfektur, s. NMB II, S. 156 ff., und NMBSS II/3, S. 1101 ff. Vgl. BP I, S. 442.
MI: D 1611; D 672; D 480.
T: Magic object answers for fugitive und: Obstacle flight und: Size of object transformed.

74. Aus dem Kreis Satsuma der Kagoshima-Präfektur, s. NMB II, S. 82 ff., und NMBSS II/2, S. 520 ff.
MI: Q 65.
T: Filial duty rewarded.

75. Nach Rumpf: Aus der Toyama-Präfektur, aber in ganz Japan verbreitet. In einer Variante gibt eine Stiefmutter ihrem eignen Kind einen kurzen Namen, damit es gut in der Welt vorankommt. Dem Stiefkind aber gibt sie einen langen und umständlichen Namen, um sein Fortkommen zu erschweren. Aber gerade an dem langen Namen findet ein Fürst Gefallen und nimmt den Stiefsohn in seine Dienste. Vgl. NMBSS III/2, S. 737 ff.
MI: N 171.
T: Unprotected son makes fortune; protected son has bad luck.

76. Nach Rumpf: Erzählt von Ishikawa Zensuke in Sendai, s. KMZ Nr. 111. *Mitsuba* – Cryptotaenia canadensis. – In ähnlicher Form im Kreis Hienuki der Iwate-Präfektur, vgl. NMB II, S. 145 ff., und NMBSS II/2, S. 858 ff.
MI: S 31; D 293.
T: Cruel stepmother und: Transformation: man to star.

77. Nach dem Text des Volksbuches *Hachi-katsugi*, NKBT 38, S. 58 ff. Die erste Fassung ist seit dem Ende des 16. Jahrhunderts nachweisbar. Es gehört zur Gruppe des »*ubakawa*«-Motives, vgl. Nr. 22 und NMBSS II/2, S. 911 ff.

MI: S 31; L 112.3.
T: Cruel stepmother und: Deformed child as hero.

78. Nach Rumpf: Aus dem Kreis Esashi der Iwate-Präfektur; erzählt von Sasaki Izô, s. KMZ Nr. 25. Vgl. NMBSS II/1, S. 314 ff. und BP II, S. 79 ff.
MI: F 601.
T: Extraordinary companions.

79. Aus der Provinz Iwate, erzählt von Sasaki Eriko, s. KMZ Nr. 144.
MI: N 680.1.
T: Lucky fool.

80. Nach Rumpf: Aus dem Kreis Esashi der Iwate-Präfektur, s. KMZ Nr. 174a. Der »dumme Sohn« *(baka-musoko)* oder »Schwiegersohn« *(baka-muko)* oder die »dumme Schwiegertochter« *(baka-yome)* sind in ganz Ostasien beliebte Schwankfiguren; für China s. Eberhard, Schwänke, Nr. 6. Vgl. auch BP III, S. 145.
MI: J 2461.
T: What should I have done (said)?

81. Nach Rumpf: Der Text folgt dem Tomodachibanashi (um 1770 erschienen). Die Figuren der drei Krüppel sind ebenfalls in ganz Ostasien verbreitet. Für China s. Eberhard, Schwänke, Nr. 10. – In ähnlicher Form aus dem Kreis Kamoto der Kumamoto-Präfektur, vgl. NMB II, S. 128 f., und NMBSS III/1, S. 263 ff.
MI: X 100.
T: Humor of disability.

82. Aus dem Kreis Iwate der Iwate-Präfektur, mitgeteilt von Tanaka Kitami, s. KMZ Nr. 6. In ähnlicher Form aus dem Kreis Sakai der Fukui-Präfektur, vgl. NMB II, S. 190 f., und NMBSS III/1, S. 303 ff.
MI: N 680.1.
T: Lucky fool.

83. Aus dem Kreis Esashi der Iwate-Präfektur, s. NMB II, S. 104, und NMBSS III/1, S. 258 ff.
MI: J 1700.
T: Fools.

84. Nach Rumpf: Das Motiv ist in ganz Ostasien verbreitet. Die buddhistischen Dispute bestehen darin, daß der eine einen Satz unvollendet läßt, den der Gegner schlagfertig vollenden muß. – *Akambei,* das Herunterziehen des unteren Augenlides. *Konnyaku,* Conophallus Konjak, eine eßbare Knolle, aus der eine gallertartige Speise bereitet wird. – In ähnlicher Form im Kreis Shimoina der Nagano-Präfektur bekannt, vgl. NMB II, S. 226 ff., und NMBSS III/2, S. 517 ff.
MI: J 1804.
T: Conversation by sign language mutually misunderstood.

85. Aus dem Kreis Hata der Kôchi-Präfektur, s. NMB II, S. 112, und NMBSS III/2, S. 590.
MI: J 2461.1.
T: Literal following of instructions about actions.
86. Nach dem *Seisuishô* (1623), s. YB 85, des Anrakuan Sakuden (1554–1642). Vgl. auch NMBS S. 219.
MI: X 900.
T: Humor of lies and exaggeration.
87. Nach NMBS, S. 212, und vgl. NMBSS III/2, S. 466 ff.
MI: J 2173.
T: Short-sighted fool loses his food.
88. Ein allgemein bekannter Schwank; eine Reihe ähnlicher finden sich im *Seisuishô,* YB 85, S. 30 ff.
MI: J 2030.
T: Absurd inability to count.
89. Aus dem Kreis Minami-Kanbara der Niigata-Präfektur, s. NMB II, S. 225, und NMBSS III/1, S. 165 ff.
MI: J 1706; Z 42.
T: Stupid animals und: Stronger and Strongest.
90. Nach Rumpf: Aus dem *Shinpen Otogizôshi,* Tôkyô 1901, Bd. 2, *Bakemonozôshi* Nr. 5. Das »Leitfaden«-Motiv ist in Japan und Korea weit verbreitet. Als geheimnisvolle Besucher treten in Japan die Schlange, in Korea der Frosch, der Fischotter oder auch der Drache auf.
MI: T 475.1.
T: Unknown paramour discovered by string clue.
91. Der japanische »Eulenspiegel« – bald als Kichiemon oder Kichizaemon, meist aber als Kichigo oder Kichigorô bekannt – ist der Held zahlreicher Schwänke *(Kichigobanashi),* vor allem in der Ōita- und in der Fukuoka-Präfektur. Vgl. NMBSS III/2, S. 600 ff.
MI: K 264.
T: Deceptive wager.
92. Die »Leute von Noma« sind die japanischen Schildbürger, deren Geschichten in der Ōita- und in den Nachbarpräfekturen bekannt sind.
MI: J 1700.
T: Fools.
93. Aus dem Kreis Saga der Saga-Präfektur, s. NMB II, S. 234, und NMBSS III/2, S. 485 ff.
MI: K 2310.
T: Deception by equivocation.
94. Allgemein bekannter Schwank. Nach Rumpf: Die Geschichte des Sozori Shinzaemon ist aus der indischen Schwankliteratur bekannt; vgl. J. Hertel, a.a.O., Der falsche Minister u. a.

MI: K 1700.
T: Deception through bluffing.

95. Ein ebenfalls allgemein bekannter Schwank.
MI: J 1250.
T: Clever verbal retorts.

96. Aus den Legenden des Schreines der Benzaiten (sanskr. Sarasvatî) in Toyokawa (Aichi-Präfektur).
MI: T 91.3.2.
T: Love of goddess for mortal.

97. Aus dem Kreis Higashi-Kasigai der Aichi-Präfektur.
MI: Q 280.
T: Unkindness punished.

98. Aus dem Kreis Shimoina der Nagano-Präfektur, s. NMB II, S. 212, und NMBSS III/1, S. 260 ff.
MI: W 111.1.
T: Contest in lazyness.

99. Aus dem Kreis Kamimashiki der Kumamoto-Präfektur, s. NMB II, S. 237, und NMBSS III/2, S. 748.
MI: Z 11.
T: Endless tales.

100. Aus dem Kreis Hienuki der Iwate-Präfektur, s. NMB I, S. 25 ff., und NMBSS II/2, S. 884 ff. Vgl. BP I, S. 295.
MI: Q 451.1.; K 1851; S 31.
T: Hands cut off as punishment und: Substituted letter und: Cruel stepmother.

101. Diese und die folgenden Anmerkungen nach Rumpf. *Yaushkep-kamui yaie yukar*, das Lied von der Spinnengottheit, gehört zur Gattung der Götterlieder *(kamui-yukar)*; aus dem Dorf Shinheibai des Kreises Saryû (Hokkaidô) nach dem Vortrag der Ainufrau Etona von Kubodera Itsuhiko aufgezeichnet, in: MG V/4, 1933. Vgl. auch Chinesische Märchen Nr. 9.
MI: K 500.
T: Escape from death or danger by deception.

102. Das *Isepo-tono yaie yukar*, das Lied vom Hasenkrieger, ist ebenfalls ein *kamui-yukar;* nach dem Vortrag der Etona von Kubodera mitgeteilt, in: MG V/3, 1933. – »Schatzschwertscheiden« *(tomika)* sind mit Kerbschnitt verzierte Scheinschwerter, die zusammen mit Köcherattrappen in den Häusern als »Familienschatzstücke« aufgehängt werden, um das Haus als »Heim eines Kriegers« zu kennzeichnen. *Pon Repun-kamui* (Kleine Hochseegottheit) ist der Name des als *shachihoko* bekannten Fabelfisches in Japan, der zumeist als Delphin gedeutet wird. Die Ainu bezeichnen damit zumeist den Haifisch. Vgl. Anmerkung 53.
MI: K 544.

T: Escape by alleged possession of external soul.

103. *Rurupa nishpa uchas'koma,* die Geschichte von den reichen Leuten von Rurupa, wurde nach dem Vortrag des Ainu Numaru aus dem Dorfe Tunaichi auf Karafuto von B. Pisudski in seinem *Materials for the study of the Ainu Language and Folklore,* Krakau 1912, aufgezeichnet. Vgl. auch J. Batchelor, *The Ainu and their Folklore,* London 1901. Das Motiv ist in ganz Ostasien verbreitet. Vgl. BP III, S. 406.
MI: B 455.3.; D 361.1.
T: Helpful eagle und: Swan Maiden.

104. *Itak ukoram nukar,* Wer ist der Mächtigste? – mitgeteilt von Sasaki Chôzaemon in *Ainu no hanashi,* 1922. Das Motiv ist auch in Japan, Korea und Annam bekannt. Vgl. Märchen Nr. 89.
MI: Z 42.
T: Stronger and Strongest.

105. Mitgeteilt von Chiri Masao in *Dorumen* IV/2, 1936; vgl. auch A. Tafel, *Meine Tibetreise,* Stuttgart 1914, II, S. 335.
MI: B 640.
T: Marriage to person in animal form.

106. Nach B. H. Chamberlain, *Aino Fairy Tales,* Nr. 3.
MI: H 1385.3.
T: Quest for vanished wife.

107. Mitgeteilt von Aoki Junji in *Ainu no densetsu to sono jôwa,* Sapporo 1924.
MI: A 721.3.
T: Stolen sun restored to sky.

108. Nach *Kyôdo no kenkyû* I, S. 431. Auffällig ist die Ähnlichkeit mit dem japanischen Märchen vom Teufelsbezwinger Momotarô, s. Nr. 4.
MI: T 541.5.1; G 510; J 2400.
T: Birth from woman's thigh und: Ogre killed, maimed or captured und: Foolish imitation.

109. 1 und 2 nach Kyôdo no kenkyû I, S. 746 und 747, 3 nach Chiri Mashio in: MG IV/3, 1932 – ein *upash kuma.*
MI: L 200; J 2415; B 300; A 2230.
T: Modesty brings reward und: Foolish imitation of lucky man und: Helpful animal und: Animal characteristics as punishment.

110. Nach J. Batchelor, a.a.O.
MI: J 2400.
T: Foolish imitation.

INHALT